中国现代文化语境里的《堂吉诃德》

李智◎著

中山大学出版社
·广州·

版权所有　翻印必究

图书在版编目（CIP）数据

中国现代文化语境里的《堂吉诃德》/李智著.—广州：中山大学出版社，2022.5

ISBN 978-7-306-07494-2

Ⅰ.①中⋯　Ⅱ.①李⋯　Ⅲ.①《堂吉诃德》—小说研究　Ⅳ.①I551.074

中国版本图书馆 CIP 数据核字（2022）第 052095 号

ZHONGGUO XIANDAI WENHUA YUJING LI DE《TANGJIHEDE》

出 版 人：	王天琪
策划编辑：	高　淘
责任编辑：	高　淘
封面设计：	曾　斌
责任校对：	叶　枫
责任技编：	靳晓虹
出版发行：	中山大学出版社
电　　话：	编辑部 020-84110283，84113349，84111997，84110779，84110776
	发行部 020-84111998，84111981，84111160
地　　址：	广州市新港西路 135 号
邮　　编：	510275　　　传　真：020-84036565
网　　址：	http://www.zsup.com.cn　　E-mail：zdcbs@mail.sysu.edu.cn
印 刷 者：	广州市友盛彩印有限公司
规　　格：	787mm×1092mm　1/16　19.25 印张　346 千字
版次印次：	2022 年 5 月第 1 版　2022 年 5 月第 1 次印刷
定　　价：	62.00 元

如发现本书因印装质量影响阅读，请与出版社发行部联系调换

谨以此书献给我的母亲屈艳华、父亲李靖谔。

序　言

　　2018年春夏之交，李智以专业第一、外语第一的优异成绩考取了暨南大学比较文学与世界文学专业博士研究生。在复试的面试阶段，她向学科组的老师详细汇报了将来博士阶段的学习计划，拟对《堂吉诃德》在中国的翻译接受与阐释史展开研究，获得了老师们的一致肯定。可以说，她比通常的博士生提早了一年进入博士论文的准备和写作阶段。在去年夏季毕业论文答辩会上，李智的《〈堂吉诃德〉在中国的译介与阐释史论（1904—1978）》获得答辩委员会的高度评价而顺利通过答辩。眼下这部《中国现代文化语境里的〈堂吉诃德〉》书稿就是在其博士学位论文的基础上修订而成。在书稿即将付梓之际，李智希望我写一篇序言。作为其论文的指导教师，我觉得义不容辞，也很乐意借此机会向读者简要地介绍作者以及本书的亮点。

　　塞万提斯的经典名著《堂吉诃德》诞生于欧洲文艺复兴晚期，至今已有400多年的历史。1904年，《堂吉诃德》第一个由日文转译的中文改写本《谷间莺》问世，这部西班牙小说在中国还鲜为人知。而从1922年《堂吉诃德》第一个有影响力的文言语体译本《魔侠传》（林纾、陈家麟合译）出版，到1978年《堂吉诃德》第一个西语直译全译本（杨绛译）问世，《堂吉诃德》在中国已是家喻户晓了。一部《堂吉诃德》在中国的译介与阐释史，是与近百年来中国现代文化的历史进程紧密联系在一起的。李智从文本意义与社会文化两个维度展开研究，使得《中国现代文化语境里的〈堂吉诃德〉》成为一部具有鲜活特色的史论性学术著作。它充分体现了作者搜集和掌握史料的扎实的基本功，这从本书近700部（篇）中外参考文献里可见一斑。然而，它绝不是一部史料汇编的著作，因为没有人可以通过堆砌材料写出一部优秀的论著。本书史论结合，论从史出，字里行间处处显示出作者独特的学术问题意识、宏阔的学术视野以及敏锐的洞察力。

　　我国著名的文艺理论家童庆炳指出，"无论文学问题的提出，还是文学问题的解答，都与历史语境相关"，"只有揭示作家和作品所产生的具体的历史契机、文化变化、情境转换、遭遇突变、心理状态等，才能具体地深入地了解这个作家为何成为具有这种特色的作家，这部作品为何成为具有如此思想和艺术风貌的作品"①。本书作者通过深入系统的研究,认为1904—1978年间《堂吉诃德》的中国译介与阐释是中国现代历史语境深层文化需求的文学显现,只有把《堂吉诃德》的中文译介文本与阐释文本放入具体的历史语境中,我们才能理解其译介者与阐释者的创作动机,才能从译介文本与阐释文本的具体特点中读出文化的况味。于是,作者把论题置于中国文化现代化这一宏大的历史进程中,同时从文学史与文化史两个层面对其展开研究。在文学史层面,本书对1904—1978年间《堂吉诃德》在中国的译介与阐释情况进行了历史性梳理和考证,着重研究了其中具有重要意义和较大影响力的文本,对《堂吉诃德》文本意义解读多样化现象做出了解释。在文化史层面,本书将1904—1978年间《堂吉诃德》中文译介文本和阐释文本与中国具体历史语境进行了互文性诠释,具象化地呈现了中国现代改良文化、中国现代革命文化、中国现代整合文化、中国现代自由文化的特点,总结了中国现代文化的总体特点。

除了"绪论"和"结语",本书主体部分由六章构成。第一章是本书的研究基础,首先考察了《堂吉诃德》与欧洲现代文化之间的关系,接着厘清了中国现代文化的相关问题,为后续章节的研究做好了铺垫。第二章至第五章系统梳理并分析了1904—1978年间中国现代改良文化、中国现代革命文化、中国现代整合文化、中国现代自由文化影响下的《堂吉诃德》中文译介文本与阐释文本,其间进行了一系列文学史考证工作和文本—历史互文性诠释工作。第六章是本研究的反思部分,从文本意义与社会文化两个维度反思1904—1978年间《堂吉诃德》在中国的译介与阐释情况,以《堂吉诃德》为个案,探讨了文学文本意义解读多样化现象产生的原因,比较了中西现代文化的总体特点。

本书最终得出的结论如下。首先,从文学史方面看,1904—1978年间中国的《堂吉诃德》译介与阐释以及17—20世纪上半叶欧洲的《堂吉诃德》批评都呈现出了四类意义:讽刺类意义、激励类意义、斗争类意义、感伤类意义。这四类意义是由《堂吉诃德》诞生之时蕴藏于文本中的四种现代性意识——社会批判意识、个体生命价值意识、平等意识、个性意识决定的。这四种现代性意识是流入文本的四种社会能量,它们经不同文化棱镜折射、不同阐释者思想映照,生成了《堂吉诃德》不同的文本意义。文学文本中蕴藏的社会能量是文本意义生成的基础,文本所处的历史文化语境和

---

① 童庆炳:《文学研究如何深入历史语境——对当下文艺理论困局的反思》,载《探索与争鸣》2012年第10期。

文本阐释主体的思想状况是其意义生成的变量，三者共同决定了文学文本呈现出来的具体意义样态。其次，从文化史方面看，堂吉诃德形象在中国现代改良文化、中国现代革命文化、中国现代整合文化、中国现代自由文化影响下的变化，让我们看到了中国文化不断向现代性方向演进的轨迹。中国不同文化语境中堂吉诃德形象的现代性呼唤与中国不同历史时期社会存在中的现代性应答，让我们看到了中国现代文化对现代社会存在的先导性。以中国与欧洲的《堂吉诃德》阐释为观察点，我们看到了中国现代文化与西方现代文化的一个显著差异：中国现代文化具有对现代社会存在的先导性，对现代社会存在的批判性并不突出；西方现代文化具有对现代社会存在的批判性，对现代社会存在的先导性并不突出。

今天是中国传统廿四节气中的"谷雨"，是春季的最后一个节气。此时此刻，又到了春夏之交的季节。大地上万物生长，一派勃勃生机、蒸蒸日上的景象。我回想起四年前李智考研读博的一幕幕，尤其是她每天自学西班牙语打卡的情景，心中颇有感慨。这十几年来，在我指导的历届博士研究生当中，很少有人像她这样勤奋学习，对学问如此专注与纯情，1000多个日日夜夜，孜孜不倦，终于成就了这部30多万字的厚重之作。在本书即将出版之际，除了向她表示祝贺，还希望她在以后的教学和科研方面做出更突出的成绩，百尺竿头，更进一步！是为序。

黄汉平

2022年4月20日于广州暨南园

阅读开启智慧之门

——为高中师生推荐一部学术论著

自从新版高中语文课标增添了阅读学术论著的要求以来，我就一直在思索：究竟该为高中生推荐什么样的学术论著？由于高中生的知识水平和认知能力有限，教师在推荐学术论著时就不能"唯名是举"。因为尽管一些学术论著影响深远、意义重大，但如果论著的研究对象与高中生的学习内容缺少关联，研究领域与高中生的日常生活距离太远，论述语言又过于深奥、晦涩，高中生就很难对这类论著产生阅读兴趣。

读完李智博士送来的《中国现代文化语境里的〈堂吉诃德〉》书稿，我甚为惊喜：这本书真是一部特别适合高中生阅读的学术论著！

首先，《中国现代文化语境里的〈堂吉诃德〉》涉及的研究对象《堂吉诃德》是高中语文课标推荐的课外读物，这部学术论著将帮助高中生开启个性化深度阅读的智慧之门。《堂吉诃德》讲述了一个与理想有关的故事。对于青春期的高中生来说，"理想"一词有着非同一般的感召力，正因如此，《堂吉诃德》才会在高中生名著阅读排行榜上位居前列。《中国现代文化语境里的〈堂吉诃德〉》以1904—1978年间《堂吉诃德》在中国的译介与阐释史为研究对象，详细分析了四种现代文化影响期内《堂吉诃德》的译介或阐释现象。每一种译介或阐释现象中都包含着一种对堂吉诃德形象的个性化解读，每一种个性化解读中都包含着一种中国知识分子的现代化理想。卑鄙可恨、落伍可笑、勇毅可敬、斗志可赞、失落可怜……这些都是堂吉诃德在不同时代的译介者或阐释者笔下呈现出来的形象。高中生在读到书中记录的堂吉诃德的不同形象时，会情不自禁地产生探究堂吉诃德形象变化原因的热望，并会在探究过程中看到译介者或阐释者藏在堂吉诃德形象背后的中国现代化理想。读完这本书后，高中生会明了个性化深度阅读的意义，会懂得小说阅读是一种个性化的体验活动，读者的文化背景相异、情感不同、心灵有别，便会出现一千个读者眼中有一千个堂吉诃德的现象。堂吉诃德的每一种形象都讲述着一种心灵悸动，诉说着一种心灵渴盼，折射着一个时代的文化之光，回应着一个时代的精神呼唤。懂得了个性化深度阅读的高中生也将不再盲从名家解读，他们将会从《堂吉诃德》中读出自我、读出时代，为中国《堂吉诃德》接受史注入充满青春活力的新鲜血液！

其次，高中生对《中国现代文化语境里的〈堂吉诃德〉》的研究领域并不陌生。这本书中不仅有文学知识，还有英语、政治、历史等领域的知识，它将帮助高中生打开综合运用多学科知识的智慧之门。作者对一个个《堂吉诃德》相关资料英、汉译文的对比分析，会让高中生明白翻译绝不只是涉及词汇与语法层面的问题，历史背景、政治形势、文化传统等因素都会对翻译产生不小的影响。高中生们将在具体的翻译语例中，看到"小说革命""五四运动""文学革命"等中国现代文化史上重要事件的影子，也将在一系列的《堂吉诃德》译介现象里弄清外来文化引进与中国本土文化发展之间的关系。在了解《堂吉诃德》中国译介与阐释情况的过程中，高中生们将跟随诸多文化名人走入真实的历史语境，体验到前辈知识分子在探索中国现代化发展之路过程中筚路蓝缕、披荆斩棘的辛酸，也将在中国74年间风云变幻的政治场域里领悟到《堂吉诃德》丰富深刻的思想以及历久弥新的魅力。

此外，《中国现代文化语境里的〈堂吉诃德〉》的语言明白晓畅，字里行间洋溢着作者对中国文化的一片热爱之情，它将帮助高中生开启民族文化自信的智慧之门。李智博士在梳理了74年间《堂吉诃德》在中国的译介与阐释史后告诉读者："中国现代文化与西方现代文化并不存在先进与落后之分""它们都是世界多元现代性的具体呈现形式""中国现代文化有自己鲜明的特点与积极的作用，我们应该对中国的本土现代文化充满自信"。相信在掩卷之后，中西文化在《堂吉诃德》中国译介与阐释过程中碰撞出的火花仍会在高中生的头脑中不断闪现，他们会了解中西文化的不同特点，深化对民族文化的理解，进而增强对中国文化的自信。

《中国现代文化语境里的〈堂吉诃德〉》这样一部兼具文学、历史、文化三重价值的学术性著作，不仅能与高中语文课标中的"科学与文化论著研习""学术论著专题研讨"这两个学习任务群对标，还能与"外国作家作品研习""跨文化专题研讨"这两个学习任务群相关联。高中语文课标提倡不同学习任务群内容的渗透融合、衔接延伸。教师引导高中生阅读《中国现代文化语境里的〈堂吉诃德〉》，能将语文新课标中四个学习任务群的内容有效整合起来，从而帮助学生开启提高语文学科核心素养的智慧之门。

基于以上理由，我诚挚地向各位高中师生推荐这部学术论著。

高中语文正高级教师、特级教师、
华南师范大学附属中学语文科组长：黄德初
2022 年 4 月 22 日于聚清园

目　录

绪　论 1
　第一节　研究缘起、意义与对象 1
　　一、研究缘起与意义 1
　　二、研究对象 2
　第二节　研究综述 5
　　一、英语世界的《堂吉诃德》接受研究综述 5
　　二、国内的《堂吉诃德》接受研究综述 10
　　三、与本题相近的研究情况总结 19
　第三节　研究目的、方法与创新点 19
　　一、研究目的 19
　　二、研究方法 20
　　三、研究创新点 21
　第四节　理论依据与研究思路 22
　　一、理论依据 22
　　二、研究思路 25

第一章　研究基础：《堂吉诃德》与现代文化 27
　第一节　《堂吉诃德》与欧洲现代文化 27
　　一、"现代"相关概念释义 27
　　二、《堂吉诃德》内蕴的现代意识 29
　　三、欧洲《堂吉诃德》批评概述与浅析 33
　第二节　中国现代文化概述 41
　　一、中国现代文化的历史分期 41
　　二、中国四种现代文化的命名 47
　小结 60

第二章　现代改良文化影响下的《堂吉诃德》译介与阐释 …… 62
第一节　探寻最早的《堂吉诃德》中文译本 …… 62
一、《谷间莺》 …… 62
二、《稽先生传》 …… 67
第二节　第一个有影响力的《堂吉诃德》中文译本 …… 73
一、《魔侠传》相关情况简介 …… 73
二、《魔侠传》翻译底本查考 …… 75
三、《魔侠传》翻译目的推考 …… 79
四、《魔侠传》翻译时间推考 …… 83
五、《魔侠传》否定性批评辨析 …… 85
小结 …… 93

第三章　现代革命文化影响下的《堂吉诃德》译介与阐释 …… 96
第一节　周作人对《堂吉诃德》的阐释 …… 96
一、新文化运动起始期对《堂吉诃德》的阐释 …… 97
二、新文化运动衰落期对《堂吉诃德》的阐释 …… 100
第二节　郑振铎对《堂吉诃德》的阐释 …… 107
一、阐释背景介绍 …… 108
二、郑振铎对堂吉诃德精神的阐释 …… 109
第三节　鲁迅对《堂吉诃德》的阐释 …… 113
一、阐释缘起 …… 113
二、鲁迅对《堂吉诃德》的中国化阐释 …… 114
第四节　20世纪30—40年代《堂吉诃德》译介与阐释概况 …… 119
一、20世纪30年代《堂吉诃德》译介情况概述及分析 …… 120
二、20世纪30年代《堂吉诃德》阐释情况概述及分析 …… 124
三、20世纪40年代《堂吉诃德》译介与阐释概况及分析 …… 131
小结 …… 133

第四章　现代整合文化影响下的《堂吉诃德》译介与阐释 …… 136
第一节　《堂吉诃德》的经典性新释 …… 136
一、1955年的经典性阐释 …… 136
二、1955年经典性阐释的评析 …… 141
三、孟复的经典性阐释 …… 142
四、孟复经典性阐释的评析 …… 144

第二节　第一个有影响力的《堂吉诃德》中文全译本 …………… 148
　　　　一、1949 年以前傅东华对《堂吉诃德》的理解 …………… 148
　　　　二、傅东华在 1949 年以后的尴尬身份 ……………………… 151
　　　　三、《堂吉诃德》（第一部）的译文特点及生成原因 ……… 152
　　　　四、《堂吉诃德》（第二部）的翻译时间及译文特点 ……… 160
　　小结 …………………………………………………………………… 166

第五章　现代自由文化影响下的《堂吉诃德》译介与阐释 ………… 167
　　第一节　中国当代《堂吉诃德》新型研究的开端 ………………… 167
　　　　一、《堂吉诃德和〈堂吉诃德〉》的诞生背景 ……………… 167
　　　　二、《堂吉诃德和〈堂吉诃德〉》的超前性 ………………… 168
　　第二节　第一个有影响力的《堂吉诃德》中文西语直译本 ……… 172
　　　　一、杨绛译本问世的曲折过程 ……………………………… 172
　　　　二、杨绛翻译《堂吉诃德》的心理 ………………………… 173
　　　　三、杨绛译本与西语原本的差异 …………………………… 177
　　　　四、《堂吉诃德》杨绛译本热销的原因 …………………… 192
　　小结 …………………………………………………………………… 202

第六章　研究反思：文本意义与社会文化 ……………………………… 204
　　第一节　文本意义之维的反思 ……………………………………… 204
　　　　一、《堂吉诃德》中国阐释意义归纳 ……………………… 204
　　　　二、《堂吉诃德》中、欧阐释意义对比分析 ……………… 206
　　　　三、文学文本解读多样化原因分析 ………………………… 212
　　第二节　社会文化之维的反思 ……………………………………… 214
　　　　一、从堂吉诃德形象的变化看中国现代文化的发展 ……… 214
　　　　二、从堂吉诃德的呼唤看中国现代文化的总体特点 ……… 217
　　　　三、中国与西方现代文化特点对比分析 …………………… 218
　　小结 …………………………………………………………………… 221

结　　语 …………………………………………………………………… 223

参考文献 …………………………………………………………………… 230

附　录 ·· 272
　附表1　1904—1978年间《堂吉诃德》中文译介信息汇编 ········ 272
　附表2　1904—1978年间《堂吉诃德》中文阐释信息汇编 ········ 275
　附表3　英语世界《堂吉诃德》接受研究资料汇编 ················ 279
　附表4　国内《堂吉诃德》接受研究资料汇编 ····················· 283

后　记 ·· 289

绪　　论

第一节　研究缘起、意义与对象

一、研究缘起与意义

《堂吉诃德》是文艺复兴晚期西班牙伟大作家塞万提斯贡献给世界的宝贵精神财富。从其诞生的17世纪至今，400多年来，这部小说在一代又一代人的阅读、译介与阐释中走进了文学经典的行列。2002年，诺贝尔文学院与挪威读书会共同组织了"所有时代最佳百部书籍"评选活动。活动中，来自54个国家的100位知名作家为他们心中的最佳作品投票，《堂吉诃德》以压倒多数的选票名列第一，荣膺"举世最佳文学作品"称号。[①] 由此可见，《堂吉诃德》是当之无愧的世界文学杰作，至今仍具有巨大的文化影响力。

1904年，《堂吉诃德》漂洋过海、几经转译来到中国，此时这部小说在中国还鲜为人知；1978年，《堂吉诃德》的西语直译全译本首次出版，此时它在中国已颇负盛名。这部西班牙小说在中国能取得如此成功的传播效果，74年间涌现出的《堂吉诃德》中文译介文本与阐释文本功不可没。然而，时至今日，这些文本尚未得到过系统的梳理和研究。另外，《堂吉诃德》在中国的传播历程与中华民族的现代化进程、中华民族现代文化的建构与发展过程密切相关，不同时期的《堂吉诃德》中文译介文本与阐释文本中留下了中国不同历史时期的文化印迹。因此，系统梳理并研究1904—1978年间《堂吉诃德》的中文译介与阐释情况就具有文学史和文化史两个层面的意义。

---

① 参见吴笛总主编，张德明主编《外国文学经典生成与传播研究》第三卷古代卷（下），北京大学出版社2019年版，第225页。

二、研究对象

(一) 关于研究时段的说明

本书研究 1904—1978 年间《堂吉诃德》的中文译介文本与阐释文本。之所以将研究时间限定在 1904—1978 年之间，是因为 1904 年是《堂吉诃德》第一个中译本在中国出现的时间①，《堂吉诃德》由此开始了中国传播之旅；而 1978 年既是《堂吉诃德》中文西语直译全译本第一次出版的时间②，也是中国现代化发展进程中的一个重要转折点。

《堂吉诃德》西语直译全译本的出版，让读者看到了与原作差距较小的中文译本，人们对《堂吉诃德》的了解增多，中国知识分子对《堂吉诃德》译介与阐释的追求从此与以往不同，表现出了新特点。1978 年之前出版的《堂吉诃德》中文译本都是转译本，译者多更关注于如何转述小说的故事情节；1978 年之后（尤其是在 20 世纪 90 年代以后）出版了很多《堂吉诃德》直译全译本，译者除注重完整准确地传达小说整体情节外，还追求小说语言细节翻译的准确性。③ 1978 年之前的《堂吉诃德》中文阐释几乎都聚焦于小说的主旨意义与人物形象意义；1978 年之后的《堂吉诃德》中文阐释逐渐丰富多样，内容涉及小说的艺术特征、翻译特点、文化内涵等方面。④

在中国找到了全新的现代化发展道路之后，中国现代文化就表现出了与以往不同的特点。1978 年之前，由于中国经济落后、政治动荡，中国知识分子往往具有一种弱国国民的焦虑心态，看重文艺作品的政治功利价值；1978 年之后，中国社会政治环境稳定、经济飞速发展，逐渐显现出国泰民安的盛世气象，中国知识分子渐渐摆脱了弱国国民的心态，不再焦虑地将政

---

① 详见本书第二章第一节。
② 详见本书第五章第二节。
③ 参见本书附表 1；金薇《西班牙小说在中国的译介与接受（1975—2010）》，南京大学 2012 年硕士学位论文，第 21、第 63～64 页；林一安《深刻理解，精确翻译》，见 [西] 塞万提斯著，董燕生译《堂吉诃德》（上），漓江出版社 2014 年版，第 1～11 页；林一安《大势所趋话复译——从西葡语文学翻译谈到新译〈堂吉诃德〉》，载《出版广角》1996 年第 5 期，第 54 页；徐岩《从〈堂吉诃德〉的中文译本看"复译"现象》，载《中国科教创新导刊》2013 年第 10 期，第 62 页。
④ 参见金薇《西班牙小说在中国的译介与接受（1975—2010）》，南京大学 2012 年硕士学位论文，第 73～83 页；王军《新中国 60 年塞万提斯小说研究之考察与分析》，载《国外文学》2012 年第 4 期，第 72～81 页。

治与文化捆绑在一起①，在思想解放的时代东风中，开始"探寻文艺的独立品格，彰显文艺的个性特征"②，"文艺审美观念呈现出多向拓展的态势"③。《堂吉诃德》译介文本与阐释文本都是中国特定的历史文化与《堂吉诃德》文本交流互动的产物，其中都蕴藏着时代文化的印迹，它们在 1978 年之前与之后表现出了不同的特点：1978 年之前《堂吉诃德》的中文译介文本与阐释文本政治关联性更强，而 1978 年之后《堂吉诃德》的中文译介文本与阐释文本表现出了更独立的文化品格④。

总之，1978 年是《堂吉诃德》中文译介与阐释史上的一个分水岭，此前与此后的《堂吉诃德》中文译介与阐释文本表现出了不同的风格特点。本书梳理 1904—1978 年间《堂吉诃德》的中文译介与阐释史，观察《堂吉诃德》中文译介文本与阐释文本在不同历史文化语境中呈现出的特点，并探究这些特点生成的原因。虽然 1978 年至今的《堂吉诃德》中文译介与阐释情况也是一个值得深入研究的领域，但由于本书篇幅有限，无法将这些内容囊括进来一并研究，期待不久的将来会有人在此领域深耕细作。

（二）关于研究文本类型的说明

本书研究的文本总体可分为《堂吉诃德》中文译介文本与中文阐释文本两种。之所以将这两种文本合并在一起研究，是因为它们在本质上具有相同的作用：两者都从汉语文化出发，对《堂吉诃德》的意义进行了阐释，使小说获得了超越时空的延续性生命——中国化生命。当代西方许多理论家，如德里达（Jacques Derrida）、米勒（J. Hillis Miller）、伊瑟尔（Wolfgang Iser）、斯皮瓦克（Gayatri C. Spivak）等都将翻译视为一种文化阐释策

---

① 我国学者周强曾对 1978 年后的中国文化做过这样的总结："新时期的新气象是从全面清理'文化大革命'政治的积弊开始的。党和国家的工作重心从以阶级斗争为纲转移到社会主义经济建设上来，'文艺从属论'和'文艺工具论'所依凭的主流意识形态已然转变，政治对文艺的重压逐渐松动，而最明显的标志是邓小平的《在中国文学艺术工作者第四次代表大会上的祝词》的发表。"参见周强《导论》，见《"审美"之变——新时期文化语境中的审美问题研究》，中国社会科学出版社 2015 年版，第 1 页。

② 周强：《导论》，见《"审美"之变——新时期文化语境中的审美问题研究》，中国社会科学出版社 2015 年版，第 2 页。

③ 周强：《导论》，见《"审美"之变——新时期文化语境中的审美问题研究》，中国社会科学出版社 2015 年版，第 5 页。

④ 参见王军《新中国 60 年塞万提斯小说研究之考察与分析》，载《国外文学》2012 年第 4 期，第 72～81 页；金薇《西班牙小说在中国的译介与接受（1975—2010）》，南京大学 2012 年硕士学位论文；桂琳《堂吉诃德在西方与中国的影响与接受》，复旦大学 2003 年硕士学位论文。

略。① 从这种观点来看，1904—1978 年间的《堂吉诃德》中文译介文本就是以用汉语重新复述故事的形式来阐释《堂吉诃德》意义的文本，它使小说的故事情节意义在 20 世纪的中国复活；而探讨《堂吉诃德》主旨意义及人物形象意义的阐释文本是以文学评论的形式来阐释《堂吉诃德》意义的文本，它使小说主旨与人物形象的社会意义在 20 世纪的中国复活。

本书涉及的《堂吉诃德》的中文译介文本既包括全译本，也包括改译本、缩译本、节译本和不完整的部分译文。这些译本（译文）均能表现出译者对《堂吉诃德》意义的理解，都能折射出时代文化的光影，因此，本书将这些译介文本都纳入考察范围。本书研究的《堂吉诃德》中文阐释文本既包括中国本土阐释文本，也包括外来译介阐释文本。前者指中国人撰写的《堂吉诃德》意义阐释文本，后者指译介过来的外国《堂吉诃德》意义阐释文本。中国本土阐释文本自然与中国的历史文化背景密切相关，外来译介阐释文本虽非中国人原创，但译介文本的选择也是由中国历史文化背景决定的。这两种阐释文本同样能表现出一定历史文化语境中的中国知识分子对《堂吉诃德》的理解，因此，它们都在本书的考察范围内。

（三）关于重点研究对象的说明

本书在附表 1 与附表 2 中分别按年代排列了 1904—1978 年间《堂吉诃德》中文译介文本与阐释文本的名目，但附表中的文本并不都是本书重点研究的对象。

一定时期的历史文化对文学文本具有选择、过滤的作用，当文学文本与某一时期的历史文化具有相近的文化特征时，文学文本与社会文化才能发生同频共振效应，产生一定的影响力。本书研究 1904—1978 年间《堂吉诃德》中文译介与阐释情况的目的之一，是要考察中文译介文本与阐释文本同中国历史文化之间的动态关系，因此，笔者选择了在《堂吉诃德》中文译介与阐释史上有重要意义和较大影响力的文本作为本书的重点研究对象。在译介文本方面，本书选择了将第一个《堂吉诃德》中文改译本《谷间莺》、第一个目标明确的《堂吉诃德》中文译本《稽先生传》②、第一个有影响力的《堂吉诃德》中文译本《魔侠传》、第一个有影响力的《堂吉诃

---

① 参见王宁《比较文学：理论思考与文学阐释》，复旦大学出版社 2011 年版，第 225 页。
② 这里的"目标明确"是指译者意识清晰地要将西班牙文学名著《堂吉诃德》译成中文，《稽先生传》的译者马一浮是中国首位目标明确地要把西班牙文学名著《堂吉诃德》译介到中国的译者。

德》全译本傅东华译本、第一个有影响力的《堂吉诃德》西语直译全译本杨绛译本作为重点研究对象。在阐释文本方面，本书选择了将周作人、郑振铎、鲁迅、孟复、杨绛等文化名人的阐释文本作为重点研究对象，因为一定历史时期里的文化名人往往是这一时期社会中某种文化的代言人，他们对《堂吉诃德》的阐释往往具有较大的影响力，能更好地表现出文化对《堂吉诃德》阐释的影响。

对于影响力较小的《堂吉诃德》中文译介文本与阐释文本，笔者或者对其进行简单介绍，或者仅将其记录在附表1与附表2中。

第二节 研究综述

自《堂吉诃德》诞生至今的400多年里，这部小说已用70多种语言出版了2000多种译本①，关于这部小说的接受研究卷帙浩繁。囿于语言障碍，我们难以一览《堂吉诃德》接受研究的全貌，仅能从英语与汉语的相关资料中，一窥《堂吉诃德》接受研究的概况。

一、英语世界的《堂吉诃德》接受研究综述

（一）关于《堂吉诃德》对小说创作的影响研究

这部分研究主要有两种类型：一类是从宏观的历史角度着眼，重在考察《堂吉诃德》对某一特定历史时期内小说创作影响的研究；另一类是从微观的具体作家与作品角度着眼，重在考察《堂吉诃德》对某一位作家或某一部作品创作影响的研究。

第一类研究中，1972年苏姗·斯塔夫斯（Susan Staves）的论文《英国18世纪的堂吉诃德》（*Don Quixote in Eighteenth-Century England*）与1996年米歇尔·托马斯·纽曼（Michael Thomas Newman）的博士学位论文《18世纪英国文学中的〈堂吉诃德〉》（*Variations on a Theme："Don Quixote" in Eighteenth-Century English Literature*）较具代表性。二人均探究了18世纪的英国小说如何继承并发展了《堂吉诃德》的讽刺性特征这一问题。前者重在梳理18世纪英

---

① 参见尹承东《前言》，见［西］塞万提斯著，孙家孟译《奇想联翩的绅士堂吉诃德·德·拉曼恰》，北京十月文艺出版社2001年版，第9页。

国文学作品中的堂吉诃德式讽刺型人物,后者重在探究《堂吉诃德》对18世纪的英国作家如亨利·菲尔丁(Henry Fielding)、托比亚斯·斯摩莱特(Tobias Smollett)、夏洛特·伦诺克斯(Charlotte Lennox)、塔比莎·吉尔曼·坦尼(Tabitha Gilman Tenney)等人小说创作主题的影响。

第二类研究中,以下四位学者的研究较有代表性:艾伦·理查德·彭纳(Allen Richard Penner)研究了《堂吉诃德》中的人物形象特点在英国作家菲尔丁的《约瑟夫·安德鲁斯》与《汤姆·琼斯》这两部作品中的借鉴与发展情况[1];杰克·瑟斯顿·梅斯(Jack Thurston Mays)探讨了《堂吉诃德》中的人物与典故对托比亚斯·斯摩莱特小说创作的影响[2];弗朗西斯·玛格丽特·博思韦尔·德尔托罗(Frances Margaret Bothwell del Toro)从人物、叙事技巧、主题三个方面研究了《堂吉诃德》对18世纪英国作家劳伦斯·斯特恩(Laurence Sterne)《项狄传》(*Tristram Shandy*)的影响[3];斯科特·克劳福德·赫尔利(Scott Crawford Hurley)从小说叙事的角度研究了《堂吉诃德》对美国作家弗拉基米尔·纳博科夫(Vladimir Nabokov)《微暗的火》(*Pale Fire*)的影响[4]。

(二) 关于《堂吉诃德》再创作作品的研究

《堂吉诃德》的再创作作品是指人们以《堂吉诃德》为题材创作出的作品。从《堂吉诃德》的再创作作品中,能看出《堂吉诃德》的文化影响力以及人们对这部小说的理解状况。目前,学者们已对根据《堂吉诃德》再创作的文学作品、音乐作品、舞台剧作品、绘画作品展开了研究。

格雷戈里·勒·鲍姆(Gregory le Baum)从历史角度着眼,系统地研究了17世纪英国《堂吉诃德》的再创作作品,包括改写故事、舞台剧、绘画作品等,较全面地勾画出了英国17世纪《堂吉诃德》接受的整体情况。[5]苏珊·简·弗林(Susan Jane Flynn)与凯伦·芳特诺特·俄尼斯特(Karen

---

[1] Allen Richard Penner. *Fielding and Cervantes: The Contribution of "Don Quixote" to "Joseph Andrews" and "Tom Jones"*. University of Colorado at Boulder, 1965.

[2] Jack Thurston Mays. *The Use of Quixote Figures and Allusions to "Don Quixote" in the Novels of Tobias Smollett*. Ball State University, 1974.

[3] Frances Margaret Bothwell del Toro. *The Quixotic and The Shandean: A Study of the Influence of Cervantes' "Don Quixote" on Sterne's "Tristram Shandy"*. The Florida State University, 1980.

[4] Scott Crawford Hurley. *Enchantment and coincidence: A comparative Study of "Don Quixote and "Pale Fire"*. City University of New York, 2011.

[5] Gregory le Baum. *"Mine, Though Abortive": Reading and Writing Don Quixote in Seventeenth-Century England*. The University of Chicago, 2013.

Fontenot Earnest）对音乐领域内的《堂吉诃德》再创作作品进行了研究。前者从17世纪、18世纪、19世纪、20世纪各选取了一部有代表性的《堂吉诃德》音乐作品作为研究对象，考察人们对《堂吉诃德》音乐诠释的变化①；后者研究三个文学作品中的人物形象在歌剧作品中的变化，其中包含对堂吉诃德形象变化的研究，凯伦认为这种变化与歌剧文本生成期人们的文化意识密切相关。② 卡鲁纳·瓦里埃（Karuna Warrier）与丹尼尔·文森泽·萨伍斯（Danielle Vincenza South）均研究了通俗文化中的《堂吉诃德》再创作作品。前者从《堂吉诃德》的漫画入手，研究了堂吉诃德的图标化形象是如何形成的，并探究了这些漫画如何推动特定读者群去阅读原著③；后者从美国《堂吉诃德》的儿童娱乐作品入手，研究了为了吸引特殊的读者群，再创作者对《堂吉诃德》原本的变形情况④。

总之，对《堂吉诃德》再创作作品的研究为人们打开了一扇观察《堂吉诃德》接受情况的新窗。

（三）关于《堂吉诃德》翻译情况的研究

国外对《堂吉诃德》翻译情况的研究可分为整体研究与个体研究两类。在整体研究中，茱莉·坎德勒·海耶斯（Julie Candler Hayes）与米歇尔·J.麦格拉（Michael J. McGrath）分别概述了18世纪与现代《堂吉诃德》的英语翻译情况。⑤ 玛丽·简·鲍尔（Mary Jane Power）与桑德拉·福布斯·格哈德（Sandra Forbes Gerhard）都关注到《堂吉诃德》不同英语译本风格各

---

① Susan Jane Flynn. *The Presence of "Don Quixote" in Music*. The University of Tennessee, 1984.

② Karen Fontenot Earnest. *The Integration of Symbol, Text, and Sound in the Evolution of Three Spanish Archetypes, El Cid, Don Juan, and Don Quixote, from Original Text to Opera*. The University of Texas at Arlington, 1998.

③ Karuna Warrier. *A Recreation of Don Quixote: From Comics to Popular Culture*. McGill University, 2018.

④ Danielle Vincenza South. *The Denaturalization of Miguel de Cervantes Saavedra's El Igenioso Hidalgo Don Quijote de la Mancha in Children's Entertainment in the United States*. West Virginia University, 2014.

⑤ Julie Candler Hayes. "Eighteenth-Century English Translations of Don Quixote." *The Cervantean Heritage: Reception and Influence of Cervantes in Britain*. J. A. G. Ardila (Ed.). London: Modern Humanities Research Association and Maney Publishing, 2009. pp. 66 – 75; Michael J. McGrath. "The Modern Translations of Don Quixote in Britain." *The Cervantean Heritage: Reception and Influence of Cervantes in Britain*. J. A. G. Ardila (Ed.). London: Modern Humanities Research Association and Maney Publishing, 2009. pp. 76 – 83.

异的问题,桑德拉还进一步探讨了评估《堂吉诃德》不同英译本价值的标准。① 丹尼尔·艾森伯格(Daniel Eisenberg)则考察了现代《堂吉诃德》英语译者翻译时所依据的不同西班牙语底本,细致地探究了不同英语译者对《堂吉诃德》西语原本中有争议之处的处理情况。② 在个体研究中,莱蒂西亚·阿尔瓦雷斯-雷西奥(Leticia Álvarez-Recio)与克拉克·科拉汉(Clark Colahan)都聚焦于17世纪谢尔顿的《堂吉诃德》译本,前者研究了詹姆斯一世时期谢尔顿译本的出版与销售情况,后者则着重从谢尔顿译本中探究17世纪英国人对《堂吉诃德》的理解情况③。汤姆·莱斯罗普(Tom Lathrop)则研究了当代畅销的《堂吉诃德》格罗斯曼(Edith Grossman)译本,他从该译本所依据的西班牙语底本角度对此译本提出了诸多批评,呼吁当代《堂吉诃德》译者应选取更新更好的《堂吉诃德》西班牙语版本作为底本,以确保翻译的准确性。④ 值得注意的是,坎迪斯·玛丽·贝特尔·加德纳(Candace Mary Beutell Gardner)还研究了《堂吉诃德》非英语译本的情况。她研究了德国第一个《堂吉诃德》西语直译本——贝尔图赫(Friedrich J. Bertuch)德译本,细致地考察了该译本中的归化和异化现象、句子结构处理、现在分词运用等问题。⑤

总之,国外对《堂吉诃德》译介情况的研究关注了如下几个问题:译本风格问题、翻译底本问题、对西语原本的理解问题、翻译技巧问题。

(四)关于《堂吉诃德》批评情况的研究

亚瑟·埃夫隆(Arthur Efron)早在20世纪60年代就对《堂吉诃德》的批评情况展开了系统研究,他的博士论文对英、美《堂吉诃德》批评史

---

① Mary Jane Power. *The Voices of Don Quixote: A Study of Style Through Translation*. The University of Wisconsin-Madison, 1967; Sandra Forbes Gerhard. *Dynamism in the English Translations of "Don Quixote": A Stylistic Analysis and Evaluation*. The Catholic University of America, 1978.

② Daniel Eisenberg. "The Text of Don Quixote as Seen by Its Modern English Translators." *Cervantes: Bulletin of the Cervantes Society of America*, 2006 (1), pp. 103–126.

③ Leticia Álvarez-Recio. "Translations of Spanish Chivalry Works in the Jacobean Book Trade: Shelton's Don Quixote in the Light of Anthony Munday's Publications." *Renaissance Studies*, 2018 (5), pp. 691–711; Clark Colahan. "Shelton and the Farcical Perception of Don Quixote in Seventeenth-Century Britain." *The Cervantean Heritage: Reception and Influence of Cervantes in Britain*. J. A. G. Ardila (Ed.). London: Modern Humanities Research Association and Maney Publishing, 2009. pp. 61–65.

④ Tom Lathrop. "Edith Grossman's Translation of Don Quixote." *Cervantes: Bulletin of the Cervantes Society of America*, 2006 (1), pp. 237–255.

⑤ Candace Mary Beutell Gardner. *Infinite Optimism: Friedrich J. Bertuch's Pioneering Translation (1775–1777) of "Don Quixote"*. Wayne State University, 2006.

进行了梳理。① 20 世纪 70—80 年代,在《堂吉诃德》的批评研究领域出现了两部影响力很大的著作:一本是 1978 年出版的安东尼·克洛兹(Anthony Close)的《〈堂吉诃德〉的浪漫主义解读:〈堂吉诃德〉浪漫主义批评史》(*The Romantic Approach to "Don Quixote": A Critical History of the Romanctic Tradition in "Quixote" Criticism*),另一本是 1987 年出版的达娜·B. 德雷克(Dana B. Drake)与多米尼克·L. 费内罗(Dominick L. Finello)合著的《〈堂吉诃德〉批评分析与书目导引(1790—1893)》[*An Analytical and Bibliographical Guide to Criticism on Don Quijote(1790 - 1893)*]。安东尼对 1800—1965 年间的《堂吉诃德》浪漫主义批评做了系统梳理,在此基础上反驳了《堂吉诃德》的浪漫主义解读观点,找出了致使浪漫派误读《堂吉诃德》的原因。达娜与多米尼克梳理了 19 世纪《堂吉诃德》批评史,其中简要介绍了包括西班牙、法国、德国、英国、美国、俄国、意大利、拉丁美洲《堂吉诃德》批评在内的 556 种资料,涵盖了《堂吉诃德》的版本问题、讽刺性、美学评论、象征义阐释、历史与传记阐释等批评主题。

近年来,斯拉夫·N. 格拉乔夫(Slave N. Gratchev)先后刊发于《南大西洋评论》(*South Atlantic Review*)上的两篇文章——《18—19 世纪俄国的堂吉诃德:感知与阐释》(*Don Quixote in Russia in the Eighteenth and Nineteenth Century:The Problem of Perception and Interpretation*)、《20 世纪早期俄国的堂吉诃德:感知与阐释》(*Don Quixote in Russia in the Early Twentieth Century: The Problem of Perception and Interpretation*),让英语世界的学者们了解了俄国《堂吉诃德》的批评状况;中国学者陈国恩、赵红英刊发于《文学研究前沿》(*Advances in Literary Study*)上的文章《堂吉诃德在中国的传播与接受》(*The Spread and Reception of Don Quixote in China*),也让英语世界的学者们看到了中国《堂吉诃德》批评的概况。随着文化全球化进程的加快,人们将有机会了解更多非英语世界的《堂吉诃德》批评情况。

(五)关于《堂吉诃德》接受情况的其他种类研究

国外的《堂吉诃德》接受研究除以上介绍的对小说创作影响的研究、对再创作作品的研究、对翻译情况的研究、对批评情况的研究四类外,还有一些《堂吉诃德》接受研究选题角度新颖、研究方法独特,难以将它们归入以上任何一种类别。比如,约翰·斯金纳(John Skinner)从读者反应的

---

① Efron, Arthur. *Satire Denied: A Critical History of English and American "Don Quixote" Criticism*. University of Washington, 1964.

角度研究了 18 世纪英国《堂吉诃德》的接受情况①；尼坦雅·D. 埃文（Netanya D. Even）研究了美国当代城市中学生对《堂吉诃德》的接受情况，分析了影响美国当代城市中学生对《堂吉诃德》接受的诸种因素②；马克·大卫·麦格劳（Mark David McGraw）探讨了堂吉诃德如何走出文本、变成辨识度极高的文化偶像这一问题③。这三人的研究角度都颇为独特，无法归入我们总结出的国外《堂吉诃德》四类接受研究中的任何一类。

二、国内的《堂吉诃德》接受研究综述

（一）关于《堂吉诃德》国外接受情况的研究

中国学者对国外《堂吉诃德》接受情况的研究主要可分为《堂吉诃德》批评研究、《堂吉诃德》对小说影响的研究、关于《堂吉诃德》再创作作品的研究三类。

1. 关于国外《堂吉诃德》批评的研究

关于国外《堂吉诃德》批评的研究，中国学者对西方堂吉诃德人物形象阐释的研究开始得较早。国内最早对西方堂吉诃德人物形象阐释情况展开研究的学者是杨绛，1964 年她在发表于《文学评论》上的论文《堂吉诃德和〈堂吉诃德〉》中追溯了 17 世纪、18 世纪、19 世纪西班牙、英国、法国、德国、俄国等欧洲国家对堂吉诃德这一人物形象的阐释情况。20 世纪 90 年代至 21 世纪初，刘武和又从接受美学角度对堂吉诃德形象的西方阐释进行了一系列研究，他的论文《"堂吉诃德现象"与接受美学理论》《堂吉诃德形象多义接受现象探究》、专著《堂吉诃德形象的接受与重构》都对西方堂吉诃德形象多样化阐释现象做了较有深度的理论分析。2007 年，王健的论文《认识堂吉诃德：作为读者的欲望之路》又梳理了从现代阐释学角度解读堂吉诃德形象的研究情况。

20 世纪 80 年代，中国学者又开始了对国外《堂吉诃德》批评流派的研究。张绪华在发表于 1986 年的论文《试论"九八年一代"的〈堂吉诃德〉

---

① John Skinner. "Don Quixote in 18th-Century England: A Study in Reader Response." *Cervantes: Bulletin of the Cervantes Society of America*, 1987 (1), pp. 45-57.

② Netanya D. Even. "*Don Quixote*", *Academia and the Streets*. University of Wisconsin-Madison, 2006.

③ Mark David McGraw. *The Universal Quixote: Appropriations of a Literary Icon*. Texas A&M University, 2013.

研究》中，具体论述了20世纪初西班牙"九八年一代"的作家——乌纳穆诺（Miguel de Unamuno）、阿索林（Azorín，原名 José Martínez Ruiz）、拉米罗·德·马埃斯图（Ramiro de Maeztu）三位研究者的研究特色，并归纳出"九八年一代"作家对《堂吉诃德》研究的特点。2011年，陈众议的著作《塞万提斯学术史研究》出版。此书堪称国内对国外《堂吉诃德》批评情况研究的扛鼎之作。在该书的第一编中，陈众议对17世纪至20世纪90年代国外的《堂吉诃德》批评情况进行了概要梳理，从浩如烟海的《堂吉诃德》批评中提炼出具有代表性的观点，介绍了400年来国外《堂吉诃德》批评的主要流派。在该书的附录部分，陈众议又对国外重要的《堂吉诃德》研究资料进行了目录整理和索引汇编，其中绝大部分都是西班牙语《堂吉诃德》研究的重要资料。该书为国内学者打开了一扇了解国外（尤其是西班牙语世界）《堂吉诃德》批评研究状况的轩窗。

2. 关于《堂吉诃德》对国外小说影响的研究

王央乐较早开始了此方面研究。1988年，他在论文《〈堂吉诃德〉的传统与西班牙当代小说》中指出西班牙当代小说风格的转变与《堂吉诃德》的影响有关，《堂吉诃德》的写实与虚构都给西班牙当代小说家以新启发。20世纪90年代初，钱理群发表了文章《屠格涅夫对俄国堂吉诃德和哈姆雷特的艺术发现》。在此文中，钱理群论及了《堂吉诃德》对屠格涅夫几部小说中人物形象的影响。2001年，刘佳林的文章《纳博科夫与堂吉诃德》具体论及了《堂吉诃德》对纳博科夫几部小说人物形象、叙事图式、主题思想的影响；同年出版的陈凯先著作《塞万提斯》的第五章还较详细地论述了《堂吉诃德》对包括亨利·菲尔丁、歌德、狄更斯、福楼拜、陀思妥耶夫斯基、马克·吐温、屠格涅夫、加西亚·马尔克斯在内的外国作家小说创作的影响。

3. 关于《堂吉诃德》再创作作品的研究

21世纪国内出现了对国外《堂吉诃德》再创作作品的研究：在吴笛总主编，张德明主编的《外国文学经典生成与传播研究》第三卷古代卷（下）第七章第三节中，编者概述性地介绍了20世纪以来《堂吉诃德》的戏剧、电影作品；张玮和吴曼思分别以国外《堂吉诃德》的电影和音乐作品为切入点撰写了硕士学位论文[①]；孙惠柱和项菲还对中国搬演的美国百老汇音乐

---

① 参见张玮《小说到电影——〈堂吉诃德〉电影版本之比较》，山西大学2012年硕士学位论文；吴曼思《理查·施特劳斯交响诗〈堂吉诃德〉艺术特征之初探》，福建师范大学2013年硕士学位论文。

剧《我,堂吉诃德》做了评析①。这些研究的出现表明中国学者对《堂吉诃德》的接受研究已突破了传统的文学界限,能从一种更宽广的视角来考察《堂吉诃德》的传播与接受问题。

(二) 关于《堂吉诃德》中国接受情况的研究

1. 综述类研究

目前能见到关于《堂吉诃德》中国接受情况的最早综述类文字,是1978年荣泾发表于《人民日报》上的《〈堂吉诃德〉与中国》。在这篇文章的最后一段,荣泾提到了《堂吉诃德》的两个中文译本——《魔侠传》与《吉诃德先生传》,并述及郁达夫、郑振铎、鲁迅为《堂吉诃德》在中国传播所做的贡献,但这些内容都极为精练概括,几乎都是一语带过。21世纪,陈众议又为一些报刊撰写了几篇概述《堂吉诃德》中国接受状况的文字。他的文章中往往涉及《堂吉诃德》的中国翻译、评论以及对中国小说创作的影响等方面的内容,常从林纾、陈家麟合译的《魔侠传》首次出版的1922年一直追溯到钱理群的专著《丰富的痛苦——堂吉诃德和哈姆雷特的东移》出版的1993年。②

除了报刊上的简述性文字外,还有五篇文章以及四部著作中的部分章节对《堂吉诃德》中国接受情况做了较系统的梳理。五篇文章是刘武和的论文《堂吉诃德的中国接受》、陈国恩的论文《〈堂·吉诃德〉与20世纪中国文学》、陈国恩和赵红英的论文《〈堂吉诃德〉在中国的传播与接受》(The Spread and Reception of Don Quixote in China)、禹权恒的论文《"堂吉诃德在中国"与"中国的堂吉诃德"》、赵振江为董燕生《堂吉诃德》译本撰写的序言《永恒的〈堂吉诃德〉及其在中国的传播》。四部著作是陈众议的《塞万提斯学术史研究》中第四章第十节"中国接受",陈凯先的《塞万提斯》中的第六章"在中国",吴笛总主编、张德明主编的《外国文学经典生成与传播研究》第三卷古代卷(下)的第七章第二节"《堂吉诃德》在汉语语境中的再生",何川芳的《中外文化交流史》(下)的第十九章第二节"西班牙文学在中国"。这些资料有如下两个特点。

---

① 参见孙惠柱《看音乐剧〈我,堂吉诃德〉,又想起了孔乙己》,载《文汇报》2016年6月21日第11版;项菲《堂吉诃德与阿尔东扎艺术形象及其塑造——音乐剧〈我,堂吉诃德〉评析》,载《戏剧文学》2017年第12期,第98~101页。

② 参见陈众议《永远的堂吉诃德》,载《中国图书评论》2005年第4期,第23~26、第1页;陈众议《〈堂吉诃德〉与中国》,载《人民日报》2005年12月13日,第16版。

（1）都有相当大的信息容量。它们涉及《堂吉诃德》在中国的翻译和阐释情况、《堂吉诃德》对中国文学创作的影响、《堂吉诃德》引发的文化现象等方面的内容，共同开辟出了一块值得深耕细作的《堂吉诃德》中国接受研究领域。

（2）都注意到了《堂吉诃德》的中国接受状况与中国文化之间的关系。比如，刘武和在梳理中国知识分子解读《堂吉诃德》的不同观点时，对促使这些观点形成的历史原因进行了简要分析；陈国恩指出，20世纪中国对《堂吉诃德》的接受"折射出了中华民族在此期间所经历的历史和现实的挑战，以及中华儿女所作出的悲壮回应"[①]；陈众议明确指出，"20世纪20、30年代《堂吉诃德》在中国的接受具有文学和政治双重色彩"[②]。

由于这些文章旨在勾勒《堂吉诃德》中国接受情况的总体轮廓，研究者便没有对其中涉及的内容做深入细致的研究。这些文章涉及的有关《堂吉诃德》中国译介史与阐释史、《堂吉诃德》对中国文学创作的影响史、《堂吉诃德》在中国引发的衍生文化史等方面的问题，都值得进一步去做专题化的深入研究。

2. 专域化研究

对《堂吉诃德》中国接受情况的专域化研究，是指以《堂吉诃德》中国接受的某一个具体领域、某一种具体现象为对象的研究。目前，中国学者对《堂吉诃德》的中国接受情况做了如下几类专域化研究。

（1）对《堂吉诃德》中文译本的研究。20世纪90年代至21世纪初，董燕生、屠孟超、刘京胜、孙家孟、唐民权等当代西班牙语专家的《堂吉诃德》直译本纷纷涌现，一些学者开始在对《堂吉诃德》不同译本翻译情况的比较中思考《堂吉诃德》的中文翻译问题。董燕生首先对《堂吉诃德》杨绛译本的翻译质量提出质疑，林一安随即声援董燕生，他们都认为杨绛译本存在一些不恰当的翻译问题[③]；陈众议、李景端等人则力挺杨绛译本，针

[①] 陈国恩：《〈堂·吉诃德〉与20世纪中国文学》，载《外国文学研究》2002年第3期，第123页。
[②] 陈众议：《塞万提斯学术史研究》，译林出版社2011年版，第146页。
[③] 参见林一安《莫把错译当经典》，载《中华读书报》2003年8月6日，第18版；林一安《"胸毛"与"瘸腿"——试谈译文与原文的牴牾》，载《外国文学》2004年第3期，第100～102页；舒晋瑜《董燕生：再说说〈堂吉诃德〉、"反面教材"和"胸口长毛"》，载《中华读书报》2017年5月24日，第17版。

锋相对地回击了董燕生、林一安对杨绛译本的诟病①。

2010年之后，国内涌现出了六篇涉及《堂吉诃德》译介问题的西班牙语专业或英语专业的硕士学位论文②。这些硕士学位论文或者注重对当代《堂吉诃德》译本的对比研究，或者简要述及某一时段里《堂吉诃德》的译介情况，但均未从历史文化角度对具体的《堂吉诃德》译本特点进行分析。

总之，目前《堂吉诃德》的中文译介研究总体上呈现出不均衡的特点。首先是研究时间段分布不均衡：对出现于1978年杨绛译本之后的《堂吉诃德》西语直译本研究较多，而对1978年之前的《堂吉诃德》译本研究较少。其次是研究领域分布不均衡：语言学领域内的《堂吉诃德》翻译研究较多，而文化领域内的《堂吉诃德》翻译研究较少。

（2）关于《堂吉诃德》对中国小说影响的研究。目前，国内只有关于《堂吉诃德》对鲁迅的《阿Q正传》的影响研究与对废名的《莫须有先生传》《莫须有先生坐飞机以后》这两篇小说的影响研究。早在20世纪40年代，荷影就曾注意到了鲁迅笔下的阿Q与堂吉诃德的相似性。③ 20世纪80年代以来，中国不少学者都开始比较《堂吉诃德》与《阿Q正传》这两部小说，这其中既有平行研究，也有影响研究。秦家琪、陆协新应该是最早指出《堂吉诃德》与《阿Q正传》之间影响施受关系的学者。他们在发表于1982年的论文《阿Q和堂吉诃德形象的比较研究》中明确提出了阿Q形象是堂吉诃德形象的"影响性再现"这个观点。1999年，李志斌在文章《堂吉诃德与阿Q形象之比较》中继续探究《堂吉诃德》对《阿Q正传》的影

---

① 参见陈众议《评〈莫把错译当经典〉——与林一安先生商榷》，载《外国文学》2004年第3期，第103～104页；李景端《当前译坛论争的几个话题》，载《中国翻译》2004年第3期，第67～68页；李景端《从"胸上长毛"看翻译之美》，载《出版广角》2004年第2期，第62页；许嘉俊《杨绛译〈堂吉诃德〉被当"反面教材"，众译家据理驳斥译坛歪风》，载《文汇读书周报》2005年8月26日，第1版。

② Jin Wei. *Traducción y difusión de la novela española en China*（1975–2010）. Universidad de Nanjing, 2012; Liang Lin. Mil traductores, *Mil Don Quijotes—Comparación de diversas traducciones chinas de Don Quijote y reflexiones sobre curos universitarios de la traducción en China*. Universidad de Estudios Internacionales de Shanghai, 2012; Tian Shen. *Análisis sobre la lealtad, fluidez y precisión estética de la traducción comparando distintas versions chinas de Don Quijote*. Universidad de Jilin, 2012; Zan Xiaoxue. *La traducción del humor verbal en El ingenioso hidalgo Don Quijote de la Mancha*. Universidad de Estudios Internacionales de Beijing, 2018; Xu Yan. *A Case Study on Retranslation Based on Three Chinese Versions of Don Quixote*. Liaoning University, 2013; Zhang Nu. *Pretender la legibilidad en la traducción literaria Análisis de las versiones de Don Quijote en chino*. Universidad de Estudios Internacionales de Xi'an, 2018.

③ 参见荷影《关于〈董·吉诃德〉和〈阿Q〉——并介绍〈解放了的董·吉诃德〉》，见《1913—1983鲁迅研究学术论著资料汇编3：1940—1945》，中国文联出版公司1987年版，第661～662页。（原载于《上海周报》1941年第4卷第8期）

响。他认为，堂吉诃德与阿 Q 在意识、语言、行为、命运、性格及美学内蕴等方面有惊人的相似性，塞万提斯和鲁迅在美学观、创作观方面也有共同之处，这些都是一向主张"拿来主义"的鲁迅受塞万提斯及其小说《堂吉诃德》影响的表现。21 世纪初，吕俊与路全华还分别以《堂吉诃德》对《阿 Q 正传》的影响为研究主题，写成了硕士学位论文。①

钱理群应该是研究《堂吉诃德》对废名创作影响的第一人。1991 年，他在《云梦学刊》上发表论文《中国现代堂·吉诃德的"归来"——〈莫须有先生传〉、〈莫须有先生坐飞机以后〉简论》，借周作人的评论佐证《堂吉诃德》对《莫须有先生传》的影响。钱理群认为，莫须有先生身上有某种"堂·吉诃德气"，作家废名在借《莫须有先生传》与《莫须有先生坐飞机以后》这两篇小说表达他对中国现代知识分子身上"堂·吉诃德气"的发现，并借莫须有先生提出了"中国现代堂·吉诃德的归来"主题。2004 年，止庵在文章《堂吉诃德、房东太太与禅——读废名小说〈莫须有先生传〉》中又找到了《堂吉诃德》影响《莫须有先生传》的新证据，他在废名亲自撰写的《〈废名小说选〉序》中，发现了废名承认《莫须有先生传》受《堂吉诃德》影响的语句。2012 年，麦思克的硕士论文《"迂狂文士"与"疯癫骑士"——〈莫须有先生传〉和〈堂吉诃德〉比较》，具体从人物形象与小说修辞等方面论及《堂吉诃德》对《莫须有先生传》创作的影响。

其实，中国受《堂吉诃德》影响的小说远不止《阿 Q 正传》《莫须有先生传》《莫须有先生坐飞机以后》这三篇。陈凯先在其著作《塞万提斯》中还提到鲁迅"《狂人日记》中的疯与愚的错位所包含的喻意恰似《堂吉诃德》中疯与智的反差"②，钱理群也在其著作《丰富的痛苦——堂吉诃德与哈姆雷特的东移》中提到巴金、曹禺、洪灵菲等人的叙事作品中有《堂吉诃德》的影子。不仅如此，中国当代小说家的作品中也有不少《堂吉诃德》的影子，比如马原等先锋小说家的叙事技巧、张承志等人"神性写作"的隐喻叙事方式等。这些都值得人们去进一步探究。

（3）关于《堂吉诃德》对中国知识分子影响的研究。这是对《堂吉诃德》深层文化影响力的研究，研究者往往从中国知识分子对《堂吉诃德》

---

① 参见吕俊《悲剧性的喜剧与喜剧性的悲剧——〈堂吉诃德〉与〈阿 Q 正传〉之比较》，华中师范大学 2002 年硕士学位论文；路全华《阿 Q：变通到中国的堂吉诃德》，天津师范大学 2004 年硕士学位论文。

② 陈凯先：《塞万提斯》，华夏出版社 2001 年版，第 188 页。

的阐释以及符号化运用中，剖析出这部小说对中国知识分子的思想状况、精神气质的影响。

这类研究的开山之作是姚锡佩的论文《周氏兄弟的堂吉诃德观：源流与变异——关于理想和人道的思考之一》。姚锡佩认为，周作人和鲁迅的吉诃德观在前期基本一致，他们都"从积极方面肯定了吉诃德式'凭了理想，勇往直前'的人生"[①]，而后期他们的思想发生了分歧：周作人"以屠格涅夫式的虚无思想，人道主义信仰去观察人生，视堂吉诃德为反专制的理想化身"[②]，鲁迅"则在现实中坚定了马克思主义理想，辩证地分析批判了堂吉诃德式人道主义思想"[③]。周氏兄弟对《堂吉诃德》的论述"反映了他们在不同时期对理想和人道的思索，是他们观察人生的一个方面，并影响着他们选择了不同的人生"[④]。

钱理群拓宽了此类研究的论域，他的文章《中国现代的堂吉诃德和哈姆雷特——论七月诗派和九叶诗派诗人》《"五四"新村运动和知识分子的堂吉诃德气》都涉及《堂吉诃德》对中国知识分子精神气质的影响问题。他认为，"五四"新村运动中中国知识分子对"乌托邦理想"的憧憬与实践热情以及七月诗派诗人追求的单纯、天真、热情、战斗的理想主义、英雄主义都是堂吉诃德精神气质的中国化表现。

由于这类研究关注的是《堂吉诃德》对中国知识分子思想状况、精神气质的深层影响，很多时候都难以找到足够确凿的论据来佐证，要靠研究者的学术敏感性去捕捉这种影响的存在，因此，这种影响研究往往与对堂吉诃德精神与中国知识分子精神的平行比较研究交糅。但这种研究毕竟拓宽了《堂吉诃德》接受研究的领域，将思想文化影响纳入《堂吉诃德》接受研究的范畴中。就目前我们所掌握的国外资料来看，这种研究是中国学者对《堂吉诃德》接受研究的一个独特贡献。

（4）对《堂吉诃德》中国批评的研究。这类研究目前才刚刚起步，仅有王军的《新中国60年塞万提斯小说研究之考察与分析》与柳晓辉、夏千

[①] 姚锡佩：《周氏兄弟的堂吉诃德观：源流与变异——关于理想和人道的思考之一》，见北京鲁迅博物馆鲁迅研究室编《鲁迅研究资料22》，中国文联出版公司1989年版，第322页。

[②] 姚锡佩：《周氏兄弟的堂吉诃德观：源流与变异——关于理想和人道的思考之一》，见北京鲁迅博物馆鲁迅研究室编《鲁迅研究资料22》，中国文联出版公司1989年版，第336页。

[③] 姚锡佩：《周氏兄弟的堂吉诃德观：源流与变异——关于理想和人道的思考之一》，见北京鲁迅博物馆鲁迅研究室编《鲁迅研究资料22》，中国文联出版公司1989年版，第336页。

[④] 姚锡佩：《周氏兄弟的堂吉诃德观：源流与变异——关于理想和人道的思考之一》，见北京鲁迅博物馆鲁迅研究室编《鲁迅研究资料22》，中国文联出版公司1989年版，第324页。

慧的《理想的英雄与现实的疯子——杨绛研究〈堂·吉诃德〉瞥观》两篇论文。在金薇以西班牙语写成的硕士论文《西班牙小说在中国的译介与接受（1975—2010）》中，也有对中国《堂吉诃德》批评的简要介绍。

王军的文章是对《堂吉诃德》中国批评的整体性研究。文章简要回顾了中华人民共和国成立前中国的《堂吉诃德》批评状况，接着分别对1949—1977年、1978—1999年、2000—2011年三个时间段内中国的《堂吉诃德》研究状况做了概要介绍，基本上勾勒出了2011年之前中国《堂吉诃德》批评情况的全貌，但个别地方尚待斟酌。比如，王军认为"周作人与陈源、鲁迅与创造社及太阳社，分别就堂吉诃德精神的实质进行辩论"①，又将鲁迅的杂文《中华民国的新"堂吉诃德"们》《真假堂吉诃德》看成是堂吉诃德形象在中国被误解时对《堂吉诃德》的重新阐释②，这实际上将文章的研究范畴扩大了。周作人与陈源、鲁迅与创造社及太阳社的论争以及鲁迅的两篇杂文中的确涉及有关《堂吉诃德》的一些问题，但《堂吉诃德》在他们的论述中是工具性存在而非目的性存在，他们将《堂吉诃德》作为文化符号来论述自己对某些人及某些社会现象的看法，他们的论述既不是"就堂吉诃德精神的实质进行辩论"，也不是要重新阐释被误解的堂吉诃德形象。因此，这些内容不应该被纳入《堂吉诃德》的中国批评范畴。但是整体看来，这篇文章资料翔实，对《堂吉诃德》中国批评情况的梳理缜密，堪称《堂吉诃德》中国批评研究的开山力作。

柳晓辉、夏千慧的论文是对中国《堂吉诃德》批评的个体化研究。他们对当代中国《堂吉诃德》研究领军人物杨绛的《堂吉诃德》批评做了分析，认为"从小说的写作手法到人物塑造，杨绛均以独特的角度分析了该部作品的成功之处和现实意义"③，而杨绛对《堂吉诃德》研究的贡献主要在于其指出了堂吉诃德人物形象的多重性格既是塞万提斯将自己的品质、见识、情感注入人物形象的结果，也是各国各时代读者再创造的结果。

金薇的硕士学位文重在梳理1975—2010年西班牙小说在中国的译介与接受情况，其中虽然涉及《堂吉诃德》的中国批评情况，但只统计了1975—2010年间中国《堂吉诃德》研究文章的数量，并没有概述《堂吉诃

---

① 王军：《新中国60年塞万提斯小说研究之考察与分析》，载《国外文学》2012年第4期，第73页。

② 王军：《新中国60年塞万提斯小说研究之考察与分析》，载《国外文学》2012年第4期，第73页。

③ 柳晓辉、夏千慧：《理想的英雄与现实的疯子——杨绛研究〈堂·吉诃德〉瞥观》，载《湖北社会科学》2015年第9期，第142页。

德》中国批评的内容,也没有总结《堂吉诃德》中国批评的特点。

《堂吉诃德》的中国批评是值得深入探究的一个领域。中国不同时期《堂吉诃德》批评的关注焦点及批评话语各有不同,这些历时性变化的原因有待人们去做进一步的探索。

(5)对中国《堂吉诃德》再创作作品的研究。在此领域内,目前仅有曹瑞霞、钟敏珺、赵艳花等人对中国导演阿甘从《堂吉诃德》改编的电影《魔侠传之唐吉可德》进行过述评。尽管这些研究均未能清晰指出电影里中国化的堂吉诃德与西班牙小说中堂吉诃德形象的相异之处,也未能深入剖析中国化堂吉诃德形象特点形成的原因,但这些研究者能从中国电影艺术的角度去考察中国人对《堂吉诃德》的理解情况,这在国内《堂吉诃德》接受研究领域是极具创新性的。①

(三)关于《堂吉诃德》接受情况的中外对比研究

钱理群是较早对《堂吉诃德》的中外接受情况进行对比研究的学者。他出版于1993年的著作《丰富的痛苦——堂吉诃德与哈姆雷特的东移》分为上下两编。上编将《堂吉诃德》对17—19世纪英国、西班牙、德国、俄国知识分子思想状况、精神气质的影响作为重要的研究对象之一,下编将《堂吉诃德》对20世纪20—40年代中国知识分子思想状况、精神气质的影响作为重要的研究对象之一,在两相对比中,探讨中国知识分子的精神气质与世界知识分子内在精神的联系。

在《堂吉诃德》接受情况中外对比研究领域内,复旦大学桂琳的硕士论文《论堂吉诃德在西方与中国的影响与接受》也值得关注。这篇硕士论文共分三章,分别论述堂吉诃德在西班牙、西欧、中国的影响与接受状况。桂琳通过比较研究发现,"堂吉诃德之所以被不同地理解和阐述不仅由于读者所处的时空环境、自身的文化修养、看问题的观点和角度不同,还与当时的社会环境和文艺思潮有关"②。这种观点可谓把握住了堂吉诃德阐释情况多样化的关键原因。然而,以篇幅不长的硕士论文要将此观点阐释清楚实在不易,这篇硕士论文的论证就难免流于空泛,缺乏对具体文本细致深入的分析。

---

① 参见曹瑞霞《〈魔侠传之堂吉可德〉的精神之美》,载《文学教育(下)》2011年第7期,第105页;钟敏珺《中国化的堂吉诃德——〈魔侠传之唐吉可德〉中草根的宏大叙事》,载《中国研究生》2012年第5期,第48~50页;赵艳花《从〈堂吉诃德〉到〈魔侠传之唐吉可德〉》,载《电影文学》2013年第9期,第27~28页。

② 桂琳:《论堂吉诃德在西方与中国的影响与接受》,复旦大学2003年硕士学位论文。

除以上学术型研究外，陈众议还在过去的 20 多年里为一些报纸撰写了几篇概述《堂吉诃德》中外接受状况的文章。由于陈众议中西文化学养深厚，这些文章均能以寥寥数笔清晰勾勒出《堂吉诃德》中西接受状况的大体情况。

三、与本题相近的研究情况总结

从以上述及的英语世界与国内的《堂吉诃德》接受研究情况来看，目前尚未有学者从《堂吉诃德》翻译与阐释同质性的角度对《堂吉诃德》中国译介与阐释情况进行过历史性的系统梳理与研究。关于《堂吉诃德》中国译介与阐释史的粗略描述，散见于《堂吉诃德》中国接受情况的综述类文章以及《堂吉诃德》接受情况中外对比的概述类文章中。关于《堂吉诃德》中文译介文本与阐释文本的个案分析，散见于《堂吉诃德》中文译本研究与《堂吉诃德》中国批评研究当中。许多有研究价值的《堂吉诃德》中文翻译文本都尚未引起足够的关注。比如，几乎没有中国学者去留意《魔侠传》之前的《堂吉诃德》中文翻译文本；许多有价值的《堂吉诃德》阐释文本都尚未得到充分的研究；又如，几乎没有中国学者去探讨郑振铎、鲁迅、孟复等人《堂吉诃德》阐释文本的特点，也没有中国学者去探讨这些特点的生成原因。

第三节　研究目的、方法与创新点

一、研究目的

本书主要有以下两方面的研究目的。

（1）系统梳理 1904—1978 年间《堂吉诃德》在中国的译介与阐释情况，通过史料考证解决一部分在《堂吉诃德》中国译介与阐释史上悬而未决的问题，总结 1904—1978 年间的《堂吉诃德》译介文本与阐释文本中呈现出的《堂吉诃德》意义类别，解释《堂吉诃德》文本意义解读多样化现象产生的原因。这是本书在文学史方面的研究目的。

（2）在中国现代文化的发展之流中钩沉《堂吉诃德》的中文译介文本与阐释文本时代特点的生成原因，同时也在《堂吉诃德》的中文译介文本与阐释文本中探寻中国不同时期现代文化的沉淀痕迹，从而揭示出《堂吉诃德》的中文译介文本与阐释文本同中国现代文化之间的复杂关联，勾画出中国现代文化的发展轨迹，归纳出中国现代文化的总体特点。这是本书在文化史方面的研究目的。

二、研究方法

本书在研究过程中，将采用如下方法。

（1）文献搜集法。为了能够准确描述出《堂吉诃德》的中国译介与阐释史概况，我们需要搜集《堂吉诃德》中文译介文本与阐释文本资料。为了能够解释《堂吉诃德》中文译介文本与阐释文本特点的形成原因，我们需要搜集《堂吉诃德》译介者、阐释者的生平资料以及中国不同时期的文化史料。

（2）史料考证法。为了解决《堂吉诃德》的中国译介与阐释史中诸如译者的真实身份、译本的翻译时间等问题，本书须采用史料考证法。通过对历史记录、历史著作、文献汇编、政府文件等史料的考察，得出一定的结论。

（3）文本对比细读法。在研究《堂吉诃德》的中国译介文本时，本书常采用原文—译文对比阅读的方法，在对比中发现译文相对于原文的变化，找出《堂吉诃德》在中国文化语境里表现出的具体特点。在研究《堂吉诃德》的中国阐释文本时，本书也常将不同的文本进行对比。比如，在研究周作人对屠格涅夫《哈姆莱特与堂吉诃德》一文的介绍时，通过将屠格涅夫《哈姆莱特与堂吉诃德》全文与周作人撰写的简介相比较，发现了周作人对屠格涅夫原文观点的变形。

（4）文本—历史互文性诠释法。对于要重点分析的《堂吉诃德》译文本与阐释文本，我们一方面关注其产生的历史语境，了解文本产生的具体历史契机、文化环境，译者与阐释者的人生经历、心理状态等因素，试图找到致使具体文本特点形成的历史文化原因；另一方面，在对具体文本的细读中寻找特定时期社会文化权力的痕迹，剖析文本中蕴藏的历史指涉意义，试图使文本中蕴藏的社会历史文化特点显现出来。

（5）点、面结合的方法。"面"是指按中国不同现代文化类型对《堂吉诃德》中国译介文本与阐释文本进行分类研究。本书不会严格按照时间的先后顺序梳理《堂吉诃德》的中文译介与阐释史，而会先将1904—1978年间在中国影响较大的四种现代文化按产生的先后顺序排列，再将受不同现代文化影响的《堂吉诃德》译介文本与阐释文本放入相应的文化模块中进行研究分析。"点"是指在不同文化模块中选取重要的译介文本和阐释文本进行细致的分析。由于74年间《堂吉诃德》的译介文本与阐释文本众多，若对每个译介文本与阐释文本都做细致的分析，不同历史时期内《堂吉诃德》的译介与阐释特点就会淹没在烦冗的资料当中。本书在附表1与附表2中按时间顺序详尽地列出了1904—1978年间《堂吉诃德》的译介文本与阐释文本名目，以全面呈现74年间《堂吉诃德》的中文译介与阐释概况。但在正文部分只择取了具有重要意义或产生了一定影响力的文本进行研究分析，以此来观察社会文化同文学译介与阐释之间的关系。

（6）跨文化比较法。我们将在梳理1904—1978年间《堂吉诃德》的中国译介与阐释情况后，把它与17—20世纪上半期欧洲现代文化语境中的《堂吉诃德》阐释做对比。通过跨文化比较研究，找出《堂吉诃德》文本意义解读多样化现象产生的原因以及中国现代文化区别于西方现代文化的总体特点。

三、研究创新点

（1）从整体研究情况来看，本书有如下几个创新点：①从选题上看，本书第一次较为系统地梳理并研究了1904—1978年间《堂吉诃德》的中国译介与阐释情况；②从研究方法上看，本书以文化类型为切分标准，将具体的《堂吉诃德》中文译介文本与阐释文本放入不同的中国现代文化语境中去考察分析；③从研究目的上看，本书将《堂吉诃德》看作中国现代化进程中的一个重要文化符号，探讨《堂吉诃德》的中国译介与阐释同中国文化现代化进程的关系。

（2）在具体的研究过程中，本书有以下几个创新点：①本书为中国四种特征突出、影响较大的现代文化做了命名，分别将其称为"中国现代改良文化""中国现代革命文化""中国现代整合文化""中国现代自由文化"；②本书通过文献搜集与史料考证解决了《堂吉诃德》中国译介史上一些悬而未决的问题，如推考出《谷间莺》译者"逸民"的真实身份、考证出《魔侠传》所依据的翻译底本、推考出林纾与陈家麟合译的《魔侠传》与傅东华译的《堂吉诃德》（第二部）的具体翻译时间；③在对比分析《堂吉诃德》西语原本与杨绛译本的差异时，首次将申丹的隐性进程理论运用于《堂吉诃德》的文本分析中。

第四节　理论依据与研究思路

一、理论依据

本书总体研究架构与具体研究思路的生成，主要受文化诗学理论和译介学理论的影响。

（一）文化诗学理论

本书整体上以文化诗学为理论支撑。"文化诗学"是新历史主义代表人物、美国文论家格林布拉特（Stephen Greenblatt）于 1980 年在《文艺复兴的自我塑造》（*Renaissance Self-fashioning*）中提出的批评理念。1986 年，他又在西澳大利亚大学所做的演讲《通向一种文化诗学》中，明确提出了"新历史主义文化诗学"的学术理想。在这之后，新历史主义文化诗学迅速成为西方文学批评界的热点话题，人们对这种新兴批评理论的梳理热情日益高涨。

新历史主义文化诗学是在后现代文化语境中提出的理论构想，后结构主义文论、接受美学、马克思主义文论、文化唯物论、福柯历史观、当代阐释学、文化人类学都对新历史主义文化诗学产生了不小的影响。格林布拉特认为，文学批评不应该囿于某一种理论，而应跨越学科界线、跨越理论话语界线，研究文学文本的文化形式。也就是说，格林布拉特持有一种整体性的文学批评观，他在泛文化批评的基础上建构起自身的诗学话语。[①] 具体而言，新历史主义文化诗学有如下特点。

第一，文化诗学认为文学与历史间存在着复杂的互渗关系。它以"社会能量"（social energy）、"权力关系"（power relation）、"商讨"（negotiations）等为关键概念，用"流通""商讨""交换"等原属于经济学的术语来阐述这种关系。文化诗学认为，社会能量通过编码进入文学作品，文学作品又不断释放这种能量，从而对同代或后代的读者产生影响，进而作用于社

---

① 王进:《新历史主义文化诗学——格林布拉特批评理论研究》，暨南大学出版社 2012 年版，第 85~86 页。

会现实①。也就是说，文化诗学认为文学是立体文化网络中的一个环节，"文学不是对'前文本'世界和'历史'的'反映'，而是塑造'历史'的能动力量"②。

第二，文化诗学认为作家具有主体性和群体性的特征。格林布拉特在《莎士比亚式的商讨》（*Shakespearean Negotiations*）一书中表达了这种观点。主体性是指作家是社会文化话语系统中的主动参与者，他通过"商讨"活动建构出文本，又在建构文本的过程中改变、塑造着自身；群体性是指作家的文化生产中存在着隐蔽的文化交易，这其中包藏着集体意图，作家是社会意志的代理者。③

第三，文化诗学认为文本具有开放性和动态性的特征。开放性是指文化诗学认为文本是社会能量的载体，它与社会语境及其他文本存在着互文关系，是"一种有历史质量的'话语事件'（discursive event）"。动态性是指"文本是权力运行的场所，是历史现实与意识形态的发生交汇的'作用力场'，是'不同意见和兴趣的交锋场所'，是'传统和反传统势力发生碰撞的地方'，是历史现实得以现形的所在"④，它以"振摆"的方式存在，或摆向审美文化，或摆向社会政治文化⑤。

第四，文化诗学用"共鸣"（resonance）与"惊叹"（wonder）两个概念来描述读者的阅读接受活动。格林布拉特说："我用'共鸣'指这样一种现象：显现的对象具有超越形式、广泛布及的力量，这种力量能激发出读者身上复杂、动态的文化力量；对象在这种力量中呈现，读者以对象为隐喻或单纯的换喻，也是这种力量的展现。"⑥ 除此之外，格林布拉特还认为读者的阅读接受活动中存在着"惊叹"活动，"'惊叹'则主要指特定文化表述系统对他异因素进行整合和包容的历史具体性和动态复杂性"⑦。也就是说，"共鸣"表述的是文学文本与读者感受到的诸种文化文本之间的交响共振；而"惊叹"常用来表述两种文化相遇时，一种文化语境中的读者对文本中另一种文化的整合与包容，它能揭示文本文化的动态性、复杂性特征。前者

---

① 张进：《新历史主义文艺思潮通论》，暨南大学出版社2013年版，第217页。
② 张进：《新历史主义文艺思潮通论》，暨南大学出版社2013年版，第211页。
③ Stephen Greenblatt. *Shakespearean Negotiations*. Berkeley: University of California Press, 1988. p.4.
④ 张进：《新历史主义文艺思潮通论》，暨南大学出版社2013年版，第247页。
⑤ 张进：《新历史主义文艺思潮通论》，暨南大学出版社2013年版，第257页。
⑥ Stephen Greenblatt. *Learning to Curse: Essays in Modern English Culture*. London: Routledge, 1990. p.170.
⑦ 张进：《新历史主义文艺思潮通论》，暨南大学出版社2013年版，第258～259页。

重在表述读者自身文化与文本文化的相通性,后者重在表述读者自身文化与文本文化的差异性。共鸣与惊叹辩证统一,可以互相转化,共存于读者的阅读接受过程中。

本书将以上新历史主义文化诗学的观点贯穿到具体的研究中。我们将《堂吉诃德》的阐释与译介文本放入中国不同历史时期的现代文化中去考察分析,注意勾连具体历史阶段里的现代文化与《堂吉诃德》译介文本、阐释文本之间的双向互塑关系。

第一,我们认可文化诗学的文本观以及文化诗学的文学与历史关系论。本书将《堂吉诃德》看成一个具有动态性、开放性的文本,不试图去辨别在中国产生一定影响力的《堂吉诃德》中文译介文本与阐释文本对《堂吉诃德》西语原著的"正解"与"误读"。在承认每一种在中国具有一定影响力的《堂吉诃德》中文译介文本与阐释文本生成合理性的基础上,历史性地梳理《堂吉诃德》的译介与阐释情况。我们将每一个影响力较大的《堂吉诃德》中文译介文本与阐释文本都视为文化"事件",认为它们与历史之间存在着互渗关系,这些译介文本与阐释文本是中国不同历史时期的社会能量与《堂吉诃德》文本中内化的社会能量之间"商讨"的结果。在这种认知的基础上,我们着意去探寻中国不同历史阶段中《堂吉诃德》中国译介文本与阐释文本特点形成的深层文化原因。

第二,我们认可文化诗学的作家观与读者观。"在新历史主义看来,作为读者的主体与作为作家的主体和作为评论家的主体之间没有本质区别"①,他们只是在文学活动中分工不同,参与文学活动的方式不同而已。《堂吉诃德》的中文译介者和阐释者首先作为异域文化中的读者在"共鸣"活动中表现中国本土文化与文本内蕴文化的共振,在"惊叹"活动中识别着文本裂隙,洞穿文本文化中的异质性因素,从而突破文本文化表述的束缚,改变借文本来表述当下的历史文化境遇。他们又作为《堂吉诃德》中文译介文本与阐释文本的创作者,在"商讨"活动中给予《堂吉诃德》以中国本土化的生命。因此,本书注意考察这些译介者与阐释者的生平经历、思想状况、社会行为等情况,进而试图揭示《堂吉诃德》中国译介者与阐释者寄托在译介文本与阐释文本中的文化隐喻。

第三,我们认可文化诗学的"社会能量"说。我们将借"社会能量"说来分析《堂吉诃德》跨时空文本意义解读多样化现象产生的原因,并认知文学文本解读多样化现象产生的普遍规律。

---

① 张进:《新历史主义文艺思潮通论》,暨南大学出版社2013年版,第258页。

(二) 译介学理论

在对具体的译本进行分析时,本书运用了译介学理论。译介学认为,"人们赋予文学翻译的目标与文学翻译实际达到的结果之间始终是存在差距的"①,文学翻译中必然存在着创造性叛逆现象,译者的个性化翻译、误译、漏译、节译、编译、转译、改编都是文学翻译创造性叛逆的表现形式,它们都是译者为达到某一主观愿望而在有意或无意间造成的译作对原作的客观背离现象。译介文本中的创造性叛逆现象"特别鲜明、集中地反映了不同文化在交流过程中所受到的阻滞、碰撞、误解、扭曲等问题"②。因此,本书注重分析《堂吉诃德》不同中译本里的创造性叛逆现象——林纾和陈家麟合译的《魔侠传》中"党人化"改写现象、傅东华版《堂吉诃德》译文中的时代印记、杨绛版《堂吉诃德》译文中的译者主体性重构现象,并借此理论分析郑振铎在翻译德林瓦特的《文学大纲》时,于对德林瓦特原文的增、删、改翻译行为中渗透的他对堂吉诃德精神的独特理解。总之,本书希望能借译介学理论破解《堂吉诃德》中文译介文本与阐释文本中蕴藏的文化密码。

二、研究思路

本书的主体部分由六章构成。

第一章是展开本研究的基础。此章的第一节阐释了与"现代"相关的重要概念,分析了《堂吉诃德》内蕴的现代文化意识,概述了欧洲17世纪至20世纪上半期《堂吉诃德》的批评情况。此章的第二节解决了中国现代文化的历史分期问题,并为1904—1978年间对《堂吉诃德》的中文译介与阐释影响较大的四种现代文化命名。

第二章至第五章将1904—1978年间的《堂吉诃德》中文译介文本与阐释文本划分在中国现代改良文化、中国现代革命文化、中国现代整合文化、中国现代自由文化四个文化模块下,对其进行系统的梳理与分析。第二章主要关注中国现代改良文化影响下《堂吉诃德》的中文译介情况,以1904年逸民从日语转译的《谷间莺》、马一浮译的两章《稽先生传》译文、林纾和

---

① 谢天振:《译介学》,译林出版社2013年版,第101页。
② 谢天振:《译介学:比较文学与翻译研究新视野(代自序)》,见《译介学》,译林出版社2013年版,第2页。

陈家麟合译的《魔侠传》这三个译本为研究对象。第三章关注中国现代革命文化影响下《堂吉诃德》的译介与阐释情况，主要对周作人、郑振铎、鲁迅的《堂吉诃德》阐释文本进行了文本—历史互文性诠释，还概述了20世纪30—40年代《堂吉诃德》的译介与阐释状况。第四章关注中国现代整合文化影响下《堂吉诃德》的中文译介与阐释情况，以1955年《堂吉诃德》的经典化阐释热潮、孟复的《塞万提斯和他的〈堂吉诃德〉》、傅东华的《堂吉诃德》全译本为研究对象。第五章关注现代自由文化影响下《堂吉诃德》的译介与阐释情况，以杨绛发表于1964年的《堂吉诃德和〈堂吉诃德〉》以及其出版于1978年的《堂吉诃德》全译本为研究对象。

第六章为本研究的反思部分。此章从文本意义与社会文化两个维度反思1904—1978年间的《堂吉诃德》中国译介与阐释情况，以《堂吉诃德》为个案，分析了文学文本跨时空意义解读多样化现象产生的原因，比较了中西现代文化的总体特点。

第一章 研究基础:《堂吉诃德》与现代文化

本章是为后续章节研究工作的开展做铺垫。在梳理 1904—1978 年《堂吉诃德》的中国译介与阐释情况、探讨《堂吉诃德》中文译介文本与阐释文本同中国现代文化之间的关系前,我们有必要先对以下两个问题有所认知。第一,《堂吉诃德》与欧洲现代文化之间的关系问题。首先要从源头上厘清《堂吉诃德》与现代文化的关系,将《堂吉诃德》还原至文艺复兴时期的历史文化语境中,分析内蕴于《堂吉诃德》的现代意识;接下来要了解欧洲《堂吉诃德》的主要批评观点,并从历史文化的角度解释这些批评观点形成的原因。第二,中国现代文化的相关问题。我们需要了解中国现代文化的历史分期、主要类型及其基本特点。只有将这两个问题认识清楚,我们才能顺利开展中国现代文化语境中《堂吉诃德》译介与阐释情况的研究工作。

第一节 《堂吉诃德》与欧洲现代文化

一、"现代"相关概念释义

(一) 现代

"现代"(modernus)一词最早出现在公元 5 世纪末,用来与"当下"(the present)相区别,它是一个标示时间维度的词语,一个用作历史分期的概念。哥特人征服西罗马帝国后,"modernus"用来指已经基督教化了的"现今",与古罗马异教的"往古"相区别。从那时起,"现代"一词就在表达一种新的时间意识之外,又多了一重文化层面的意义,强调古今文化之间的断裂与对立。① 本书所说的"现代"是指与传统农业文明时代不同的工业文明时代，同样包含时间与文化两个层面的含义。

（二）现代化

1. 现代化的含义

詹姆斯·奥康内尔认为"现代化"是一个过程："在社会科学中，有一个名词用以指一个过程，在这个过程中，传统的社会或前技术的社会逐渐消逝，转变成为另一种社会，其特征是具有机械技术以及理性的或世俗的态度，并具有高度差异的社会结构。这个名词就是现代化。"② 本书认同詹姆斯·奥康内尔对"现代化"的释义，并认为现代化的转变会表现在社会的经济、政治、文化以及人们的思想、意识等各个方面。

2. 现代化的两种类型

现代化有两种类型，"一类是内源的现代化（modernization from within），这是由社会自身力量产生的内部创新，经历漫长过程的社会变革的道路，又称内源性变迁（endogenous development），其外来的影响居于次要地位。一类是外源或外诱的现代化（modernization from without），这是在国际环境影响下，社会受外部冲击而引起内部的思想和政治变革并进而推动经济变革的道路，又称外诱变迁（exogenous development），其内部创新居于次要地位"③。

（三）现代性

1. 现代性的含义

"现代性"是一个含义复杂的概念。当代最有影响力的现代性理论家之一吉登斯（Anthony Giddens）认为，"现代性"是一种"后封建的欧洲所建立而在 20 世纪日益成为具有世界影响的行为制度与模式"④。西方学者阿兰·斯威伍德（Alan Swingewood）指出："现代性是关于整个社会、意识形

---

① Jürgen Habermas. "Modernity—An Incomplete Project." *Interpretive Social Science*: *A Second Look*. Edited by Paul Rabinow and William M. Sullivan. California: University of California Press, 1979.

② ［尼日利亚］詹姆斯·奥康内尔：《现代化的概念》，见［美］西里尔·E. 布莱克编，杨豫、陈祖洲译《比较现代化》，上海译文出版社 1996 年版，第 19 页。

③ 罗荣渠：《现代化新论——世界与中国的现代化进程》（增订版），商务印书馆 2004 年版，第 131 页。

④ ［英］安东尼·吉登斯著，赵旭东、方文译：《现代性与自我认同》，生活·读书·新知三联书店 1998 年版，第 16 页。

态、文化改造的整体概念，它以科学理性为前提，揭露非理性的假面具，指明必要的社会变革之路。所以，现代性意味着历史的觉醒，意味着历史渐进的自觉，意味着过去继续通往改造之路。"① 综合吉登斯与阿兰·斯威伍德的观点，我们认为现代性既包含现代经济基础的特性，也包含现代上层建筑的特性。

2. 现代意识、现代文化与现代性的关系

现代意识指人们对现代的认知以及现代社会中人们的精神、心理状态，现代文化指与传统农业文化相区别的、能推动工业文明发展的社会意识形态和社会心理。② 现代意识包含于现代文化之中，而现代文化又包含于现代性之中。

二、《堂吉诃德》内蕴的现代意识

美国历史学家帕尔默等人认为，文艺复兴运动标志着"古代"与"现代"的分野，现代欧洲各国的政治机制和思想观念都在此阶段开始萌生发展。③ 从文艺复兴时期开始，"先前的社会、文化逻辑具有的连贯性莫名其妙地走到了终点，取而代之的是在原先体制中并不活跃的另一种逻辑，另一种因果关系"④。文艺复兴是一场"价值的颠覆"⑤，西方文化的价值体系由此易位，现代价值表现出了对古典价值的叛逆，因此，文艺复兴时期是欧洲现代文化的萌生期。

《堂吉诃德》是文艺复兴晚期西班牙作家塞万提斯的传世之作，小说第一部、第二部诞生的时间分别为 1605 年与 1615 年。塞学家卡斯特罗认为，塞万提斯早年居住于意大利的时期是他思想形成的关键期，当时颇为先进的

---

① Alan Swingewood. *Cultural Theory and the Problem of Modernity*. New York：St. Martin's Press, 1998. p.140.

② "文化"是一个众说纷纭的概念，"据统计，如今世界上对文化的定义已经多达1万多种"，而本书所说的文化是指狭义的文化，即"人类创造的精神成果的总和"。参见徐长安《中国传统文化与现代化》，海潮出版社1997年版，第3页。

③ R. Palmer, et al. *A History of the Modern World* (Vol.1), Peking：Peking University Press, 2009. p.56.

④ ［美］詹姆逊著，王逢振主编，王逢振译：《詹姆逊文集》第4卷《现代性、后现代性和全球化》，中国人民大学出版社2004年版，第21～22页。

⑤ 参见［德］马克斯·舍勒著，刘小枫编，罗悌伦等译《价值的颠覆》，生活·读书·新知三联书店1997年版。

意大利文艺复兴文化对塞万提斯的思想产生了深刻的影响。① 塞万提斯带有现代性特征的思想在《堂吉诃德》中留下了清晰的印记，因此，这部小说是一部生来就携带着现代文化基因的小说。具体来说，《堂吉诃德》中蕴藏了四种现代意识。

（一）平等意识

西方传统社会是贵贱有别的等级社会，"在这个社会，价值评判的核心原则植根于先天的身份归属，所谓生为贵族恒为贵族，身为贱民永为贱民"②。在这种传统社会的文化中，人的出身等级往往包含着相当多的固化信息，比如贵族出身的人意味着文雅、道德、高尚，草根出身的人则意味着粗鲁、庸俗、鄙陋。但在文艺复兴时期，时代的主流稳步走向近代意义上的阶级融合，"家世和出身不再发生影响"③，"我们似乎已看到：平等的时代已经到来，而对于贵族的信仰永远消失了"④。塞万提斯在《堂吉诃德》中就表现了文艺复兴时期的这种现代性思想：小说中公爵等上层贵族是庸俗、无聊的，草根出身的农民桑丘和贫穷的乡绅堂吉诃德却表现出了相当多的人性闪光点：善良、重情义、有理想、不怕吃苦。西方传统等级观念在《堂吉诃德》中已然被颠覆，现代平等意识在小说中清晰地显现出来。

（二）个性意识

雅各布·布克哈特（Jacob Christopher Burckhardt）曾这样描述中世纪与文艺复兴时期欧洲人的个体意识状况："在中世纪……人类只是作为一个种族、民族、党派、家族或社团中的一员——只是通过某些一般的范畴，而意识到自己"⑤，然而，在文艺复兴时期，"人成了精神的个体，并且也这样来认识自己"⑥，"在 14、15 世纪的意大利城市社会，自我标榜、蔑视权威是

---

① Qtd. in Anthony Close. *The Romantic Approach to "Don Quixote": A Critical History of the Romanctic Tradition in "Quixote" Criticism*. Cambridge: Cambridge University Press, 2010. p.194.
② 张凤阳：《现代性的谱系》，江苏人民出版社 2012 年版，第 34～35 页。
③ ［瑞士］雅各布·布克哈特著，何新译：《意大利文艺复兴时期的文化》，商务印书馆 2009 年版，第 391 页。
④ ［瑞士］雅各布·布克哈特著，何新译：《意大利文艺复兴时期的文化》，商务印书馆 2009 年版，第 392 页。
⑤ ［瑞士］雅各布·布克哈特著，何新译：《意大利文艺复兴时期的文化》，商务印书馆 2009 年版，第 139 页。
⑥ ［瑞士］雅各布·布克哈特著，何新译：《意大利文艺复兴时期的文化》，商务印书馆 2009 年版，第 139 页。

一种流行风气。人们视清规戒律为草芥，把塑造一个与众不同的'我'奉为至上目标"①。文艺复兴时期的个性意识在《堂吉诃德》中得到了充分的表现。

小说塑造了一个沉浸于自己的幻想世界、置现实社会规则于不顾的主人公——堂吉诃德，用夸张的手法表现了主人公不从流俗的鲜明个性意识。在小说第二部结尾处，塞万提斯还借参孙学士的墓志铭赞赏了堂吉诃德的特立独行："Que acreditó su ventura / Morir cuerdo y vivir loco"②（直译：这证明了他的好运，死时清醒、活时疯癫③）。这表现了塞万提斯对堂吉诃德那种不受外在规矩约束、酣畅淋漓、尽情尽兴生活方式的欣赏，而这种欣赏源于文艺复兴时期觉醒的个性意识。

（三）个体生命价值意识

西方的传统社会认同群体本位的生命价值观，"每个人都感到并懂得自己处于群体这一整体内部，都感到自己的血液循环于这一群体的血液之中，自己的价值是群体精神的价值的组成部分"④。然而，在文艺复兴时期，个体本位的生命价值意识开始苏醒，"个人价值已在愈益公开的形式上转变成了生活追求所环绕的轴心"⑤，当时较为流行的生命价值观是"荣誉论"：通过建功业、行善事的方式获得荣誉，能让生命个体获得永恒价值。⑥尽管这种生命价值观摆脱了传统群体本位价值观的束缚、彰显了生命个体的力量，具备了现代生命价值观的基本特点，但其中仍残留着传统等级价值观念，即认为声名显赫的人生才有价值，平凡无闻的人生则无价值可言。

塞万提斯在《堂吉诃德》中表现出了更为先进的现代个体本位生命价值意识。堂吉诃德一生追求建功立业的骑士梦，却以理想落空而告终，临终

---

① 张凤阳：《现代性的谱系》，江苏人民出版社2012年版，第34页。
② Miguel de Cervantes Saavedra. *Don Quijote De La Mancha*. Edición y notas de Francisco Rico. Barcelona：Penguin Random House Grupo Editorial，2015. p.1105.
③ 如何理解多义词"ventura"是翻译此句的关键。弗朗西斯科·利可（Francisco Rico）为"Que acreditó su ventura"做了这样的注释："fue prueba de su buena suerte"（详见 Miguel de Cervantes Saavedra. *Don Quijote De La Mancha*. Edición y notas de Francisco Rico. Barcelona：Penguin Random House Grupo Editorial，2015. p.1105）。根据这一注释，"ventura"应译成"好运"。
④ ［德］马克斯·舍勒著，刘小枫编，罗悌伦等译：《价值的颠覆》，生活·读书·新知三联书店1997年版，第153页。
⑤ 张凤阳：《现代性的谱系》，江苏人民出版社2012年版，第34页。
⑥ 米歇尔·沃维尔认为，文艺复兴时期"对于名声和荣誉的爱成为集体意识中存在的形式"，人们普遍表现出了"对权力和光荣等人间价值的赞赏"。参见米歇尔·沃维尔著，高凌瀚等译《死亡文化史》，中国人民大学出版社2004年版，第161页。

前幡然醒悟，痛斥骑士小说，并两次申明自己是好人阿隆索·吉哈诺，最后"安详虔诚"（tan sosegadamente y tan cristiano①）地离开了人世。塞万提斯借参孙撰写的铭志铭说："que la muerte no triunfó / de su vida con su muerte"②（直译：死神不能用死亡战胜他的生命）。可见，塞万提斯认为虽然堂吉诃德毫无功业成就可言，但他也已经实现了自己的生命价值。塞万提斯借堂吉诃德的故事告诉人们，并非只有功业显赫的人才能拥有生命的价值和意义，只要能保持善良的天性不变，始终追求并践行美德，没有功业成就的平凡人同样也能拥有生命的价值和意义。《堂吉诃德》中蕴藏的这种个人本位生命价值意识比文艺复兴时期流行的"荣誉论"式生命价值观的现代性特征更为明显。

（四）社会批判意识

西方传统基督教文化教导信徒要忍耐、顺从，所以中世纪的人们往往安于社会现状，服从既有的社会秩序，思想上也循规蹈矩。而文艺复兴时期的人文主义者们却看到了现行社会制度的种种弊端，有改良社会的强烈愿望。③ 他们对古罗马时代进行了理想化的描述，并相信古代可以复兴，这种复兴古代的理想的本质不是复古，而是假借复古之名的创新，其中蕴含着人文主义者要改变社会中不合理元素的强烈愿望。④ 这种对当下社会的批判与对新型社会的憧憬，就是一种具有"断裂"思维特征的现代社会批判意识。

堂吉诃德就具备文艺复兴时期人文主义者的这种社会批判意识。他常常

---

① Miguel de Cervantes Saavedra. *Don Quijote De La Mancha*. Edición y notas de Francisco Rico. Barcelona：Penguin Random House Grupo Editorial，2015. p.1104.

② Miguel de Cervantes Saavedra. *Don Quijote De La Mancha*. Edición y notas de Francisco Rico. Barcelona：Penguin Random House Grupo Editorial，2015. p.1105.

③ 黄浩看到了文艺复兴时期人们思想的这种变化，认为："如果说中世纪的时候，人们的内心世界主要是信仰和服从，那么到了'文艺复兴'以后，人们的精神世界就发生变化了，就有了他自己的意见，对现实有了批判意识。"参见黄浩《文化繁荣的逻辑》，孔学堂书局 2017 年版，第 41 页。

④ 刘明翰这样评价文艺复兴时期的复古思潮："文艺复兴并非古代希腊、罗马奴隶制文化的复活，而是利用古典文学艺术作品中的现实主义成分，自然科学和哲学中的唯物主义因素，去反对封建的神学体系和经院哲学。……人文主义思想的主要特征是：强调以人为中心，主张发展人的个性、才智和自我奋斗，赞扬英雄史观；肯定现实世界和现世生活，向往享受、功利和致富，反对禁欲、悲观和遁世；否定对罗马教皇和天主教会绝对服从，嘲笑僧侣的愚昧，蔑视贵族的世家出身，反对封建特权和等级制；提倡理性，追求知识和技术，重视科学实验，反对先验论，主张探索自然，欣赏资产阶级新文化的语言符号系统和各种表现形态。"参见刘明翰《总序》，见刘明翰主编《欧洲文艺复兴史·总论卷》，人民出版社 2010 年版，第 2 页。

借机发表长篇大论,表达他对当下社会不合理现象的批评和对新型社会的憧憬。比如,在小说第一部第十一章中,堂吉诃德在详细描述了自己憧憬的"黄金时代"特点后说:"正是因为世道变了,人心越来越坏,所以才建立骑士制度来保护贞女、援助寡妇、救济孤儿和一切无告之人。我就是干这一行的。"① 在小说第一部第三十七、第三十八章中,堂吉诃德又为读书人和武士在当时社会中受到的不合理待遇而鸣不平,他用"丑恶"②（detestable③）一词来形容当下的时代。总之,塞万提斯塑造了一个勇于批判社会,并为重建理想社会而努力奋斗的堂吉诃德形象,小说中蕴藏着文艺复兴时期人文主义者的社会批判意识。

三、欧洲《堂吉诃德》批评概述与浅析

西欧的现代化进程是内源型的④,而俄罗斯的现代化进程是外源型的⑤,因为二者现代化进程的类型不同,其现代文化的发展进程也并不同步。我们在考察欧洲《堂吉诃德》的批评情况时,就需要分西欧与俄罗斯两部分来进行。

西欧与俄罗斯的《堂吉诃德》批评浩如烟海,我们只能有选择性地概述对本研究影响较大的时间段里的主要观点。中华人民共和国成立后,在"左"倾思想的影响下,除马克思主义以外的大多数西欧思想文化都被看成是需要批判的资产阶级文化而较少引介,直到1978年中国实行改革开放的政策之后,当代西方思想文化才开始涌入中国。尽管新中国成立初期,苏联文化对中国产生过较大影响,但随着20世纪50年代中后期中苏关系的逐步恶化,中国对苏联当代思想文化的介绍也逐渐减少,也是在改革开放以后,中国对苏联当代文化的介绍才渐渐增多。因此,20世纪50年代以前西欧与

---

① ［西］塞万提斯著,董燕生译:《堂吉诃德》（上）,漓江出版社2014年版,第60页。
② 堂吉诃德在陈述了读书人与武士在当时的困窘境遇之后,说了这样一句话:"这么一想,我不得不承认,在我们生活的这个丑恶时代当上游侠骑士,真叫我满心懊悔。"详见［西］塞万提斯著,董燕生译《堂吉诃德》（上）,漓江出版社2014年版,第293页。
③ "Y así, considerando esto, estoy por decir que en el alma me pesa detestable como es esta en que ahora vivimos..." Miguel de Cervantes Saavedra. *Don Quijote De La Mancha*. Edición y notas de Francisco Rico. Barcelona: Penguin Random House Grupo Editorial, 2015. p.397.
④ 参见罗荣渠《现代化新论——世界与中国的现代化进程》（增订版）,商务印书馆2004年版,第134页。
⑤ 参见钱乘旦总主编,王云龙、刘长江等著《世界现代化历程:俄罗斯东欧卷》,江苏人民出版社2014年版,第1页。

俄苏的《堂吉诃德》批评对1904—1978年间中国的《堂吉诃德》译介与阐释影响较大，我们只选择20世纪50年代以前西欧与俄苏《堂吉诃德》批评的主要观点来进行介绍。

（一）西欧《堂吉诃德》批评的主要观点及文化解析

1. 17世纪的批评观点及文化解析

17世纪，西欧绝大多数读者都将《堂吉诃德》看作一部搞笑的滑稽小说①。17世纪的西班牙人认为堂吉诃德是可笑的拯救者，是虚荣自负的典型②，英、法、德等国家读者的观点也与此大体相近。这种批评话语是由西欧当时的文化状况决定的。

（1）17世纪主流读者群体的身份决定了他们会将《堂吉诃德》看成一部搞笑的滑稽小说。受社会生产力水平所限，17世纪绝大多数的人都不得不辛苦劳作，以求温饱。此时，能接受教育、阅读文学作品的人们，绝大部分都是生活条件优越的贵族。③ 整个17世纪，贵族仍是享有特权的阶级，贵族的头衔代表着高贵与荣耀。身为贵族的读者必然会抱着居高临下的心态去嘲笑自封为"堂"的贫穷乡绅，他们会因此无视堂吉诃德身上的优点，将其看成一个荒唐滑稽的小丑，将《堂吉诃德》看成一本逗笑的小说。

（2）17世纪的时代文化决定了读者会将《堂吉诃德》看成一部搞笑的滑稽小说。首先，骑士小说由12世纪起便风靡欧洲，17世纪的西欧读者们对骑士小说依然非常熟悉，他们能敏感地捕捉到塞万提斯通过戏仿骑士小说制造的笑料。其次，随着科学技术的发展，17世纪兴起了经验主义和唯理主义思潮。这时的人们开始具有了批判理性，他们意识到好多流传下来的知识都是愚昧的伪知识，这些"知识不去致力于经验这本大书，而是陷于旧纸堆和无益争论的迷津中。正是由于虚假的学问太多了，学问才变成了疯癫"④。堂吉诃德这种由文化引起的疯癫，恰好能引起人们对社会上那些装

---

① 参见陈众议《滑稽的堂吉诃德》，见陈众议《塞万提斯学术史研究》，译林出版社2011年版，第5～14页。

② Anthony Close. *The Romantic Approach to "Don Quixote": A Critical History of the Romanctic Tradition in "Quixote" Criticism.* Cambridge: Cambridge University Press, 2010. pp. 24 - 25.

③ 事实上，一直到18世纪晚期，欧洲才"大约有一半男性能阅读，一小部分女性（大约占这些国家女性人口的三分之一到一半）识字"。参见［美］约翰·梅里曼著，焦阳、赖晨希等译《欧洲现代史：从文艺复兴到现在》（上册），上海人民出版社2016年版，第316页。

④ ［法］米歇尔·福柯著，刘北成、杨远婴译：《疯癫与文明》（修订译本），生活·读书·新知三联书店2012年版，第26页。

了满脑子陈旧的伪知识，又自以为是的"无用"之人的联想，触到了17世纪的时代笑点。

总之，在17世纪的西欧社会中，现代文化已萌生而封建文化依然有着较大影响力，这种交杂着封建贵族价值观、经验主义与唯理主义思想的早期现代文化决定了《堂吉诃德》的批评话语样态——将《堂吉诃德》看作一本搞笑的滑稽小说。

2. 18世纪的批评观点及文化解析

18世纪，西班牙的坎迪多·玛利亚·特里盖罗斯院士（Cándido María Trigueros）与维森特·德·洛斯·里奥斯院士（Vicente de Los Ríos）对《堂吉诃德》的批评观点基本一致，他们都扩展了《堂吉诃德》的讽刺意义。特里盖罗斯院士指出，塞万提斯不仅仅讽刺了骑士文学妄想症，"还在作品中嘲笑我等身上的可笑之处，借此以唤醒心志，将诸如此类的可笑之恶扫除干净"①；洛斯·里奥斯院士也认为，塞万提斯借《堂吉诃德》"对社会及各色人等的种种陋见恶习竭尽揶揄"②。除扩展了《堂吉诃德》的讽刺意义之外，这一时期的评论者们还注意到了堂吉诃德身上的种种美德。1789年，西班牙的佩德罗·加特尔（Pedro Gatell）在《〈堂吉诃德〉的道德》（*La moral de Don Quijote*）一书中说，堂吉诃德"无论是疯癫还是清醒，他都是道德的楷模，令世人享用不尽"③。法国的狄德罗也在他编撰的《百科全书》中称赞堂吉诃德"勇敢""睿智""纯粹、可爱、自然正义"④。总之，18世纪西欧《堂吉诃德》的批评话语主要包含两方面的内容：对《堂吉诃德》讽刺意义的扩展与对堂吉诃德美德的赞颂。这种批评话语的形成与18世纪西欧的文化状况密切相关。

（1）18世纪开始的启蒙运动唤醒了人们的怀疑精神和讽刺勇气。启蒙思想家们认为人类历史"充满虚伪和谬误"，应该"用理性检验所有的旧制度、传统习惯和道德观点"⑤。他们鼓励人们运用自己的理智去判断和思考，

---

① ［西］特里盖罗斯：《费讷隆之〈忒勒玛科斯冒险记〉与塞万提斯之〈堂吉诃德〉比较批评》（*Comparación crítica entre el Telemaco de Fenelon y el Don Quijote de Miguel de Cervantes*），转引自陈众议《塞万提斯学术史研究》，译林出版社2011年版，第27页。

② ［西］洛斯·里奥斯：《吉诃德赏析》（*Análisis de Quijote*），转引自陈众议《塞万提斯学术史研究》，译林出版社2011年版，第29页。

③ ［西］加特尔：《〈堂吉诃德〉的道德》，转引自陈众议《塞万提斯学术史研究》，译林出版社2011年版，第31页。

④ ［法］狄德罗：《百科全书》（*Encyclopédie, ou dictionnaire raisonné des sciences, des arts et des métiers*），转引自陈众议《塞万提斯学术史研究》，译林出版社2011年版，第34页。

⑤ 李赋宁主编：《欧洲文学史》第1卷，商务印书馆1999年版，第376页。

并将文学用作讽刺现实、揭示人性弱点的武器[①]，引导人们以怀疑的眼光审视周遭的世界、打破以往的思维定式。在启蒙文学思潮的影响下，18世纪的读者自然会对《堂吉诃德》中蕴藏的讽刺主题产生高度敏感，于是，这一时期的批评话语便扩展了《堂吉诃德》的讽刺意义。

（2）18世纪的启蒙运动唤醒了人们对"人"的天性、品德等问题的探索热情。启蒙思想家们受科学革命的影响，将科学的方法应用于人文学科研究，"人"成了人文学科研究的基础，大卫·休谟的"人的科学"、约翰·洛克的"白板论"等都是这一时期聚焦于"人"的人文学科成果。[②] 启蒙思想家认为要想建立理想的"文人共和国"，就必须让社会中的"人"具备"文人共和国"公民的素质，因此，启蒙思想家们特别重视对"人"天性、道德等问题的探讨，并高度重视教育问题。[③] 在这种情况下，《堂吉诃德》的教谕意义就被挖掘出来，人们开始热衷于阐释堂吉诃德身上的种种美德，将其作为道德的楷模。

总之，18世纪《堂吉诃德》批评话语的主要特点与这一时期现代文化的发展状况密切相关：受启蒙运动的理性精神和批判精神影响，《堂吉诃德》的批评话语扩展了小说的讽刺意义；受以科学精神探索人的天性、品德等问题的启蒙学说影响以及启蒙思想家教育民众热情的影响，《堂吉诃德》的批评开始阐释堂吉诃德身上的种种美德，以彰显小说的教谕意义。

3. 19世纪至20世纪上半期的批评观点及文化解析

在19世纪浪漫派的眼中，《堂吉诃德》是一部充满悲剧色彩的诗意小说，堂吉诃德是一位值得同情和悲悯的理想主义英雄。海涅（Heinrich Heine）、拜伦（George Gordon Byron）、海兹利特（William Hazlitt）、兰姆（Charles Lamb）、夏都布里昂（François-René de Chateaubriand）、小施莱格尔（Friedrich Schlegel）等都对《堂吉诃德》做出过类似的阐释。自此，浪漫主义解读就成了19世纪至20世纪上半期最具影响力的《堂吉诃德》批评话语。这种批评话语的形成依然与当时西欧的文化状况密切相关。

（1）堂吉诃德被解读为英雄、《堂吉诃德》被解读出诗意，皆源于浪漫派对非理性的推崇。随着西欧社会现代化进程的推进，一些思想家发现启蒙

[①] 参见沈之兴主编《西方文化史》（第四版），中山大学出版社2019年版，第187～188页。
[②] 参见［英］安东尼·帕戈登著，王丽慧、郑念、杨蕴真译《启蒙运动：为什么依然重要》，上海交通大学出版社2017年版，第159～216页。
[③] 参见［美］彼得·盖伊著，王皖强译《启蒙时代（下）：自由的科学》，上海人民出版社2016年版，第54～78页。

思想家们着力倡导的理性并未建构起安宁的社会,相反,宗教信仰失落的社会变得动荡混乱、血腥暴力、道德失范。在此种情况下,他们开始对人类理性的力量产生怀疑,并开始重新思考非理性的意义,浪漫主义思潮由此兴起。浪漫主义思潮与近代科学理性相抗争,浪漫主义思想家们"竭力想挽救被技术文明湮没了的人的内在灵性,挽救被数学性思维浸渍了的属人的思维方式和生活方式"①,于是,他们解构了理性的崇高权威,彰显人类情感的意义和价值,提倡非理性的诗化人生。浪漫主义精神和哲学之父小施莱格尔倡导,要"使人生成为诗,去反抗生活的散文"②,而"所有诗的开端就是要取消按照推理程序进行的理性的规则和方法,并且使人们再次投身到令人陶醉的幻想的迷乱状态中去,投身于人类本性的原始混沌中去"③。堂吉诃德的人生故事几乎就是对小施莱格尔"诗化人生"思想的形象化阐释——无视现实世界的规则、全情投入自己幻想的瑰丽世界、纯真地崇尚美德、纯粹地憧憬自然淳朴的黄金时代。堂吉诃德便成了浪漫主义者眼中最具有诗意人格的人——一个理想主义英雄。不仅如此,几乎浪漫主义运动中的所有重要主题都能在《堂吉诃德》中找到,如对自然的理想化、个人与社会的冲突、对中古时代的兴趣等,小施莱格尔因此称《堂吉诃德》是"具有高度浪漫派艺术特征的完美杰作"④,《堂吉诃德》也由此被浪漫主义者们奉为圭臬,成了一本充满诗意的小说。

(2)《堂吉诃德》被解读成具有悲剧色彩的小说,源于浪漫派的迷惘与伤感。启蒙思想家试图用理性代替人们的宗教信仰,而现代理性文明未能为人们建造起庇护心灵的天堂,相反,它将一个残酷、冷漠、丑陋的世界清晰地呈现在了人们眼前。现代世界的人们如同偷吃了智慧果被逐出伊甸园的亚当和夏娃,开始了灵魂漂泊之旅。尽管浪漫派倡导用缥缈的诗意乌托邦来对抗让他们厌恶的现实世界,但不管他们怎样倡导,乌托邦毕竟还是乌托邦,缥缈的诗意既无法与有着悠久历史的宗教相比,也无法真正与迅猛发展着的科学理性相抗衡。浪漫主义者的诗意乌托邦究竟能对这个被科学理性切割成碎片的世界起到多大的疗愈作用,恐怕会是一个让浪漫主义者不忍直视的结果。于是浪漫主义者把这种迷惘与伤感一并投射到堂吉诃德的故事中,堂吉

---

① 刘小枫:《诗化哲学》,华东师范大学出版社2007年版,第8页。
② 刘小枫:《诗化哲学》,华东师范大学出版社2007年版,第42页。
③ 刘小枫:《诗化哲学》,华东师范大学出版社2007年版,第42页。
④ Daniel Eisenberg. *A Study of Don Quixote*. Newark:Juan de la Cuesta,1987. p.215.

诃德的疯癫行动就具有了"明知不可为而为之"的悲壮色彩。① 浪漫主义者在悲叹堂吉诃德的骑士道理想破灭，也在悲叹自己的诗意乌托邦难以实现，《堂吉诃德》便被解读成了一本充满悲剧色彩的小说。

总之，西欧社会现代化进程中出现的种种社会乱象，撕毁了启蒙思想家们于18世纪初绘制的理性乐园蓝图。19世纪浪漫派对非理性的推崇和他们在社会现代化进程中的迷惘、伤感让他们将堂吉诃德看作一个值得悲悯、同情的理想主义英雄，将《堂吉诃德》看成一本充满悲剧色彩的诗意小说。19世纪浪漫派对《堂吉诃德》的解读对处于现代转型期社会、要面对种种社会乱象的读者来说具有极强的感染力，因此，一直到20世纪上半期，绝大多数的《堂吉诃德》批评都沿用了浪漫派解读的观点。

（二）俄罗斯《堂吉诃德》批评的主要观点及文化解析

《堂吉诃德》传播到俄国的时间较晚，1769年，俄国才出现了一个《堂吉诃德》的删节译本②；1791年，由H.奥西波夫翻译的《堂吉诃德》俄文全译本才问世；从19世纪开始，俄国的《堂吉诃德》批评才正式起步。③ 因此，我们以19世纪为起点概述俄罗斯的《堂吉诃德》批评情况。

1. 19世纪的批评观点及文化解析

19世纪，别林斯基（Виссарио́н Григо́рьевич Бели́нский）、果戈理（Никола́й Васи́льевич Гоголь-Яновский）、陀思妥耶夫斯基（Фёдор Миха́йлович Достое́вский）、屠格涅夫（Иван Серге́евич Турге́нев）等具有民主革命思想倾向的俄国作家对《堂吉诃德》的阐释，是这一时期俄国较有代表性的《堂吉诃德》批评话语。别林斯基赞扬堂吉诃德勇敢、智慧，

---

① 刘小枫通过转述荷尔德林的观点表现了浪漫主义者追逐诗意理想的孤独："真正的诗人，应该是在神性离去之时，在漫无边际的黑夜中，在众人冥冥于追名逐利、贪娱求乐之时，踏遍异国的大地，去追寻神灵隐去的路径，追寻人失掉的灵性。"钱理群也论述了浪漫主义者理想的脆弱性与悲剧性："这些德国浪漫派的倡导者们，是一批心灵上的理想主义者、主观主义者，在自由狂热的心理支配下，'任意的自我肯定'使他们将'所面对的整个外在世界化为乌有'，凭着个人的主观意志随心所欲，为所欲为。另一方面，他们又是一批逃避现实的梦想家，纷纷逃向'中世纪的目光蒙眬的魔夜'去'追寻乌托邦'。——这两个方面，都使人感到，他们自己就是堂吉诃德的德国重现。因此，他们既以崇敬的心情将塞万提斯的作品称为'完美的诗歌'，又以极大的同情与理解，把堂吉诃德所表现的精神称为'悲剧性的荒谬'，或'悲剧性的傻气'，这其实都有点夫子自道的味道。"参见刘小枫《诗化哲学》，华东师范大学出版社2007年版，第126页；钱理群《丰富的痛苦——堂吉诃德与哈姆雷特的东移》，北京大学出版社2007年版，第67页。

② Slave N. Gratchev. Don Quixote in Russia in the Eighteenth and Nineteenth Century: The Problem of Perception and Interpretation. *South Atlantic Review*, 2016 (4), p.110.

③ 详见钱理群《丰富的痛苦》，北京大学出版社2007年版，第94页。

有高远的理想和牺牲自我的精神,同时也指出了堂吉诃德的缺点——认不清现实。他认为社会上有不少堂吉诃德型的人,他们之所以无法把自己的才智发挥出来,就是因为他们脑子里有"荒诞无稽的念头"①,分不清是非对错、善恶美丑。果戈理认为塞万提斯借堂吉诃德讽刺了不顾历史环境变迁、固执去从事冒险事业的那类人。陀思妥耶夫斯基看到了《堂吉诃德》在讽刺一个"旧世界",并认为堂吉诃德身上表现出了普遍的人性,其遭遇是应该被理解和同情的。②屠格涅夫没有提及《堂吉诃德》的讽刺意义,他将堂吉诃德看成具有崇高利他精神的理想人物,高度赞扬了堂吉诃德信仰的虔诚、意志的坚定以及全然无私的自我牺牲精神。③总之,这些深受西欧民主革命传统影响的俄国作家在阐释《堂吉诃德》时,要么注重挖掘作品的现实讽刺意义,要么赞颂堂吉诃德身上的美德,这种阐释思路与18世纪西欧对《堂吉诃德》的主流阐释思路很相似。

T.C.格奥尔吉耶娃曾说:"19世纪是俄罗斯的'启蒙教育时代',尽管它并没有仿效法国的启蒙运动,但是它同样具有民族根源和独特的内容。"④别林斯基等俄国革命民主主义文学批评家"要求俄国现实主义文学不仅要揭露现实的黑暗,探究解决问题的答案,并且要展示社会理想"⑤,也就是说,批判现实与讴歌理想是此时期俄国文学的两大重要主题。这实际上是对18世纪西欧启蒙文学传统的继承。19世纪俄国《堂吉诃德》的批评话语与18世纪启蒙运动时期西欧对《堂吉诃德》的批评话语极为相近,根本上是由19世纪的俄国与18世纪的西欧都处于现代化进程中的相似阶段决定的。

2. 20世纪上半期的批评观点及文化解析

卢那察尔斯基(Анатолий Васильевич Луначарский)是俄国三大早期马克思主义文艺批评家之一,他的主要成就在十月革命之后。他不仅撰写了文学评论《论堂·吉诃德》,还创作了话剧剧本《解放了的董·吉诃德》,两者都表现出了卢那察尔斯基对《堂吉诃德》主旨及主人公形象的独特理

---

① [俄]柏林斯基、[俄]果戈理、[俄]卢那卡尔斯基、[俄]杜思退夫斯基、[俄]高尔基等撰,徐激译:《论〈堂·吉珂德〉》,载《现代文艺》1941年第3期,第208页。

② [俄]柏林斯基、[俄]果戈理、[俄]卢那卡尔斯基、[俄]杜思退夫斯基、[俄]高尔基等撰,徐激译:《论〈堂·吉珂德〉》,载《现代文艺》1941年第3期,第209页。

③ [俄]屠格涅夫撰,尹锡康译:《哈姆莱特与堂吉诃德》,见陈众议编选《塞万提斯研究文集》,译林出版社2014年版,第17~33页。

④ [俄]T.C.格奥尔吉耶娃著,焦东建、董茉莉译:《俄罗斯文化史——历史与现代》(修订版),商务印书馆2006年版,第404页。

⑤ 程正民:《俄罗斯文学批评史研究》,中国社会科学出版社2017年版,第252页。

解，后者是对前者思想的故事化、形象化阐释。卢那察尔斯基对《堂吉诃德》的阐释，清晰地表现出苏联马克思主义文艺批评的特色。苏联马克思主义文艺批评"强调文艺应当成为党的事业的一部分，自觉为无产阶级政治服务，为千千万万劳动人民服务"①，卢那察尔斯基也一直"特别强调文艺批评的倾向性和功利性。在评论古典作家时，他总要指出这位作家对当代有什么损益"②，他对《堂吉诃德》的阐释也表现出了这种特点。

首先，卢那察尔斯基的《堂吉诃德》阐释中包含着对社会主义制度优越性的歌颂。他认为在社会主义社会诞生之前，堂吉诃德的人道主义观念只能是"笨伯式"的，他的社会理想也只能是一种"疯狂的梦幻"，这种历史条件下的堂吉诃德是愚蠢可笑的；而当资本主义社会被摧毁，社会主义社会建立起来的时候，如堂吉诃德般的理想主义者们才能真正施展才华，变成有用的工作者，这个时候的堂吉诃德才是值得赞颂的。③ 在卢那察尔斯基的评论中，读者能看到他对社会主义制度的绝对自信以及由此而产生的优越感和自豪感。

其次，卢那察尔斯基的《堂吉诃德》阐释包含着强烈的阶级斗争色彩。他认为堂吉诃德的人道主义在当时的历史条件下是愚蠢可笑的，只有靠暴力革命推翻存在着阶级剥削和压迫的旧社会、建立起光明的社会主义新社会才是顺应历史潮流的明智之举。④ 卢那察尔斯基对《堂吉诃德》的这种阐释与列宁的文艺批评思想一脉相承。列宁欣赏富有革命斗争精神的文学批评⑤，卢那察尔斯基在阐释《堂吉诃德》时，便强调了阶级斗争的必要性，凸显了俄国马克思主义文艺批评的战斗美学特征。

---

① 程正民：《俄罗斯文学批评史研究》，中国社会科学出版社 2017 年版，第 253 页。
② 程正民：《俄罗斯文学批评史研究》，中国社会科学出版社 2017 年版，第 253 页。
③ ［俄］卢那察尔斯基撰，阿南译：《论堂·吉诃德》，载《野草》1942 年第 3 卷第 1 期，第 33～35 页、第 16 页。
④ ［俄］卢那察尔斯基撰，阿南译：《论堂·吉诃德》，载《野草》1942 年第 3 卷第 1 期，第 33～35、第 16 页。
⑤ 列宁曾赞扬杜勃罗留波夫的文学批评："他把对《奥勃洛莫夫》的评论变成呐喊，号召人们向着自由、进取和革命斗争前进，而把《前夜》的分析变成一篇真正的革命宣言，文章写得至今令人记忆犹新。就得这样写啊！"转引自程正民《俄罗斯文学批评史研究》，中国社会科学出版社 2017 年版，第 254 页。

第二节 中国现代文化概述

一、中国现代文化的历史分期

在叶南客等人编写的《文化中国——先进文化的建设与创新》一书中，作者认为中国文化的现代化起步于19世纪60年代，他们将一个半世纪以来中国现代文化的演进过程划分为五个阶段："自强之路：鸦片战争到甲午战争失败""维新之路：戊戌变法到辛亥革命成功""启蒙和救亡之路：新文化运动至中华人民共和国建立前夕""建国之路：中华人民共和国成立到'文化大革命'结束""改革之路：'文化大革命'结束至今"。[①]

笔者认为，叶南客等人对中国现代文化演进过程的划分基本合理，但其中有两个时间段划分得过于笼统，值得我们再仔细斟酌。首先，叶南客等人将中华人民共和国成立到"文化大革命"结束划分在一个阶段，这种划分方式过于笼统。研究中国当代文学史的学者，如姚代亮、余芳、陈其光往往将中华人民共和国成立到"文化大革命"结束这段时期再划分为两段——"十七年"文学（1949—1966）与"文革"文学（1966—1976）[②]，这种划分方式是较为合理的。"十七年"与"文革"在政治、经济、社会秩序等方面都有很大差异，社会文化也大不相同。其次，叶南客等人将"'文化大革命'至今"划分为一个阶段，这种划分方式也并不确切。因为"文化大革命"的结束虽然有标志性的历史事件和明确的时间点，但"文化大革命"的文化影响却不可能随即消除，在1976年至1978年之间，社会上仍有极左思想的遗风[③]，这种错误思想要通过文化界一次次的大讨论才能一点点地被

[①] 叶南客等：《文化中国——先进文化的建设与创新》，南京大学出版社2004年版，第35~47页。

[②] 参见姚代亮主编《中国当代文学史》，广西师范大学出版社2004年版；余芳、冯玫主编《中国当代文学史》，中国工商出版社2013年版；陈其光主编《中国当代文学史》，暨南大学出版社1998年版。

[③] 陶东风、和磊这样评价由《人民文学》编辑部于1977年年底召开的文艺座谈会："这次座谈会虽然批判了'文艺黑线专政'论，为新时期文学发展奠定了基础，但是却是在'两个凡是'的错误政策指导下召开的。座谈会否定的是'四人帮'，并没有真正反思新中国成立以来'左'的文艺思想。"参见陶东风、和磊《中国新时期文学30年（1978—2008）》，中国社会科学出版社2008年版，第28页。

清理干净。中国当代文学史研究者常将 1978 年后称为"新时期",将 1978 年后的文学称为"新文学"或"新时期文学"①,这是因为 1978 年中共十一届三中全会否定了"以阶级斗争为纲"的错误路线,"极左思潮被控制,政治的意识形态意义被重新界定,即文学与政治分属上层建筑的不同分支"②,从这一年起,"中国文学形成了新的规范,文学话语既受激励,又受制约,文学权力在有秩序的维度下获得了增长"③。文学是文化的一个具体表现领域,由文学的变化可以看出文化的变化。因此,叶南客等人所说的"'文化大革命'至今"这个阶段还可以再划分为两个阶段:1976 年文化大革命结束至 1978 年中共十一届三中全会之间的过渡期、1978 年中共十一届三中全会至今的"新时期"。其实,从文化的角度看,将 1976—1978 年这段过渡期与"文化大革命"时期归在一起更合适。因为极左思想的错误在 1976—1978 年间尚未得到彻底清算,极左思想对这两年间的文化仍有着不小的影响。

另外,叶南客等人对中国现代文化演进阶段的划分缺乏严密的时间衔接性,比如,"自强之路:鸦片战争到甲午战争失败""维新之路:戊戌变法到辛亥革命成功""启蒙和救亡之路:新文化运动至中华人民共和国建立前夕"这三个相近的阶段中间都有几年空隙,没能衔接紧密。在综合叶南客与诸多中国当代文学史研究者观点的基础上,我们重新划分了 19 世纪 60 年代至今中国现代文化的发展演进阶段,将中国现代文化的发展大体分为六个时期:从鸦片战争到甲午战败前(1840—1895)、从甲午战败到新文化运动前(1895—1915)、从新文化运动到中华人民共和国成立前(1915—1949)、从中华人民共和国成立到"文化大革命"开始前(1949—1966)、从"文化大革命"到中共十一届三中全会前(1966—1978)、从中共十一届三中全会召开至今(1978 年至今)。

(一) 从鸦片战争到甲午战败前(1840—1895)

鸦片战争的失败让中国人看到了自身物质文明的落后与西方物质文明的进步,从而产生了"师夷长技"的思想。此时,大多数中国知识分子对现代性的认知仅局限于"器物"层面,思想界所受西方文明的影响很少。④ 然

---

① 参见韩晗《新文学档案 1978—2008》,电子工业出版社 2011 年版;陶东风、和磊《中国新时期文学 30 年(1978—2008)》,中国社会科学出版社 2008 年版。
② 韩晗:《新文学档案 1978—2008》,电子工业出版社 2011 年版,第 37 页。
③ 韩晗:《新文学档案 1978—2008》,电子工业出版社 2011 年版,第 40 页。
④ 参见金耀基《从传统到现代》,法律出版社 2010 年版,第 123~129 页。

而，洋务运动时期中国的少数精英，如容闳已开始意识到"中国人的历史传统和文化精神都不如西方，中国当今的问题远不止物质力量落后这么一点，在物力的背后还隐藏着许多文化积弊"①。叶南客等人认为，"这是一个对传统文化开始怀疑反思的时期"②，周建超则直接指出这是中国现代批判理性初始涌动的时期③。在此时期，中国人的现代意识开始觉醒，中华民族开始理性地认识自我，形成了"近代中国'人的现代化思想'的第一朵浪花"④，中国的现代文化已在中国传统文化与西方现代文化的对撞中悄然酝酿。

（二）从甲午战败到新文化运动前（1895—1915）

甲午战败让中国一批进步知识分子认识到中国的衰败是由"政制不良"导致的，需要"变法维新"，才会有强国的希望。此时，中国知识分子对现代性的认知已由"器物"层面扩展到了"制度"层面。⑤ 不仅如此，维新派人士还将政治改革主张与文化革新运动结合起来，他们兴办学校、开创学会、筹办报纸，"积极宣传进化论和天赋人权思想，主张倡西学，兴民权，废科举，兴学堂，发展近代工商业，改变封建专制，实行君主立宪，试图按照资本主义国家的面貌自上而下对中国实行改革"⑥。维新派的思想正如梁启超总结的那样："变法之本，在育人才；人才之兴，在开学校；学校之立，在废科举；而一切要其大成，在变官制。"⑦ 改造国民性是维新派思想的核心要义，也是中国现代文化中的一个重要话题。改造国民性的呼声在20世纪的中国社会汇成一股时代强音，越来越多的中国人开始认识到只有对古老中华民族的劣根性进行深刻的反思，改造国民精神，中华民族才会有复兴之望。后来的陈独秀、毛泽东都有各自的改造国民性思想⑧，而这些思

---

① 周建超：《近代中国"人的现代化思想"研究》，社会科学文献出版社2010年版，第4页。
② 叶南客等：《文化中国——先进文化的建设与创新》，南京大学出版社2004年版，第35页。
③ 参见周建超《近代中国"人的现代化思想"研究》，社会科学文献出版社2010年版，第2页。
④ 周建超：《近代中国"人的现代化思想"研究》，社会科学文献出版社2010年版，第4页。
⑤ 参见金耀基《从传统到现代》，法律出版社2010年版，第123～129页。
⑥ 丁守和：《中国近代思潮论》，广东人民出版社2003年版，第8页。
⑦ 梁启超：《变法通议·论变法不知本原之害》，见《梁启超全集》，北京出版社1999年版，第15页。
⑧ 参见周建超《近代中国"人的现代化思想"研究》，社会科学文献出版社2010年版，第97～183页。

想均滥觞于维新派①。因此,从戊戌变法至辛亥革命成功这段时期是中国现代文化的萌芽期。

(三) 从新文化运动到中华人民共和国成立前(1915—1949)

1915年9月15日《青年杂志》(从第二卷开始改名为《新青年》)创刊,它标志着新文化运动的开始。"这一时期是近代中国历史上政治最混乱的时期,同时又是思想文化上最具创造性的时期。"② 在中西剧烈的文化冲突中,在启蒙与救亡时代主题的引领下,中国大多数知识分子都"在价值上选择了往而不返的'激进'取向",他们"把中国的文化传统当作'现代化'的最大的敌人",共同假定"只有破掉一分'传统',才能获得一分'现代化'"。③ 在此之际,中国知识分子打破了中国传统思想文化的束缚,如饥似渴地学习西欧及苏联的先进思想文化。他们提倡民主,反对专制,提倡科学,反对迷信,批判儒学,改造国民性,批判封建旧文学,倡导凸显人性的新文学。④ 他们还建构起了"坚持中华民族独立、自主及自尊的、现代的、开放的、理性的民族主义"⑤。总之,这一时期是中国现代文化的快速发展期。

(四) 从中华人民共和国成立到"文化大革命"开始前(1949—1966)

这段时期又常被称为"十七年"⑥。《人民日报》曾这样评价这段时期:

---

① 郭汉民说:"戊戌时期的严复、梁启超等资产阶级维新派具有了比较丰富的西学知识,他们已经认识到具备个人本位主义价值观和自由、独立、平等等资产阶级伦理道德规范以及开放、进取、创新等行为品格和社会心理的国民才是西方富强的真正社会基础;而国内洋务运动的中途夭折更进一步加深了他们以西方资本主义近代文化改造中国传统国民劣根性的决心。他们主要采取了教育、文艺、舆论宣传、戏剧等纯粹改良的方式,试图以此为根本手段输入资本主义的文化价值观念,改变中国人的落后行为方式和社会心理。所以,严格意义上的近代国民性改造思想是从戊戌维新以后开始的。"参见郭汉民《中国近代国民性改造思潮简论》,见郭汉民《中国近代思想与思潮》,岳麓书社2004年版,第96页。
② 叶南客等:《文化中国——先进文化的建设与创新》,南京大学出版社2004年版,第41页。
③ 余英时:《中国近代思想史上的激进与保守》,见李世涛主编《知识分子立场:激进与保守之间的动荡》,时代文艺出版社2002年版,第24页。
④ 参见周建超《近代中国"人的现代化思想"研究》,社会科学文献出版社2010年版,第79~92页。
⑤ 俞祖华:《民族主义与中华民族精神的现代转型》,社会科学文献出版社2012年版,第44页。
⑥ "'十七年'是指1949年10月1日中华人民共和国成立至1966年5月16日《中国共产党中央委员会通知》出台之间这一时期。"参见李松《十七年文学批评史论》,中国社会科学出版社2017年版,第31页。

"'文化大革命'前的十七年,是我国社会主义历史阶段中的重要时期。这十七年,是我国社会主义革命和建设事业蓬勃发展的十七年,是无产阶级专政日益巩固的十七年,是毛主席的革命路线不断取得胜利的十七年。"① 学者李松认为,"将'十七年'作为一个独立的时间段抽取出来,是因为它与前后的历史时期相比,具有独特的政治思想特征"②。在"十七年"间,"新的文学体制逐步建立起来,包括文艺方针和政策的制定、作家的组织管理、文学作品的出版发行、文学批评的原则和规范的确立和实施等,它们共同构筑了新中国文学的时代规范,这些话语规范都与政治直接相关"③。总体而言,"十七年"的社会文化强调政治性与规范性,具有区别于其他时间段的鲜明个性特征。

(五)从"文化大革命"到中共十一届三中全会前(1966—1978)

"文化大革命"的十年间,中国文化表现出了公开与地下双轨并行的特点。在公开领域,无论是文学作品、电影作品、戏剧作品还是报刊媒体,均表现出了对政治的绝对效忠,文化丧失了独立的品格④;在地下领域,暗中流传的小说、诗歌、歌曲、口头文学等则表现出了极强的现代特点:反叛"文革"话语,形成了独立的思想意识⑤。1976年"四人帮"被粉碎后,"左"倾错误思想仍未能从文化界彻底清除,"文革"的余寒尚在,许多中国知识分子都还不敢畅所欲言。正如王冰冰、徐勇所说:"从某种程度上说,'四人帮'被打倒后的两年仍是'文革'的继续,因为显然,'两个凡

---

① 《人民日报》评论员:《一个地地道道的极右派口号》,载《人民日报》1977年11月25日,第1版。

② 李松:《十七年文学批评史论》,中国社会科学出版社2017年版,第33页。

③ 首作帝、李蓉:《新中国文学的开端——十七年文学史》,浙江工商大学出版社2020年版,第5~6页。

④ 学者杨健称:"'文革'中公开的文学在总体上是一种'遵命文学'。在政治上'突出阶级斗争,突出路线斗争,突出同走资派斗争';艺术上依据'三突出'的创作公式塑造'反潮流'的英雄,或人为制造偶像,或图解政治,或歪曲历史。"参见杨健《1966—1976的地下文学》,中共党史出版社2013年版,引言第1页。杨鼎川则以"极化"来概述"文革"时期包括戏曲、歌曲、演出活动等文化现象的"大文学"特点,他认为"文革"中文学艺术的"极化"状态表现在四个方面:"怀疑一切、否定一切、打倒一切的极端化思潮";"文学对政治的绝对效忠和文学本体的彻底丧失";"极端的政治文化思潮和极端的文学观念造就了一整套最极端的文学创作模式";"以'大批判'为基调的'棍子式'文艺批评"。参见杨鼎川《1967:狂乱的文学年代》,山东教育出版社2002年版,第2~9页。

⑤ 参见杨健《1966—1976的地下文学》,中共党史出版社2013年版。

是'仍是束缚着当时人们思想的绳索,这种状况一直要到思想解放运动兴起才被彻底打破。"① 韩晗曾这样评价1978年的中国文坛:"在1978年,作家们的主流仍然是刚刚从监狱里出来的老作家,大家对于那个特殊的时代都心有余悸,年轻的作家又尚未成熟,大陆的当代文学虽然解放了思想,拥有了相对较为宽广的叙事空间,但是却未能有成熟的梯队,形成一股敢担重任、能担重任的文学力量。"②

总之,"文革"虽然于1976年结束,但一直到党的十一届三中全会召开前,中国社会文化整体上都还延续着"文革"时期的特点。因此,我们将"文化大革命"到党的十一届三中全会前视为中国现代文化史上的一个阶段。

(六) 从十一届三中全会召开至今（1978年至今）

这段时期又常被称为"新时期"。此阶段的文化总体上可分为精英化阶段与去精英化阶段③。陶东风、和磊认为,新时期的第一个十年是精英化阶段,此时,人们反思和否定了"'文化大革命'时期的民粹主义思潮""以'样板戏'为代表的'革命文化／文学'"和"以'阶级斗争为纲'的'工具论'文学",追求非功利性的独立文化品格。④ 而在20世纪90年代以后,"文化市场、大众文化、消费主义价值观,以及新传播媒介的综合冲击"极大挑战了精英知识分子的话语霸权⑤,"到90年代末,大众消费文化已经牢固地确立了自己的'霸主'地位"⑥。去精英化阶段的中国文化"走向大众了,民主化了,没有门槛了,没有神圣性了,但是它同时也犬儒化、无聊化了"⑦。

---

① 王冰冰、徐勇:《转折与新变——新时期文学史论》,浙江工商大学出版社2020年版,第2页。
② 韩晗:《新文学档案1978—2008》,电子工业出版社2011年版。
③ 参见陶东风、和磊《从精英化到去精英化》,见《中国新时期文学30年（1978—2008）》,中国社会科学出版社2008年版,第1～16页。
④ 陶东风、和磊:《从精英化到去精英化》,见《中国新时期文学30年（1978—2008）》,中国社会科学出版社2008年版,第1页。
⑤ 陶东风、和磊:《从精英化到去精英化》,见《中国新时期文学30年（1978—2008）》,中国社会科学出版社2008年版,第6页。
⑥ 陶东风、和磊:《从精英化到去精英化》,见《中国新时期文学30年（1978—2008）》,中国社会科学出版社2008年版,第7页。
⑦ 陶东风、和磊:《从精英化到去精英化》,见《中国新时期文学30年（1978—2008）》,中国社会科学出版社2008年版,第26页。

二、中国四种现代文化的命名

从《堂吉诃德》第一个中文改译本面世至其西语直译全译本首次出版，《堂吉诃德》纵跨了中国现代文化发展演变的四个阶段：从甲午战败到新文化运动前（1895—1919）、从新文化运动到中华人民共和国成立前（1919—1949）、从中华人民共和国成立至"文化大革命"前（1949—1966）、从"文化大革命"至党的十一届三中全会前（1966—1978）。要考察《堂吉诃德》的中文译介文本与阐释文本同中国现代文化之间的关系，我们有必要结合中国现代文化的历史分期，简述这四个时间段里颇具影响力的四种现代文化的特点，并为其命名。

（一）中国现代改良文化

我们将从甲午战败到新文化运动前（1895—1915）这段时间里对中国社会影响较大的现代文化称为"中国现代改良文化"。需要注意的是，这里讲的"改良"并非政治意义上的，而是文化意义上的。郑大华曾提醒人们不要将中国近代知识分子的政治取向与文化取向混为一谈，他说："对于中国思想家来说，他们的文化取向与政治取向的联系是历史的而非逻辑的，一个文化取向上的保守主义者没有任何理由也必然是政治上的保守主义者。"① 同样，中国思想家在政治上是否赞同革命与他们在文化上是否赞同革命也没有必然联系。中国现代改良文化由清末维新派人士②始创，后来许多革命派人士虽然在政治上主张用革命的方式推翻清政府、建立新政权，但他们对待中国传统文化仍然抱持着改良的态度。③ 清末的维新派人士以及"近代式的文化保守主义"④

---

① 郑大华：《中国文化保守主义思潮的历史考察》，载《求索》2005年第1期，第173页。
② 指参与戊戌变法或赞同维新思想的人士。
③ 比如章太炎、章士钊等人都在政治上认同革命，但在文化上，他们则表现出了文化改良的态度：在推崇儒家学说的基础上积极学习西方先进文化。
④ 胡逢祥认为，在中国近代历史上，存在着两种性质不同的文化保守主义："封建的文化保守主义"与"近代式的文化保守主义"。其中，"近代式的文化保守主义"者群体包含从章太炎到五四以后的新儒家文化保守主义者，这些人的思想具有如下特征："他们虽然也对传统怀有强烈的依恋感，并且十分强调文化变动的历史延续性，始终倾向以传统文化为根底或主体的近代文化建设进路，但却并不因此盲目维护传统社会体制。他们不仅能以理性的姿态看待和认肯整个社会的近代化趋势，有的还积极投身推翻封建专制和建设现代民主制度的革命实践。即使对于所钟爱的传统文化，也不一味偏袒，而是有所反思和批判，其文化观的内涵和关切目标都已显露出一种背离封建的近代文化建设意向。"参见胡逢祥《试论中国近代史上的文化保守主义》，载《华东师范大学学报》（哲学社会科学版）2000年第1期，第79页。

者，都是中国现代改良文化的持守者。

我们之所以认为中国现代改良文化是由清末维新派人士始创的，是因为他们在中国"进行了第一次较为全面的资本主义现代化的社会动员"[1]。虽然戊戌变法没有成功，但在宣传变法的过程中，维新派人士"开始了科学与民主的启蒙""启动了人的现代化工程""引发了现代团体活动和意识""初步建立了资本主义经济伦理"[2]，正如郭世佑、邱巍所说，戊戌变法"在思想文化方面的影响远远超过了经济、政治各方面的影响，它揭开了中国思想文化史的新篇章，使中国社会思想文化结构发生了前所未有的变化"[3]。这也就是说，清末维新派人士实际上创建了一种颇具影响力的中国现代文化。许多中国文化研究学者都认识到，维新派构建的文化是在中国传统文化框架内进行的，虽然他们吸收了大量的西方文化养分，试图以西方文化的先进性来改造中国传统文化中的局部落后性，但本质上他们并没有挑战中国传统文化的核心观念[4]，维新派人士构建起的现代文化改良特征鲜明。

总之，我们认为，1895—1915年间，对中国社会影响较大的文化是中国现代改良文化，它具有以下三个特征：①基本上认同中国传统文化知识与价值信念；②积极吸收、转化西方先进思想文化；③以"中学为主、西学为辅"，或者说是"中体西用"的态度来处理中西文化之间的关系。

---

[1] 虞和平主编：《中国现代化历程》第一卷《前提与准备》，江苏人民出版社2001年版，第277页。

[2] 虞和平主编：《中国现代化历程》第一卷《前提与准备》，江苏人民出版社2001年版，第277页。

[3] 郭世佑、邱巍：《突破重围——中国早期现代化研究》，河南大学出版社2010年版，第134页。

[4] 马洪林评价："维新派主张依靠君权变法，运用的是传统的所谓'得君行道'的旧方，不过是在野的资产阶级代表人物推行变法的一种操作方式；维新派变法的理论核心是进化论学说，而披着传统的今文经学外衣，战战兢兢地请出了孔子的亡灵；维新派虽然反对传统的'重农抑商'政策，提出以发展和保护民族工商业为国策，但不以牺牲农业为代价，还有点重农学派的味道；维新派提倡学习西方优秀文化，但反对全盘西化的价值取向，主张保国、保种、保教，一刻也没有离开过中国传统文化的土壤。"王富仁也评价维新派的思想文化"始终维护儒家伦理道德学说的权威性"，他们的"文化思想在总体上却仍然属于中国传统文化的一部分，仍然与中国传统文化没有本质上的差别"。黄键指出："在革新派人士所设计的知识——真理制度中，始终保有一席之地。其重要原因就在于，即使是革新派人士，也认为中国传统文化知识与价值信念是构成对于这个文化共同体（或所谓国家）的认同与忠诚的基石。"参见马洪林《略谈戊戌变法"保守"与"激进"》，载《文史哲》1998年第5期，第10页；王富仁《论"五四"新文化运动》，见丁晓强、徐梓编《五四与现代中国——五四新论》，山西人民出版社1989年版，第82、第89页；黄键《文化保守主义思潮与中国现代文艺批评》，中国社会科学出版社2017年版，第47页。

（二）中国现代革命文化

我们将从新文化运动到中华人民共和国成立前（1915—1949）这段时间里对中国社会影响较大的现代文化称为"中国现代革命文化"。这里讲的"革命"也是文化意义上的，而非政治意义上的。早在晚清，中国便有了革命派人士的一系列政治实践活动，辛亥革命推翻了清王朝的封建统治，"改变了中国的'政统'，改变了中国的政治宇宙，中国的政治秩序"，而中国的"道统""文化宇宙""文化秩序"，却是由新文化运动改变的。[①]

"从历史的观点来看，新文化运动可以分为三个阶段：1915—1919 年为起始阶段；1919—1921 年为第二个阶段，即高涨阶段；1921—1923 年则是衰落期。"[②] 1915 年，《青年杂志》（从第二卷开始更名为《新青年》）创刊，陈独秀在发刊词《敬告青年》中，扬起了新文化运动"民主"与"科学"两面大旗。1917 年，胡适在《新青年》上发表《文学改良刍议》一文，提出文学内容"须言之有物"，文学语言应以白话为正宗；陈独秀紧接着在《新青年》上发表《文学革命论》来声援胡适，他也认为文学应在思想、情感、语言等方面进行革命。从 1918 年起，《新青年》上开始刊登大量的白话诗和白话小说，文学领域的新文化运动很快形成了浩大的声势。1919 年五四运动爆发，无数的白话传单把白话传播到全国各界民众当中，新文化运动的影响力在全国范围内迅速扩大。[③] 在新文化运动中，"新文化先驱者在中国历史上第一次从对世界现代化全局整体把握的历史高度，对中国的传统文化，特别对在其中占据统治地位的儒家伦理道德在内的传统精神文化进行了全面深入的历史反思，在'打倒孔家店'的激烈口号下，对传统精神文化禁锢人的思想、摧残人的个性等种种弊端进行了痛切审视、深入清算"[④]，同时，新文化运动干将们还将西方现代文化的精华——民主精神与科学态度引入中国，并向国人介绍了西方的个人主义、人道主义、马克思主义、自由主义等现代思想[⑤]，一种与中国现代改良文化不同的新型文化——中国现代革命文化逐渐构建起来。

[①] 金耀基：《五四与中国的现代化》，见郝斌、欧阳哲生主编《五四运动与二十世纪的中国》，社会科学文献出版社 2001 年版，第 64 页。

[②] 王宁：《走向世界人文主义：中国新文化运动的世界意义》，见叶祝弟、杜运泉主编《现代化与化现代：新文化运动百年价值重估》，上海三联书店 2019 年版，第 21 页。

[③] 参见张德旺《道路与选择》，天地出版社 2019 年版，第 4 页。

[④] 张德旺：《道路与选择》，天地出版社 2019 年版，第 3 页。

[⑤] 参见周策纵《五四运动史》，岳麓书社 1999 年版，第 414～418 页。

这里讲的"革命文化"与中国共产党党史研究者们所讲的"革命文化"不同。中国共产党党史研究者们所称的"革命文化"是狭义上的,专指"中国共产党将马克思主义基本原理与中国革命实践相结合,领导革命群众在新民主主义革命过程中创造的独特文化形态"①。本书讲的"革命文化"与张申府所讲的"革命文化"较为相近,但也不相同。张申府认为,"革命文化就是适于革命的文化,就是适于推翻旧政,建设新鲜的文化"②。他的定义把握住了"革命文化"的两个基本特性——解构性与建构性,然而,这个定义仅从文化对政治的作用角度定义了"革命文化",仍是一种狭义的"革命文化"定义。本书从现代文化与传统文化的关系角度来定义"革命文化",其概念内涵比中国党史研究者与张申府的定义更丰富,即中国现代革命文化就是在解构中国传统的基础上建构中国现代性的文化。

周策纵指出,五四新文化运动是"一场思想革命"③,五四时期"新兴的知识分子不仅公开主张需要介绍西方科学技术、法律及政治制度,而且也宣称:中国的哲学、伦理观念、自然科学、社会学说和制度,都应该彻底重估,参考西方的这些部门,重新创造。这不同于前些时候鼓吹的那种有心无意的改革或是局部革新,它是一种广泛的、热烈的企图,要推翻那停滞不前的旧传统的基本因素,而以一种全新的文化来取代它"④。在周策纵对五四新文化的这段介绍中,我们能清晰地看到这种文化的解构性与建构性。对传统的、现实的、不合理的社会及其文化的猛烈批判与对现代的、理想的、未来的社会及其文化的热情讴歌,这种对传统与现代冰火两极的态度反差是中国现代革命文化最为突出的特点。

中国现代革命文化可分为"资产阶级革命文化"和"无产阶级革命文化"两种。它们是18世纪以来世界上两种不同现代化方案在中国文化中的投影。资产阶级革命文化是受西方启蒙运动影响产生的现代性方案在中国文化中的投影,它呼唤自由、民主、平等,绘制出在中国建立资产阶级民主共和国的理想蓝图;无产阶级革命文化是受马克思主义思想影响产生的现代性方案在中国文化中的投影,它呼吁学习俄国十月革命、打倒剥削阶级,绘制出在中国建立社会主义国家的理想蓝图。这两种文化虽然有所不同,但同样

---

① 许慎:《革命文化出场、演进和生命力的内在逻辑》,载《贵州社会科学》2018年第4期,第37页。
② 张申府:《革命文化是什么?》,见张申府著,张燕妮选编《我相信中国》,广西师范大学出版社2017年版,第148页。(原载1927年4月3日《中央副刊》星期日特别号《上游》)
③ 周策纵:《五四运动史》,岳麓书社1999年版,第500页。
④ 周策纵:《五四运动史》,岳麓书社1999年版,第17页。

具有解构性和建构性,即都要求反传统和再造文明。①

(三) 中国现代整合文化

我们将从中华人民共和国成立至"文化大革命"开始前(1949—1966)这段时间里对中国社会影响较大的现代文化称为"中国现代整合文化"。

虽然目前有学者认为中华人民共和国成立后"十七年"文学承20世纪20年代末的左翼文学而来,认为它是"中国'革命文学'的一种'当代形态'"②,还有学者将五四后至"文革"这段时期统称为"政党政治革命时期"③,但是"革命"一词却并不能概括中华人民共和国成立后十七年间文化的关键性特征。

洪子诚注意了20世纪50—70年代的"革命文学"与1949年之前的"革命文学"的区别:

> "革命文学"在某些阶段是相当活跃,是有它的生命力的,并不是一开始就出现这种"僵化"的状况。它的生命力怎样削弱,怎样失去,是我们要研究的一个问题。"革命文学"在"当代"的一个最重要的问题,是它处在一种"制度化"的过程中。"制度化"这个词我不知道用得对不对,如果用得不好,我再来做改正,总之,是一种近似的讲法,它是社会学的概念。"革命文学"的文学"原则"、文学方法所蕴含的文学创新,在开始的时候,对原有的文学形态,具有一种挑战性,创新性,在当时的文学格局中,是一种不规范的力量。这种不规范的力量,在它进入支配性、统治性的地位之后,在它对其他的文学形态构成绝对的压挤力量之后,就逐渐规范自身,或者说"自我驯化"。什么要歌颂呀,不要暴露呀,英雄人物不能有"品质"的缺点呀,"反面人物""中间人物"不能成为作品的主角呀,应该是乐观的基调呀,以至什么"三突出""多波澜"呀,这是它在"当代"的演变过程。左翼的革命文学从20年代末开始,从"边缘"不断地走到"中心",而且成为一种不可置疑的"中心"。那么它的"革命性"和创新力量,正是在这种

---

① "反传统"与"再造文明"是新文化运动中形成的文化的普遍特点。具体论述参见洪峻峰《思想启蒙与文化复兴:五四思想史论》,人民出版社2006年版,第172~217、第353~418页。

② 洪子诚:《问题与方法:中国当代文学史研究讲稿》(增订版),生活·读书·新知三联书店2015年版,第282页。

③ 余虹:《革命·审美·解构——20世纪中国文学理论的现代性和后现代性》,广西师范大学出版社2001年版,第2页。

"正典化"、制度化的过程中逐渐失去、逐渐耗尽的。①

柯汉琳注意到了 20 世纪 20—30 年代左翼文学理论与批评同 20 世纪 50—60 年代的新中国文艺理论与批评的变化：

> 二三十年代，左翼文学理论和文学批评思想，虽然表现出较强的战斗性和"话语暴力"的成分，但对具体的个人并不具备现实的强制性。一个作家既可以按照左翼文学理论的精神写作，也可以置之不理。也就是说，左翼文学理论并没有获得绝对的话语权力。到了五六十年代，中共领导人往往从党的政治路线、政治任务和政治目标出发，对文艺工作提出要求和规范。由于中共领导人高度的权威性及政治体制的高度强制性，使他们在特定政治形势下对文艺的认识和阐释、对文艺工作提出的指导性意见往往被作为党的文件，成为相当于文艺思想领域的法律法规性律令，加上无所不在的政治力量的约束，使得中共领导人关于文艺的看法和意见，能在国家范围内被贯彻和执行到所有文艺工作者日常创作活动中去，从而对文艺活动产生现实层面的强制性影响，起到有效的指导、规范和管理的作用。因此，政党领袖的讲话或以中央文件的形式发布文艺的指导性思想，与一般意义上的文艺理论思想有着显著的区别，它在同政权和现实政治权力结合后，显示出强制性的政策化特征，有更强的威权性和更高的规范性。②

在洪子诚与柯汉琳对中华人民共和国成立后"十七年"间中国文学状况的具体描述中，我们发现"制度化""驯化""规范性"是比"革命"更能代表"十七年"文学特征的词语。除了这三个词语外，中国当代文学研究者还常常用到"规训""一体化"这样的词语来描述新中国成立后"十七年"的文学特征。

余岱宗在其著作《被规训的激情：论 1950、1960 年代的红色小说》中并没有为"规训"一词明确释义，但我们从其对"规训"一词的使用中可以明白这一词语的具体所指：

---

① 洪子诚：《问题与方法：中国当代文学史研究讲稿》（增订版），生活·读书·新知三联书店 2015 年版，第 283 页。（引文中的着重号为笔者所加，下同）

② 柯汉琳等：《文化生态与 20 世纪中国文学理论批评的发展演变》，中国社会科学出版社 2012 年版，第 136～137 页。

对旧的政治话语和文艺理论话语的批判,建设新的政治话语系统和新的文艺理论系统,虽然对更新人们的文艺观念具有不可忽视的作用,但是,这样的规训毕竟还多停留在理性的认识阶段。能够对阅读者或欣赏者产生感性层面震撼的,是建国初期对具体的文艺作品的批评。也只有通过对具体的文艺作品的批判式分析,才可能以振聋发聩的方式"扭转"当时人们的欣赏趣味,培养人们对作品的意识形态立场的敏感能力和辨析能力。①

可以说,当时的权威意识形态对文艺思潮和文艺作品批评的高度重视,乃是权威意识形态推进其观念价值的紧迫感使然,同时也是当时的意识形态迫切地希望实现意识形态"全能化"的使命感在起作用。意识形态全能化的结果,便是有效地"收编""改造"了大众使用的各种类型的话语(包括审美批评话语)。由于意识形态的全能渗透,人们不知不觉地"学会"了以权威意识形态的话语方式和话语逻辑来思考问题和解决问题,从而使大众学会以统一的思维方式思考问题,统一的感受方式获取外界信息,统一的审美眼光欣赏文艺作品。因此,文艺作为意识形态最敏感也最有控制价值的一个领域,在新的意识形态大力推广其价值观念的时期内,不断地遭遇整合和规训。对文艺批评的重视,是高度重视意识形态作用力和影响力的革命政权在全国取得胜利后维护其意识形态"合法化"的必然行为。②

洪子诚认为"一体化"有三重所指:一指 20 世纪 50—70 年代中国文坛"几乎是惟一的文学形态";二指"这一时期文学组织方式、生产方式的特征。包括文学机构、文学报刊,写作、出版、传播、阅读、评价等环节的高度'一体化'的组织方式,和因此建立的高度组织化的文学世界";三指"这个时期文学形态的主要特征。这个特征,表现为题材、主题、艺术风格、方法等的趋同趋向"。③

其实,"制度化""规范化""一体化""驯化""规训"等词语所描述的文化特点大同小异,它们都在描述一种政治化、规范化的文化特征。"文

---

① 余岱宗:《被规训的激情——论 1950、1960 年代的红色小说》,上海三联书店 2004 年版,第 23 页。
② 余岱宗:《被规训的激情——论 1950、1960 年代的红色小说》,上海三联书店 2004 年版,第 28 页。
③ 洪子诚:《问题与方法:中国当代文学史研究讲稿》(增订版),生活·读书·新知三联书店 2015 年版,第 188 页。

学是时代文化思想的形象的呈现，它以独特的审美形态表现、呈示出这一时期的特定的文化思想内容。"① 洪子诚、柯汉琳、余宗岱等学者对"十七年"间文学特点的描述，也反映了"十七年"里的文化特点。这种特点同样表现在其他文化领域，比如在1951年6月6日《人民日报》发表的社论《正确地使用祖国的语言，为语言的纯洁和健康而斗争》中，语言表达问题就被提高到政治问题的高度进行阐述，新中国随即在20世纪50年代开展了一系列规范语言文字的工作。这是中国"十七年"文化政治化、规范化的特点在语言学领域的表现。

1949—1966年间的中国主流文化之所以会呈现出这种特点，与中国的现代化进程密切相关。1949年中华人民共和国的成立是中国现代民族国家建构（nation building）的一个里程碑式的事件，它标志着"在辛亥革命中启动的由传统中华帝国体系朝向现代民族国家转型任务的初步完成，同时它也意味着一个以'中华民族'作为国族的现代民族国家在中国的确立"②。然而，若仅建立起现代民族国家的基本架构和外在形式，不及时建构起现代民族国家统一的意识形态，新生的现代民族国家便很难巩固其政权，国家就可能出现封建王朝复辟等逆现代化潮流的政治现象。所以国家建构应"包括建构现代民族国家的各项国家制度以促进国家的政治整合，以及建构对现代民族国家的国家认同两个方面"③，而后者需要通过社会整合（social integration）建构起国家统一的意识形态来完成。

"社会整合亦称'社会一体化'。西方社会学用语。指社会不同因素和部分通过协调作用消除分离状态，达到融合统一的过程。可促使社会成员遵守相同的行为规范，具有共同的价值观念，加强彼此间的相互依赖和功能互补。"④ 美国社会学家塔尔科特·帕森斯（Talcott Parsons）从共时层面分析了社会整合中包含的四个维度：文化整合、规范整合、意见整合与信息整合。⑤ 法国社会学家埃米尔·杜尔克姆（Emile Durkheim）则从历时层面将社会整合分为"机械团结"（mechanical solidarity）与"有机团结"（organic

---

① 俞兆平：《古典主义思潮的排斥与中国现代文学史的欠缺》，载《文艺争鸣》2010年第7期，第71页。

② 于春洋、郭文雅：《论民族复兴战略下的中国现代民族国家建构》，载《贵州民族研究》2017年第8期，第11页。

③ 叶江：《译者序》，见［瑞士］安德烈亚斯·威默著，叶江译《国家建构：聚合与崩溃》，格致出版社2019年版，第7页。

④ 夏征农主编：《辞海》（1999年版缩印本），上海辞书出版社1999年版，第1912页。

⑤ 转引自姚建军《主流意识形态建设与社会整合研究》，光明日报出版社2016年版，第16页。

solidarity）两种：

> 机械团结是建立在个人之间的同质性基础上形成的一种社会联系。在这种团结类型的社会中，由于社会分工不发达，人们之间的活动经历和生活方式大体相同，成员之间的同质性程度很高，不仅有着共同的物质活动，而且有着相同的信仰和传统。但是，随着社会分工的日趋发达和复杂，社会逐渐分化，人们之间的内在依存性也日益增加，人们逐步建立起特殊的社会组织去满足社会的多种需求，从而出现了新的社会团结类型——有机团体。有机团体是建立在社会分工与个人异质性基础上的一种社会联系。从机械团结向有机团结的转变，实际上是从传统社会向现代社会的转型。不同的社会有着不同的社会整合方式，机械团结和有机团结分别是传统社会和现代社会的整合方式。①

由此可见，1949—1966 年间中国社会主流文化之所以会表现出政治化、规范化的特点，是因为中国已走进了社会现代化进程中的现代民族国家建构阶段、启动了"有机团结"式社会整合的文化整合程序。

毛泽东曾说，"在中国，有帝国主义文化，这是反映帝国主义在政治上经济上统治或半统治中国的东西"，"又有半封建文化，这是反映半封建经济的东西"②。为了巩固新生的无产阶级政权，中国共产党必须要在全国范围内进行文化整合，把自己的指导思想——马克思主义思想确立为中国文化界的指导思想。中国共产党认识到要"在六万万人口的伟大国家中建成社会主义社会，必须在知识分子中和广大人民中宣传辩证唯物主义和历史唯物主义思想，批判资产阶级唯心主义思想，并在这个思想战线上取得胜利。没有这个思想战线上的胜利，社会主义建设和社会主义改造的任务就将受到严重阻碍"③。为了实现文化整合的目标，中国共产党召开了一系列文艺工作会议。中华全国文学艺术工作者第一次代表大会将毛泽东的《在延安文艺座谈会上的讲话》确立为全国文艺界的总体指导性文件；全国第二次文代会将社会主义现实主义确立为新中国文学艺术创作和批评的最高准则；在中共八大二次会议上，毛泽东提出革命现实主义与革命浪漫主义两结合的无产

---

① 转引自姚建军《主流意识形态建设与社会整合研究》，光明日报出版社 2016 年版，第 15 页。
② 毛泽东：《新民主主义的文化》，见中共中央文献研究室编《毛泽东文艺论集》，中央文献出版社 2002 年版，第 27 页。
③ 《中共中央关于宣传唯物主义思想批判资产阶级唯心主义思想的指示》，见中共中央文献研究室编《建国以来重要文献选编》（第六册），中央文献出版社 2011 年版，第 53 页。

阶级文学艺术创作方法。除此之外，中国共产党还展开了一系列的文化运动，其中最为突出的是毛泽东在20世纪50年代发动了文艺领域的"三大战役"：1951年对电影《武训传》的批判、1954年对《红楼梦》研究的批判、1955年对胡风文艺思想的批判。通过这三次大规模的批判运动，包括毛泽东思想在内的马克思主义意识形态在文化界确立了主导意识形态的地位，马克思主义思想在中国文化界掌握了文化领导权。①

以往有些学者认为"十七年"中断了中国现代文化的延续性，表现出了"古典主义"文化的特征。但若从中国社会现代化进程的宏观视野来看，"十七年"间的中国文化是中国社会继续朝向现代性迈进必然会有的文化表现。正是因为中国已走进了社会现代化进程中的现代民族国家建构阶段，启动了"有机团结"式社会整合的文化整合程序，"十七年"的中国社会主流文化才会表现出政治化、规范化的特征。"整合"是"十七年"中国社会主流文化主要特征形成的原因，也是"十七年"中国社会主流文化的目的指向，正因如此，我们将"十七年"间对中国社会影响最大的文化命名为"中国现代整合文化"。从整体上看，中国现代整合文化有助于提高社会凝聚力、维护社会团结和稳定、唤起民族自信心和自豪感，它是一种有着积极意义的现代文化。

（四）中国现代自由文化

从"文化大革命"到十一届三中全会前（1966—1978），中国社会有两种不同类型的文化在官方与民间两条轨道中发展，"遵命文学"与"地下文学"是这两种文化的主要表现形式。杨健认为，"地下文学与遵命文学的对峙，本质上是两种话语的对峙"②，也即是两种文化的对峙。此段时期内，官方文化是"文革"的极左文化③；民间文化"努力替换'文革'话语"，表现出"对'文革'现行文化专制的挑战姿态"④。我们将此段时期内与官方的"文革"极左文化对峙的、在民间悄然发展起来的文化称为"中国现

---

① 参见《中共中央关于宣传唯物主义思想批判资产阶级唯心主义思想的指示》，见中共中央文献研究室编《建国以来重要文献选编》（第六册），中央文献出版社2011年版，第164页。
② 杨健：《1966—1976的地下文化》，中共党史出版社2013年版，引言第3页。
③ 从"文革"的公开文学中能看出此阶段官方文化的极左政治色彩。"'文革'中公开的文学在总体上是一种'遵命文学'。在政治上'突出阶级斗争，突出路线斗争，突出同走资派斗争'；艺术上依据'三突出'的创作公式塑造'反潮流'的英雄，或人为制造偶像，或图解政治，或歪曲历史真实。……即使是较好一些的作品，也难免进行赤裸裸的说教，被政治风向左右，带有极左色彩。"参见杨健《1966—1976的地下文化》，中共党史出版社2013年版，引言第1页。
④ 参见杨健《1966—1976的地下文化》，中共党史出版社2013年版，引言第4页。

代自由文化"。之所以将"自由"作为命名此阶段民间文化的关键词,是因为此阶段的民间文化带有较鲜明的自由主义文化色彩。

"自由主义乃是由'现代性'(modernity)带来的一套论述"①,它以个人主义为主要原则②,是西方的主流意识形态,在20世纪初的"西学东渐"潮中登陆中国。然而,许多中国学者都发现,移植到中国文化中的自由主义与西方的自由主义并不完全相同。中国的自由主义者更注重自由主义工具理性特征,他们将自由主义当成"达到救亡图强的工具和手段"③,而自由主义价值理性的特征,即它的道德价值、理想价值、情感价值等则并未受到与工具理性同等程度的重视。中国介绍自由主义的第一人严复在自由之上加上了国家富强的目的,在他眼里国家富强是第一位的,自由是第二位的。④ 殷海光先生认为,"一个真正的自由主义者,至少必须具有独自的批评能力和精神,有不盲从权威的自发见解,以及不倚附任何势力集体的气象",而这样的自由主义者在中国"少之又少","恐怕要打灯笼去找","中国早期的自由主义者多数只能算是'解放者',他们是从孔制、礼教、与旧制度里'解放'出来的一群人"。⑤ 闫润鱼更清晰地指出了中国自由主义者与西方自由主义者的不同之处:"中国近代史上被称为自由知识分子的那些人,都未曾将其肩上的双重职责卸下。简言之,政治上,他们肩负着救亡图存的使命,思想上,则肩负着宣传新思想以启大众之蒙的职责。"⑥ 他把这种"将谋求个体与共同体之间平衡、自由与权力之间平衡的学说称为有中国特色的自由主义"⑦。

中国更接近西方自由主义的文化应生成于20世纪60—70年代。在这段时期"左"倾错误思想的影响下,中国知识分子"从启蒙、代言人的位置上跌落到被启蒙被改造甚至被打倒的位置上"⑧,"许多知识分子或被剥夺了言说权利,或不敢言说,或放弃言说,或成为权力言说的工具"⑨。新生民

---

① 章清:《"胡适派学人群"与现代中国自由主义》(全新修订版),上海三联书店2015年版。
② 李强在系统地回顾了自由主义演变与发展历史的基础上,归纳出自由主义的主要原则之一是自由主义原则,他认为"自由主义的基础是个人主义"。参见李强《自由主义》,东方出版社2015年版,第13~28、第146页。
③ 林建华:《1940年代的中国自由主义思潮》,中国社会科学出版社2012年版,第292页。
④ 参见马立诚《最近四十年中国社会思潮》,东方出版社2015年版,第135页。
⑤ 殷海光:《中国文化的展望》,商务印书馆2017年版,第269页。
⑥ 闫润鱼:《自由主义与近代中国》,新星出版社2007年版,第61页。
⑦ 闫润鱼:《自由主义与近代中国》,新星出版社2007年版,第304页。
⑧ 林朝霞:《现代性与中国启蒙主义文学思潮》,厦门大学出版社2015年版,第264页。
⑨ 林朝霞:《现代性与中国启蒙主义文学思潮》,厦门大学出版社2015年版,第264页。

族国家"民粹主义、阶级观念的强化"①以及强大的政治整合力量将中国知识分子与启蒙者的身份硬性剥离,被迫退居到私语空间内的中国知识分子反而能暂时抛开国家、民族的重担,纯粹从个人生命体验的角度去感知世界②。"文革"期间的地下文学"不为外在功利价值而写作,不被主流意识形态蛊惑和驾驭"③,创作者只想借写作反思自己的人生境遇、品味咀嚼自我的情绪感受、真诚表达自己的内心诉求与对政治的见解看法④。这种地下写作使中国知识分子获得了从群体本位思维模式向个体本位思维模式转变的契机,他们常常表现出殷海光所说的真正自由主义者的基本特征——"独自的批评能力和精神","不盲从权威的自发见解,以及不倚附任何势力集体的气象"⑤,因此,"文革"期间地下写作表现出的文化精神便更接近西方的自由主义。因此,我们将1966—1978年间与官方的文化对峙的、在民间悄然发展起来的文化命名为"中国现代自由文化"。

由于"文革"时期国家秩序一度混乱、知识分子普遍经受了精神创伤,因此中国现代自由文化常带有潜隐性、反思性、感伤性三个特点。

1. 潜隐性

"在极左思潮流行的年代,特别是'文革'中,多数知识分子被当作社会异端加以排挤,成为改造、批斗甚至监禁的对象","他们在言行上受到严密监控"⑥。而"此时的知识分子意识还只是社会意识的潜流,只是大合唱时代的个别不谐音,还无力与'左'的主流意识形态对抗"⑦,慑于大环境里严肃的政治空气,"知识分子只能用隐语或呓语的形式传达心中的思

---

① 林朝霞:《现代性与中国启蒙主义文学思潮》,厦门大学出版社2015年版,第264页。
② 林朝霞曾论及"文革"期间的文化专制、知识分子被放逐的境遇与私语空间的开拓之间的关系:"在极左思潮流行的年代,特别是'文革'中,多数知识分子被当作社会异端加以排挤,成为改造、批斗甚至监禁的对象,其人生处境无异于被放逐。他们在言行上受到严密监控,无暇创作小说、散文,更不可能创作针砭时弊的杂文,但却偷偷保留了诗歌这个狭小的私语空间,利用零星时间把自己的思索凝结在简短的诗篇里,不求迎合主流认可,只求倾吐胸中块垒,不求读者喝彩,只求暗藏一隅聊以自慰。"参见林朝霞《现代性与中国启蒙主义文学思潮》,厦门大学出版社2015年版,第277页。
③ 林朝霞:《现代性与中国启蒙主义文学思潮》,厦门大学出版社2015年版,第294页。
④ 具体参见杨健《1966—1976的地下文学》第十章"监禁文学的诗人群像"、第十四章"'文革'中的秦城监狱秘密写作"、第十五章"丙辰清明天安门运动前前后后",中央党史出版社2013年版。
⑤ 殷海光:《中国文化的展望》,商务印书馆2017年版,第269页。
⑥ 林朝霞:《现代性与中国启蒙主义文学思潮》,厦门大学出版社2015年版,第277页。
⑦ 林朝霞:《现代性与中国启蒙主义文学思潮》,厦门大学出版社2015年版,第265页。

考"①，他们的表达方式往往幽深隐曲②，因此，这段时期内的中国现代自由文化呈现出了潜隐性的特点。

2. 反思性

"文革"是中国现代化进程中一段异化的插曲③，现代性真实地展现出了它难以被人们驾驭和掌控的一面。"文革"的创痛让中国知识分子从晚清以来对现代性的膜拜中清醒过来。他们发现，人们在用现代性砍除封建性的同时，也会斫伤伦理温情；人们在用现代性否定传统价值体系中的自我身份时，也会因难以及时在新的价值体系中寻找到自我而迷失。于是，在"文革"中备受煎熬的中国知识分子以一双迷茫之眼重新审视现代性、重新思考个人与社会的关系，此时期的现代自由文化便具有了反思性的特征。

3. 感伤性

在"文革"时期，被批斗、下放干校或被监禁的遭遇让中国知识分子饱尝了人身权利、人格尊严被侵犯的痛苦，此种际遇之下夫妻、骨肉的分离、反目甚至天人永诀，又让他们备感人生的辛酸。此段时期内的中国知识分子心灵上都遭受了不同程度的创伤，他们试图表达、宣泄内心的痛苦来自我疗愈，于是，中国 20 世纪 60—70 年代的现代自由文化便有了感伤性的特征。

总之，中国现代自由文化是与"文革"期间极左政治文化抗衡的民间文化，它有批判主流意识形态的独立精神、吁求个人权利的自由思想、表达真实情感的强烈诉求。这种文化抛弃了群体本位意识，表现出鲜明的个体本位意识，它比以往中国的自由主义文化更接近西方的自由主义。中国 20 世

---

① 林朝霞：《现代性与中国启蒙主义文学思潮》，厦门大学出版社 2015 年版，第 265 页。
② 比如"文革"期间食指创作的《相信未来》、郭小川创作的《团泊洼的秋天》都隐曲地表达了作者的政治观点。
③ "异化，简单地说，就是异己化，是指主体在发展过程中由于自己的活动而产生出自己的对立面，然后这个对立面又作为一种外在的、异己的力量而转过来反对主体本身。"它是马克思解剖资本主义社会常用的一个词。关于社会主义社会是否存在异化现象的问题颇有争议。王若水、俞建章、公刘等人都认为社会主义社会存在异化现象，并用异化理论来解释中国"文化大革命"中的现象。参见王思鸿《马克思异化理论的历史生成与当代价值》，中国社会科学出版社 2016 年版，第 22 页；王若水《文艺与人的异化问题》，见程代熙编《马克思〈手稿〉中的美学思想讨论集》，陕西人民出版社 1983 年版，第 517～525 页；俞建章《论当代文学创作中人道主义潮流——对三年文学创作的回顾与思考》，载《文学评论》1981 年第 1 期，第 22～33 页；公刘《诗的异化与复归》，见公刘著，刘梓编《公刘文存》序跋评论卷（一），时代出版传媒股份有限公司 2018 年版，第 265～272 页。

纪80年代"新启蒙思潮"中自由主义思想的大爆发①并非出于历史的偶然，"文革"期间中国现代自由文化在民间的暗暗生长为它积蓄了能量。尽管从政治、经济方面来看，"文革"时期中国的现代性进程一度出现了停滞甚至倒退的现象，但从文化方面来看，中国没有停止迈向现代性的步伐。民间出现的中国现代自由文化抛开了政治功利性，表现出了个人本位的主体性，它是一种现代性特征更鲜明的文化。

小　结

　　本章的任务是要为1904—1978年间《堂吉诃德》中国译介与阐释史研究工作的顺利开展做好铺垫。

　　在第一节中，我们首先解释了本研究会涉及的与"现代"有关的概念。然后概要分析了《堂吉诃德》与欧洲文艺复兴时期现代文化的关系。我们发现，《堂吉诃德》中蕴藏着文艺复兴时期萌生的四种现代性意识——平等意识、个性意识、个体生命价值意识、社会批判意识。接下来，我们追溯了17世纪至20世纪上半期西欧以及19世纪至20世纪上半期俄国《堂吉诃德》批评的主要观点及其形成的历史文化原因。我们发现，随着现代文化的发展，人们挖掘出了《堂吉诃德》的不同主题、阐释出了堂吉诃德不同的形象特点。《堂吉诃德》是一部诞生于欧洲现代文化萌芽期、伴随着欧洲现代文化发展而意义不断变化着的小说。

　　在第二节中，我们将19世纪60年代至今的中国现代文化发展情况划分为六个时期：从鸦片战争到甲午战败前（1840—1895）、从甲午战败到新文化运动前（1895—1915）、从新文化运动到中华人民共和国成立前（1915—1949）、从中华人民共和国成立到"文化大革命"开始前（1949—1966）、从"文化大革命"到中共十一届三中全会前（1966—1978）、从中共十一届三中全会召开至今（1978年至今）。因为本书研究对象涉及的时间纵跨了以

---

① "中国'新启蒙主义'是一种广泛而庞杂的社会思潮，是由众多的各不相同的思想因素构成的"，它以"寻求和建立中国的现代性方案为基本的要务。这个现代性方案的标志就是在经济、政治、法律、文化等各个领域建立'自主性'或主体的自由"。在文化方面，一些学者"通过在哲学和文学等领域中的主体性概念的讨论，一方面吁求人的自由和解放，另一方面则试图建立个人主义的社会伦理和价值标准（它被理解为个人的自由）"，这无疑是自由主义思想在中国的一次大爆发。参见汪晖《当代中国的思想状况与现代性问题》，见李世涛主编《知识分子立场：自由主义之争与中国思想界的分化》，时代文艺出版社2002年版，第98～99页。

上六个时期中的四个时期,笔者便在借鉴其他文化研究者与文学研究者学术成果的基础上,归纳出 1895—1915 年、1915—1949 年、1949—1966 年、1966—1978 年这四个时期里对中国社会产生较大影响的四种现代文化特点,并将这四种文化分别命名为"中国现代改良文化""中国现代革命文化""中国现代整合文化""中国现代自由文化"。

在研究文学史时,我们不能满足于对文学现象的简单描述,而应去挖掘促使独特文学现象形成的历史文化驱动力,并找到文学现象与社会历史文化间的内在联系。这样,文学史研究才能从混乱的喧嚣中涅槃,并获得崭新的意义。

第二章 现代改良文化影响下的《堂吉诃德》译介与阐释

甲午战败至新文化运动前（1898—1915），中国现代改良文化对中国社会的影响较大。中国现代改良文化本质上是一种以中国传统文化价值观为核心、兼收并蓄西方先进现代文化的一种杂糅性文化，是一种由传统向现代过渡的文化。持守现代改良文化的人们既认可中国传统文化的核心——儒家伦理道德，又钦羡西方现代文化的先进性，他们站在中国传统儒家伦理道德的立场上积极吸纳西方先进的现代文化。

在现代改良文化的影响下，19世纪末20世纪初的中国出现了一个小说译介热潮。译者们想通过译介小说的方式来宣传国外先进的现代文化，达到塑造新民、实现强国梦的目的。逸民出版于1904年的译作《谷间莺》、马一浮译于1905年的《稽先生传》、林纾和陈家麟译于1915年的《魔侠传》均是在中国现代改良文化影响下产生的《堂吉诃德》译介文本。由于1898—1915年间中国尚未出现较有影响力的《堂吉诃德》阐释文本，因此本章聚焦《堂吉诃德》的这三个早期译介文本，探讨《堂吉诃德》在中国现代改良文化影响下生成的意义样态。

第一节 探寻最早的《堂吉诃德》中文译本

一、《谷间莺》

（一）《谷间莺》与《堂吉诃德》的关系推考

光绪三十年（1904），一本名为《谷间莺》的翻译小说出现在了上海各书店的售架上。这本小说共十回，书上标注的译著信息是"（法）彭生德著，逸民译"，由日本东京翔莺社印刷。这本小说应该就是《堂吉诃德》在中国的最早译本，只不过它是《堂吉诃德》几经转译后的译本，已经被删改得面目全非，连原作者的名字和国籍都以讹传讹地弄错了。

《谷间莺》由日本小说《谷间之莺》（『谷間の鶯』）译来。《谷间之莺》由斋藤良恭翻译、爱花仙史校阅、三木爱花作序，共八回，于明治二十年（1887）由共隆社出版。三木爱花在《谷间之莺》的序言中写道，斋藤良恭看过西班牙名著《堂吉诃德》第一部后大为赞赏，并将其翻译过来。① 根据这段序言，我们可以判断，《谷间之莺》是《堂吉诃德》的日语译本，《谷间莺》是《堂吉诃德》的中文转译本。

虽然三木爱花在《谷间之莺》的序言中明确提及此书译自西班牙小说《堂吉诃德》，但《谷间之莺》的封皮与封底上却都明确标着"佛国 セルバント氏著"的字样。实际上，这是一种极不严谨、易误导读者的表述。日本明治时期的翻译出版界还没有形成严谨保留译著信息的观念，《谷间之莺》的出版者粗疏地将译者所依据的底本信息与小说的原作者信息杂糅在了一起："佛国"就是法国，《谷间之莺》应译自《堂吉诃德》的法语译本；"セルバント"接近"Cervantes"的读音。因此，如果严谨表述日译本《谷间之莺》封皮与封底上"佛国 セルバント氏著"中蕴含的信息，应该是：《谷间之莺》是从法语译本转译过来的，原著作者是塞万提斯。我国译者逸民在翻译时，显然没有仔细去推敲、查考这些信息，他保留下了"法国"的国别信息，在翻译著者名字的时又出了错，将语音接近"セルバント"的"生彭德"误写成了"彭生德"②，于是，初到中国的《堂吉诃德》就变得面目难辨，《谷间莺》原作者的国籍与名字就变成了"（法）彭生德"。

日语学界对《谷间之莺》是否为《堂吉诃德》译本有争议。③ 因为

---

① 参见［佛國］セルバント氏著『谷間の鶯』，齋藤良恭译，共隆社，明治二十年（1887）版，第1～2页。

② 中村忠行指出，"彭生德は生彭德の誤植なゐぺく"（直译："彭生德"是"生彭德"的误写）。参见［日］樽本照雄《新编增补清末民初小说目录》，齐鲁书社2002年版，第194页。

③ 樽本照雄在《新编增补清末民初小说目录》中标注《谷间之莺》的原作者为"Cervantes"，原作名为"EL INGENIOSO HIDALGO DON QUIJOTE DE LA MANCHA"。参见［日］樽本照雄《新编增补清末民初小说目录》，齐鲁书社2002年版，第194页。

《谷间之莺》是日本明治年间"豪杰译"① 的作品，内容与《堂吉诃德》相差极大。它把《堂吉诃德》第一部中穿插的关于多若泰（Dorotea）的故事抽取出来，改写成了共八回的小说。因为改写后的故事与《堂吉诃德》中多若泰的故事存在着很多不同，日本当代学者藏本邦夫便认为，《谷间之莺》并非《堂吉诃德》译本，而是塞万提斯《警世典范小说集》中的短篇小说《血的力量》的译本②，但《谷间之莺》与《血的力量》的情节也有诸多不同之处。藏本邦夫之所以会认为《谷间之莺》是《血的力量》的译本，是因为穿插在《堂吉诃德》第一部中的多若泰与堂费南铎之间的故事与《血的力量》很相似，二者的情节都可以概述如下：风流成性的男性贵族夺走了平民女子的贞操，又将平民女子抛弃；平民女子几经周折，终于嫁给了夺走她贞操的男性贵族。由于缺少相关信息，我们已经无法得知《谷间之莺》的译者或其依据的法语底本的译者是否在翻译时将《堂吉诃德》中多若泰与堂费南铎的故事与《血的力量》糅合，但《谷间之莺》的序者三木爱花与译者斋藤良恭是同时代的人，他亲自见过译者，因此，我们应以三木爱花的说法为准，即《谷间之莺》译自《堂吉诃德》。

（二）《谷间莺》问世的时代文化背景

戊戌变法失败后，许多晚清维新派人士总结了变法失败的经验教训。他们认为，如果不改变广大民众落后的思想意识，仅将强国的希望寄托在统治者施行新政上，那么注定会遭遇失败。他们开始认识到拯救中国的关键在于拯救中国国民落后的思想，育人是救亡的关键。梁启超提出"新民为今日中国第一急务"③，"欲维新吾国，当先维新吾民"④，认为只有教化出高素质的新国民，中国才会有走向强盛的希望。因此，以梁启超为代表的晚清维新派人士开始了探索文化救国道路的历程。1898 年，梁启超在《清议报》上发表了《译印政治小说序》，阐明了小说对教化国民的重要作用。他认为，"彼美、英、德、法、奥、意、日本各国政界之日进，则政治小说为功

---

① 日本明治年间，为适应文明开化的需要，兴起了介绍和翻译西方文学的热潮。"这时期的翻译者不甘于只完成将一种语言的文学转换成另一种语言的文学之职责，而要作为生活的评判家、读者的引路人、原作的改造者，因此在翻译时往往改变原作的主题、结构、人物，严格地说，这只能称作改写或缩写。这种翻译方式，日本称之为'豪杰译'。"参见马霞《日本"豪杰译"对中国译者的影响》，见林煌天主编《中国翻译词典》，湖北教育出版社 1997 年版，第 560 页。

② 参见藏本邦夫『移入史初期の「ドン・キホーテ」をめぐって』，关西大学外国语教育フォーラム 12 卷，2013 年，第 31～46 页。

③ 梁启超：《新民说》，载《新民丛报》第一号，光绪二十八年（1902）元月一日，第 2 页。

④ 梁启超：《本报告白》，载《新民丛报》第一号，光绪二十八年（1902）元月一日，第 1 页。

最高焉","往往每一书出,而全国之议论为之一变"①。1902年,他又发表了《论小说与群治的关系》一文,提出"小说革命"的口号②。在这篇文章中,他阐明了小说所具有的"熏""浸""刺""提"四种"不可思议之力",进而指出小说"有此四力而用之于善,则可以福亿兆人;有此四力而用之于恶,则可以毒万千载"③。而中国传统的小说中往往有"状元宰相思想""佳人才子思想""江湖盗贼思想""妖巫狐鬼思想",往往会助长大众的种种坏习气、坏品性,因此,他认为:"欲新一国之民,不可不先新一国之小说。故欲新道德,必新小说;欲新宗教,必新小说;欲新政治,必新小说;欲新风俗,必新小说;欲新学艺,必新小说;乃至欲新人心、欲新人格,必新小说。"④ 如此一来,历来被中国传统文人视为"小道"的小说文体就被推到了"文学之最上乘"⑤ 的位置。梁启超及其思想追随者们将小说视为改造国民性的重要工具,小说的社会政治功用自然就成了他们衡量小说价值的重要标准。

由于救亡图存的使命迫在眉睫,有限时间内难以创作大量具备开启民智、改造国民性、重铸"新民"之功效的小说,翻译优秀的外国小说就成了一条捷径。而当时中国懂西方语言的人数远不及懂日文的人数,日本在明治维新后已翻译了相当多重要的西方书籍,因此,梁启超认为,若国人能从日文转译西方的重要书籍,就会"用力甚鲜,而获益甚巨"⑥。在梁启超思想的影响下,1902—1904年出现了一个译日文书籍的热潮⑦,逸民翻译的《谷间莺》便是此译介热潮中的作品之一。

---

① 梁启超:《译印政治小说序》,见《梁启超全集》(第一册),北京出版社1999年版,第172页。
② 罗嗣亮曾评价:"梁启超也曾经提出过'诗界革命''文界革命'和'小说界革命'的口号,但从本质上看,仍然只具有改良主义的性质。"参见罗嗣亮《现代中国文艺的价值转向——毛泽东文艺思想与实践新探》,社会科学文献出版社2015年版,第27页。
③ 梁启超:《论小说与群治的关系》,见《梁启超全集》(第二册),北京出版社1999年版,第885页。
④ 梁启超:《论小说与群治的关系》,见《梁启超全集》(第二册),北京出版社1999年版,第884页。
⑤ 梁启超:《论小说与群治的关系》,见《梁启超全集》(第二册),北京出版社1999年版,第884页。
⑥ 梁启超:《变法通议·论译书》,见《梁启超全集》(第一册),北京出版社1999年版,第50页。
⑦ 李艳丽称,晚清译者"在1902—1904年短短3年间,翻译的日文书籍以321种为最多"。详见李艳丽《晚清日语小说译介研究(1898—1911)》,上海社会科学院出版社2014年版,自序第3页。她的数据来源于钱存训的文章《西方通过翻译对中国的冲击》(Tsuen-hsuin Tsien. "Western Impact on China Through Translation." *Far Eastern Quarterly*, Vol. XIII, No. 3, May 1954)

(三)《谷间莺》译者身份推考

创作或翻译小说时采用别名是晚清文人的一种习俗,"逸民"应是《谷间莺》译者的别名。在徐为民编写的《中国近现代人物别名词典》中,我们查到黄中垲字逸民,湖北江陵人。① 黄中垲曾在清末留学日本,在法政大学的中国班学习法律,1910 年回国,次年参与武昌起义;南京临时政府成立后,他任职陆军部秘书,后在教育部、内务部任秘书、佥事等职务,1915 年又担任京师通俗图书馆主任。② 1927 年,他以逸民为笔名,写成《辛壬闻见录》上下两篇,追忆自己亲历的武昌起义、南京临时政府、二次革命等往事。③ 这个以"逸民"为别名的黄中垲,很有可能就是《谷间莺》的译者。

虽然我们无法查到黄中垲留学日本的具体时间,但从其 1910 年归国的时间来推算,《谷间莺》出版的 1904 年很可能是黄中垲正在日本留学的时间。《谷间莺》首次由日本东京翔鸾社出版印刷,这也就说明《谷间莺》的译者当时应该正身处日本。流亡日本的梁启超于 1902 年发起"小说界革命",大力倡导政治小说的翻译和创作④,思想进步的黄中垲极有可能会积极响应梁启超的号召翻译日文政治小说⑤。总之,无论是从黄中垲的别名、思想状况、掌握的外语情况来看,还是从《谷间莺》出版的时间、地点与黄中垲人生经历的重合情况来看,《谷间莺》的译者都极有可能是黄中垲。

(四)《谷间莺》版本介绍

逸民据日本《谷间之莺》翻译的《谷间莺》,首版于 1904 年,由日本东京翔鸾社印刷,1906 年由上海的鸿文书局再版,1907 年又再版了一次,

---

① 参见徐为民《中国近现代人物别名词典》,沈阳出版社 1993 年版,第 125 页。
② 参见湖北省江陵县县志编纂委员会编纂《江陵县志》,湖北人民出版社 1990 年版,第 721 页;李盛平主编《中国近现代人名大辞典》,中国国际广播出版社 1989 年版,第 610 页。
③ 参见逸民《辛壬闻见录》,见湖北省图书馆辑《辛亥革命武昌首义史料辑录》,书目文献出版社 1981 年版。
④ 参见赵雁风《多重视角下的近代中日文学比较研究》,东北师范大学出版社 2018 年版,第 58 页。
⑤ 中国现代文学馆对 1904 年版的《谷间莺》做的基本描述是,"谷间莺:欧西艳话";浙江图书馆对 1907 年再版的《谷间莺》做的基本描述是,"谷间莺:政治小说"。之所以在《谷间莺》首版之时标注"欧西艳话",而在三年后再版时才标明"政治小说",很可能是当时出版者的一种销售策略。首版时,大众读者对政治小说还并不熟悉,标注"欧西艳话"更能迎合中国大众读者的阅读趣味;再版时,政治小说已在中国读者间形成了一定的影响力,能够被大众读者接受,标注"政治小说"更能凸显《谷间莺》的特点。

此后就找不到再版信息了①。就笔者所知，目前中国仅有两处存有《谷间莺》的珍本：现代文学馆保有一册 1904 年初版的《谷间莺》，中国浙江图书馆保有一册 1907 年再版的《谷间莺》。

二、《稽先生传》

（一）《稽先生传》情况概述

1913 年，被褐以文言文翻译的两章《堂吉诃德》刊登于《独立周报》第 21 期和第 22 期，名为《稽先生传》。《独立周报》的编者为《稽先生传》标注的英文名为"Don Ruisote"，将塞万提斯称为"率望"，并将其拼写成"Servantes"，从书名与作者名的英文误写来看，当时的国人对《堂吉诃德》和塞万提斯还相当陌生。关于被褐译文的翻译底本，《独立周报》上有这样一段介绍："译西班牙率望之集 Mavslated from Servantes lnl. y19.05。"② 这一小段文字里英文的印刷错误太多，樽本照雄认为这段英文本应是"Translated from Cervantes July 1905"③，也就是说，被褐是根据 1905 年 7 月出版的英译《塞万提斯文集》中的《堂吉诃德》来翻译的。虽然这段介绍并不详细，缺少相关出版社的信息及英译者的信息，但我们至少可以确定，被褐《稽先生传》所依据的翻译底本是《塞万提斯》文集中较为完善的《堂吉诃德》英译本，而非删节本或缩略本。

《独立周报》于 1913 年 6 月停刊，所以目前我们仅能见到两章《稽先生传》译文。尽管如此，这两章《稽先生传》译文在《堂吉诃德》的中国译介史上仍具有里程碑式的意义，因为这是中国译者第一次目标明确地要把西班牙文学名著《堂吉诃德》译成中文的尝试。虽然我们曾追根溯源，证明《谷间莺》是《堂吉诃德》的第一个中文改译本，但从该书注明的原作者讹误信息——"（法）彭生德"这一情况来看，译者逸民并没有清晰地意

---

① 参见［日］樽本照雄《新编增补清末民初小说目录》，齐鲁书社 2002 年版，第 194 页；贾植芳等编《中国文学史资料全编·现代卷·中国现代文学总书目·翻译文学卷》，知识产权出版社 2010 年版，第 388 页；陈建功、吴义勤主编《中国现代翻译文学初版本图典》，百花洲文艺出版社 2015 年版，第 233 页；陆国飞主编《清末民初翻译小说目录：1840—1919》，上海交通大学出版社 2018 年版，第 302 页。

② 编者：《独立周报》中华民国二年（1913）第二年第七号（原第念一期），第 61 页。

③ ［日］樽本照雄：『最初の汉訳「ドン・キホーテ」』，载『清末小説から』2008 年第 1 期，第 4 页。

识到他翻译的是西班牙塞万提斯《堂吉诃德》的改译本。也正因如此，樽本照雄才将《稽先生传》看作是《堂吉诃德》最早的中文译文。①

（二）《稽先生传》译者介绍

《稽先生传》的译者署名"被褐"，而译者的真名是"马一浮"②。马一浮（1883—1967），名浮，字一浮，号湛翁，晚年自署蠲叟或蠲戏老人，浙江绍兴人，是新儒家"三圣"之一，与熊十力、梁漱溟齐名，被评价为"中国现代最传统的知识分子，或者说最传统的知识分子代表"③。少年时代，马一浮受戊戌变法影响，心中激起了救国的热情，并因之对西学产生了极大的兴趣。他刻苦学习英文、法文和日文，并在1901年与谢无量、马君武等人创办《20世纪翻译世界》月刊，向国人介绍西方的思想和文学。1905年，马一浮在镇江焦山海西庵读书养性，从英文转译了一部分《堂吉诃德》，题名为《稽先生传》④。1913年，《稽先生传》的两章译文刊载在由章士钊创办的《独立周报》上，署以马一浮的笔名"被褐"。

（三）《稽先生传》文本特点分析

马一浮《稽先生传》的译文只有两章，我们无法从中推知译者对《堂吉诃德》人物及主题的整体理解情况，但从这两章译文中，我们仍能看出《稽先生传》的文本特点——译文带有现代改良文化的鲜明特征。

（1）从马一浮对《堂吉诃德》叙事特点的处理上，能看出现代改良文化的痕迹。《堂吉诃德》的叙事带有明显的现代性特征，塞万提斯打破了以往的叙事成规，开创性地"借距离叙事的张力模糊真实与虚构间的界限，营造不确定性"⑤。在《堂吉诃德》第一章中就表现出了这种叙事特点，在两次谈及堂吉诃德的真实姓名问题时，叙事者不可靠性的特点就被凸显

---

① 参见［日］樽本照雄『最初の汉訳「ドン・キホーテ」』，载『清末小説から』2008年第1期，第1～6页。

② 马镜泉、赵士华在《马一浮先生年谱》中记载，1905年，23岁的马一浮从英文转译了《唐·吉诃德》，题为《稽先生传》，后署名"被褐"登于《独立周报》。参见马镜泉、赵士华《附录：马一浮先生年谱》，见马镜泉、赵士华《马一浮评传》，百花洲文艺出版社2015年版，第135页。

③ 滕复：《马一浮和他的大时代》，鹭江出版社2015年版，第14页。

④ 丁敬涵在《马一浮先生艺术诗文年表》中写道，"曾译《堂吉诃德》，改名《稽先生传》（未竟）"，但并没有详细写出马一浮究竟译出了多少章《堂吉诃德》。参见丁敬涵《马一浮先生艺术诗文年表》，见梁平波主编《马一浮书法集》第3卷，浙江古籍出版社2012年版，第295页。

⑤ 罗文敏：《不确定性的诱惑：〈堂吉诃德〉距离叙事》，载《外国文学评论》2009年第4期，第205页。

出来。

姓名信息1：

> 有人叫他吉哈达，有人叫他盖萨达。在这点上，记述他事迹的作者们看法不一致。根据可靠的说法，好像是叫盖哈达。就我们的故事而言，这倒无关紧要；只要讲的事一点不失实就行了。①

姓名信息2：

> 这部纪实传记的诸多作者就是据此断定，主人公的原名应是吉哈达，而不是盖萨达，像不少人说的那样。②

第一章里的同一个叙述者，对堂吉诃德的真实姓名问题给出了前后不一致的信息，这就让传统小说叙事中认真负责的叙述主体变得诡秘任性、不可靠，由此"直接拉开作者与文本内容的距离，形成读者阅读中的陌生化审美感受"③。

马一浮《稽先生传》的译文删去了第一章中谈论堂吉诃德真实姓名的两段文字，用传统小说里隐藏在幕后的、可靠的叙述者代替了《堂吉诃德》原作中走到幕前的、不可靠的叙述者。这种以传统叙事策略替换先锋叙事策略的翻译方式，说明了两个问题。第一，马一浮对中国传统的叙事方式充满文化自信，他不认可、不接纳《堂吉诃德》的先锋叙事范式。他觉得按中国传统方式来叙事，可以更清晰地表述故事的内容。第二，马一浮翻译《堂吉诃德》的目的聚焦在小说的情节内容方面，他并没有要保留小说文体特点的意识。19世纪末20世纪上半期的中国文化改良主义者们往往都有一种忧国忧民的焦虑心理，因此，他们高度重视小说的社会教化功用，在小说的情节内容中寻找塑造"新民"灵魂的良方，而没有仔细琢磨小说叙事技巧的闲情逸致。总之，从马一浮《稽先生传》第一章译文对《堂吉诃德》原文叙事特点的处理方式上，我们能够清晰地看到现代改良文化的印迹。

（2）从马一浮对《堂吉诃德》前两章内容信息的处理上，能够看出现

---

① ［西］塞万提斯著，董燕生译：《堂吉诃德》（上），漓江出版社2014年版，第9页。
② ［西］塞万提斯著，董燕生译：《堂吉诃德》（上），漓江出版社2014年版，第12页。
③ 罗文敏：《不确定性的诱惑：〈堂吉诃德〉距离叙事》，载《外国文学评论》2009年第4期，第213页。

代改良文化的痕迹。马一浮在《稽先生传》中常常流露出一种"以中化西"的思维模式。

首先,"以中化西"的思维模式表现在马一浮对《堂吉诃德》中人名的处理上。马一浮在其译文中并未引进"骑士"等西方的专有名词,而以"侠""侯"等中国固有的名词来将之替换。《稽先生传》译文中称"堂吉诃德"为"稽侯""稽叔",称"knight of burning sword"为"火剑侯",这些都是"以中化西"的思维方式在《稽先生传》名称处理方面的具体表现。

其次,"以中化西"的思维模式表现在马一浮添加进译文中的那些固守中国传统文化立场的阐释上。试看《稽先生传》、当代译者董燕生译文及西语原文的对比。

【例1】

马一浮译文:

夫世间谬悠奇诞不可思议之倾想,常浸淫于老妇弱女子之胸,而不可以撼丈夫之臆。稽书既溺于所闻知,梦然以为人间至荣极安最尊无敌者,未有如吾书所记游侠者也。此其偏智直老妇弱女子之见耳。而稽叔不悟,谓游侠之士被黄金之甲,骑神毛之马,周行天下,冒万不测之险,雪一世之仇冤,沥怨敌之首,而不使一夫有所遗憾,斯置不朽之烈,至崇之乐也。丈夫不当如是邪?于是决心以治游侠之具。①

董燕生译文:

总之,他的头脑已经彻底发昏,终于冒出一个世上任何疯子都没有想到的荒唐念头:觉得为了报效国家、扬名四方,他应该也必须当上游侠骑士,披坚执锐、跨马闯荡天下,把他读到的游侠骑士的种种业绩都一一仿效一番,冒着艰难险阻去剪除强暴,日后事成功就,必将留名千古。这家伙想入非非,似乎自己已经凭借强壮的双臂登上特拉不松帝国的皇位。他越想越美,简直乐不可支,迫不及待地要把自己的打算付诸实行。②

西语原文:

En efecto, rematado ya su juicio, vino a dar en el más extraño pensamiento que jamás dio loco en el mundo, y fue que le pareció conveniente y

---

① [西]率望著,被褐译:《稽先生传》,载《独立周报》中华民国二年(1913)第二年第七号(原第念一期),第62页。

② [西]塞万提斯著,董燕生译:《堂吉诃德》(上),漓江出版社2014年版,第11页。

第二章　现代改良文化影响下的《堂吉诃德》译介与阐释

necesario, así para el aumento de su honra como para el servicio de su república, hacerse caballero andante y irse por todo el mundo con sus armas y caballo a buscar las aventuras y a ejercitarse en todo aquello que él había leído que los caballeros andantes se ejercitaban, deshaciendo todo género de agravio y poniéndose en ocasiones y peligros donde, acabándolos, cobrase eterno nombre y fama. Imaginábase el pobre ya coronado por el valor de su brazo, por lo menos del imperio de Trapisonda; y así, con estos tan agradables pensamientos, llevado del extraño gusto que en ellos sentía, se dio priesa a poner en efecto lo que deseaba.①

【例2】
马一浮译文：
　　后病已名不称，闭户覃思。逾八日，蹶然曰："得之矣！句耳（Yanl）之烈士雅眉（amaais）耻忘其国，不称雅眉而称句耳雅眉。吾之爱蒙岜，亦如雅眉之于句耳矣。"因自称蒙岜。西班牙谓男子之尊号曰"侯"，然无自侯者，自侯者，盖稽侯始云。由是甲胄既新，宝剑既硎，骏马既鸣，名字既成，稽叔将辞蒙岜之故国慷慨而远征。乃抚膺太息，仰天而悲曰："嗟呼！丈夫安可以无妇人乎？夫妇人者，世间之调御师也。豪杰之士，奴抚一世人，瞠目叱咤，而不可不低首膜拜柔气腻色于其至尊之细君之前。夫美人者，最能慈悲哀怜丈夫者也。丈夫遨游世间而不得一美人以皈依于其神灵之足下，则犹枯树不荣，具人骨而无灵魂者也。"②

董燕生译文：
　　马有了称心如意的名字，他便立即想起自己也该起个雅号；为这个，他又斟酌了整整八天，终于挑选了堂吉诃德这个名字。这部纪实传记的作者就是据此断定，主人公的原名应是吉哈达，而不是盖萨达，像不少人说的那样。这时候，我们的绅士又想起一件事：英武的阿马迪斯嫌阿马迪斯这个名字光秃秃的不够味，为了使故乡和国家闻名于世，他又加上了地名，说全了就是：阿马迪斯·德·高拉。于是，这位地地道道的骑士当然也要把家乡的地名添在自己的雅号上，这样就成了：堂吉

---

①　Miguel de Cervantes Saavedra. *Don Quijote De La Mancha*. Edición y notas de Francisco Rico. Barcelona: Penguin Random House Grupo Editorial, 2015. p.31.

②　[西]率望著，被褐译：《稽先生传》，载《独立周报》中华民国二年（1913）第二年第七号（原第念一期），第62页。

诃德·德·拉曼却。他觉得这样一来才不仅清清楚楚指明了他的出身籍贯，而且家乡也随着他的名字荣耀大增。武器擦得一干二净，顶盔加上了面罩，瘦马有了名字，自己也正了名分，他开始考虑，只欠选中一位朝思暮想的名媛淑女了；因为缺乏缱绻情爱的游侠骑士就如同一棵不生枝叶不结果实的枯树，一架失去灵魂的躯壳。①

西语原文：

　　Puesto nombre, y tan a su gusto, a su caballo, quiso ponérsele a sí mismo, y en este pensamiento duró otros ocho días, y al cabo se vino a llamar«don Quijote»; de donde, como queda dicho, tomaron ocasión los autores de esta tan verdadera historia que sin duda se debía de llamar«Quijada», y no«Quesada», como otros quisieron decir. Pero acordándose que el valeroso Amadís no sólo se había contentado con llamarse«Amadís»a secas, sino que añadió el nombre de su reino y patria, por hacerla famosa, y se llamó«Amadís de Gaula», así quiso, como buen caballero, añadir al suyo el nombre de la suya y llamarse«don Quijote de la Mancha», con que a su parecer declaraba muy al vivo su linaje y patria, y la honraba con tomar el sobrenombre de ella. Limpias, pues, sus armas, hecho del morrión celada, puesto nombre a su rocín y confirmádose a sí mismo, se dio a entender que no le faltaba otra cosa sino buscar una dama de quien enamorarse, porque el caballero andante sin amores era árbol sin hojas y sin fruto y cuerpo sin alma.②

　　比较以上两例中加着重号的部分，不难发现，我国当代西班牙语专家董燕生的译文较忠实地表达出了西语原文的意义，马一浮的译文虽然也大体上表述出了西语原文的内容，却融进了自己的阐释，这些阐释均散发着浓浓的中国封建传统文化气息。比如，例1中，在表述堂吉诃德萌生了疯癫、荒唐的念头这一语意时，马一浮就站在中国传统男权文化的立场上去重新阐释原文的评论，评价稽叔的这一"谬悠奇诞不可思议之倾想"是"老妇弱女子之见"，这其中暗藏着中国封建传统文化中对女性的歧视观念。再如，例2中，马一浮用中国传统的两性观去阐释原文中的骑士爱情观："夫妇人者，

---

　　① ［西］塞万提斯著，董燕生译：《堂吉诃德》（上），漓江出版社2014年版，第12页。
　　② Miguel de Cervantes Saavedra. *Don Quijote De La Mancha*. Edición y notas de Francisco Rico. Barcelona: Penguin Random House Grupo Editorial, 2015. pp. 32 – 33.

世间之调御师也","夫美人者,最能慈悲哀怜丈夫者也"。这种阐释增添了中国封建传统文化中女性要以男性为中心、随顺男性的思想,丢失了《堂吉诃德》原作中渗透的两性平等思想,译文中流露出的这种中国传统两性观已与原作中的西方骑士爱情观大相径庭。从以上两例我们可以看出,马一浮在翻译西方文学名著《堂吉诃德》时,仍坚守着中国传统的伦理价值判断,这种学习西方却坚守中国传统文化核心价值观、"以中化西"的思维模式,具有典型的中国现代改良文化特征。

总之,尽管马一浮的《稽先生传》只有两章译文,却已表现出了鲜明的现代改良文化特征:将小说看成拯救国家民族危亡、塑造"新民"灵魂的工具,轻小说形式而重小说内容;积极介绍西方文化却固守中国传统文化立场,坚持"以中化西"。这表明,进入民国时期,现代改良文化仍具有一定的影响力。马一浮的《稽先生传》译文反映了持守现代改良文化立场知识分子的时代焦虑和文化固执。

第二节 第一个有影响力的《堂吉诃德》中文译本

一、《魔侠传》相关情况简介

(一)《魔侠传》的影响情况简介

1922年2月,林纾与陈家麟合作翻译的《魔侠传》由上海商务印书馆出版。它是中国第一个有影响力的《堂吉诃德》译本。在此之前,虽然有改头换面的改译本《谷间莺》和只能见到两章译文的《稽先生传》,但都未引起多少反响。而《魔侠传》出版当年的9月4日,周作人就在《晨报副镌》上发表了对此译本的评论性文章。在他之后,寒光、郑振铎、钱钟书也都纷纷表达了对此译本的看法。直至今日,人们对《魔侠传》的评论也未曾停止。可以说,《魔侠传》当之无愧是《堂吉诃德》在中国的第一个有影响力的译本,它让中国读者开始熟悉《堂吉诃德》,塞万提斯的这部文学名著从此在中国具有了较高的知名度和广泛的影响力。所以,赵振江、滕威等一些当代学者在追溯《堂吉诃德》的中文译介情况时,都把《魔侠传》

当成《堂吉诃德》中文译介史的起点。①

（二）《魔侠传》的译者情况简介

《魔侠传》是由两位译者合作翻译的，笔译者为林纾，口译者为陈家麟。

林纾（1852—1924），字琴南，是 19 世纪末 20 世纪上半期中国最有影响力的翻译家之一。他不懂外语，却写得一手漂亮的桐城派的古文，其所有翻译作品都是与人合作而成的：懂得外语的人将外文小说的内容口述出来，林纾则根据听到的内容将之整理成文字。

林纾是一位爱国翻译家，他的翻译观体现在其译作的一系列序和跋中。在写于 1907 年的《〈爱国二童子传〉达旨》中，林纾写道：

> 死固有时，吾但留一日之命，即一日泣血以告天下之学生，请治实业自振。更能不死者，即强支此不死期内，多译有益之书，以代弹词，为劝喻之助。②

在 1908 年的《〈不如归〉序》中，他又写道：

> 纾年已老，报国无日，故日为叫旦之鸡，冀吾同胞警醒。恒于小说序中摅其胸臆。非敢妄肆嗥吠，尚祈鉴我血诚。③

在林纾的翻译思想中，我们能清晰地看到梁启超在《译印政治小说序》《论小说与群治的关系》中表达的文学思想。林纾从事翻译的目的并不是出于对纯文学的追求，他与其他坚守现代改良文化立场的知识分子一样，重视翻译小说的社会教化功用，他要通过译书来教化大众、促国人警醒觉悟。

关于陈家麟的介绍性文字很少，我们仅知道他是直隶静海（今天津市静海区）人，精通英语，是与林纾合译作品最多的口译者。民国成立后，他曾与林纾在北京毗邻而居，林纾也曾在文章中称陈家麟为"吾友"。在林纾与陈家麟合译的《玑司刺虎记》《古鬼遗金记》《残蝉曳声录》等作品的

---

① 参见赵振江、滕威《中外文学交流史·中国—西班牙语国家卷》，山东教育出版社 2015 年版，第 79 页。

② 林纾：《〈爱国二童子传〉达旨》，见钱谷融主编《林琴南书话》，浙江人民出版社 1999 年版，第 69 页。

③ 林纾：《〈不如归〉序》，见钱谷融主编《林琴南书话》，浙江人民出版社 1999 年版，第 94 页。

序言里，能清晰地看出译者的社会关怀。陈家麟虽隐居幕后、沉默无言，但既然外文翻译底本是由陈家麟挑选的，那么林纾在译作序言中陈述的翻译目的，也应代表着陈家麟的想法。据此推测，陈家麟与林纾应该不只是工作上的合作伙伴关系，他们还应是志同道合的亲密好友，陈、林二人很可能有着相同的文化立场、相近的翻译观念和政治观点。

二、《魔侠传》翻译底本查考

马泰来认为《魔侠传》很可能是依据收入"人人文库"（Everyman's Library）的皮埃尔·安东尼·莫妥（Pierre Antoine Motteux）英译本转译的，理由是"林译分四段，章次独立，与Motteux本同。所见其他英译本，虽亦分四段，但章次连续"①。樽本照雄在马泰来研究的基础上，在两个细节上比较《魔侠传》与"人人文库"莫妥译本的译文，发现二者很接近，因此觉得"人人文库"莫妥译本"有可能是底本"②。但马泰来与樽本照雄并未提及的是，与"林译分四段，章次独立"相同的，还有"哈佛经典"（The Harvard Classics）系列的由托马斯·谢尔顿（Thomas Shelton）翻译的《堂吉诃德》英译本。"人人文库"版《堂吉诃德》第一部初版于1906年，"哈佛经典"版《堂吉诃德》第一部初版于1909年。无论从章节体式上还是从时间上推断，这两个版本都有可能是《魔侠传》的底本。我们必须结合文本细节③，才能做出最终判断。

【细节一】
　　《魔侠传》译文：
　　　　盖自顶及踵，不过三尺。④

---

① 马泰来：《林纾翻译作品全目》，见钱钟书等著《林纾的翻译》，商务印书馆1981年版，第95页。

② ［日］樽本照雄：《林译塞万提斯冤案》，见［日］樽本照雄著，李艳丽译《林纾冤案事件簿》，商务印书馆2018年版，第361页。

③ 细节一和细节三中《魔侠传》与莫妥译本的语例由樽本照雄摘出（参见［日］樽本照雄《林译塞万提斯冤案》，见［日］樽本照雄著，李艳丽译《林纾冤案事件簿》，商务印书馆2018年版，第361页），笔者补充以谢尔顿译文；细节二和细节四中的语例均由笔者摘出。

④ ［西］西万提斯著，林纾、陈家麟译：《魔侠传》，商务印书馆1933年版，第58页。注：1933年版《魔侠传》正文中的标点与现行标点不同，为方便阅读，笔者在以下引文中均将其改为现行标点。

莫妥译文：

She was not above three feet high from her heels to her head.①

谢尔顿译文：

She was not seven palms long from her feet unto her head.②

【细节二】

《魔侠传》译文：

譬如革命一事，至伟至大，然以吾观之，亦当常事耳。③

莫妥译文：

Nor do thou imagine this to be a mighty matter; for so strange accidents and revolutions, so sudden and so unforeseen, attend the profession of chivalry, that I might easily give thee a great deal more than I have promised.④

谢尔顿译文：

And do not account this to be any great matter; for things and chances do happen to such knights-adventurers as I am, by so unexpected and wonderful ways and means, as I might give thee very easily a great deal more than I have promised.⑤

【细节三】

《魔侠传》译文：

在拉曼叉中，有一村庄，庄名可勿叙矣。其地半据亚拉更，半据卡

---

① Miguel de Cervantes Saavedra. *The History of Don Quixote De La Mancha*. Vol. 1. Translated by Pierre Antoine Motteux. Everyman's Library 385. J. M. DENT & SOMS, LTD. New York: E. P. DUTTON & CO, 1906. pp. 95–96.

② Miguel de Cervantes Saavedra. *The Delightful History of the Most Ingenious Knight Don Quixote of the Mancha*. Vol. 1. Translated by Thomas Shelton. The Harvard Classics 14. New York: P. F. Collier & Son Corporation, 1909. p. 117.

③ ［西］西万提斯著，林纾、陈家麟译：《魔侠传》，商务印书馆1933年版，第25页。

④ Miguel de Cervantes Saavedra. *The History of Don Quixote De La Mancha*. Vol. 1. Translated by Pierre Antoine Motteux. Everyman's Library 385. London: J. M. DENT & SOMS, LTD. New York: E. P. DUTTON & CO, 1906. p. 45.

⑤ Miguel de Cervantes Saavedra. *The Delightful History of the Most Ingenious Knight Don Quixote of the Mancha*. Vol. 1. Translated by Thomas Shelton. The Harvard Classics 14. New York: P. F. Collier & Son Corporation, 1909. p. 63.

第二章　现代改良文化影响下的《堂吉诃德》译介与阐释　　77

司提落。①

莫妥译文：

At a certain village in La Mancha, which I shall not name...（笔者按：页下有对"La Mancha"的注释：A small territory, partly in the kingdom of Arragon, and partly in Castile.）②

谢尔顿译文：

There lived not long since, in a certain village of the Mancha, the name where of I purposely omit...（笔者按：页下没有关于地名的任何注释）③

【细节四】

《魔侠传》译文：

此时奎沙达④面目尽肿，呻吟不胜，伏于驴鞍。山差邦引马导驴，向官道而行。⑤

莫妥译文：

After many bitter Ohs, and screwed faces, Sancho laid Don Quixote on the ass, tied Rozinante to its tail, and then, leading the ass by the halter, ...⑥

谢尔顿译文：

In the end Sancho laid Don Quixote on the ass, and tied Rozinante unto him, and leading the ass by the halter, travelled that way which he deemed

---

①　[西]西万提斯著，林纾、陈家麟译：《魔侠传》，商务印书馆1933年版，第1页。
②　Miguel de Cervantes Saavedra. *The History of Don Quixote De La Mancha*. Vol. 1. Translated by Pierre Antoine Motteux. Everyman's Library 385. London：J. M. DENT & SOMS, LTD. New York：E. P. DUTTON & CO, 1906. p.7.
③　Miguel de Cervantes Saavedra. *The Delightful History of the Most Ingenious Knight Don Quixote of the Mancha*. Vol. 1. Translated by Thomas Shelton. The Harvard Classics 14. New York：P. F. Collier & Son Corporation, 1909. p.17.
④　关于《堂吉诃德》原本和译本中主要人物名称的问题需要做如下说明：西语原文中的"Don Quijote"，英译为"Don Quixote"，《魔侠传》中译成"奎沙达"，《堂吉诃德》杨绛译本中译为"堂吉诃德"；"Sancho Panza"在西语与英语中的拼写相同，《魔侠传》中译成"山差邦"，《堂吉诃德》杨绛译本中译为"桑丘·潘沙"。
⑤　[西]西万提斯著，林纾、陈家麟译：《魔侠传》，商务印书馆1933年版，第57页。
⑥　Miguel de Cervantes Saavedra. *The History of Don Quixote De La Mancha*. Vol. 1. Translated by Pierre Antoine Motteux. Everyman's Library 385. London：J. M. DENT & SOMS, LTD. New York：E. P. DUTTON & CO, 1906. p.95.

might conduct him soonest toward the highway.①

西语原文②：

En resolución, Sancho acomodó a don Quijote sobre el asno y puso de reata a Rocinante, y, llevando al asno de cabestro, se encaminó poco más a menos hacia donde le pareció que podía estar el camino real.③

比较细节一和细节二中加着重号的部分，我们发现《魔侠传》中的"三尺""革命一事"更接近莫妥译文中的"three feet""accidents and revolutions"，而与谢尔顿译文中的"seven palms""things and chances"相差较远。在细节三中，《魔侠传》中的地名"拉曼叉"应由莫妥译本中的"La Mancha"音译而来，它与谢尔顿译本中的"Mancha"有语音上的差距。"亚拉更"和"卡司提落"这两个地名在谢尔顿译本中根本找不到踪迹，只在莫妥译本的注释中才有对应词汇。在细节四中，我们发现西语原本中根本没有关于堂吉诃德上驴前的呻吟和面部状态描写，谢尔顿译本也没有，这种描写是莫妥译本中的创造性添加，而《魔侠传》译文里却同样出现了关于堂吉诃德呻吟和面部状态的描写。以上四处细节中，《魔侠传》译文在词语、句意等方面与莫妥译文吻合，与谢尔顿译文相差较大。这绝不可能只是一种巧合，我们完全可以据此排除谢尔顿译本是《魔侠传》翻译底本的可能性，确定收入"人人文库"的《堂吉诃德》莫妥译本就是《魔侠传》的翻译底本。

樽本照雄找到了两种都标记着初版于1906年，但注释与措辞风格却略有不同的"人人文库"莫妥译本。④ 这表明同样标明初版于1906年的"人

---

① Miguel de Cervantes Saavedra. The Delightful History of the Most Ingenious Knight Don Quixote of the Mancha. Vol. 1. Translated by Thomas Shelton. The Harvard Classics 14. New York: P. F. Collier & Son Corporation, 1909. pp. 125–126.

② 西班牙语《堂吉诃德》有许多不同版本，这些版本在注释方面有较多不同，正文方面的差异基本上都是非常微观的，如人名、字母的大小写等，最易察觉的差异体现在对大灰驴失而复得这一情节的不同处理上。莫妥译本诞生于1700年，谢尔顿译本诞生于1612年，后人曾多次按当时最新的西语版本对它们进行修订，因此，1906年首版的"人人文库"莫妥译本和1909年初版的谢尔顿译本都受到过几种西班牙语版本的影响。本书将西语原文与英语译文进行比对时，主要关注点在句意内容层面，且不涉及大灰驴失而复得等不同版本间有争议的内容，因此《堂吉诃德》的西班牙语版本问题并不影响本节的论证。

③ Miguel de Cervantes Saavedra. Don Quijote De La Mancha. Edición y notas de Francisco Rico. Barcelona: Penguin Random House Grupo Editorial, 2015. p. 137.

④ 参见［日］樽本照雄《林译塞万提斯冤案》，见［日］樽本照雄著，李艳丽译《林纾冤案事件簿》，商务印书馆2018年版，第359～364页。

人文库"莫妥译本中,有真正的"初版"与"修订版"之分。樽本照雄认为即便确定了《魔侠传》所依据的底本是"人人文库"的莫妥英译本,也无法确定林纾所依据的底本究竟是真正的"初版"还是"修订版",他对《魔侠传》翻译"冤案"的探究也因此而止步。其实,对于《魔侠传》的翻译研究而言,并没有必要弄清楚其底本究竟是"人人文库"莫妥译本的初版还是修订版这个问题。因为《魔侠传》的译者是弗里勒所说的"灵活型译者"①,他们在翻译时更关注"整个译语文化以及译文在译语文化中的功能"②,翻译底本初版和修订版在注释和措辞风格方面的微小变化,几乎不会对《魔侠传》的翻译产生什么影响。只要能确定《魔侠传》的底本是收入"人人文库"的莫妥英译本,关于《魔侠传》翻译的研究工作就可以顺利开展下去了。

三、《魔侠传》翻译目的推考

(一) 民初混乱的党争与林纾的"劝喻之助"

"中华民国成立后,在民主共和潮流的推动下,社会各阶级、阶层、集团的代表人物,无不借机发表政见,组织政团,以求在新政权中争得一席之地。"③ 短短的时间内,中国形成了数百个党派。虽然在1913年后,袁世凯实行党禁、迫害政党导致民初政党的数量锐减,但在中国的政治舞台上,仍活跃着以孙中山、黄兴等为首的同盟会—国民党系统的激进派政党,以梁启超、汤化龙等为首的进步党系统的保守派政党和以袁世凯为首的北洋军阀旧官僚派力量三大党派势力。由于有些党派的很多成员是打着民主共和、国利民福的幌子,谋一己私利的政治投机钻营之徒,缺乏足够的民主素养,这些政党自然也就称不上是健全的现代政党。加上当时中国的政党政治和议会制度才刚开始试行,并不成熟,这些都使得民初的政坛异常混乱:政党之间争权夺利、议会选举舞弊成风、议会活动混乱无序。面对此种情况,许多有识之士都忧心如焚:孙中山指出中国当时的党争大都是纯粹的私见之争,"必与国家无益"④;梁启超义愤填膺地批评当时的政党"唯以蠖灭他党为唯

---

① 陈德鸿、张南峰:《西方翻译理论精选》,香港城市大学出版社2002年版,第181页。
② 陈德鸿、张南峰:《西方翻译理论精选》,香港城市大学出版社2002年版,第182页。
③ 杨绪盟:《移植与异化——民国初年中国政党政治研究》,人民出版社2009年版,第123页。
④ 孙中山:《民生主义是使大多数人享大幸福——在北京共和党本部欢迎会的演说》,见《孙中山文集》(上),团结出版社2016年版,第13页。

之能事，狠鸷卑劣之手段无所不至"①；章太炎忧心忡忡地告诫当权者"中国之有政党，害有百端，利无毛末"②……林纾与陈家麟则借翻译小说为"劝喻之助"，表达他们对中国政党纷争的忧虑。

在民国成立之初，林纾与陈家麟合译了《残蝉曳声录》③，在此书的序言中，林纾写道：

> 虽然，革命易而共和难，观吾书所记议院之斗暴刺击，人人思逞其才，又人人思牟其利，勿论事之当否，必坚持强辩，用遂其私，故罗兰尼亚革命后之国势，转岌岌而不可恃。夫恶专制而覆之，合万人之力萃于一人易也。言共和而政出多门，托平等之力，阴施其不平等之权。与之争，党多者虽不平，胜也；党寡者虽平，败也。则较之专制之不平，且更甚矣！④

由此书的序言可知，这部作品寄托了林纾与陈家麟警喻中国党争问题的一片良苦用心。他们希望通过翻译关于党派纠纷题材的小说，引起国人醒觉，使中国不再重蹈"罗兰尼亚革命"之后党争殃国之祸。

1915年，林纾、陈家麟合译的《欧史遗闻：罗马克野司传》首刊于《上海亚细亚日报》上。在这部译作中，林、陈二人通过对莎士比亚原作的改写，"强化了'两党'矛盾"，再一次"暗示'党派内斗'是国家内乱的祸因"⑤。

林纾与陈家麟的翻译紧扣中国现实社会的脉搏，面对民国时期混乱的党争现象，林、陈二人一次次借翻译小说"为劝喻之助"，希望能以译书之举开启民智、警示当下，劝勉时人积极营谋，解决民国政党政治混乱的问题。

---

① 梁启超：《敬告政党及政党员》，见《梁启超全集》（第五册），北京出版社1999年版，第2640页。
② 章太炎：《与副总统论政党》，见姜德铭主编《中国现代名家经典文库·章太炎卷》，中国戏剧出版社2001年版，第205页。
③ 《残蝉曳声录》首次面世的时间是1912年，它连载于1912—1913年间第7～11期的《小说月报》上。
④ 林纾：《〈残蝉曳声录〉序》，见钱谷融主编《林琴南书话》，浙江人民出版社1999年版，第105页。
⑤ 安鲜红：《林译〈欧史遗闻〉：一部被封存的〈科里奥兰纳斯〉译本》，载《中国翻译》2019年第1期，第145页。

(二)《魔侠传》对《堂吉诃德》主人公形象的"党人化"改写

党争乱国现象一直都是林纾、陈家麟的心头之忧,《魔侠传》也是警喻民国党争问题的译作之一。译者借奎沙达与山差邦这两个"党人化"的人物形象,讽刺和抨击他们心中祸国殃民的"党人",而人物形象的"党人化"主要通过以下四种改写方式完成。

(1) 改变主人公之间的关系。《魔侠传》译者将莫妥译本中堂吉诃德与桑丘间的主仆关系变成了师徒关系,是因为政党首领总是会对其追随者进行政治教育,与主仆关系相比,他们之间的关系更接近于师徒。改变了主人公之间的关系,译者才能借奎沙达讽刺政党首领,借山差邦讽刺政党的盲目追随者。

(2) 突出主人公对功名利禄的追求。在《堂吉诃德》的第一章中,有一段表现驱使堂吉诃德去做游侠骑士的心理的关键性语句,莫妥将之翻译为"for now he thought it convenient and necessary, as well for the increase of his own honour, as the service of the public, to turn knight-errant, and roam through the whole world, armed cap-à-pie and mounted on his steed, in quest of adventures"[①]。莫妥译文中用"as well…as…"这个并列句式,写出了驱使堂吉诃德去做游侠骑士的两重心理目标:为自己争取荣誉和为公众服务。这两重心理目标中既有堂吉诃德的个人理想,也有他的社会理想。然而,《魔侠传》将这段话改译成"一日忽思得一事,以自立名。乃行侠于乡党之间,且欲周游天下,披甲持矛,为人仇复不平之事"[②]。在《魔侠传》的译文中,表目的的"以"字之后,就只剩下了"自立名"这重追求个人功名的理想,奎沙达的社会理想消失不见了。再如,译者将堂吉诃德所说的"we may well promise ourselves a speedy change in our fortune"[③],改译成"吾度富贵之期,必在弹指"[④],憧憬美好未来的堂吉诃德就变成了满心期望富贵的奎沙达。

[①] Miguel de Cervantes Saavedra. *The History of Don Quixote De La Mancha*. Vol. 1. Translated by Pierre Antoine Motteux. Everyman's Library 385. London:J. M. DENT & SOMS, LTD. New York:E. P. DUTTON & CO, 1906. p. 9.

[②] [西] 西万提斯著,林纾、陈家麟译:《魔侠传》,商务印书馆1933年版,第3页。

[③] Miguel de Cervantes Saavedra. *The History of Don Quixote De La Mancha*. Vol. 1. Translated by Pierre Antoine Motteux. Everyman's Library 385. London:J. M. DENT & SOMS, LTD. New York:E. P. DUTTON & CO, 1906. p. 118.

[④] [西] 西万提斯著,林纾、陈家麟译:《魔侠传》,商务印书馆1933年版,第73页。

译者对桑丘形象也进行了类似的改写。比如桑丘归家后，告诉妻子世上没有比给游侠骑士做侍从更棒的事了，因为那种新鲜、刺激的生活让他着迷。①《魔侠传》译者在改写那段语言时，为山差邦增补了一句"然吾仍望四出行侠，以就功名"②。莫妥译本中单纯、快乐、随心、随性的桑丘就变成了《魔侠传》中汲汲追求功名的山差邦。

（3）丑化主人公形象。在第三段第九章，《魔侠传》译者为奎沙达增添了一句语言："尔果敢揭吾之短，则尔为背师，尔命亦将尽于吾手。"③ 此句尽显奎沙达的心狠手辣。在第四段第二十五章，桑丘因看到主人被打而急得"raved like a madman"④。《魔侠传》译者将此句改译成"叫号如疯狗"⑤，为主人挨打而急得疯狂咆哮的重感情、讲义气的桑丘就变成了好斗逞凶、疯狗一般让人鄙视厌恶的山差邦。

（4）直接插入译者批注。在第四段第四章中，《魔侠传》译者在"似此等侠客在法宜骈首而诛，不留一人以害社会"下加批注道，"吾于党人亦然"⑥，译者用批注的方式直接提示读者此译作中寄寓的翻译目的——批判为害社会的"党人"。

通过以上四种改写，奎沙达与山差邦具备了译者心中的"党人"特点：拉帮结派、利欲熏心、卑鄙无耻、祸国殃民。我们能从这种翻译变异现象中清晰地看到译者抨击、讽刺"党人"的翻译目的。这种翻译的目的类似于塞万提斯创作《堂吉诃德》的初衷，原作者与译者都希望借作品进行社会讽刺，只不过，300 年前的塞万提斯要讽刺的是当时泛滥成灾的骑士小说，而林纾、陈家麟要讽刺的是祸国殃民的"党人"。

---

① Miguel de Cervantes Saavedra. *The History of Don Quixote De La Mancha*. Vol. 1. Translated by Pierre Antoine Motteux. Everyman's Library 385. London：J. M. DENT & SOMS, LTD. New York：E. P. DUTTON & CO, 1906. pp. 422–423.
② ［西］西万提斯著，林纾、陈家麟译：《魔侠传》，商务印书馆 1933 年版，第 285 页。
③ ［西］西万提斯著，林纾、陈家麟译：《魔侠传》，商务印书馆 1933 年版，第 101 页。
④ Miguel de Cervantes Saavedra. *The History of Don Quixote De La Mancha*. Vol. 1. Translated by Pierre Antoine Motteux. Everyman's Library 385. London：J. M. DENT & SOMS, LTD. New York：E. P. DUTTON & CO, 1906. p. 417.
⑤ ［西］西万提斯著，林纾、陈家麟译：《魔侠传》，商务印书馆 1933 年版，第 282 页。
⑥ ［西］西万提斯著，林纾、陈家麟译：《魔侠传》，商务印书馆 1933 年版，第 169 页。

四、《魔侠传》翻译时间推考

《魔侠传》出版于 1922 年,但是 1921 年冬,林纾便罢译了。① 我们由此可推知,这本书译于 1921 年冬之前。在这本译作中,还有一处批注非常重要,即在《魔侠传》第四段第二十一章中,医生与法官谈论对戏剧的看法时,医生建议全国的戏剧在审查合格后才能上演,林纾在医生的话中插入了这样一句批注:"此书适合今日所谓通俗教育会章程乃西班牙固已行之矣。"② 这里的"通俗教育会章程"是指 1915 年 7 月 18 日袁世凯发布的《通俗教育研究会章程》。通俗教育研究会是袁世凯在"洪宪称帝"前夕,为加强对全国文化、思想的控制而在教育部中增设一个新的机构。由此,我们可推知,《魔侠传》应译于 1915 年 7 月 18 日后至 1921 年冬之间。要进一步推考此译本的翻译时间,必须联系民国时期的社会政治背景和林纾在此阶段政治观点的变化。

面对民国混乱的政党政治,林纾非常害怕中国的党争会演变为内战,从而使列强有机可乘、亡我国族。他渴望中国能有一个强有力的中央集权政府,可以集中民力和国力搞实业建设,带领国家走上复兴之路。他天真地将建立这种理想政府的希望寄托在了袁世凯身上,尽管民间早有关于袁世凯要称帝的传言,但林纾并不相信③,他凭着一介文人赤诚的爱国心,单纯地拥护帝制野心暴露前的袁世凯。对秩序井然的中国的热盼,让林纾丧失了政治是非的判断能力,一切政治纷争与革命都是他眼中祸国殃民的党争产物。在国民党人准备发动二次革命之时,林纾依然站在维护袁世凯统治的立场上,极力谴责国民党人的行为,甚至以"谋叛"二字给国民党人定罪,并敦促

---

① 参见张旭、车树昇编著《林纾年谱长编 1852—1924》,福建教育出版社 2014 年版,第 382 页。
② [西]西万提斯著,林纾、陈家麟译:《魔侠传》,商务印书馆 1933 年版,第 269 页。
③ 林纾的这种态度反映在他于 1913 年 9 月 14 日发表在《平报》的《讽谕新乐府》专栏里的《共和实在好》一诗中:"重兵一拥巨资来,百万资财可立致。多少英雄用此谋,岂止广东许崇智。得了幸财犹怒嗔,托言举事为国民。国民为汝穷到骨,东南财力全竭枯。当面撒谎吹牛皮,浑天黑地无是非。议员造反亦无罪,引据法律施黄雌。稍挂国法即专制,大呼总统要皇帝。全以捣乱为自由,男女混杂声嘹嘹。男也说自由,女也说自由,青天白日卖风流。如此瞎闹何时休,怕有瓜分在后头。"转引自张俊才、王勇《顽固非尽守旧也:晚年林纾的困惑与坚守》,山西人民出版社 2012 年版,第 81~82 页。

政府派兵镇压国民党。① 然而，在袁世凯称帝的野心彻底暴露出来后，林纾对民国的政治彻底失望了，他沮丧地发现，"在民国的政治时空中，不仅是动辄'滋事'的革命党人'不谈廉耻'，而且在各个阶层、各式人物中都普遍地存在着道德的沦丧。于是，他对政治人物、政治事件的道德化评价和谴责，也就由此前的主要针对革命党人扩大到针对各个阶层和各式人物"②。

《魔侠传》中表现出了译者对"党人"锋芒毕现的讽刺与谴责。据此，我们可以推测《魔侠传》应译于袁世凯称帝的野心完全暴露之前。1915 年 8 月 14 日，杨度等六人联名通电全国，发表筹组"筹安会"宣言，8 月 23 日，"筹安会"宣布正式成立，而这个打着"学术团体"招牌、宣称其宗旨是"筹一国之治安""研究君主、民主国体何者适于中国"的组织，实际上是为袁世凯复辟帝制制造舆论的工具。8 月 31 日，梁启超在《大中华杂志》发表了《异哉所谓国体问题者》一文，揭露袁世凯口称拥护共和、实际复辟帝制的卑劣行径，批判了各种帝制言论，号召民众不要"自宽纵其蟊贼"。京津各报竞相转载此文，至此，袁世凯复辟帝制的野心已经人尽皆知了。因此，《魔侠传》更精确的翻译时间，应该就是在 1915 年 7 月 18 日至 8 月 31 日之间。而以《魔侠传》的总字数和林纾每日常规的翻译字数来推算，《魔侠传》应是在 22 天左右的时间里译成的③，译书所需的总时间也刚好在 7 月 18 日至 8 月 31 日这段时间范围内。

《魔侠传》是林纾生前出版的最后一本译作。像《堂吉诃德》这样的世界文学名著，为什么在 1915 年译出之后冷藏七年才出版呢？也许这其中藏着译者认识到自己被袁世凯假共和姿态欺骗后的羞愤以及其全力拥护袁世凯政府统治的热情失落后的难堪吧。

---

① 林纾的这种态度反映在他于 1913 年 8 月 12 日发表在《平报》的《讽谕新乐府》专栏里的《哀党人》（"党人嗜乱若面包，国民骨髓来吸敲。内布议员外军队，无理取闹长呀哮。果谋叛，宁湘赣皖全糜烂。并无战略足支撑，骨脆筋柔共发难。炮声高，黄兴逃，鹤卿枚叔齐怒号。移书喷责朱都督，厥声猗猗如狗嘷。无粮众声嘈，无兵字不牢。打伙跑到广东去，哀鸣求取东洋助。孰知借款借不成，万难依靠陈炯明"）和《哀政府》（"我劝政府休着魔，坚持到底休蹉跎。共和固不重屠戮，纵贼不治理则否？呜呼八哀兮思收场，大将宜起冯国璋"）两首诗中。转引自张俊才、王勇《顽固非尽守旧也：晚年林纾的困惑与坚守》，山西人民出版社 2012 年版，第 88 页。

② 张俊才、王勇：《顽固非尽守旧也：晚年林纾的困惑与坚守》，山西人民出版社 2012 年版，第 102 页。

③ 寒光曾说林纾"平均每小时可以译成一千五百字，每日做工四小时，合译文字六千字"（参见寒光《林琴南》，中华书局 1935 年版，第 65 页）。《魔侠传》全文共计 13.3 万字左右，若按林纾每天译 6000 字的速度来计算，这本书应是在 22 天左右的时间里译成的。

五、《魔侠传》否定性批评辨析

《魔侠传》自 1922 年 2 月由上海商务印书馆出版后，立即在中国文化界激起反响，但学界对此译本的评价以否定居多。这些否定性批评主要有三种：第一种，批评《魔侠传》大幅删减了原作内容；第二种，批评《魔侠传》丧失了原作的幽默性；第三种，批评《魔侠传》译者以赚取稿费为主要翻译目的。由于以往没有学者对《魔侠传》的翻译底本、翻译时间等问题做过详细推考，学者们对《魔侠传》的否定性批评也就难免存在着文本事实根据不足、主观臆测成分过多的问题。在确定了《魔侠传》的翻译底本、翻译时间之后，我们需要重新审视关于《魔侠传》的这些否定性批评，判断它们是否得当。

（一）对"大幅删减原作内容"批评的辨析

以往一些批评者注意到《魔侠传》的篇幅字数较《堂吉诃德》第一部西语原作减少了很多，便认为该译本存在着大幅删减原作内容的问题[①]。有的评论者推测《魔侠传》的翻译底本应该是《堂吉诃德》的"删节本"[②]，还有的评论者认为二人合译这种"畸形的翻译方式"造成了《魔侠传》对原作较多的遗漏与删节[③]。但实际上，《魔侠传》的翻译底本——莫妥译本被约翰·吉布森·洛克哈特（John Gibson Lockhart）评价为"最生动"（most spirited）的《堂吉诃德》英译本[④]，并非"删节本"；虽然《魔侠传》有口译和笔译两位译者，但这种二人合译的方式并没有造成译本对原作内容较多的遗漏与删节。对比西语原本，我们发现《魔侠传》只删减了原作的以下内容：11 首开篇诗与六首结尾悼诗、一些涉及西方小说和西班牙谣曲内容的文字、叙述者画外音。这些内容在原作中所占篇幅不多，将之删去根

[①] 寒光、林薇、郭延礼等学者都持此种观点。参见林薇《百年沉浮——林纾研究综述》，天津教育出版社 1990 年版，第 167 页；郭延礼《中国近代翻译文学概论》，湖北教育出版社 2005 年版，第 296 页；复旦大学中文系 1956 级中国近代文学史编写小组编著《中国近代文学史稿》，中华书局 1960 年版，第 286 页；寒光《林琴南》，中华书局 1935 年版，第 108 页。

[②] 参见林薇《百年沉浮——林纾研究综述》，天津教育出版社 1990 年版，第 167 页。

[③] 复旦大学中文系 1956 级中国近代文学史编写小组编著《中国近代文学史稿》，中华书局 1960 年版，第 286 页。

[④] Lockhart, John Gibson. "Introduction." *The History of Don Quixote De La Mancha*. Vol. 1. Written by Miguel de Cervantes, translated by Pierre Antoine Motteux. London: J. M. DENT & SOMS, LTD. New York: E. P. DUTTON & CO, 1906. p. XXX.

本不会造成原作篇幅字数的大幅减少。因看到《魔侠传》的篇幅字数远少于原作，便批评该译本大幅删减了原作内容，这是一种缺乏实证根据的主观误判。要将《魔侠传》"大幅删减原作内容"的冤罪彻底洗清，需要找出造成《魔侠传》篇幅字数远少于原作的真正原因。试看以下三例。

【例1】

　　西语原文：

La temerosa y desconsolada señora, sin entrar en cuenta de lo que don Quijote pedía, y sin preguntar quién Dulcinea fuese, le prometieron que el escudero haría todo aquello que de su parte le fuese mandado. Pues en fe de esa palabra yo no le haré más daño, puesto que me lo tenía bien merecido.①

　　莫妥译文：

The lady, who was frightened almost out of her senses, without considering what Don Quixote enjoined, or inquiring who the lady Dulcinea was, promised in her squire's behalf a punctual obedience to the Knight's commands. "Let him live then," replied Don Quixote, "upon your word, and owe to your intercession that pardon which I might justly deny his arrogance."②

　　《魔侠传》译文：

车中女子，惊悸亡魂，不审打鲁西尼亚何人，即曰："敬如约。"奎沙达曰："吾今以公主之命，赦之勿杀。"③

【例2】

　　西语原文：

Sancho Panza, que de tal modo vio parar a su señor, arremetió al loco con el puño cerrado, y el Roto le recibió de tal suerte, que con una puñada dio con él a sus pies y luego se subió sobre él y le brumó las costillas muy a

---

① Miguel de Cervantes Saavedra. *Don Quijote De La Mancha*. Edición y notas de Francisco Rico. Barcelona：Penguin Random House Grupo Editorial, 2015. pp. 89 – 90.

② Miguel de Cervantes Saavedra. *The History of Don Quixote De La Mancha*. Vol. 1. Translated by Pierre Antoine Motteux. Everyman's Library 385. London：J. M. DENT & SOMS, LTD. New York：E. P. DUTTON & CO, 1906. p. 58.

③ ［西］西万提斯著，林纾、陈家麟译：《魔侠传》，商务印书馆1933年版，第31页。

su sabor.①

莫妥译本译文：

Sancho seeing his lord and master so roughly handled, fell upon the mad knight with his clenched fists; but he beat him off at the first onset, and laid him at his feet with a single blow, and then fell a-trampling on his guts, like a baker in a dough-through.②

《魔侠传》译文：

山差邦立时趋救，扑此疯人。然疯人力巨，扑山差邦于地上，以脚蹴之。③

【例3】

西语原文：

Metió la mano en el seno Sancho Panza, buscando el librillo, pero no le halló, ni le podía hallar si le buscara hasta ahora, porque se había quedado don Quijote con él y no se le había dado, ni a él se le acordó de pedírsele.④

莫妥译文：

…Sancho put his hand into his bosom to give him the table-book; but though he fumbled a great while for it, he could find none of it. He searched and searched again, but it had been in vain though he had searched till Doomsday, for he came away from Don Quixote without it.⑤

《魔侠传》译文：

山差邦即出其日记之本，顾已坠落，再三扣索，亦不能得。盖来时不曾挈此日记。⑥

---

① Miguel de Cervantes Saavedra. *Don Quijote De La Mancha*. Edición y notas de Francisco Rico. Barcelona：Penguin Random House Grupo Editorial, 2015. p.230.
② Miguel de Cervantes Saavedra. *The History of Don Quixote De La Mancha*. Vol.1. Translated by Pierre Antoine Motteux. Everyman's Library 385. London：J. M. DENT & SOMS, LTD. New York：E. P. DUTTON & CO, 1906. p.176.
③ ［西］西万提斯著，林纾、陈家麟译：《魔侠传》，商务印书馆1933年版，第112页。
④ Miguel de Cervantes Saavedra. *Don Quijote De La Mancha*. Edición y notas de Francisco Rico. Barcelona：Penguin Random House Grupo Editorial, 2015. p.253.
⑤ Miguel de Cervantes Saavedra. *The History of Don Quixote De La Mancha*. Vol.1. Translated by Pierre Antoine Motteux. Everyman's Library 385. London：J. M. DENT & SOMS, LTD. New York：E. P. DUTTON & CO, 1906. p.199.
⑥ ［西］西万提斯著，林纾、陈家麟译：《魔侠传》，商务印书馆1933年版，第127页。

这三例中，莫妥译文与西语原文的内容几近相同，篇幅字数相差无几；《魔侠传》译文的篇幅字数虽较前两者大大减少，但实质性的语意内容却仍与之近乎相同。因为《魔侠传》文言译文里的寥寥几字便能传达莫妥译文中用不少词句才能表达出来的意义和神韵。文言文是一种高度凝练的书面语言，具有言简意赅的表达效果。林纾是桐城派古文家，虽然他译书并不使用严格意义上的"古文"，而用"他心目中认为较通俗、较随便，富于弹性的文言"①，但其笔下的文言风格仍受桐城派古文简洁文风的影响。"在林译中，当原文不简洁、不精练，有碍译文的'洁'时，译者有时自作主张，擅自删改"②。然而，这种删改是林纾对原文有了整体把握后的总括，"虽然遗漏很多细节，但整体精神与原文是相符的"③。以上三例就充分展现了林纾译文的此种特点。可见，林纾笔下文言的简洁精练性才是导致《魔侠传》篇幅字数较原作大幅减少的真正原因。

总之，关于《魔侠传》大幅删减了原作内容的批评是一种主观误判，《魔侠传》只删减了西语原作中的少量内容，造成《魔侠传》篇幅字数远少于原作第一部的真正原因，是林纾笔下文言的简洁精练性。

（二）对"幽默性丧失"批评的辨析

最早指出《魔侠传》译文丧失了幽默性的是周作人。他认为，《魔侠传》在"传达滑稽味"方面是"大失败"的，并推测这应是"口译者之过"，也可能和译者选用了"普通删改本"做翻译底本有关④。寒光赞同周作人的评价。他认为，《魔侠传》在滑稽性的传达方面还不及《拊掌录》，原因是"这书太受口译者牵累了"，陈家麟是"最不济事的"口译者。⑤ 其实，《魔侠传》口译者陈家麟的英文、中文水平都相当不错。他翻译实践经验丰富，除与林纾及其他人合作翻译外，还独力翻译过一些作品⑥。因此，倘使《魔侠传》译文真的在传达原作幽默性方面"大失败"，应该也不会是口译者误解原文或误传文意方面的原因。而《魔侠传》的翻译底本是以生

---

① 钱钟书：《林纾的翻译》，见钱钟书等《林纾的翻译》，商务印书馆1981年版，第39页。
② 杨丽华：《林纾翻译研究——基于费尔克拉夫话语分析框架的视角》，中国社会科学出版社2015年版，第53页。
③ 杨丽华：《林纾翻译研究——基于费尔克拉夫话语分析框架的视角》，中国社会科学出版社2015年版，第53页。
④ 周作人：《魔侠传》，见《自己的园地》，晨报社出版部1923年版，第95页。
⑤ 参见寒光《林琴南》，中华书局1935年版，第108、第56页。
⑥ Compton, Robert William. *A Study of The Translations of Lin Shu*, 1852 – 1924. Palo Alto: Stanford University, 1971. pp. 151 – 152.

动性见长的莫妥英译本,并非周作人所推测的"普通删改本"。如此看来,周作人和寒光关于《魔侠传》丧失了幽默性原因的推测就都不能成立了。我们需要在《魔侠传》与莫妥译文的对比中重新判断《魔侠传》译文是否丧失了幽默性,并寻找其幽默性丧失的原因,必要时还要辅之以莫妥译文与西语原文的比对。试看以下三例①。

【例4】
西语原文:

Viendo, pues, el arriero, a la lumbre del candil del ventero, cuál andaba su dama, dejando a don Quijote, acudió a dalle el socorro necesario. Lo mismo hizo el ventero, pero con intención diferente, porque fue a castigar a la moza, creyendo sin duda que ella sola era la ocasión de toda aquella armonía. Y así como suele decirse «el gato al rato, el rato a la cuerda, la cuerda al palo», daba el arriero a Sancho, Sancho a la moza, la moza a él, el ventero a la moza, y todos menudeaban con tanta priesa, que no se daban punto de reposo; …②

莫妥译文:

When the Carrier perceiving, by the light of the innkeeper's lamp, the dismal condition that his dear mistress was in, presently took her part; and leaving the knight, whom he had more than sufficiently mauled, flew at the squire, and paid him confoundedly. On the other hand, the innkeeper, who took the wench to be the cause of all this hurly-burly, cuffed and kicked, and kicked and cuffed her over and over again: and so there was a strange multiplication of fisticuffs and drubbings. The carrier pommeled Sancho, Sancho mauled the wench, the wench belaboured the squire, and the innkeeper thrashed her again: and all of them laid on with such expedition, that you would have thought they had been afraid of losing time. ③

---

① 例4、例5沿用周作人《魔侠传》一文中摘取的译本《魔侠传》语例,笔者补充对应的莫妥译文及西语原文;例6中的语例均由笔者摘出。

② Miguel de Cervantes Saavedra. *Don Quijote De La Mancha*. Edición y notas de Francisco Rico. Barcelona:Penguin Random House Grupo Editorial, 2015. p.144.

③ Miguel de Cervantes Saavedra. *The History of Don Quixote De La Mancha*. Vol.1. Translated by Pierre Antoine Motteux. Everyman's Library 385. London:J. M. DENT & SOMS, LTD. New York:E. P. DUTTON & CO, 1906. p.101.

《魔侠传》译文：

而肆主人方以灯至，驴夫见其情人为山差邦所殴，则舍奎沙达，奔助马累托。奎沙达见驴夫击其弟子，亦欲力疾相助，顾不能起。肆主人见状，知衅由马累托，则力蹴马累托。而驴夫则殴山差邦，而山差邦亦助殴马累托。四人纷纠，声至乱杂。①

例4中的西语原文妙趣横生，趣点主要体现在引文中加着重号的两处。第一处塞万提斯将如此混乱的打斗场面形容为"armonía"（和谐），讽刺性的语言中充满幽默感；第二处塞万提斯引用活泼的熟语来类比当时的打斗场面，充满韵律感的语言自然流露出一种谐谑性，营造出一种闹剧的滑稽效果。莫妥译本将"armonía"译成"hurly-burly"（骚乱），西语原文中的讽刺性幽默不复存在；删去熟语"el gato al rato, el rato a la cuerda, la cuerda al palo"（猫儿追耗子，耗子追绳子，绳子追棍子②）不译，西语原文中轻松活泼的诙谐效果也没有了。《魔侠传》依莫妥译本而译，译文自然会丧失幽默性。

【例5】
莫妥译文：

One of the servants in the inn was an Austurian wench, a broad-faced, flat-headed, saddle-nosed dowdy, blind of one eye, and the other almost out. However, the activity of her body supplied all other defects. She was not above three feet high from her heels to her head; and her shoulders, which somewhat loaded her, as having too much flesh upon them, made her look downwards oftener than she could have wished. ③

《魔侠传》译文：

此外尚有一老妪，广额而丰颐，眇其一目，然颇矫捷。盖自顶及踵，不过三尺，肩博而厚，似有肉疾自累其身。④

---

① ［西］西万提斯著，林纾、陈家麟译：《魔侠传》，商务印书馆1933年版，第61页。

② 译文参见［西］塞万提斯著，杨绛译《堂吉诃德》（上），人民文学出版社1987年版，第103页。

③ Miguel de Cervantes Saavedra. *The History of Don Quixote De La Mancha*. Vol. 1. Translated by Pierre Antoine Motteux. Everyman's Library 385. London：J. M. DENT & SOMS, LTD. New York：E. P. DUTTON & CO, 1906. pp. 95 – 96.

④ ［西］西万提斯著，林纾、陈家麟译：《魔侠传》，商务印书馆1933年版，第58页。

例 5 莫妥译文中的幽默有两重：第一重幽默在外貌特征描写中，莫妥译本具体生动地描写了女仆滑稽得让人捧腹的丑态，而此种幽默在《魔侠传》高度精简的文言译文中却消失了；第二重幽默在对比性讽刺中，莫妥译本将"the activity of her body supplied all other defects"这句话与女仆因身材畸形而受限的头部活动能力形成对比，形成讽刺性幽默。《魔侠传》译者虽译出"颇矫捷"与"自累其身"的对比，但由于缺乏对女仆可笑丑态的细致描写，讽刺性大大减弱，幽默性也微乎其微了。

【例 6】
莫妥译文：
"Before George," cried he, "Mr. Doctor, I believe the Devil is in it; for may I be choked if I remember a word of this confounded letter, but only, that there was at the begining, 'High and subterrene lady.'" "'Sovereign, or superhuman lady,' you would say," quoth the barber. "Ay, ay," quoth Sancho, "you are in the right—but stay, now I think I can remember some of that which followed. Ho! I have it, I have it now— 'He that is wounded, and wants sleep, sends you the dagger—which he wants himself—that stabbed him to the heart—and the hurt man does kiss your ladyship's hand;' and at last, after a hundred hums and haws, 'sweetest Dulcinea del Toboso.' And thus he went on rambling a good while with I do not know what more of fainting, and relief, and sinking, till at last he ended with 'Yours till death, the Knight of the Woeful Figue'."①

《魔侠传》译文：
山差邦曰："二君听之。吾心似为魔鬼所凭。竟一字不能记忆。但忆得第一句。"少须曰："吾得之矣！'吾伤心一如刀剸，夜不能寐。'因述其亲爱之言。吾都不省记。书末则曰'惨形武士白'。"②

例 6 莫妥译文中桑丘语言的幽默性极强，笑点在于，在复述堂吉诃德写给杜尔西内娅信件的内容时，桑丘用自己的口语语言风格解构了堂吉诃德信件的书面语言风格。而《魔侠传》所采用的文言语体是一种典雅庄重的书

---

① Miguel de Cervantes Saavedra. *The History of Don Quixote De La Mancha*. Vol. 1. Translated by Pierre Antoine Motteux. Everyman's Library 385. London: J. M. DENT & SOMS, LTD. New York: E. P. DUTTON & CO, 1906. pp. 199 – 200.

② ［西］西万提斯著，林纾、陈家麟译：《魔侠传》，商务印书馆 1933 年版，第 127 ～ 128 页。

面语体，根本无法表现口语语言风格，也就无法表现莫妥译本中因口语风格和书面语风格对撞而产生的幽默，桑丘语言活泼灵动的幽默性就丧失在《魔侠传》里山差邦文雅却呆板的语言中了。

从以上三个例子来看，《魔侠传》中幽默性的丧失是由以下两个因素引起的。

（1）转译过程中原作韵味的流失。虽然莫妥译本并非周作人所说的"删改本"，但任何翻译都不可能完全保留原作的韵味，莫妥译本丧失掉一些西语原作中的幽默性是必然现象。而《魔侠传》依莫妥译本转译，也必然会在此基础上丧失原作的幽默性。

（2）文言译文表现力的局限性。无论是塞万提斯的原文还是莫妥的译文，采用的都是现代散文语体，这种语体可表现的领域广，语言风格可变性大，可繁可简，可书面可口语，可庄重可俚俗，可严肃可诙谐。《魔侠传》采用的是文言语体，它是一种简洁精练、典雅庄重的书面语言。这种特征决定了文言语体可表现的领域远不及现代散文语体广，语言风格的可变性也远不及现代散文语体大。林纾曾说："左、马、班、韩能写庄容，不能描蠢状，迭更斯盖于此四子外，别开生面矣。"① 这其实就是他对文言语体与现代散文语体差异性的一种朴素认知。林纾曾致力于用文言传达西方小说中的幽默，也取得了不小的成果。然而，文言译文能传达的幽默类型毕竟有限，只有不逾越文言语体特征的幽默才能被表现出来。《堂吉诃德》中有大量需要借细致描摹和口语语言风格表现的幽默，它们都与文言文简洁精练、典雅庄重的语体特征相违，此种类型的幽默必然会在林纾简洁、典雅的文言译文中流失。

总之，《魔侠传》的确存在着幽默性丧失的问题，但以往批评者对其产生原因的推测并不正确，转译过程中原作韵味的流失和文言译文表现力的局限性才是导致《魔侠传》部分译文丧失幽默性的重要因素。

（三）对"以赚取稿费为主要翻译目的"批评的辨析

钱钟书认为，"塞万提斯生气勃勃、浩瀚流走的原文"变成"林纾的死气沉沉、支离纠绕的译文"，主要原因就在于译者把赚取稿费当成了主要的翻译目的。② 他觉得，林纾后期的翻译是机械的，"他对所译的作品不再欣

---

① 林纾：《〈滑稽外史〉短评》，见钱谷融主编《林琴南书话》，浙江人民出版社1999年版，第72页。
② 钱钟书：《林纾的翻译》，见钱钟书等《林纾的翻译》，商务印书馆1981年版，第34～35页。

赏，也不甚感觉兴趣"，"他的整个态度显得随便，竟可以说是冷淡、漠不关心"，"翻译只是林纾的'造币厂'承应的一项买卖"①。

前文我们已经推考过《魔侠传》的翻译目的，显然，译者并非只为赚取稿费而翻译。林纾是一位心忧黎民、胸怀天下的文人，他的爱国情怀从未改变。在翻译《魔侠传》时，林纾仍然有明确的社会教化目标，他要通过翻译过程中的改写，使《堂吉诃德》中的两位主人公形象"党人化"，从而抨击和讽刺他眼中祸国殃民的"党人"。这时的林纾仍然希望自己能"译有益之书""为劝喻之助"，能"为叫旦之鸡"使"同胞警醒"，并非如钱钟书所说，只把翻译小说当成"'造币厂'承应的一项买卖"。其实，《魔侠传》"死气沉沉、支离纠绕"文风的形成与其译文中幽默性的丧失有密切的关系，应从《堂吉诃德》散文语体承载的内容与《魔侠传》文言译文语体风格的龃龉中去寻找答案。

总之，对具体译作的批评必须要结合底本与译作的对比分析，否则就可能受到评论者主观偏见的影响，形成翻译批评"冤案"。在结合《魔侠传》译本与其底本的语例对比分析后，我们发现，以往人们对《魔侠传》的三种否定性评价均不得当：《魔侠传》并没有大幅删减《堂吉诃德》第一部的内容，其篇幅字数之所以会远少于原作，是因为林纾使用了简洁精练的文言语体进行翻译；《魔侠传》的确存在幽默性丧失的问题，但以往批评者对其产生原因的推测并不正确，转译过程中原作韵味的流失和文言译文表现力的局限性才是造成《魔侠传》部分译文丧失了幽默性的重要原因；译者翻译《魔侠传》的主要目的并不是赚取稿费，而是要讽刺和抨击其眼中祸国殃民的"党人"。

小　结

本章探寻了最早的《堂吉诃德》中文译本，并对《堂吉诃德》第一个有影响力的中文译本做了详细的考证分析。

通过钩沉史料，我们发现，出版于1904年的逸民译作《谷间莺》应该是《堂吉诃德》最早的中文改译本；译者逸民的真实身份应是有过留日经历的进步人士黄中垲，他将《谷间莺》译成了"政治小说"。几经转译后，

---

① 钱钟书：《林纾的翻译》，见钱钟书等《林纾的翻译》，商务印书馆1981年版，第35页。钱钟书认为，以林纾1913年的译作《离恨天》为界，林纾的译作可分为早期译作和晚期译作两类。

《谷间莺》与《堂吉诃德》原著相比产生了很大的变化,所以目前中国尚未有学者将《堂吉诃德》的中国译介史追溯到《谷间莺》首版的1904年。

马一浮译于1905年、刊于1913年的《稽先生传》虽然只有两章,但它是中国译者第一次目标明确地将西班牙文学名著《堂吉诃德》译介到中国的尝试,这两章译文在《堂吉诃德》的中国译介史上具有里程碑式的意义。《稽先生传》的译文重视小说的情节教化作用、忽视对小说叙事技巧的表现,流露出一种"以中化西"的思维模式,这些都是中国现代改良文化对《稽先生传》译文产生影响的具体表现。

《魔侠传》是《堂吉诃德》在中国第一个具有影响力的中文译本。在确定收入"人人文库"的《堂吉诃德》莫妥英译本为《魔侠传》的翻译底本后,我们推考了《魔侠传》的翻译时间和翻译目的:《魔侠传》应译于1915年7月18日至8月31日之间;林纾与陈家麟翻译《魔侠传》的目的是要讽刺和抨击他们眼中祸国殃民的"党人"。在此基础上,我们驳斥了以往学界关于《魔侠传》的三个否定性批评,并对相关问题给出了全新的解释。在将相关文学史问题梳理清晰之后,反观此译本的文化特点,我们能看到现代改良文化的清晰印迹。

首先,堂吉诃德之所以会在《魔侠传》中变成了令人生厌的奎沙达,与译者持守的中国传统儒家伦理道德立场密切相关。中国传统的儒家文化"强调个人道德追求与共同体内在价值的交汇融合"①,"'仁'作为人的内在根据,也作为共同体的善之理想,与个人的意志选择和行为实践紧密相关,人在当下生存空间的自我实现是通过与自身存在相关的道德实践与价值追求来促进个人与群体共同善之价值的统一"②。也就是说,从儒家伦理道德的立场来看,只有在个人与他人、群体的和谐互动中,"仁"的理想才能实现;当个人的行动冲撞了与他人、群体的和谐时,个人的行为就是不道德的。堂吉诃德是一个特立独行的人物,他与周遭的环境格格不入,是小说里大多数人眼中的疯子。在西方崇尚个人主义的文化里,堂吉诃德可以被接纳和认可,然而,从中国传统儒家文化的立场来看,堂吉诃德就是一个令人厌憎的异端分子了。

其次,堂吉诃德与桑丘之所以会在《魔侠传》中变成"党人化"的奎

---

① 洪晓丽:《儒家视阈内群己关系之考察——以"仁"为中心的展开》,载《道德与文明》2018年第5期,第65页。
② 洪晓丽:《儒家视阈内群己关系之考察——以"仁"为中心的展开》,载《道德与文明》2018年第5期,第65页。

沙达与山差邦，与译者急切的救国心理密切相关。民初混乱的党争状况，让急切盼望国家安定、尽快走上富强之路的林纾与陈家麟焦虑不已，他们希望能借政治小说针砭时弊。带着急切救国的功利心理翻译《堂吉诃德》，他们才会将堂吉诃德与桑丘改写成与当时中国投机政客有颇多相似点的奎沙达与山差邦。

《谷间莺》《稽先生传》《魔侠传》这三个文言译本都是中国现代改良文化影响下的《堂吉诃德》中文译介，都表现出译者要借西方文化改良中国文化的热切心理。《谷间莺》与《魔侠传》的译者都将《堂吉诃德》译成政治小说，《稽先生传》与《魔侠传》的译文均表现出"以中化西""以中观西"的特点，三个译本均存在着译者对《堂吉诃德》的误读现象。这种误读现象可以用乐黛云的一段话来解释："人们只能按照自己的思维模式去认识这个世界！他原有的'视域'决定了他的'不见'和'洞见'，决定了他将对另一种文化如何选择、如何切割，然后又决定了他如何对其认识和解释。"① 《谷间莺》《稽先生传》《魔侠传》的译者都拥有中国传统文化的知识结构，在译介外国小说时，他们都受文化救国的功利心理影响，被儒家传统的伦理道德观念、"文以载道"的文学观念以及重视小说情节的审美眼光支配着头脑，因此，他们无法认清外国小说真正的艺术价值。"文学翻译是一个再阐释的过程"②，译者只能把他所理解的外国文学作品意义阐释给本国读者。中国现代改良文化与西方文化的差异，决定了受中国现代改良文化影响的《堂吉诃德》译介文本与《堂吉诃德》原著间必然会存在不小的差异。

---

① 乐黛云：《文化差异与文化误读》，见乐黛云、［法］勒·比雄主编《独角兽与龙——在寻找中西文化普遍性中的误读》，北京大学出版社1995年版，第110页。

② 段峰：《文化视野下文学翻译主体性研究》，四川大学出版社2008年版，第179页。

第三章 现代革命文化影响下的
《堂吉诃德》译介与阐释

从新文化运动开始到中华人民共和国成立之前（1915—1949），中国现代革命文化一直都是对中国社会影响较大的文化。这种文化形成于新文化运动时期，具体可分为资产阶级革命文化与无产阶级革命文化两类。这两类革命文化都具有解构性与建构性并存的特点——既要求反传统又要求再造文明，这是中国现代革命文化区别于其他文化的主要特征。如果说持守现代改良文化的中国知识分子们表现出了对现代文化的钦羡和对中国传统文化的眷恋，那么，持守现代革命文化的中国知识分子们则表现出对现代文化炽热的追求、信仰般的虔诚和对中国传统文化无情的批判、决绝的抛弃。

在中国现代革命文化的影响下，《堂吉诃德》的译介与阐释又呈现出了不同的特点。本章详细解读周作人、郑振铎、鲁迅阐释《堂吉诃德》的文本，并概述20世纪30—40年代《堂吉诃德》的译介、阐释状况，从中观察《堂吉诃德》在中国现代革命文化中演变为何种表意符号、承载了何种文化使命。

第一节　周作人对《堂吉诃德》的阐释

周作人是新文化运动中的一员干将，他在新文化运动的起始期、衰落期①对《堂吉诃德》所做的阐释，都表现出了现代革命文化的特征，值得仔细解读分析。

---

① 王宁认为，新文化运动分为三个阶段：起始阶段（1915—1919）、高涨阶段（1919—1921）、衰落阶段（1921—1923）。参见王宁《走向世界人文主义：中国新文化运动的世界意义》，见叶祝弟、杜运泉主编《现代化与化现代：新文化运动百年价值重估》（上），上海三联书店2019年版，第21页。

一、新文化运动起始期对《堂吉诃德》的阐释

1918年正值新文化运动起始期,周作人编写的《欧洲文学史》出版。书中有周作人为《堂吉诃德》撰写的一段介绍性文字。这段介绍虽然不长,但在《堂吉诃德》的中国阐释史上却具有非凡的意义:它是目前可见的最早的《堂吉诃德》中文阐释。① 周作人以19世纪西方浪漫派对《堂吉诃德》的批评观点为主要论调,认为《堂吉诃德》是一部"外滑稽而内严肃"的小说,但他并没有完全盲从西方浪漫派的观点,其撰写的介绍性文字中有自己独到的见解,表现出中国现代革命文化的特点。

(一) 周作人对《堂吉诃德》讽刺义的阐释

西方关于《堂吉诃德》的讽刺义,历来有不同的解释。塞万提斯在《堂吉诃德》序言中声明他要讽刺的对象是骑士小说,但由于他在《堂吉诃德》中惯于运用反讽手法,很多学者便都认为《堂吉诃德》序言中对小说讽刺义的表述并不可靠,因此关于《堂吉诃德》真实讽刺义的问题也就一直众说纷纭、未有定论:有学者认为《堂吉诃德》旨在讽刺热情失当的一类人②,有学者认为小说讽刺的可能是某个具体的人或整个西班牙贵族阶级、西班牙审讯制度、骑士制度③,有学者认为小说在讽刺伊拉斯谟主义④,

---

① 关于《堂吉诃德》的中文简介早在1904年就已出现。在1904年《江苏》杂志第11、第12期合刊的"世界名人录"上,提到了"沙文第斯"(Cervantes)和他的小说《唐克孙脱》(Don Quixote)。刊中评价这部小说"不追前轨,莫步后尘,曼然称杰作",然而,这只是关于《堂吉诃德》的信息简介,并不是对小说的阐释。丁初我也于1904年前后介绍过《堂吉诃德》,他将堂吉诃德译成了"唐夸特",但这个文本现已无处可寻,只能从周作人1924年的忆述中得到一点信息。周作人在1924年6月18日发表于《晨报副镌》的《"破脚骨"》一文中写道:"我在默想堂伯父的战功,不禁想起《吉诃德先生》(Don Quixote——林琴南先生译作当块克苏替,陆祖鼎先生译作唐克孝,丁初我先生在二十年前译作唐夸特),以及西班牙的'流氓小说'(Novelas de Picaros)来。"参见王军《新中国60年塞万提斯小说研究之考察与分析》,载《国外文学》2012年第4期,第73页;周作人《"破脚骨"》,见钟叔河编《周作人文类编·花煞》,湖南文艺出版社1998年版,第8页。

② Susan Staves. "Don Quixote in Eighteenth-Century England". Comparative Literature, 1972 (3), pp. 193 – 215.

③ Anthony Close. The romantic approach to "Don Quixote". Cambridge: Cambridge University Press, 2010. p. 99.

④ Anthony Close. The romantic approach to "Don Quixote". Cambridge: Cambridge University Press, 2010. p. 66.

有学者认为《堂吉诃德》旨在讽刺塞万提斯时代西班牙腐化堕落的社会风俗①……而周作人却认为《堂吉诃德》是在讽刺新时代中抱持旧思想的一类人,"Cervantes 以此书为刺,即示人以旧思想之难行于新时代也"②。这种阐释观点的形成与周作人所处时代的社会文化背景与其所信奉的进步发展观念密切相关。

1912 年清王朝覆灭、中华民国成立之后,仍有一群坚守着中国传统封建文化的知识分子发挥着他们的社会影响力,普通民众的思想中也有相当多顽固的封建思想残余,这些封建思想文化成了中国走向现代化、实现强国梦的绊脚石。1915 年,陈独秀在《青年杂志》发刊词《敬告青年》一文中阐释了一种由线性时间观支配的进步发展观:"新陈代谢,陈腐朽败者无时不在天然淘汰之途,与新鲜活泼者以空间之位置及时间之生命。人身遵新陈代谢之道则健康,陈腐朽败之细胞充塞人身则人身死;社会遵新陈代谢之道则隆胜,陈腐朽败之分子充塞社会则社会亡。"③ 陈独秀阐释的这种进步发展观念,其实是资产阶级革命文化中的一种重要观念,这种观念以时间为轴,区分出"新"与"旧",并认为"新"胜于"旧":"新"代表着事物发展的方向,更具合理性;"旧"代表着腐朽衰颓,应该被淘汰。这其实是一种将古今对立的现代断裂性思维,这种观念有助于人们摆脱传统文化的约束羁绊。

周作人是新文化运动阵营中的干将,在五四运动前期,他着力宣传资产阶级革命文化中的进步发展观念,批判中国封建传统文化。因此,他才会用进步发展观念来解释《堂吉诃德》的讽刺义,突出"新"与"旧"的对立,借此为当时中国社会固守封建旧文化立场、不肯与时俱进、泥古不化的人们敲响警钟。"堂吉诃德"一词后来在汉语中喻指一类思想守旧甚至落后的人④,这种词义的衍生就与周作人在《欧洲文学史》中对《堂吉诃德》讽刺义的阐释密切相关。

---

① Anthony Close. *The romantic approach to "Don Quixote"*. Cambridge: Cambridge University Press, 2010. pp. 68 - 70.
② 周作人:《欧洲文学史》,东方出版社 2007 年版,第 189 页。
③ 陈独秀:《敬告青年》,见《独秀文存》,安徽人民出版社 1987 年版,第 3 页。
④ 20 世纪 20 年代的"革命文学"论争中,李初梨等人曾讽刺鲁迅为中国的堂吉诃德,所用的就是"堂吉诃德"的这种喻义。参见李初梨《请看我们中国的 Don Quixote 的乱舞——答鲁迅〈"醉眼"中的朦胧〉》,见中国社会科学院文学研究所现代文学研究室编《"革命文学"论争资料选编》(上),知识产权出版社 2010 年版,第 213 ~ 221 页。

（二）周作人对《堂吉诃德》表现内容的阐释

周作人认为，《堂吉诃德》"以平庸实在之背景，演勇壮虚幻之行事。不啻示空想与实生活之抵触，亦即人间向上精进之心，与现实俗世之冲突也"，其"永久如新"的文学魅力并不在"一时之讽刺"，而在其表现了"人生永久之问题"①。在他对《堂吉诃德》表现内容的阐释中，已蕴含了其"人的文学"的思想。

"人的文学"是周作人提出的一种重要文学理念，它是对胡适、陈独秀的"文学改良"和"文学革命"思想的进一步发展。1917年，胡适在《文学改良刍议》中提出文学"须言之有物"②；陈独秀在《文学革命论》中提倡文学不仅要能表达"个人之穷通利达"，更要能涉及"宇宙""人生""社会"方面的内容，文学创作者应"张目以观世界社会文学之趋势及时代之精神"，建设"平易的抒情的国民文学""新鲜的立诚的写实文学""明了的通俗的社会文学"③。1918年，周作人在《新青年》上发表了《人的文学》一文，提出了"人的文学"的概念："用这人道主义为本，对于人生诸问题，加以记录研究的文字，便谓之人的文学。其中又可以分作两项：（一）是正面的。写这理想生活，或人间上达的可能性。（二）是侧面的。写人的平常生活，或非人的生活，都很可以供研究之用。"④胡适、陈独秀二人要从文学表现的内容问题入手建构新文学，周作人则在此基础上旗帜鲜明地标举"人道主义"，给新文学表现内容以更明确的价值导向。他们都在对中国传统文学观念批判的基础上，提出了崭新的、符合资产阶级价值观的文学理念。这种弃旧文学、扬新文学的文化态度，是现代革命文化的一种典型姿态。

周作人在《欧洲文学史》中介绍《堂吉诃德》时，将其表现内容分为"平庸实在之背景"和"勇壮虚幻之行事"两部分，这刚好可以对应"人的文学"理念中的"平常生活"与"理想生活"；指出小说永恒的价值在于表现了"人生永久之问题"，这也与"人的文学"理念中关怀人生的人道主义精神相契合。显然，在周作人的阐释下，《堂吉诃德》成了中国知识分子建

---

① 周作人：《欧洲文学史》，东方出版社2007年版，第190页。
② 胡适：《文学改良刍议》，见张宝明主编《〈新青年〉百年典藏》（语言文学卷），河南文艺出版社2019年版，第192页。
③ 陈独秀：《文学革命论》，安徽人民出版社1987年版，第95～98页。
④ 周作人：《人的文学》，见张宝明主编《〈新青年〉百年典藏》（语言文学卷），河南文艺出版社2019年版，第337页。

构现代新文学系统的砖瓦——"人的文学"的示范性作品,《堂吉诃德》就此融入了中国现代革命文化。

(三)周作人对堂吉诃德精神的阐释

周作人在介绍《堂吉诃德》时,启发读者去思考堂吉诃德精神的问题:"Don Quixote 后时而失败,其行事可笑。然古之英雄,先时而失败者,其精神固皆 Don Quixote 也,此可深长思者也。"① 周作人在这里点明的,是堂吉诃德一种不怕失败的精神。他虽然没有明确表达出自己对此种精神的态度,只用"可深长思"四字来启发读者思考,但是,他认为堂吉诃德的精神与"先时而失败"的"古之英雄"相同,这其中已含有了周作人对堂吉诃德不怕失败精神的价值判断,即他认为这种精神是一种值得歌颂的英雄精神。

作为中国新文化运动的先驱,周作人认为中国旧文学能为新文学提供的养分太少,要发展新文学,必须要学习西方文学,从中汲取养分。虽然中外文学作品中的主人公"籍贯不同,但同是人类之一,同具感觉性情","绍介、译述外国的著作"能"扩大读者的精神",能让读者"看见世界的人类,养成人的道德,实现人的生活"②。也就是说,周作人要借译介西方文学来反思普遍人性,从而更好地反观自身,促进国民精神的成长。现代革命文化倡导弃旧立新,它鼓舞人们勇做时代弄潮儿、开辟崭新天地,必然需要不怕失败的英雄精神,因此,在介绍《堂吉诃德》时,周作人启发读者去感悟、思考堂吉诃德的这种精神,这其实是对现代革命精神的一种召唤。

二、新文化运动衰落期对《堂吉诃德》的阐释

1922 年 2 月,林纾翻译的《堂吉诃德》第一部——《魔侠传》由上海商务印书馆出版。9 月 4 日,周作人在《晨报副刊》的《自己的园地》栏目里发表了《魔侠传》一文,批评林纾《魔侠传》的翻译并继续向中国读者介绍《堂吉诃德》。文章集中阐释《堂吉诃德》主题意义及人物形象的文字是以下这段:

> 据俄国都盖涅夫在《吉诃德与汉列忒》一篇论文里说,这两大名

---

① 周作人:《欧洲文学史》,东方出版社 2007 年版,第 190 页。
② 周作人:《人的文学》,见张宝明主编《〈新青年〉百年典藏》(语言文学卷),河南文艺出版社 2019 年版,第 340 页。

著的人物实足以包举永久的二元的人间性,为一切文化思想的本源:吉诃德代表信仰与理想,汉列忒(Hamlet)代表怀疑与分析;其一任了他的热诚,勇往直前,以就所自信之真理,虽牺牲一切而不惜;其一则凭了他的理知,批评万物,终于归到只有自己,但是对于这唯一的自己也就不能深信。这两种性格虽是相反,但正因为有他们在那里互相撑拒,文化才有进步,《吉诃德先生》书内便把积极这一面的分子整个的刻画出来了。在本书里边,吉诃德先生(译本作当块克苏替)与从卒山差邦札(译本作山差邦)又是一副绝好的对照;吉诃德是理想的化身,山差便是经验的化身了。山差是富于常识的人,他的跟了主人出来冒险,并不想得什么游侠的荣名,所念念不忘者只是做海岛的总督罢了;当那武士力战的时候,他每每利用机会去喝一口酒,或是把"敌人"的粮食装到自己的口袋里去。他也知道主人有点风颠,知道自己做了武士的从卒的命运除了被捶以外是不会有什么好处的,但是他终于遍历患难,一直到吉诃德回家病死为止。都盖涅夫说,"本来民众常为运命所导引,无意的跟着会为他们所嘲笑、所诅咒、所迫害的人而前去",或者可以作一种说明。至于全书的精义,著者在第二分七十二章里说得很是明白:主仆末次回来的时候,山差望见村庄便跪下祝道:"我所怀慕的故乡,请你张开眼睛看他回到你这里来了,——你的儿子山差邦札,他身上满是鞭痕,倘若不是金子。请你又张了两臂,接受你的儿子吉诃德先生,他来了。虽然被别人所败,却是胜了自己了。据他告诉我,这是一切胜利中人们所欲得的(大)胜利了……"这一句话不但是好极的格言,也就可以用作墓碑,纪念西班牙与其大著作家的辛苦而光荣的生活了。①

这段文字中,周作人一方面在俄国屠格涅夫《堂吉诃德与哈姆莱特》②一文讨论过的话题中重新阐释《堂吉诃德》,一方面另拓论域,挖掘出了堂吉诃德精神胜利的意义。这两部分内容都与当时中国的社会文化与周作人的自身经历、思想状况密切相关,值得我们仔细分析。

(一)周作人对屠格涅夫观点的变形

在这篇文章中,周作人首次向国人介绍了俄国屠格涅夫的评论性文章

---

① 周作人:《魔侠传》,见周作人《自己的园地》,晨报社出版部1923年版,第93~94页。
② 周作人《魔侠传》一文中将"屠格涅夫"译为"都盖涅夫",将《堂吉诃德与哈姆莱特》译为《吉诃德与汉列忒》。

《堂吉诃德与哈姆莱特》。但若仔细对比周作人的概述与屠格涅夫《堂吉诃德与哈姆莱特》的全文，就会发现周作人在概述过程中，对屠格涅夫的观点进行了变形，他借屠格涅夫的评论来表达自己在新文化运动衰落期重新审视《堂吉诃德》时的独特心理感受。

（1）周作人对堂吉诃德与哈姆莱特二人的代表意义的理解与屠格涅夫不同。屠格涅夫认为堂吉诃德与哈姆莱特代表着人性中利他与利己的上下两端，而周作人认为二人代表着信仰和理想与怀疑和分析这两种地位平等的思维模式。

屠格涅夫认为，堂吉诃德与哈姆莱特"体现着人类天性中的两个根本对立的特性，就是人类赖以旋转的轴的两极"①，这两极即是"利他"与"利己"。屠格涅夫赞美堂吉诃德、贬斥哈姆莱特的态度非常明显。他认为"现在哈姆莱特比堂吉诃德多得多，但堂吉诃德也还没有绝迹"②，堂吉诃德是稀有的、高贵的，他虔诚地信仰真理、忠诚于理想、不怕艰苦、"没有一点肉欲的痕迹"③、"深深地尊敬一切现存的秩序、宗教、君主、贵族，然而他又是无拘无束，承认别人的自由"④，是一个诚实而真挚的利他主义者；而哈姆莱特缺乏信仰，暴躁，好压制别人，"是一个肉欲的甚至于私下里还是一个好色之徒"⑤，是个"怀疑善的真实和真诚"的"靡菲斯特"⑥，是个"有时狡诈，甚至残酷"⑦ 的利己主义者。屠格涅夫认为，"利己主义的力量"是"大自然的基本向心力"，而"忠诚与牺牲"是利他主义的力量，是大自然的"离心力"，它们衍生出了"守旧与运动，保守与进步的两种力

---

① ［俄］屠格涅夫著，尹锡康译：《哈姆莱特与堂吉诃德》，见陈众议编选《塞万提斯研究文集》，译林出版社2014年版，第18页。
② ［俄］屠格涅夫著，尹锡康译：《哈姆莱特与堂吉诃德》，见陈众议编选《塞万提斯研究文集》，译林出版社2014年版，第18页。
③ ［俄］屠格涅夫著，尹锡康译：《哈姆莱特与堂吉诃德》，见陈众议编选《塞万提斯研究文集》，译林出版社2014年版，第24页。
④ ［俄］屠格涅夫著，尹锡康译：《哈姆莱特与堂吉诃德》，见陈众议编选《塞万提斯研究文集》，译林出版社2014年版，第29页。
⑤ ［俄］屠格涅夫著，尹锡康译：《哈姆莱特与堂吉诃德》，见陈众议编选《塞万提斯研究文集》，译林出版社2014年版，第24页。
⑥ ［俄］屠格涅夫著，尹锡康译：《哈姆莱特与堂吉诃德》，见陈众议编选《塞万提斯研究文集》，译林出版社2014年版，第25页。
⑦ ［俄］屠格涅夫著，尹锡康译：《哈姆莱特与堂吉诃德》，见陈众议编选《塞万提斯研究文集》，译林出版社2014年版，第29页。

量","是一切存在的基本力量"①。显然，在屠格涅夫的观念中，堂吉诃德与哈姆莱特分别位于人性上下的两端，不能将二人等量齐观。屠格涅夫这篇文章讲的实际是历史发展的动力问题，历史在人类利他与利己力量的上下博弈中向前推进。

周作人在介绍屠格涅夫的这篇文章时，摒弃了作者对哈姆莱特的贬斥态度，他将堂吉诃德与哈姆莱特等而视之：堂吉诃德代表"信仰与理想"，哈姆莱特代表"怀疑与分析"，这两个人物代表的两种思维模式"为一切文化思想之本源"。周作人认为，堂吉诃德与哈姆莱物这两个人物的"性格虽是相反，但正因为有他们在那里互相撑拒，文化才有进步"。周作人之所以会对屠格涅夫的理论进行如此变形，与1919—1922年间中国政治、文化等领域的状况以及周作人自身的经历有关，这些因素共同造就了写作《魔侠传》一文时周作人特殊的思想状态。

五四运动后一年多的时间里，中国许多知识分子都深受五四运动胜利与俄国十月革命成功的鼓舞，他们看到了救国救民的新路径，向往能避开西方资本主义弊端的社会主义社会，开始热情地介绍国外各种社会主义理论。不仅如此，中国新文化界的许多知识分子都不满足于纯思想领域的革新，他们要去实践理想，开始进行社会的实际改造，于是中国新文化界开始了一个宽泛意义上的"新生活运动"②。周作人就是"新生活运动"中的一名积极分子。1919年4月，周作人在《新青年》上发表《日本的新村》，开始积极宣传新村运动。7月，他亲赴日本去考察武者小路实笃试验的新村，回国之后，又写了一系列介绍新村精神、理念的文章，并在《新青年》等报刊上登载启事，宣布成立新村北京支部。

新村是托尔斯泰的泛劳动主义与克鲁泡特金的互助论影响下的产物，属于空想社会主义的一种。武者小路实笃是日本白桦派作家，他想"通过物质劳动和精神劳动的结合，寻求一条通往光明的、非暴力形式的救世之路，跳出现行社会的漩涡，摆脱不合理的秩序，希望在新秩序下，重新开创一种全新生活，以回击四围的黑暗"③，他的"新村运动不但是一场乌托邦式的

---

① ［俄］屠格涅夫著，尹锡康译：《哈姆莱特与堂吉诃德》，见陈众议编选《塞万提斯研究文集》，译林出版社2014年版，第26页。
② 参见［美］阿里夫·德里克著，孙宜学译《中国革命中的无政府主义》，广西师范大学出版社2006年版，第156页。
③ 刘立善：《武者小路实笃与周作人》，辽宁大学出版社1995年版，第195页。

社会改造实践运动，同时也是一种带理想主义的文学实践运动"①。周作人在其中看到了自己"人的文学"的核心理念——"人"及"人的生活"，因为周作人文学乌托邦与新村这种社会乌托邦的根本都是"人"的乌托邦。空想社会主义的乌托邦注定不可能获得成功，周作人的新村根本没有建立起来。不仅如此，在1919—1920年间出现过一些与新村类似的、同属空想社会主义性质的"工读互助团"，但不到半年的时间，也都纷纷失败了。中国新文化界知识分子曾寄予热望的"新生活运动"被残酷的社会现实击得粉碎。

1921年，周作人因患肋膜炎，开始在西山碧云寺养病。新村社会理想的破灭与自身的病痛共同促使周作人重新思考社会和人生。1922年1月22日，周作人在大病初愈后做了第一件引人注目的事：在《晨报副刊》上开辟了一个名为《自己的园地》的专栏。而就在专栏开辟的两天前，周作人发表《文艺的讨论》一文，明确提出："我想现在讲文艺，第一重要是'个人的解放'，其余的主义可以随便。"② 我们可以从这句话中看出周作人已失去了对社会改造的信心和兴趣，开始专心着力于个性化的文艺创造。在专栏第一篇带有宣言性质的文章——《自己的园地》中，周作人将这种态度表现得更为明显："我们自己的园地是文艺，这是要在先声明的。我并非厌薄别种活动而不屑为，——我平常承认各种活动于生活都是必要，实在是小半由于没有这种的材能，大半由于缺少这样的趣味，所以不得不在这中间定一个去就……总之艺术是独立的，却又原来是人性的，所以既不必使他隔离人生，又不必使他服侍人生，只任他成为浑然的人生的艺术便好了。"③

可见，社会理想的破灭与自身的病痛，让周作人决定退守到"自己的园地"，躬耕以个人为主人，表现情思的艺术，希望借此也能充实、丰富他人的精神生活。此时期周作人的精神气质更接近忧郁沉思的哈姆莱特，而与天真热情的堂吉诃德相差较远。他让自己曾经炽热得几乎丧失了理性判断的理想冷却下来，用怀疑的眼光重新打量昔日的旧梦，分析新村理想破灭的深层原因。这就决定了周作人不可能像屠格涅夫一样热情地赞美堂吉诃德、冷酷地批判哈姆莱特，因此，他才在概述时改变了屠格涅夫对堂吉诃德与哈姆莱特明显的喜恶态度，将这两个人物形象等而视之，分别肯定了堂吉诃德代

---

① 李培艳：《"新村主义"与周作人的新文学观》，载《中国现代文学研究丛刊》2014年第11期，第118页。

② 周作人：《文艺的讨论》，见钟叔河编《周作人文类编·本色》，湖南文艺出版社1998年版，第65页。

③ 周作人：《自己的园地》，见周作人《自己的园地》，晨报社出版部1923年版，第2~3页。

表的"信仰与理想"与哈姆莱特代表的"怀疑与分析"这两种思维模式的存在意义。

（2）周作人对堂吉诃德和桑丘的理解与屠格涅夫不同。屠格涅夫眼中的堂吉诃德与桑丘是领导者与人民群众的象征，而周作人眼中的堂吉诃德与桑丘是启蒙者与启蒙对象的象征。

在洋洋洒洒的长文《哈姆莱特与堂吉诃德》中，屠格涅夫只在一段里论及桑丘与堂吉诃德的关系，它显然不是文章论述的重点。周作人共用了487个字来介绍屠格涅夫的这篇文章，却用了282个字来概括和引用《哈姆莱特与堂吉诃德》中对堂吉诃德与桑丘关系的论述。可见，周作人对桑丘与堂吉诃德的关系有自己独到的思考，他在借屠格涅夫的酒杯浇自己的块垒。

屠格涅夫认为，桑丘对堂吉诃德的"忠诚不是希冀获得利益，获得个人的好处"，桑丘"具有无私的热情和对个人直接利益的蔑视"这样"伟大的、具有世界历史意义的品质"[①]；而周作人认为，"山差是富于常识的人，他的跟了主人出来冒险，并不想得什么游侠的荣名，所念念不忘者只是做海岛的总督罢了"。屠格涅夫眼中的桑丘是明显被美化的"人民群众"的代表，而周作人眼中的桑丘却是中国千千万万缺乏理想、重视实利的群众中的一员，是五四启蒙者们一直努力想要去"启蒙"的对象。周作人说，"吉诃德是理想的化身，山差便是经验的化身了"，屠格涅夫的文章中并没有类似的论述，这是周作人自己的思考感悟所得，他实际是在借堂吉诃德与桑丘讨论启蒙者与启蒙对象的关系。

五四启蒙是一种单向的他者启蒙，少数知识分子精英想借反传统的西方思想资源启蒙国民大众，而国民大众却并没有主动接受启蒙的意识。这其中潜藏着两道鸿沟：其一是启蒙者与启蒙对象的身份鸿沟，启蒙者往往出身社会的中、上阶层，但他们所期待的接受启蒙的对象中，底层大众却占了绝大部分；其二是启蒙者与启蒙对象的思想鸿沟，启蒙者受过西方思想的熏染，而启蒙对象却长期浸润在中国传统思想文化中。无论在身份上还是在思想上，启蒙者都处于"高位"，不自觉地表现出一种居高临下的姿态。尽管他们在实施启蒙的过程中，很想拉近与启蒙对象的关系，但事实上两道鸿沟的存在，让启蒙者与启蒙对象很难真正走近，五四启蒙者的思想之光也就很难照进广大启蒙对象的心里。目睹了新文化知识分子倡导的"新生活运动"

---

① [俄]屠格涅夫著，尹锡康译：《哈姆莱特与堂吉诃德》，见陈众议编选《塞万提斯研究文集》，译林出版社2014年版，第23页。

的失败，周作人开始重新思考启蒙者与启蒙对象的关系。他打破了以往启蒙者不自觉的"居高临下"的心理定式，认为启蒙者和启蒙对象也应该是一种平等的关系，二者各有所长，吉诃德代表启蒙者，长于"理想"，桑丘代表启蒙对象，长于"经验"，二者没有孰高孰低、孰强孰弱之分。但二者也很难真正互相理解，即便启蒙对象追随启蒙者，也是"无意"地"为运命所导引"，启蒙对象还是会"嘲笑""诅咒""迫害"启蒙者。可以看出，此时的周作人对于启蒙理想的实现已抱有一种悲观消极的态度。他认为自己"小半由于没有这种的材能，大半由于缺少这样的趣味"，因此很难在社会的实际改造领域有所作为，因而愿意"依了自己的心的倾向"，在文艺的园地里种"蔷薇地丁"，"并不惭愧地面的小与出产的薄弱而且似乎无用"①。此时，周作人已完全不以"启蒙者"自居，他的内心也已消解了"启蒙者"与"启蒙对象"的概念区分，他要追求"人生的艺术"，"初不为福利他人而作，而他人接触这艺术，得到一种共鸣与感兴"，也能"使其精神生活充实而丰富"②。也就是说，周作人认为堂吉诃德与桑丘之间不可能真正互相理解，也不需要真正互相理解，只要彼此间能存在一种既利己也利他的关系，就可以具有获得一种和谐的社会伙伴关系。

由以上分析可知，周作人对《哈姆莱特与堂吉诃德》一文的介绍并非在简单转述屠格涅夫的观点，其中寄寓着他在新村理想破灭后对知识分子的思维模式与社会职能的重新认知。在对屠格涅夫文中堂吉诃德与哈姆莱特代表意义的变形中，周作人寄寓了其对知识分子思维模式的重新认知——知识分子的信仰和理想与怀疑和分析都是有价值的思维模式，它们互相撑拒才有了文化的进步；在对屠格涅夫文中堂吉诃德与桑丘象征意义的变形中，周作人寄寓了其对知识分子社会职能的重新认知：与其"居高临下"地无效启蒙，不如平等和谐地利己、利他。

（二）周作人对堂吉诃德精神胜利的阐释

周作人指出《堂吉诃德》一书的"精义"在于第二部第七十二章中主仆二人"末次回来的时候，山差望见村庄便跪下"说的一段话："我所怀慕的故乡，请你张开眼睛看他回到你这里来了，——你的儿子山差邦札，他身上满是鞭痕，倘若不是金子。请你又张了两臂，接受你的儿子吉诃德先生，他来了。虽然被别人所败，却是胜了自己了。据他告诉我，这是一切胜利中

---

① 周作人：《自己的园地》，见周作人《自己的园地》，晨报社出版部1923年版，第2页。
② 周作人：《自己的园地》，见周作人《自己的园地》，晨报社出版部1923年版，第3页。

人们所欲得的（大）胜利了……"周作人认为，"这一句话不但是好极的格言，也就可以用作墓碑，纪念西班牙与其大著作家的辛苦而光荣的生活了"。周作人慧眼独具地读到了堂吉诃德的精神胜利，这种胜利与外在世界无关，是一种内在的精神升华。

堂吉诃德出走时，追求的是外在功业成就，他希望能够实现自己的骑士道理想，使天下重归民风淳朴、秩序井然的黄金时代。这种追求社会理想的热情与周作人曾有的热情很相似。周作人在五四新文化运动涨潮期间充当先锋旗手、摇旗呐喊，又积极宣传鼓吹新村运动，热切希望文化思想界革命的成果可以迅速惠及社会生活领域。然而，他的新村理想还没开始实践就破灭了。1922年3—4月间，因为"信教自由宣言"的风波，陈独秀公开与周作人论战，周作人在哲学的维度上阐释"自由"的含义，而陈独秀则用政治家的逻辑论述"自由"，并以"群众""多数"的名义"声讨"周作人等人，将周作人等的不同意见看作"敌对思想"，是"向强者献媚"。《魔侠传》一文写于1922年9月，此时，不仅周作人的新村运动理想破灭了，连他以往据以为战壕的新文化运动阵营也进一步分裂了。昔日同仇敌忾、向封建文化势力宣战的战友，变成了激烈论战的劲敌。周作人在当时的环境里颇感失望与孤独，他曾经炽热的社会理想开始慢慢冷却，于是他从社会改造领域转移到认识自身、超越自身的精神领域，退守到"自己的园地"里寻找"胜利"。这种状态下的周作人自然会对堂吉诃德骑士理想破灭后的孤独与失落感同身受，为失落了骑士理想的堂吉诃德寻找精神领域内的胜利，也就是在为失落了新村理想、启蒙理想的自己寻找精神领域内的胜利。正因如此，《堂吉诃德》中桑丘末次归乡前的那段话才能引起周作人的共鸣，他才能在《堂吉诃德》的解读领域内另拓新域，阐释出堂吉诃德精神胜利的意义。

第二节　郑振铎对《堂吉诃德》的阐释

五四新文化运动落潮之后，众多受五四新思想影响而觉醒的青年们深感现实的冷酷与压抑，却苦于找不到通往理想新生活的途径；"新青年"运动阵营开始分化，因思想分歧越来越大而走上不同道路的知识分子们已难寻昔日与同道中人相互应答的嘤鸣激荡之声，难免落寞之感。这种情况下，苦闷彷徨就成了弥漫在20世纪20年代的时代风气。面对诸种改造社会理想的破灭，郑振铎仍不放弃革命精神与社会理想，他不懈地思考如何才能对民众进行更有效的启蒙、执着地探索如何才能让中国走上强国之路。此阶段郑振铎对《堂吉诃德》的阐释,就是他继续对民众进行启蒙的努力之一。

一、阐释背景介绍

(一) 郑振铎的文学观

郑振铎认为,文学能对革命起到重要的作用,因为文学是情感的表达,而"革命天然是感情的事;一方面是为要求光明的热望所鼓动,一方面是为厌恶憎恨旧来的黑暗的感情所驱使。因为痛恨人间的传袭的束缚,所以起了要求自由的呼声;因为看了被压迫的辗转哀鸣,所以动了人道的感情"①。因此,他呼唤"为人生"的文学、"血与泪"的文学,认为只有此等理想的文学才可以引起人们憎厌旧秽的感情、燃起中国的革命之火。只要中国有了"托尔斯泰",那么,"列宁们"就自然会产生,中国就会走出内忧外患的危亡之局,迎来崭新的希望。但是,郑振铎清醒地认识到,在中国新文学刚刚起步的阶段,中国并不可能迅速产生理想的革命文学家,要想让中国的新文学发展得更好,就必须借鉴西方文学的成果。因此,1923年年底,郑振铎开始撰写介绍中外文学的《文学大纲》,并于1924年1月至1927年1月在《小说月报》上逐期陆续刊登。

(二) 德林瓦特《文学大纲》

在当时的条件下,郑振铎要以一人之力完成浩瀚的世界文学史编撰工作,必须要借助一些西方文学史著作的力量。在《小说月报》1925年第1期刊载的《文学大纲》"叙言"中,郑振铎也说到自己这部著作是以约翰·德林瓦特(John Drinkwater)编写的《文学大纲》(*The Outline of Literature*)"为蓝本而加以增删编辑"成的,"几乎完全采用"了德林瓦特《文学大纲》第一章至第九章(除第四章以外)的内容。② 1925年3月,《小说月报》上刊载了《文学大纲》的第十七章"欧洲文艺复兴时代的文学"。此文的第四节介绍了西班牙塞万提斯的《堂吉诃德》。这些内容几乎全部译自约翰·德林瓦特《文学大纲》第九章"文艺复兴"("The Renaissance")的第

---

① 郑振铎:《文学与革命》,见《郑振铎全集》(第三卷),花山文艺出版社1998年版,第420页。

② 参见郑振铎《文学大纲·叙言》,载《小说月报》1925年第1期,第2页。

四节，郑振铎只在个别地方做了增删调整。所以，准确说起来，郑振铎在《文学大纲》中对《堂吉诃德》的介绍与阐释绝大多数都并非他的原创。但这些文字仍然能表现出郑振铎对《堂吉诃德》的理解：首先，郑振铎之所以在《文学大纲》中采用了德林瓦特撰写的内容，无疑是因为此部分内容与郑振铎的文学观点相契合；其次，郑振铎在翻译过程中对德林瓦特撰写内容的增、删、改，蕴藏着郑振铎对《堂吉诃德》的独特理解。

郑振铎认为，"文学本是最伟大的人类精神的花"[①]，它能"以高尚飘逸的情感与理想，来慰藉或提高读者的干枯无泽的精神与卑鄙实利的心境"[②]，文学的使命就是"扩大或深邃人们的同情与慰藉，并提高人们的精神"[③]。德林瓦特在介绍《堂吉诃德》时，尤为注重总结堂吉诃德精神，这恰好满足了郑振铎向文学索要精神给养的需求。郑振铎并不是机械地将德林瓦特的文字翻译到自己的《文学大纲》中来。在翻译的过程中，郑振铎阐释了他所理解的堂吉诃德精神，并借此回应时代的呼唤，表达自己内心的呐喊。我们将在郑振铎译文与德林瓦特原文的对比中，解读郑振铎对堂吉诃德精神的阐释。

二、郑振铎对堂吉诃德精神的阐释

（一）信仰坚定的"愚人"精神

试比较郑振铎《文学大纲》与德林瓦特《文学大纲》的一段话。

郑振铎《文学大纲》：
西万提司在此发见：心灵衰弱的人乃正是伟大心胸的人，且愚人是常常比之聪明人更值得赞美的。这位武士永不失堕武士精神，他的信仰是不可摇动的。[④]

[①] 郑振铎：《文学的危机》，见《郑振铎全集》（第三卷），花山文艺出版社1998年版，第395页。
[②] 郑振铎：《文学的危机》，见《郑振铎全集》（第三卷），花山文艺出版社1998年版，第402页。
[③] 郑振铎：《文学的危机》，见《郑振铎全集》（第三卷），花山文艺出版社1998年版，第402页。
[④] 郑振铎：《文学大纲·第十七章：文艺复兴时代的文学》，载《小说月报》1925年第3期，第14页。

德林瓦特《文学大纲》：

Cervantes has discovered, what Dickens discovered when he created Mr. Toots and Captain Cuttle, that to be weak-minded is often to be large-hearted, and that the foolish are often more worthy of admiration than the wise. The knight never fails in chivalry, and his faith is unshakable.①

郑振铎《文学大纲》中阐释堂吉诃德精神的这段话全部译自德林瓦特的《文学大纲》。从郑振铎用"愚人"而非"傻瓜""笨蛋"等词语来译"the foolish"一词，就可以看出他对堂吉诃德精神的理解。"愚"在汉语中往往具有褒义，"愚公移山""大智若愚"这些词汇中的"愚"都是似贬实褒的，"愚"代表着执着、坚毅的精神，代表着一种质朴、真诚的品质。郑振铎用"愚人"来译"the foolish"，说明他对堂吉诃德为了心中理想甘愿守拙、奋斗不懈精神的欣赏。虽然这段话并不是郑振铎的原创性文字，但郑振铎其实在借翻译此段话来表达自己心中的呐喊。

当时中国的文坛有借文学谋利的"鸳鸯蝴蝶派"小说家，有信奉明哲保身，只"空谈爱自然的填塞风云月露，山水花木等字的作者"②，这些都是"聪明人"，但当时中国社会最需要的却是能坚守革命精神、坚持革命理想、信仰坚定的堂吉诃德式"愚人"。郑振铎认为自己从事的文学事业是"点火"的工作，是"光明的运动"③，他觉得文学家有改造旧文学和改造旧社会两重责任，是"光明的制造者"④。尽管他知道他和同人们的"能力非常薄弱"，结果如何也不是他们所能决定的，但面对着重重压力、面对着不少时人的怀疑与嘲笑，他们仍要"存在一天"就"继续奋斗一天"，不顾恤"牺牲一切"去践行理想。⑤ 郑振铎本身就是一位为了心中信仰甘愿守拙、奋斗不懈的堂吉诃德式"愚人"，他在翻译德林瓦特对《堂吉诃德》介绍性文字的过程中阐释出堂吉诃德的"愚人"精神，这其中蕴藏着他对更

---

① John Drinkwater. *The Outline of Literature*. New York and London: G. P. PUTNAM'S SONS, 1923. p.287.

② 郑振铎：《文学与革命》，见《郑振铎全集》（第三卷），花山文艺出版社 1998 年版，第 422 页。

③ 郑振铎：《光明运动的开始》，见《郑振铎全集》（第三卷），花山文艺出版社 1998 年版，第 409 页。

④ 郑振铎：《光明运动的开始》，见《郑振铎全集》（第三卷），花山文艺出版社 1998 年版，第 412 页。

⑤ 郑振铎《〈文学旬刊〉宣言》，见《郑振铎全集》（第三卷），花山文艺出版社 1998 年版，第 389 页。

多"愚人"的热切呼唤,以期振奋五四新文化运动落潮后颓靡之风盛行的文化界。

(二) 不以失败自馁的前驱者精神

再来比较郑振铎《文学大纲》与德林瓦特《文学大纲》的一段话。

郑振铎《文学大纲》:
吉诃德先生受伤卧地,然仍坚信风磨乃巨人所化,且决不以失败自馁。这种精神是一切前驱者的精神!西万提司在这里给世界以一个最伟大最高尚的人物,常常是完全的可爱的。①

德林瓦特《文学大纲》:
Cervantes gave the world one of its greatest and noblest figures—sanguine and enthusiastic, ennobled by his very illusions, graced with true dignity, even in the most undignified situations—always entirely lovable. ②

此处,郑振铎并没有完全照搬德林瓦特的介绍性文字,他对德林瓦特的原文进行了增、删、改,这其中包含着郑振铎对堂吉诃德精神的中国化阐释。德林瓦特总结的"greatest and noblest"(伟大而高尚)的堂吉诃德精神内容是丰富的,包括"sanguine"(乐观)、"enthusiastic"(热情)、"ennobled by his very illusions"(因纯洁美好的幻想而高贵)、"graced with true dignity"(因有真正的尊严而优雅),而郑振铎却通过增加自己的评论,将"伟大而高尚"的堂吉诃德精神替换成了"前驱者的精神"——"坚信"与"决不以失败自馁"。显而易见,德林瓦特赞美的堂吉诃德精神是西方文明社会的理想人格特质,而郑振铎赞美的堂吉诃德精神是医治 20 世纪 20 年代中国知识界颓靡之风的良方。

至 1920 年年底,伴随着五四新文化运动而产生的许多"社会改造"运动都纷纷以失败告终了。"许多青年,变节的变节,消极的消极,甚至有把热烈的感情不移于革命方面,而注射于别一方面,为无谓的意气之争的",

---

① 郑振铎:《文学大纲·第十七章:文艺复兴时代的文学》,载《小说月报》1925 年第 3 期,第 15 页。
② John Drinkwater. *The Outline of Literature*. New York and London: G. P. PUTNAM'S SONS, 1923. p. 288.

"大家的革命的热气,渐渐的蒸散净尽"①。而五四运动落潮后,北洋军阀政府又进一步加强了文化管控。1922年冬,北洋政府国务会议通过了"取缔新思想案"。后来虽然因为内阁更易,"取缔新思想案"暂时被搁置,但到了1924年,当局又旧事重提,不仅要查禁一批进步书籍,还要定期焚书。此时的中国知识分子面临三重痛苦:第一重是"新生活运动"社会改造理想的破灭之痛,第二重是反动政府剥夺写作出版自由的镇压之痛,第三重是不觉醒民众对启蒙者的舆论伤害之痛。因此,此时期的许多知识分子都进入了迷茫、消沉期。五四启蒙先驱者周作人就曾在1924年2月写下了"教训之无用"五个字,以表达心中无尽的失望之情;鲁迅此时期也将旧战友"有的退隐,有的高升,有的前进"之后"布不成阵"② 的寂寞写进了散文诗集《野草》,而他将此时期的小说集命名为《彷徨》,也透映出那个时期新文化战线知识分子们共同的苦闷彷徨的心境。当时的中国知识界急需一种精神力量,鼓舞新文化战线的知识分子们不因残酷的现实而悲观、失望、消沉,鼓舞他们能继续以饱满的热情坚持革命理想与信仰。

郑振铎认为,"救现代人们的堕落,惟有文学能之"③,而此时的中国新文学正处于萌芽和生长时期,郑振铎虽然高声呼唤"为人生"的文学、"血与泪"的文学,但他觉得当时的中国并没有"理想的革命文学家"。于是,向文学借取"火种",点燃新文化战线知识分子及千万中国青年心中的热情之火,就成了必然的选择。《堂吉诃德》就是这样的一个火种。郑振铎在编撰《文学大纲》时,用"坚信"与"不以失败自馁"替换掉德林瓦特总结的多项堂吉诃德精神内涵,正是对时代需求的回应。郑振铎借坚持骑士理想、屡战屡败却屡败屡战的堂吉诃德鼓励新文化战线上的知识分子和千千万万的有志青年:屡次的失败是前驱者必然要面对的,不以失败自馁,坚持理想,就会练就一颗伟大而高尚的心灵,就会成为"完全的可爱的""前驱者"!

---

① 郑振铎:《文学与革命》,见《郑振铎全集》(第三卷),花山文艺出版社1998年版,第419页。
② 鲁迅:《〈自选集〉自序》,见林贤治评注《鲁迅选集·杂感1》,广西师范大学出版社2018年版,第358页。
③ 郑振铎:《文学的使命》,见《郑振铎全集》(第三卷),花山文艺出版社1998年版,第402页。

第三节 鲁迅对《堂吉诃德》的阐释

鲁迅也许是中国最早阅读过《堂吉诃德》的读者之一,早在1908年,他与周作人就得到了《堂吉诃德》的德译本。《堂吉诃德》对鲁迅的创作有着不小的影响:许多学者都认为鲁迅创作于1921年的小说《阿Q正传》受《堂吉诃德》的影响很大①;不仅如此,鲁迅还将"堂吉诃德"作为文化符号创造性地运用在一些杂文中,如《中华民国的新"堂吉诃德"们》(1932)、《真假堂吉诃德》(1933)等,但这些杂文并不是对《堂吉诃德》的阐释。鲁迅只在《〈解放了的董·吉诃德〉后记》(1933)一文中的三段文字里对西班牙塞万提斯的《堂吉诃德》做过意义阐释。

一、阐释缘起

随着无产阶级革命文化在中国的传播,一批富有激情的中国知识分子渐渐认识到建设无产阶级革命文学的必要性。20世纪20年代末,太阳社、创造社的成员发出了建设无产阶级革命文学的号召。他们提倡以无产阶级的观点来观察和创作,批判个人主义和人道主义思想,欲以马克思主义思想取代资产阶级个人主义和人道主义思想在中国新文化界的主流地位。为了让建设无产阶级革命文学的号召迅速产生影响,一些青年革命文学理论家采用了攻击五四权威的策略。他们将鲁迅作为批判的靶子,批评鲁迅不顾时代发展潮流,固守五四时期的启蒙立场,是落伍于时代的"老骑士";他们称鲁迅是反对无产阶级革命文学的小资产阶级作家,其所秉持的人道主义虚伪而愚

---

① 1941年,荷影曾发表文章《关于"董·吉诃德"和"阿Q"——并介绍〈解放了的董·吉诃德〉》(见《1913—1983鲁迅研究学术论著资料汇编3:1940—1945》,中国文联出版公司1987年版,第661~662页);1982年,秦家琪、陆协新发表文章《阿Q和堂吉诃德形象的比较研究》(载《文学评论》1982年第4期,第55~67页);在这之后,钱理群、陈众议、赵振江等学者也都表达了他们对《堂吉诃德》影响了《阿Q正传》这一观点的认同。参见钱理群《丰富的痛苦——堂吉诃德与哈姆雷特的东移》,北京大学出版社1993年版;陈众议《塞万提斯学术史研究》,译林出版社2011年版;赵振江、蔡华伟《掩卷长思〈堂吉诃德〉》,载《人民日报》2016年4月24日,第7版。

蠢,并嘲讽鲁迅为"中国的堂吉诃德"①。

在这种情势下,鲁迅并没有选择针锋相对地回击,他看到了攻击他的那些青年文学理论家可贵的进步思想和革命精神,也看到了那些年青人的思维误区。于是鲁迅在"革命文学"论争期间购读了大量马克思主义政治哲学和文艺理论的书籍,组织译介了不少苏俄文艺作品,一方面促使自己思想成长,另一方面也试图引导青年革命文学理论家走出思维误区,真正理解无产阶级革命文学思想。鲁迅组织翻译卢那察尔斯基的《解放了的董·吉诃德》②,就是他回应李初梨等人"珰鲁迅"讥讽的一种婉曲的方式。《解放了的董·吉诃德》是苏联马克思主义文论家、剧作家卢那察尔斯基根据《堂吉诃德》改编的一个剧本,其中探讨了"革命"与"人道主义"的关系,鲁迅要借此剧本表达自己对"革命"与"人道主义"关系的看法。在将此剧本的译稿交付出版社之前,1933 年 10 月,鲁迅撰写了《〈解放了的董·吉诃德〉后记》。

二、鲁迅对《堂吉诃德》的中国化阐释

在《〈解放了的董·吉诃德〉后记》的前三段中,鲁迅评点了塞万提斯的小说《堂吉诃德》:

> 假如现在有一个人,以黄天霸之流自居,头打英雄结,身穿夜行衣靠,插着马口铁的单刀,向市镇村落横冲直撞,去除恶霸,打不平,是一定被人哗笑的,决定他是一个疯子或昏人,然而还有一些可怕。倘使

---

① 参见李初梨《请看我们中国的 Don Quixote 的乱舞——答鲁迅"醉眼中的朦胧"》[见中国社会科学院文学研究所现代文学研究室编《"革命文学"论争资料选编》(上),知识产权出版社 2010 年版,第 213～221 页];厚生(成仿吾)《知识分子的革命分子团结起来》[见中国社会科学院文学研究所现代文学研究室编《"革命文学"论争资料选编》(上),知识产权出版社 2010 年版,第 211～212 页];冯乃超《人道主义者怎样地防卫着自己》[见中国社会科学院文学研究所现代文学研究室编《"革命文学"论争资料选编》(上),知识产权出版社 2010 年版,第 222～225 页];彭康《"除掉"鲁迅的"除掉"》[见中国社会科学院文学研究所现代文学研究室编《"革命文学"论争资料选编》(上),知识产权出版社 2010 年版,第 226～231 页];石厚生《毕竟是"醉眼陶然"罢了》[见中国社会科学院文学研究所现代文学研究室编《"革命文学"论争资料选编》(上),知识产权出版社 2010 年版,第 273～277 页]。

② 1931 年,鲁迅根据德文译本翻译了此剧的第一场,后来又邀请瞿秋白从俄文继续翻译此剧,逐场连载在《北斗》杂志上。然而,在刊载到第四场时,《北斗》便停刊了。后来,鲁迅辗转找到瞿秋白未刊的译稿,并在 1933 年撰写了《〈解放了的董·吉诃德〉后记》,一起交托给上海联华书局。1934 年,《解放了的董·吉诃德》正式出版。

他非常孱弱，总是反而被打，那就只是一个可笑的疯子或昏人了，人们警戒之心全失，于是倒爱看起来。西班牙的文豪西万提斯（Miguel de Cervantes Saavedra，1547—1616）所作《堂·吉诃德传》（Vida y hechos del ingenioso hidalgo Don Quixote de la Mancha）中的主角，就是以那时的人，偏要行古代游侠之道，执迷不悟，终于困苦而死的资格，赢得许多读者的开心，因而爱读，传布的。

但我们试问：十六十七世纪时的西班牙社会上可有不平存在呢？我想，恐怕总不能不答道：有。那么，吉诃德的立志去打不平，是不能说他错误的；不自量力，也并非错误。错误是在他的打法。因为胡涂的思想，引出了错误的打法。侠客为了自己的"功绩"不能打尽不平，正如慈善家为了自己的阴功，不能救助社会上的困苦一样。而且是"非徒无益，而又害之"的。他惩罚了毒打徒弟的师傅，自以为立过"功绩"，扬长而去了，但他一走，徒弟却更加吃苦，便是一个好例。

但嘲笑吉诃德的旁观者，有时也嘲笑得未必得当。他们笑他本非英雄，却以英雄自命，不识时务，终于赢得颠连困苦；由这嘲笑，自拔于"非英雄"之上，得到优越感；然而对于社会上的不平，却并无更好的战法，甚至于连不平也未曾觉到。对于慈善者，人道主义者，也早有人揭穿了他们不过用同情或财力，买得心的平安。这自然是对的，但倘非战士，而只劫取这一个理由来自掩他的冷酷，那就是用一毛不拔，买得心的平安了，他是不化本钱的买卖。①

这三段评价虽然字数不多，但每一段评论都暗藏着现实针对性，有不少迥异于西方的《堂吉诃德》评论，鲁迅阐释《堂吉诃德》的视角是独特的、中国化的。

（一）落伍于时代的堂吉诃德

在第一段中，鲁迅指出堂吉诃德落伍于时代的特点，并指出这种"落伍"不仅"可笑"，若"执迷不悟"下去，只能迎来"终于困苦而死"的下场。鲁迅对堂吉诃德落伍于时代这一特点的敏感，与中国当时的社会文化背景与鲁迅自身的经历密切相关。

自 19 世纪末起，中国的政治、经济、文化等各领域都经历着激荡突变。

---

① 鲁迅：《〈解放了的堂·吉诃德〉后记》，见李新宇、周海婴主编《鲁迅大全集》（第七卷），长江文艺出版社 2011 年版，第 149 页。

时代的激变中,谁不能紧跟时代步伐、及时接受新思想,谁就有落伍的危险。鲁迅一直紧密关注中国局势,不断更新思想。由于鲁迅较早地接受了进化论、科学民主等西方的文化思想,五四时期,他成了引领时代文化发展潮流的文化先驱者。然而,20世纪20年代末,一些持有马克思主义新思想的青年文艺理论家却认为秉持人道主义、民主自由思想的鲁迅已落伍于时代,用"中国的堂吉诃德""珰鲁迅"等称号讽刺鲁迅。此种情况下,鲁迅积极主动地学习马克思主义,思想经历了从进化论到阶级论的转化,他由此走出了《野草》创作时期的精神绝望状态,从孤独的个体走向了现实的世界。接受了无产阶级革命文化洗礼的鲁迅,精神上再次焕发出活力和朝气。

鲁迅人生的所见所闻所感,让他对堂吉诃德落伍于时代的特点非常敏感,他指出堂吉诃德"执迷不悟"的结果是"终于困苦而死",这是鲁迅在动荡激变的时代里"不进则退"的思想紧迫感的一种表现。

(二)存在私欲的堂吉诃德

第二段中,鲁迅评价了"吉诃德的立志打不平"。他认为,堂吉诃德是为了一己私欲——自己的"功绩"才去打抱不平的,堂吉诃德这种"糊涂的思想"自然会引出"错误的打法",不能真正有益于社会。鲁迅指出堂吉诃德行动目的的利己性,并认为堂吉诃德理想的最终破灭是由于他没有纯粹的为公之心。这种解读与德国浪漫派及俄国屠格涅夫等人对堂吉诃德人物形象的解读截然相反。德国浪漫派认为堂吉诃德是一个执着追求崇高理想的英雄,屠格涅夫认为堂吉诃德身上有甘于为真理与信仰自我牺牲的可贵精神。不管是在德国还是俄国文论家的眼里,堂吉诃德都是神圣而崇高的,而鲁迅却对堂吉诃德这一人物形象进行了祛魅化的中国式解读。鲁迅之所以会对堂吉诃德的人物形象做出此种解读,与以下两个因素密切相关。

首先是中国的传统文化。在中国传统文化的长期浸染下,鲁迅易看到堂吉诃德的私心私欲。西方文化的源头之一是崇尚原欲的古希腊文化,在西方的文学作品中,有太多存有私心私欲的正面人物形象,堂吉诃德的私心私欲因过于正常化而被人们所无视,人们反而更能留意到他与众不同的"公心"与"崇高"。而中国几年千来的传统文化历来倡导"为公去私","私欲"从来都处在被贬斥、压抑的地位,中国传统叙事作品中的正面形象往往都是舍己为公的,因此,堂吉诃德身上的私心私欲就显得很突兀,很容易被中国读者发现。鲁迅并不是第一个注意到堂吉诃德私心私欲的中国读者。《魔侠传》的译者林纾最早注意到堂吉诃德追求一己功名的私心私欲,并通过改写,将他的这一特点在其译本中放大。在革命文学论争中,成仿吾也注意到了堂吉诃德的这一特点，并借堂吉诃德的这种形象特点来讽刺鲁迅。① 但将堂吉诃德私心私欲阐释出来，并指出这是其"不能打尽不平"关键性原因的，鲁迅是中国第一人。

其次是当时中国文坛的独特状况。当时中国文坛的独特状况，易使鲁迅注意到堂吉诃德的私心私欲问题。在革命文学论争时期，鲁迅就意识到当时中国一部分高喊无产阶级革命文学的人可能存有投机心与功利心。他曾说："革命文学家因为我描写黑暗，便吓得屁滚尿流，以为没有出路了，所以他们一定要讲最后的胜利，付多少钱终得多少利，像人寿保险一般。"② 他曾多次讥嘲创造社成员由"为艺术而艺术"到高谈革命文学的突变，"复活的批评家成仿吾总算离开守护'艺术之宫'的职掌，要去'获得大众'，并且给革命文学家'保障最后的胜利'了。这飞跃也可以说是必然的。弄文艺的人们大抵敏感，时时也感到，而且防着自己的没落，如漂浮在大海里一般，拼命向各处抓攫。"③ 在"左联"成立大会上，鲁迅又说："我以为在现在，'左翼'作家是很容易成为'右翼'作家的。"其中一个理由就是一些诗人或文学家以为"现在为劳动大众革命，将来革命成功，劳动阶级一定从丰报酬，特别优待，请他坐特等车，吃特等饭，或者劳动者捧着牛油面包来献他"④，当现实无法满足想象时，这些人就容易变成右翼。鲁迅认为，作家们只有本着对国家民众负责的精神，才可能探索到救国的真理；只有联合战线的作家"目的都在工农大众"，战线才能真正统一，大众才能真正受益⑤；否则，革命文学统一战线就会成为作家们出于各自私心、空喊口号的秀场，空挂招牌，于国于民均无所裨益。正因为有着此种感受和体会，鲁迅才看到了堂吉诃德为了一己"功绩"的私心，鲁迅批评堂吉诃德"因为胡涂的思想，引出了错误的打法""不能打尽不平"，实际上也是在为当时中国文坛中怀着私心私欲、高喊革命口号的投机文人们敲响警钟。

---

① 在成仿吾《毕竟是"醉眼陶然"罢了》一文中有这样一个句子："听说堂鲁迅近来每天最关心的只是自己的毁誉。"参见石厚生（成仿吾）《毕竟是"醉眼陶然"罢了》，见中国社会科学院文学研究所现代文学研究室编《"革命文学"论争资料选编》，知识产权出版社 2010 年版，第 273 页。
② 鲁迅：《通信》，见中国社会科学院文学研究所现代文学研究室编《"革命文学"论争资料选编》，知识产权出版社 2010 年版，第 259 页。
③ 鲁迅：《"醉眼"中的朦胧》，见中国社会科学院文学研究所现代文学研究室编《"革命文学"论争资料选编》，知识产权出版社 2010 年版，第 154 页。
④ 鲁迅：《对于左翼作家联盟的意见——三月二日在左翼作家联盟成立大会讲》，见林贤治评注《鲁迅选集·杂感1》，广西师范大学出版社 2018 年版，第 240 页。
⑤ 鲁迅：《对于左翼作家联盟的意见——三月二日在左翼作家联盟成立大会讲》，见林贤治评注《鲁迅选集·杂感1》，广西师范大学出版社 2018 年版，第 243 页。

（三）只会嘲笑的旁观者

第三段中，鲁迅评论了"嘲笑吉诃德的旁观者"。鲁迅批评他们只会嘲笑行动者，"自拔于'非英雄'之上，得到优越感；然而对于社会上的不平，却并无更好的战法，甚至于连不平也未曾觉到"。鲁迅认为，虽然慈善者、人道主义者有缺点，并不完美，但他们毕竟有所行动；而这些只知嘲笑的旁观者，远不及被他们所嘲笑的对象，因为这些旁观者是在通过嘲笑别人来掩盖自己内心的冷酷。以往西方评论界并未有人从这一角度对《堂吉诃德》做出过批评，对只嘲笑而不行动的"旁观者"的发现，是鲁迅在《堂吉诃德》批评领域内的一大创见。鲁迅之所以会敏感地发现《堂吉诃德》中的此类人物，是因为在当时的中国文坛上，也有这类只会批评、嘲笑的旁观者——"第三种人"。

1931—1932年，胡秋原与左翼文人展开了一场论争。胡秋原打着自由主义的旗帜，既批判国民党御用文人发起的"民族主义文艺运动"，称这种文艺理论堕落、作品意识下流，也批判左翼文人"将艺术堕落到一种政治的留声机"[①]。瞿秋白、冯雪峰分别撰文，批评胡秋原坚持的是"智识阶级的特殊使命论"[②]，称其要"进攻整个普洛革命文学运动"[③]。苏汶趁此之际发文《关于〈文新〉与胡秋原的文艺论辩》，对胡秋原与左翼文人均进行嘲讽。他说胡秋原"充其量不过是一个书呆子马克斯主义者"[④]，而左翼文人过于重视文学的政治使命，变文学为"连环图画"，变作者为"煽动家"[⑤]。苏汶认为，"在'智识阶级的自由人'和'不自由的，有党派的'阶级争着文坛的霸权的时候，最吃苦的，却是这两种人之外的第三种人。这第三种人

[①] 胡秋原：《阿狗论文艺——民族文艺理论之谬误》，见吉明学、孙露茜编《三十年代"文艺自由论辩"资料》，上海文艺出版社1990年版，第8页。

[②] 文艺新闻社（瞿秋白）：《"自由人"的文化运动——答复胡秋原和〈文化评论〉》，见吉明学、孙露茜编《三十年代"文艺自由论辩"资料》，上海文艺出版社1990年版，第76页。

[③] 洛扬（冯雪峰）：《致〈文艺新闻〉的一封信》，见吉明学、孙露茜编《三十年代"文艺自由论辩"资料》，上海文艺出版社1990年版，第78页。

[④] 苏汶：《关于〈文新〉与胡秋原的文艺论辩》，见吉明学、孙露茜编《三十年代"文艺自由论辩"资料》，上海文艺出版社1990年版，第97页。

[⑤] 苏汶：《关于〈文新〉与胡秋原的文艺论辩》，见吉明学、孙露茜编《三十年代"文艺自由论辩"资料》，上海文艺出版社1990年版，第100页。

便是所谓作者之群"①。苏汶所说的"作者",是"死抱住文学不肯放手"②的人,"第三种人"就是"那种欲依了指导理论家们所规定的方针去做而不能的作者"③。鲁迅在《论"第三种人"》一文中评论道:"生在有阶级的社会里而要做超阶级的作家,生在战斗的时代而要离开战斗而独立,生在现在而要做给与将来的作品,这样的人,实在也是一个心造的幻影,在现实世界上是没有的。要做这样的人,恰如用自己的手拔着头发,要离开地球一样。他离不开,焦躁着,然而并非因为有人摇了摇头,使他不敢拔了的缘故。"④鲁迅认为,在当时中国革命斗争形势严峻的情况下,想要不偏不倚地做"第三种人",追求纯粹自由、完全中立的文学和艺术,根本不可能。"第三种人"一面指责左翼作家扼杀自由的创作,一面对政府禁刊物、杀作家的行为视而不见、避而不谈。这种看起来超脱于阶级斗争之外的旁观者,其实最为无用,也最为无耻。正因中国文坛中这种无用、无耻的"第三种人"引起了鲁迅的义愤,他才会在点评《堂吉诃德》时批判小说中的旁观者,从而影射文坛中置文人的社会责任于不顾,却只会抨击、嘲笑左翼文人的假超脱者。

第四节 20世纪30—40年代《堂吉诃德》译介与阐释概况

中国的资产阶级革命文化与无产阶级革命文化均形成于五四新文化运动中,资产阶级革命文化在五四运动后先处于中国社会文化的主流地位⑤,无

---

① 苏汶:《关于〈文新〉与胡秋原的文艺论辩》,见吉明学、孙露茜编《三十年代"文艺自由论辩"资料》,上海文艺出版社1990年版,第99页。
② 苏汶:《关于〈文新〉与胡秋原的文艺论辩》,见吉明学、孙露茜编《三十年代"文艺自由论辩"资料》,上海文艺出版社1990年版,第99页。
③ 苏汶:《"第三种人"的出路》,见吉明学、孙露茜编《三十年代"文艺自由论辩"资料》,上海文艺出版社1990年版,第162页。
④ 鲁迅:《论"第三种人"》,见吉明学、孙露茜编《三十年代"文艺自由论辩"资料》,上海文艺出版社1990年版,第210页。
⑤ 张德旺认为,在五四后新文化运动中,资产阶级民主主义相对于马克思主义来说占有明显的数量优势。参见张德旺《道路与选择》,天地出版社2019年版,第497页。

产阶级革命文化在五四运动后迅速传播发展，逐步成为中国社会的主导文化。①但是"主流"文化与"主导"文化并不是可以等同的概念，虽然两者都能指陈文化的主要发展方向，但前者强调量的意义，后者则强调引导性的意义。②无产阶级革命文化何时开始成为中国社会的主流文化，尚需进一步探讨。

张德旺认为，中国新民主主义文化观的形成大体上经历了三个阶段，"从1918年底马克思主义开始在中国传播到1926年前后，是新民主主义文化观的始基阶段"③，"从1927年无产阶级革命文学的倡导至1937年全面抗战爆发前文艺界'两个口号'论争前后，是新民主主义文化观的初步形成阶段"④，"全面抗战爆发前后到40年代初是新民主主义文化观的系统完成阶段"⑤。新民主主义文化观是无产阶级革命文化的主要构成成分，从张德旺对新民主主义文化观形成过程的分析来推测，中国无产阶级革命文化应该在中国新民主主义文化观的系统完成后才跃居为时代文化主流，即20世纪40年代，中国现代革命文化才跃居为中国社会的主流文化。20世纪30—40年代《堂吉诃德》的中文译介与阐释概况能帮助我们印证这个关于中国社会主流文化变迁的推测。

一、20世纪30年代《堂吉诃德》译介情况概述及分析

（一）20世纪30年代《堂吉诃德》的译介情况概述

《堂吉诃德》的翻译热出现于20世纪30年代。短短十年间，中国先后有八位译者从事过《堂吉诃德》的翻译。下面，我们对这股《堂吉诃德》

---

① 张德旺认为，"马克思主义和资产阶级民主主义等各种新学说、新思潮的广泛传播，两者交汇构成'五四'后新文化运动的主流"，然而，"马克思主义与资产阶级民主主义交汇成为'五四'后新文化运动的主流，绝不意味两者地位等同，而是马克思主义的广泛传播经过曲折复杂的斗争，逐步取代后者而居'五四'后新文化运动的主导地位"。参见张德旺《道路与选择》，天地出版社2019年版，第497、第499页。
② 参见张德旺《道路与选择》，天地出版社2019年版，第496～497页。
③ 张德旺：《新民主主义文化观形成过程探析》，见《在向新民主主义革命转变的历史起点：五四及其政派研究》，哈尔滨工业大学出版社2009年版，第133页。
④ 张德旺：《新民主主义文化观形成过程探析》，见《在向新民主主义革命转变的历史起点：五四及其政派研究》，哈尔滨工业大学出版社2009年版，第135页。
⑤ 张德旺：《新民主主义文化观形成过程探析》，见《在向新民主主义革命转变的历史起点：五四及其政派研究》，哈尔滨工业大学出版社2009年版，第138页。

译介热潮做简要概述。

1. 贺玉波译本

1931年5月，贺玉波翻译的《吉河德先生》由上海开明书店印行。这是根据英国卡林顿（N. L. Carrington）的节略本译成的，只翻译了《堂吉河德》第一部，共19章。译者称此译本针对的读者群是中国少年读者。值得注意的是，贺玉波的译本也存在改译现象，与林纾的《魔侠传》一样，贺玉波也将堂吉河德与桑丘的主仆关系写成了师徒关系。

2. 蒋瑞青译本

1933年，蒋瑞青翻译的《吉河德先生》由上海世界书局出版，此译本收入"世界少年文库"之中。这也是《堂吉河德》第一部的节略译本，共16章。虽为节略本，但译者认真地做了很多有价值的注解，所以此译本得到了不少学人的认可。由于缺少译序等资料，此译本所依据的底本难以确定。

3. 汪倜然译本

1934年，汪倜然缩译的《吉河德先生》由上海新生命书局发行。这也是《堂吉河德》第一部的简写本。全书共14章，60余页。正因如此，书的前言中说："这里所述的只是一个极简略的概要，不过希望读者对于此书能够得到一个小小的印象而已。"①

4. 马宗融译文

在1934年第2卷第9期的《华安》上，庄启东提及马宗融也翻译了《董·吉河德传》，并称《华美月刊》陆续刊载了其译文。《华美月刊》是由上海华安出版社发行的杂志，1934年4月创刊，10月停刊，仅出了七期。至今《华美月刊》与马宗融先生翻译的《董·吉河德传》都难觅其踪，但从刊物仅出了七期及后来未曾有马宗融翻译的《董·吉河德传》单行本出现这两点上来推断，马宗融先生的翻译很可能随着《华美月刊》的停刊而终止了。

5. 张慎伯译本

1936年，张慎伯译的《董吉河德》由上海中华书局出版，这是浓缩了《堂吉河德》第一、第二部故事梗概的英汉对照读物。译者没有提及所依据的底本信息。

---

① 汪倜然：《吉河德先生》，新生命书局1934年版，前言第2页。

6. 温志达译本

1937年，温志达翻译的《唐吉诃德》由启明书局出版，这个译本是以杰维斯（Jervas）的英译本为底本，并参照了莫妥（Motteux）、奥姆斯比（Ormsby）的英译本译成的。此译本的《小引》中，温志达提到"四年前曾按日登于《广州民国日报》文艺栏，在七个月间登完第一部，（当时第二部未曾发表。）本译文是包含第一部与第二部的完全译文，无删节之处"[①]。在译序《西万提斯与唐吉诃德（序）》中，温志达又说他在1931—1932年这两年间译完了《唐吉诃德》的第一部、第二部，共约五十万字。[②]可见温志达的译本是早于傅东华的白话全译本，它应该是中国最早的《堂吉诃德》全译本。可惜现在保存下来的只有共约28万字的第一部，第二部已经佚失。

7. 傅东华译本

1939年，傅东华翻译的《吉诃德先生传》由商务印书馆出版。这也是《堂吉诃德》第一部的译本，译稿曾在1935年5月首刊的"世界文库"上发表过三分之二。译者以牛津大学出版社版的杰维斯（Jervas）英译本为主，参照"人人文库"的莫妥（Motteux）英译本，完成了此书的翻译。傅东华的译笔灵活、优美、流畅，翻译态度严谨，为《吉诃德先生传》做了大量注释，因此，此译本在中国发行量很大[③]，颇具影响力。

8. 戴望舒译本

20世纪30年代，中国的《堂吉诃德》西语直译本还曾一度呼之欲出。胡适曾主持中华教育文化基金董事会的文学名著翻译工作，他写信邀请戴望舒从西语原文翻译《堂吉诃德》。戴望舒本来就很喜欢《堂吉诃德》，在西班牙旅行时，他曾买过几种版本的《堂吉诃德》，于是答应了胡适的邀请。他将书名译为《吉诃德爷》，翻译态度极严肃认真，每章都有大量注释。但是抗战全面爆发后，全稿却遗失了。施蛰存保留了从第1章到第22章的残稿，《香港文学》1990年7月第67期上登载过第4章的全文和注释。[④]戴望

---

① 温志达：《小引》，见［西］M. de. Cervantes著，温志达译《唐吉诃德》，启明书局1937年版，第1页。

② 参见温志达《西万提斯与唐吉诃德（序）》，见M. de. Cervantes著，温志达译《唐吉诃德》，启明书局1937年版，第15页。

③ 该译本自1939年由长沙商务印书馆出版后，上海商务印书馆又于1940年、1947年、1950年出了该书的新版，1954年北京作家出版社又以"伍实"的笔名出了此译本的新版。参见陆颖《社会文化语境下的文学重译——傅东华重译〈珍妮姑娘〉研究》，华东师范大学2014年博士学位论文，第338页。

④ 参见吴迪等《浙江翻译文学史》，杭州出版社2008年版，第115～117页。

舒的这个直译本如埋在地下的断臂维纳斯，只有少数研究者能将其挖掘出来，欣赏那份残缺难掩的美丽，让人惋惜不已。

（二）20世纪30年代《堂吉诃德》的译介情况分析

20世纪30年代短短十年间，中国先后共有八位译者从事《堂吉诃德》的翻译工作。在社会生产力水平低下、文化资源匮乏的年代里，这是极不寻常的现象，足可见《堂吉诃德》在当时中国社会的知名度之高、影响力之大。这些译本中，只有张慎伯的缩译本和温志达的全译本译出了《堂吉诃德》的第一部和第二部，但温志达译出的第二部至今难觅其踪，只有第一部保存了下来，其他译者均只译了《堂吉诃德》第一部。张治曾注意到这个问题：

> 为何1949年以前翻译的《堂吉诃德》都只有第一部？原因就在于第二部不如第一部的噱头多，出版商为利益考虑，译者为求简便，大家都没有去译第二部。1949年以后，世界名著的翻译在一段时间里由政府策划、专家从事，不考虑商业目的，因此能够出现一批完整又高质量的译本。[①]

张治从经济利益的角度解释了此种独特的翻译现象，有一定道理。但笔者认为，当时中国的时代文化需求决定了译者的翻译选择。20世纪30年代的许多中国知识分子都处于一种精神上"王纲解纽"的状态。辛亥革命、五四运动、国民革命……中国知识分子曾有过太多憧憬，也有过太多失望。国民革命后，国民党统一了中国大部分地区，却血腥屠杀共产党员和进步人士，加强专制独裁统治，不少人心中的社会理想之火已只余星点，此时中国需要一个怀抱着炽热、赤诚的理想，屡战屡败却仍能屡败屡战的可爱形象来鼓舞人们重燃内心的理想之火。在小说第一部中，堂吉诃德就是这样一个虽可笑却也极可爱的形象，一直到第一部的结尾，堂吉诃德都不曾放弃继续以骑士身份出游的梦想。因此，小说第一部中的堂吉诃德形象自然会引起译者的青睐。而小说第二部以堂吉诃德放弃骑士梦想、痛斥前非、灵魂皈依天主教、与世长辞而结局。这种悲凉哀伤的结局是为当时的国人所忌讳的，因为缺乏宗教精神的国人很难从小说第二部的结局中体悟到堂吉诃德精神层面上

[①] 张治：《中西因缘：近现代文学视野中的西方"经典"》，上海社会科学院出版社2012年版，第205页。

的人生圆满，只能看到现实世界里一个梦想家的毁灭。那个时代的中国，需要梦想家而非宗教家，需要勇敢活泼的前行者而非痛定思痛的顿悟者。中国的时代文化需求才应该是八位译者中只有两位译出了《堂吉诃德》第二部，而温志达所译的第二部又难觅其踪的重要原因。

二、20世纪30年代《堂吉诃德》阐释情况概述及分析

（一）《堂吉诃德》外来译介阐释的概况

20世纪，欧洲国家评论《堂吉诃德》的一些重要文章被陆续译介进来。这些外文资料的译介并非随意，它们往往是译者为了满足国人的精神需求而有意选择的。这些翻译过来的评论文章帮助国人挖掘出《堂吉诃德》中蕴藏的能对当时中国有所裨益的现实意义，为国人提供了宝贵的精神财富。

1. 关于波兰玛妥司宙斯基《吉诃德的精神》的译介

1934年，宜闲（胡仲持）与唐旭之不约而同地翻译了波兰玛妥司宙斯基（Ignacy Matuszewski）探讨堂吉诃德精神的文章。前者译名为《吉诃德的精神》，发表在《世界文学》第1卷第1期上；后者译名为《吉诃德式的精神》，发表在《青年界》第6卷第3期上。

玛妥司宙斯基认为，堂吉诃德是有理想的革新者，他勇于试错、不怕嘲笑、斗争精神饱满，是社会"非有不可的"一种人。① 玛氏指出，堂吉诃德精神具有两面性：一方面它有鲁莽性，因为"不愿意过问实际性质的手段和目的"而让人轻蔑和嘲笑；另一方面它有荣誉性，因为它是"最高贵的企图和希望的象征"，有益于人类精神的进展。② 玛妥司宙斯基将堂吉诃德精神与鲁滨孙精神对举，认为人类社会健康发展少不了这两种精神。前者代表一种"热诚、罗曼主义和梦想"③ 的精神，后者代表一种务实的、重视现实利益的精神。"全是唐·吉诃德们所造成的社会要饿死"，而全是鲁滨孙

---

① 参见［波兰］玛妥司宙斯基撰，宜闲选译《吉诃德的精神》，载《世界文学》1934 第1期，第151页。
② 参见［波兰］玛妥司宙斯基撰，宜闲选译《吉诃德的精神》，载《世界文学》1934 第1期，第152页。
③ ［波兰］玛妥司宙斯基撰，宜闲选译：《吉诃德的精神》，载《世界文学》1934 第1期，第153页。

的社会"不免完全沉沦在实利主义里"①。堂吉诃德精神"好像强迫的麻醉剂——用得过量了使神经昏晕衰弱,如果用得相当呢,那就使社会和个人活泼起来,坚强起来"。这是一种科学、辩证地看待堂吉诃德精神的思想。

胡仲持和唐旭之同于1934年翻译玛妥司宙斯基的这篇文章,并不是完全出于偶然。中国的社会文化环境让他们看到了玛氏这篇文章的译介价值。1933年下半年起,国民党政府开始在文化阵线上推行书报检查制度,不少进步书籍刊物都被查禁。这个时候,如果只凭一腔孤勇,继续在文化领域向国民政府开战,恐怕不但起不到任何实际效果,还会暴露自己,从此再难获得发表言论的机会。此时的许多文人都开始思考革命热情与实际宣传效果之间的关系问题。他们认识到堂吉诃德式的革命激情具有鲁莽性,任由其发展很可能会造成革命文化资源的浪费,只有在务实精神的指导下去调整堂吉诃德精神的"量",堂吉诃德精神才可能起到有益于社会和个人的作用。由于外国文学作品中的进步思想有较好的隐蔽性,难以被书籍检查官发现,因此,1934年中国出现了文学翻译热,不少进步文人都借翻译外国文学作品传播进步思想。在文化高压政策之下,进步文人既要坚守文学"为社会""为人生"的理想,又要避开国民政府布下的高压"电网",保存进步力量,他们的精神恰好能与玛妥司宙斯基倡导的适"量"的堂吉诃德精神发生共鸣:既保有"热诚、罗曼主义和梦想",又注重解决现实问题,从而使进步思想的火苗依然"坚强"而"活泼"地燃烧跳跃。正是在此种社会现实状况与时代文化背景的影响下,胡仲持和唐旭之才不约而同地于1934年翻译了玛氏的这篇讨论堂吉诃德精神的文章。

20世纪40年代,芳菲与未央两位译者又先后重译了玛妥司宙斯基的这篇文章。前者译题为《论唐吉诃德精神》,发表在1944年第2期的《国是月刊》上;后者译题为《吉诃德的精神》,发表在1946年第1卷第3期的《世界与中国》上。从中国知识分子对玛氏此篇文章的译介热度上可以看出,经过一次次革命斗争的洗礼,中国知识分子已经开始理性地反思堂吉诃德式的革命激情,他们开始注重思考革命理想与实际革命情况之间的关系问题,中国的革命文化已逐步走向成熟。

2. 关于海涅《吉诃德先生》的译介

1935年,傅东华翻译了德国作家海涅(Heinrich Heine)的《吉诃德先生》,发表在《译文》第2卷第3期上。1939年傅东华翻译的《吉诃德先生

---

① [波兰]玛妥司宙斯基撰,宜闲选译:《吉诃德的精神》,载《世界文学》1934第1期,第152页。

传》出版时，这篇译文被附在小说前，题为《海涅论吉诃德先生》。译者没有留下此文具体的底本信息，但傅东华先生是英语翻译家，我们因此推测此文是傅东华从英语转译过来的。

海涅的这篇文章在《堂吉诃德》研究史上颇具影响力。此文纵横捭阖，内容不只包含海涅阅读《堂吉诃德》的具体感受，还包含他对作品人物形象、艺术特色、作者创作心理等内容的分析。更为难得的是，海涅不仅将《堂吉诃德》放入宏大的文学史框架中分析其诞生条件，还将作品放入更广阔的社会历史背景当中挖掘其现实意义。在此文中，海涅赞美青年人无私的心地，抨击"年纪较大的人们"的"自私"与"偏狭"①。实际上，他是在抨击占有资源、维护既得利益而置民主与公平于不顾的统治阶级。海涅认为，在这种社会形势下，自己"是一个吉诃德先生"，他和吉诃德的疯狂同是从书本里创造出来的，但是，吉诃德"是想要把骑士制度的没落时代重新建立起来"，而他"是想要毁灭从那时代一直残留下来的一切"②，虽然具体的行为不同，但就勇敢、执着、热情的精神而言，自己与吉诃德先生是一样的。堂吉诃德精神在海涅的阐释下多了一重革命精神的内涵。

这篇《吉诃德先生》表现出了海涅在从传统向现代转型的社会变革时期对社会的批判，彰显了他作为知识分子的社会责任意识。傅东华将海涅的这篇文章翻译到中国，译文中一些关于独裁、共和主义的论述起到了影射、批判当时国民政府对内独裁专制的作用。与海涅同处于由传统社会向现代社会转型期的中国读者借此可以更深入地了解《堂吉诃德》，更深刻地认识中国社会现实。

3. 西班牙《堂吉诃德》批评译介

1941年第11卷第11期的《文艺月刊》上，刊载了一篇纪乘之翻译的、西班牙文学评论家伊·泼拉斯撰写的文章——《西万提斯的文艺背景与〈唐·吉珂德〉的创作历程——为纪念西万提斯逝世六百二十五周年作》。这应该是中国译介过来的第一篇有关《堂吉诃德》的西班牙文学批评文章。

这篇文章视野宏阔，追溯了塞万提斯的文学思想渊源，分析了其主要作品的艺术特点，也对《堂吉诃德》做了较为科学、客观的评价。作者较细致地分析了堂吉诃德与桑丘这两个人物形象，他认为，"唐·吉珂德是一种象征"，"深藏着'唐·吉珂德'的深厚的人性的价值底一大部分"，"充满了灵魂上的美"，具备"最高的品德"，是塞万提斯"浪漫底和诗底幻想的

---

① ［德］海涅撰，傅东华译：《吉诃德先生》，载《译文》1935年第2卷第3期，第311页。
② ［德］海涅撰，傅东华译：《吉诃德先生》，载《译文》1935年第2卷第3期，第313页。

宠儿"①。桑丘"贪婪自私，同时又尽忠其主"，"借了唐·吉诃德的劝导的磨练，成了一个忠实多智的主管"②。作者认为，《堂吉诃德》"整个故事便是一篇实验教育学——一种最原始惊人的教育制度把一个单纯的愚骏的农夫训练成功了"③。这是一种极新颖的主旨解读。作者还指出了《堂吉诃德》对作者所处时代的意义："在我们这一时代中，恶劣的命运既已发狂地蹂躏着这一片土地，那么纪念这部小说便成了我们的崇高的使命；它会把我们的洪炉中将熄的火焰煽动起来，而把全人类的爱和幸福给与了它。"④ 这一段话也能够说出《堂吉诃德》对20世纪40年代中国读者的意义。在抗战的恶劣环境中，不忘崇高的理想，为着大众的爱与幸福而顽强坚毅地斗争，这应是纪乘之翻译此篇评论的主要原因。

4. 俄苏《堂吉诃德》批评译介

早在1924年，周作人就介绍过屠格涅夫的《哈姆莱特与堂吉诃德》，1928年郁达夫将此文译成中文。20世纪40年代，又有两篇关于《堂吉诃德》的俄苏评论刊载在中国的期刊上：一篇为徐激译的《论〈堂·吉诃德〉》，发表在1941年第3卷的《现代文艺》上⑤；另一篇为阿南译的《论堂·吉诃德》，发表在1942年第3卷第1期的《野草》上。

徐激译的《论〈堂·吉诃德〉》是一篇汇集了诸多《堂吉诃德》评论片段的资料，其中包含柏林斯基（即别林斯基）、果戈理、卢那卡尔斯基（即卢那察尔斯基）、杜思退夫斯基（即陀思妥耶夫斯基）、高尔基等人关于《堂吉诃德》的评论。这些评论片段都表现出了文学社会功用论的观点。

阿南译的《论堂·吉诃德》是卢那卡尔斯基（即卢那察尔斯基）对《堂吉诃德》的评论。卢那卡尔斯基指出，塞万提斯写作《堂吉诃德》的目的"是想把封建制度从它们所在的地方驱进坟墓"⑥。他认为，慈善的、有

---

① ［西］伊·波拉斯撰，纪乘之译：《西万提斯的文艺背景与〈唐·吉诃德〉的创作历程——为纪念西万提斯逝世六百二十五周年作》，载《文艺月刊》1941年第11卷第11期，第28页。
② ［西］伊·波拉斯撰，纪乘之译：《西万提斯的文艺背景与〈唐·吉诃德〉的创作历程——为纪念西万提斯逝世六百二十五周年作》，载《文艺月刊》1941年第11卷第11期，第29页。
③ ［西］伊·波拉斯撰，纪乘之译：《西万提斯的文艺背景与〈唐·吉诃德〉的创作历程——为纪念西万提斯逝世六百二十五周年作》，载《文艺月刊》1941年第11卷第11期，第29页。
④ ［西］伊·波拉斯撰，纪乘之译：《西万提斯的文艺背景与〈唐·吉诃德〉的创作历程——为纪念西万提斯逝世六百二十五周年作》，载《文艺月刊》1941年第11卷第11期，第29页。
⑤ 现在仅存《现代文艺》1941年第3卷即4—9月刊的合订本，已无法获知此文究竟刊在第3卷第几期。
⑥ ［俄］柏林斯基等撰，徐激译：《论〈堂·吉诃德〉》，载《现代文艺》1941年第3卷，第209页。

自我牺牲精神的堂吉诃德之所以会理想死灭，就是因为他处在一个"污浊的和黑暗"的现实世界里；只有在共产主义社会里，热心的、乌托邦的堂吉诃德才能实现理想，成为真正有用的工作者。① 卢那卡尔斯基对《堂吉诃德》的评论有明显的阶级性和革命性，其中蕴含着强烈的现实关怀。

俄苏的《堂吉诃德》批评与政治相通，它承担着思考人生、关怀社会的重任，表现出明显的启蒙自救与反抗压迫的精神。这就使之容易获得20世纪上半期面临着救亡、启蒙重任、有着强烈现实关怀与历史使命感的中国知识分子的青睐。因此，中国知识分子对俄苏《堂吉诃德》评论的译介数量要多于其他国别。

（二）《堂吉诃德》的中国本土阐释情况概述

1. 贺玉波对《堂吉诃德》的阐释

在1931年出版的贺玉波译《吉诃德先生》中，附了一篇《译者的话》。贺玉波从生活智慧与人性表现的角度来阐释《堂吉诃德》的艺术魅力，他说，"西班牙人把《吉诃德先生》看作各种智慧的宝库"，书中"充满了诙谐和生活的智慧"，因此，可以将此书"看作一幅完美的西班牙生活的画图，也可以看作人类天性的写照"②。

2. 万良濬、朱曼华对《堂吉诃德》的阐释

1934年，万良濬、朱曼华合著的《西班牙文学》由上海商务印书馆出版。在这部书中有对《堂吉诃德》及其作者塞万提斯的较为详尽的介绍。书中对《堂吉诃德》阐释最突出的地方有两点。第一，指出了堂吉诃德失败的意义。作者认为，虽然堂吉诃德失败了，但堂吉诃德的行为有一种"无形中的感化力"，堂吉诃德的"人道主义和他对于人生的批判，都是永远为读者所赞赏的"③。第二，指出了《堂吉诃德》第二部的艺术价值。针对当时中国的译者偏爱《堂吉诃德》第一部的情况，作者指出《堂吉诃德》第二部被世人忽略"是不公平的"，在第二部中，塞万提斯"显示出更有见解的观察，更好的人物描写"④。

---

① 参见［俄］柏林斯基等撰，徐激译：《论〈堂·吉珂德〉》，载《现代文艺》1941年第3卷，第210~211页。
② 贺玉波：《译者的话》，见［西］塞万提斯著，贺玉波译《吉诃德先生》，开明书店1931年版，第 iii 页。
③ 万良濬、朱曼华：《西班牙文学》，商务印书馆1934年版，第107页。
④ 万良濬、朱曼华：《西班牙文学》，商务印书馆1934年版，第107~108页。

3. 茅盾对《堂吉诃德》的阐释

1935年,《中学生》第51、第52期上,连载了茅盾撰写的介绍性文章《吉诃德先生》。茅盾介绍了中世纪的骑士制度、骑士文学,并对侠客与骑士、武侠小说与骑士文学、罗曼司与近代小说的不同做了较为详细的区分解释。以往人们在介绍《堂吉诃德》时,往往将这些概念混淆,用已知的中国式概念去理解《堂吉诃德》,这极易造成对《堂吉诃德》的误读。茅盾对《堂吉诃德》中相关知识的介绍,为国人理解《堂吉诃德》扫除了不少文化常识方面的障碍。不仅如此,茅盾还对塞万提斯的生平经历、《堂吉诃德》的创作背景和出版后的流行程度等做了较详细的介绍。他从作者精神的角度出发阐发堂吉诃德精神,认为堂吉诃德和塞万提斯一样,"有坚强的意志,永不知道灰心"①。此外,指出堂吉诃德人物形象不朽的原因。作者认为,"吉诃德先生常常是可爱的,他的勇往直前的精神,他的不会动摇的信仰,都是给这个世界以典型的,伟大的,高尚的人物"②。

4. 温志达对《堂吉诃德》的阐释

1937年出版的温志达译《唐吉诃德》,书前附了一篇高质量、高水平的介绍性译序——《西万提斯与唐吉诃德(序)》。在这篇译序中,温志达将堂吉诃德阐释成了一个富有牺牲精神的理想主义者。

首先,在阐释堂吉诃德的爱情时,温志达注重突出堂吉诃德将爱情信仰化、甘愿为之牺牲生命的形象特点。温志达说,堂吉诃德"对杜新娜的爱情,是专一、纯洁、深热得几乎不可想象",他"把爱情和信仰合而为一,他为信仰而恋爱,他为恋爱而信仰"③。温志达又节取了堂吉诃德冒险前对仆人说的一句话——"如果我不归来,你就回去同我做一件好事,告诉她说我为了使我配做她的人儿的事业死了",并评论道,"他种种人格的威力,使他成为不特为他家人所爱,而且为世人所爱的人"④。

其次,温志达突出了堂吉诃德甘愿为事业理想献身的精神。他评论道:"唐吉诃德是视'理想'为唯一可贵的东西……他不惜把生命置于一切的危

---

① 茅盾:《吉诃德先生(续)》,载《中学生》1935年第52期,第62页。
② 茅盾:《吉诃德先生(续)》,载《中学生》1935年第52期,第109页。
③ 温志达:《西万提斯与唐吉诃德(序)》,见[西]M. de. Cervantes 著,温志达译《唐吉诃德》,启明书局1937年版,第10页。
④ 温志达:《西万提斯与唐吉诃德(序)》,见[西]M. de. Cervantes 著,温志达译《唐吉诃德》,启明书局1937年版,第10页。

险之中，一切困苦之中。"① 温志达高度赞赏这种精神："他的灵魂是这样地超出他所有的患害之外，他的心是这样地像无云天似的清明。"②

5. 唐弢对《堂吉诃德》的阐释

1938年2月21日，唐弢以"横眉"为笔名，在《文汇报》上发表了一篇名为《吉诃德颂》的文章，着重阐释了堂吉诃德的人物形象特点。唐弢认为，堂吉诃德"勇往直前，不屈不挠"的精神极为可贵，"他挟着的是公理，打着的是不平，然而不免于认错目标，铸成笑料，然而他的态度是严肃的"③，如果"正确地加以导引和处理，吉诃德先生将是新的，无可訾议的战士"④。

除以上提及的诸家介绍外，20世纪30年代，鲁迅也对《堂吉诃德》进行了颇具特色的介绍阐发，由于前文已对此进行了专门的详细阐述，这里不再赘言。

（三）20世纪30年代《堂吉诃德》的阐释情况分析

无论外来译介阐释还是中国本土阐释，总体上看，中国20世纪30年代的堂吉诃德形象阐释呈现出以下两个特点。

第一，中国知识分子大多热衷于阐释堂吉诃德对待理想的态度问题。他们赞美堂吉诃德对待理想执着的热情，歌颂他为了将理想付诸实践而意志坚定、勇敢无畏。本质上，他们都在塑造一个革命化的堂吉诃德形象。中国知识分子对堂吉诃德形象的这种阐释折射出了中国当时的社会状况以及中国进步知识分子的时代心理。

1931年，日本发动了"九一八"事变，东北三省沦陷；1932年日本又发动"一·二八"事变，进攻上海，其侵略中国的狼子野心人所共见。而蒋介石不但对日本一直退让妥协，还抛出了"攘外必先安内"的国策。如此反动的统治政策，让中国万万千千的有识有志之士心寒不已、义愤在胸。他们意识到辛亥革命只是中国革命的起点，中国的革命任务繁重而艰巨，需要人们怀揣着对美好未来的坚定信仰，不怕困难、勇敢执着地继续在革命之

---

① 温志达：《西万提斯与唐吉诃德（序）》，见［西］M. de. Cervantes 著，温志达译《唐吉诃德》，启明书局1937年版，第12页。
② 温志达：《西万提斯与唐吉诃德（序）》，见［西］M. de. Cervantes 著，温志达译《唐吉诃德》，启明书局1937年版，第12页。
③ 唐弢：《吉诃德颂》，见刘纳编《唐弢散文选集》，百花文艺出版社2009年版，第273页。
④ 唐弢：《吉诃德颂》，见刘纳编《唐弢散文选集》，百花文艺出版社2009年版，第273～274页。

路上奋勇前行。在中国时代文化需求的作用力下，堂吉诃德被20世纪30年代的中国知识分子阐释成了一个信仰坚定、勇毅不屈的斗士形象，这个形象汇聚着中国知识分子对一个大写的"人"的理解：不管面对怎样艰难的环境，始终要抱有美好的理想，始终要不放弃斗争的勇气。人们期待着中国能涌现出千千万万个热情执着、坚毅勇敢的堂吉诃德，期待着中国的堂吉诃德们能为中国驱走重重黑暗，开辟出一片洒满阳光的新天地。

第二，一些知识分子开始辩证地看待堂吉诃德精神，他们在歌颂堂吉诃德精神可贵性的同时，也指出了其精神的不足之处。鲁迅率先指出了堂吉诃德存在的私心私欲问题，这为不少革命者的革命动机问题敲响警钟；借助对玛妥司宙斯基《吉诃德的精神》的翻译，人们反思了理想激情与务实精神之间的关系，这表现了人们对如何有效运用革命激情问题的思考；唐弢则指出了堂吉诃德的错误目标问题，指出只有目标正确，才能不让宝贵的斗争勇气白白浪费。对堂吉诃德精神的这种辩证理解，与中国知识分子对辛亥革命结果的思考有着内在关联。

中国第一代革命者曾对在中国建立资产阶级共和国抱有热切的希望，然而，他们没有认清中国的现实情况，对革命任务的艰巨性缺乏足够的心理准备，因此，辛亥革命的胜利果实很快被封建军阀窃取。中国没能建成一个独立、民主、带领国民走上强国之路的政府，反而建成了一个空有资产阶级共和国形式，对外屈服妥协、对内独裁专制的畸形政权。面对辛亥革命之后国内纷乱的政治形势，20世纪30年代的中国知识分子开始反省曾经的革命激情。他们认识到仅有革命激情救不了中国，必须要对当下中国的形势有清醒的认识，让理性判断指导革命激情，中国才有可能走出当下的困境。因此，20世纪30年代的一些中国知识分子能辩证地看待堂吉诃德精神，指出其不足之处，与他们对中国革命实践经验的反思、总结有关，对堂吉诃德精神的辩证阐释是中国知识分子革命思想日趋成熟的一种表现。

三、20世纪40年代《堂吉诃德》译介与阐释概况及分析

整个20世纪40年代，中国都没有一个新的《堂吉诃德》译本出现；除了芳菲和未央复译了玛妥司宙斯基的《吉诃德的精神》外，再找不到关于《堂吉诃德》的阐释性文字。刘武和曾这样解释20世纪40年代《堂吉诃德》译介与阐释情况的清冷：

但由于30代后期抗日战争烽火的燃起，新文学的目标自然转向了抗日。堂吉诃德身上明显的喜剧意味在关乎民族存亡的对敌斗争中似乎派不上用场，于是，对堂吉诃德的翻译、评论也冷了下来。①

刘武和用"喜剧意味"在战争年代里"派不上用场"来解释中国40年代《堂吉诃德》的译介与阐释情况的清冷不免有些牵强。20世纪前半期的中国一直挣扎在民族国家的生死存亡线上，从《堂吉诃德》被译介到中国的那一天起，这本小说就一直担负着沉重的政治使命，小说的"喜剧意味"向来不是其在中国得以传播的关键性因素。在20世纪30年代的《堂吉诃德》阐释热潮中，中国知识分子已经将堂吉诃德的形象革命化，凸显了其为了理想百折不挠、坚毅不屈的精神特点，这本应该是适合战争环境的精神给养，《堂吉诃德》的译介、阐释热本该在40年代持续下去。那么，造成《堂吉诃德》在中国40年代译介与阐释情况清冷的究竟是什么原因呢？我们需要从这一时期中国的社会史与文学史两个维度去寻找答案。

从中国社会史方面看，国民政府在抗日战争中的种种表现令国人心寒，中国共产党在敌后抗日根据地领导的一系列斗争则战果卓著，尤其是1940—1941年间的百团大战，"沉重地打击了敌人，鼓舞了全国人民抗战胜利的信心，提高了共产党及其领导下的抗日武装的威望"②，这让中国越来越多的进步知识分子认可了无产阶级革命文化。

从中国文学史方面来看，在20世纪40年代《堂吉诃德》译介与阐释热潮衰落的同时，《解放了的董·吉诃德》的译介与阐释却出现了一个热潮：不仅瞿秋白译的《解放了的董·吉诃德》在40年代多次再版重印，1943年，文学编译社还出版了由何凝重译的《解放了的董·吉诃德》；诸多报纸、刊物上也都刊载了关于这个剧本的介绍、阐释性文字③。《解放了的董·吉诃德》是苏联著名文艺评论家卢那察尔斯基创作的剧本，在此剧本中，卢那察尔斯基将堂吉诃德放在了革命战争的社会背景中，他以戏剧故事

---

① 刘武和：《堂吉诃德的中国接受》，载《云南师范大学学报》2002年第2期，第46页。
② 王桧林主编：《中国现代史（第四版）》（上册），高等教育出版社2015年版，第335页。
③ 这类文章有荷影的《关于〈董·吉诃德〉和〈阿Q〉——并介绍〈解放了的董·吉诃德〉》（原载于《上海周报》1941年第4卷第8期，收入《1913—1983鲁迅研究学术论著资料汇编3：1940—1945》，中国文联出版公司1987年版，第661～662页）、金麦穗的《批评介绍〈解放了的董·吉诃德〉》（载《学习》1941年12月上半月刊，第143～144页）、秦芬的《解放了的董·吉诃德》（载《青年生活》1943年第4卷第3期，第52～54页）、羊南的《解放了的董·吉诃德》（载《前线日报》1946年12月6日，第8版）、王春的《介绍"解放了的董·吉诃德"》（载《人民日报》1947年9月14日，第4版）。

的形式告诉人们，在污浊黑暗的世界中，堂吉诃德的理想主义与人道主义于现实无益，必须要通过革命摧毁旧社会，建立起社会主义新社会，堂吉诃德的理想主义与人道主义才能发挥其应有的价值。这个剧本表现出了卢那察尔斯基站在无产阶级革命者立场对《堂吉诃德》主人公形象的理解。《堂吉诃德》译介与阐释热潮的衰落与《解放了的董·吉诃德》译介与阐释热潮的兴起在中国20世纪40年代同时出现并非偶然，这意味着此时中国大多数知识分子都认可了卢那察尔斯基从无产阶级革命者立场对《堂吉诃德》主人公形象所做出的阐释。

由此可见，抗日战争独特的历史环境客观上促进了中国无产阶级革命文化的传播与发展，无产阶级革命文化渐渐成为20世纪40年代中国社会的主流文化。40年代的中国知识分子并没有在纷飞的战火中忘记堂吉诃德，他们中大部分进步人士都站在无产阶级革命文化的立场上去理解堂吉诃德，认可卢那察尔斯基在苏联红色文化背景下对堂吉诃德这一人物形象的阐释。人们不需要再对堂吉诃德进行纷纭的解说，《解放了的董·吉诃德》中就包含着40年代中国进步知识分子对堂吉诃德形象近乎统一化的理解。造成40年代《堂吉诃德》译介与阐释情况清冷的并非其他，而是时代主流文化的形成——无产阶级革命文化在中国社会诸种文化博弈中的最终胜出。

小　结

本章主要分析了中国现代革命文化影响下周作人、郑振铎、鲁迅三人的《堂吉诃德》阐释文本的特点，并概述了20世纪30—40年代《堂吉诃德》中文译介与阐释的整体情况，从中找到了20世纪40年代中国无产阶级革命文化跃居为中国社会主流文化的佐证。

周作人在新文化运动起始期与衰落期对《堂吉诃德》所做的阐释都受到了中国现代革命文化的影响。新文化运动起始期，周作人在《欧洲文学史》中对《堂吉诃德》的讽刺义、表现内容、主人公精神进行了合乎时代要求的阐释，其中渗透了进步发展观念、"人的文学"思想，以及对不怕失败的英雄精神的赞美。新文化运动衰落期，周作人在《魔侠传》一文中对《堂吉诃德》的阐释虽然不能算作中国无产阶级革命文化的一部分，但它的产生却与中国无产阶级革命文化的发展密切相关。首先，俄国十月革命胜利、苏维埃政权成立后，无产阶级革命文化在中国传播广泛。当时中国社会俄苏作品译介情况兴盛，人们对俄苏作品认可度很高。在这种情况下，周作人才选择以屠格涅夫的文章为切入点来发表自己对《堂吉诃德》的阐释观点。其次，周作人对屠格涅夫文章中堂吉诃德与桑丘象征义的变形表现了他对以往"居高临下"式启蒙的反思，他认识到启蒙者与启蒙对象平等关系的重要性，这种认知应是在无产阶级革命文化——联合工农大众——思想的影响下形成的。最后，周作人之所以会发现堂吉诃德精神胜利的意义，与五四新文化阵营的分化相关。陈独秀、瞿秋白等人认同马克思主义思想，而周作人、胡适等人则在总体上仍认同资产阶级民主主义思想，昔日的新文化阵营分化成认同无产阶级革命文化与认同资产阶级革命文化的两条战线。新村理想的破灭与五四启蒙阵营的分化，让周作人备感失落孤独。这种情况下，他才会将热情由社会实践领域收回，将之安放到自己的精神领域，寻求一种个人精神领域的胜利。正是在这种思想状态下，他才发现了堂吉诃德精神胜利的意义。

郑振铎在《文学大纲》中通过翻译德林瓦特对《堂吉诃德》的介绍来表达自己对堂吉诃德精神的理解，为"堂吉诃德精神"阐释出信仰坚定的"愚人"精神与不以失败自馁的前驱者精神两种内涵。不管哪种精神内涵，都涌动着澎湃的革命激情。在郑振铎的阐释下，《堂吉诃德》成了可以燃起中国革命燎原之火的精神火种，为五四新文化运动落潮后弥漫着苦闷彷徨雾霭的年代引来了一缕鼓舞人心的精神之光。

鲁迅在《〈解放了的董·吉诃德〉后记》中对塞万提斯《堂吉诃德》的三段阐释，与中国实际情况有着密切的内在关联。动荡激变时代里"不进则退"的思想紧迫感，让鲁迅看到了堂吉诃德落伍于时代，终将困苦而死的结局。当时文坛中一些怀有私心的文人将无产阶级革命文学活动视作一种政治投机活动。这种现象促使鲁迅重新阐释了堂吉诃德"打不尽不平"的原因，指出堂吉诃德为了一己功绩而立志去打不平这种"糊涂的思想"是引起他"错误的打法"，终致"打不尽不平"的关键因素，借此为文坛中怀有私心的革命文人敲响警钟。而文坛中假借超脱之名逃避文人的社会责任，不做实事却只会批评、嘲笑左翼文人的"第三种人"引起了鲁迅的义愤，这使得鲁迅在点评《堂吉诃德》时格外提到了其中只会嘲笑堂吉诃德却对社会上的不平无动于衷的冷漠旁观者。他通过批评《堂吉诃德》中的旁观者来影射文坛中无用、无耻的"第三种人"。鲁迅立足于中国现实阐释《堂吉诃德》，文字中洋溢着饱满的革命斗争精神。经过这种阐释，《堂吉诃德》不再是一部古老而陌生的异域小说，而是一面能婉曲地映照出中国现实的凹凸镜。鲁迅对《堂吉诃德》的阐释是完全中国化的，《堂吉诃德》由此在中国现实的土壤里生根长须。

20世纪30年代，中国的译者更青睐《堂吉诃德》第一部，因为在革命事业未竟的年代里，中国依然需要革命文化，需要热情洋溢、激情饱满，为了理想百折不挠、勇毅不屈的英雄来继续未竟的革命事业，而小说第一部中的堂吉诃德更贴近时代需要的英雄形象。30年代的阐释者热衷于阐释堂吉诃德对待理想的态度问题，将堂吉诃德塑造成了中国需要的时代英雄形象。他们对堂吉诃德精神进行了辩证思考，这是中国革命思想渐趋成熟的一种表现。20世纪40年代，《堂吉诃德》的中文译介与阐释情况清冷，《解放了的董·吉诃德》的译介与阐释热潮代替了《堂吉诃德》的译介与阐释热潮。这种现象的背后是中国社会文化的变化：进步知识分子的思想渐趋统一，无产阶级革命文化成为中国社会的主流文化。

总之，中国现代革命文化影响了1915—1949年间《堂吉诃德》的译介与阐释情况，塑造了风格独具的《堂吉诃德》译介文本与阐释文本样态，《堂吉诃德》的译介与阐释也成了中国现代革命文化的一部分。

第四章 现代整合文化影响下的《堂吉诃德》译介与阐释

从中华人民共和国成立到"文化大革命"开始之前（1949—1966），中国现代整合文化一直都是对中国社会影响较大的文化。政治化、规范化是中国现代整合文化的显著特征。由于"十七年"间中国处于现代民族国家建构的社会整合期，中国共产党要确保马克思列宁主义、毛泽东思想在意识形态中的领导地位，就必须要构建新的文学规范，于是重新译介与阐释旧有文学经典、为其着上意识形态色彩就成了重构文学规范的一个重要环节。

本章着重分析中国现代整合文化影响下《堂吉诃德》经典性新释的特点以及《堂吉诃德》傅东华全译本的时代特点，进而探讨文化权力与文学经典之间的互动关系。

第一节 《堂吉诃德》的经典性新释

"经典是一种不断变动的、由主体参与的文化建构实践。"[①] 由于经典要在具体的文化空间里发挥示范性的作用，当时代文化发生变化时，原有的经典作品必然会面临危机；若要使其在新的文化空间里继续保持经典性，就必须重新对之做出阐释，使之符合新的文化规范，发挥出新的示范性作用。

一、1955年的经典性阐释

1955年是《堂吉诃德》第一部出版350周年。这一年，中国的许多报纸、期刊都相继登载关于《堂吉诃德》的评论性文章，不少学者都以马克思主义、毛泽东思想为理论指导，重新阐释了《堂吉诃德》的经典性。潘

[①] 宋炳辉：《跨文化语境中的文学经典》，见陈晓兰编《诗与思》，学林出版社2007年版，第328页。

耀瑔刊载于 1955 年第 6 期《新建设》上的《"吉诃德先生传"出版三百五十周年》、黄嘉德刊载于 1955 年第 7 期《文史哲》上的《"吉诃德先生传"简论——纪念"吉诃德先生传"出版三百五十周年》，相继刊载于《人民日报》上的冰夷的《纪念"堂·吉诃德"初版三百五十周年》和周扬的《纪念"草叶集"和"堂·吉诃德"——在"草叶集"出版一百周年、"堂·吉诃德"出版三百五十周年纪念大会上的报告（摘要）》，都表现出了中国现代整合文化特征。具体来说，1955 年的《堂吉诃德》经典性阐释主要包括以下四个观点：《堂吉诃德》是一部具有人民性的作品；《堂吉诃德》塑造了典型的人物形象；《堂吉诃德》是一部具有社会政治意义的作品；《堂吉诃德》是一部优秀的现实主义作品。这四个观点的形成均与时代文化密切相关，我们将对这四个观点及其形成的原因做详细阐述。

（一）《堂吉诃德》是一部具有人民性的作品

在 1955 年《堂吉诃德》的经典性新释中，阐释者们几乎不约而同地提到了小说的人民性。

黄嘉德称赞《堂吉诃德》"是具有高度人民性的作品"[①]，周扬则预言《堂吉诃德》"将和全世界人民一起，永远不朽"[②]。这种观点是在中国当时的文艺指导方针影响下形成的。1949 年第一次全国文学艺术工作者代表大会（简称"文代会"）确定了"为人民而艺术"的文艺发展方向，要求"文艺工作者必须和人民群众相结合；文艺运动必须伴随革命斗争的发展而同步前进。文艺应当成为教育人民、打击敌人的有力武器，服务于相应历史阶段的政治革命和经济、文化建设的总任务"[③]。因此，若要将《堂吉诃德》置于 20 世纪 50 年代中国所认可的"文学经典"行列，就必须要将《堂吉诃德》定义为具有人民性的作品。

潘耀瑔注意阐明塞万提斯身份的"人民"特点与小说内容人民性之间的关系，他说，"由于作者本人在生活中经常和被压迫的人民群众生活在一起，所以他能够体会到人民的思想感情，看到人民的智慧和力量"[④]，因此，《堂吉诃德》才能"反映了整个西班牙社会生活中的各种矛盾，主要的是广

[①] 黄嘉德：《"吉诃德先生传"简论——纪念"吉诃德先生传"出版三百五十周年》，载《文史哲》1955 年第 7 期，第 35 页。
[②] 周扬：《纪念"草叶集"和"堂·吉诃德"——在"草叶集"出版一百周年、"堂·吉诃德"出版三百五十周年纪念大会上的报告（摘要）》，载《人民日报》1955 年 11 月 25 日，第 3 版。
[③] 邱岚：《中国当代文学史略》，高等教育出版社 1988 年版，第 12 页。
[④] 潘耀瑔：《"吉诃德先生传"出版三百五十周年》，载《新建设》1955 年第 6 期，第 54 页。

大人民，特别是农民和封建贵族之间的矛盾"①。冰夷不仅论及作者身份的"人民"特点，还刻意阐明了堂吉诃德、桑丘身份的"人民"特点②，以此来证明《堂吉诃德》是一部由人民创作、反映人民生活的具有"人民性"的小说。潘耀瑔、冰夷都注意从作家身份与作品内容两方面入手阐释《堂吉诃德》的人民性。这种评价模式有鲜明的苏联文艺理论影响痕迹。在对中国 20 世纪 50 年代文学批评界影响很大的季摩菲耶夫（Л. И. Тимофеев）的《文学概论》③ 中，专门有一节谈文艺的人民性。季摩菲耶夫总结出具有人民性的作品具备的两个条件："第一条件是在作品中提出具有普遍的人民意义的问题"，第二条件是"艺术家要从人民的立场来阐明所提出的问题"。④ 也就是说，季摩菲耶夫认为要从作品内容与作家立场两个方面去考察作品是否具有人民性。潘耀瑔、冰夷等人对《堂吉诃德》人民性的阐释，都在季摩菲耶夫论及的这两个条件范围内进行，可见季摩菲耶夫的文艺人民性理论对《堂吉诃德》人民性阐释的影响之大。

总之，在新中国文艺指导方针和俄苏文学批评的双重影响下，《堂吉诃德》被阐释成了一部具有人民性的作品。

（二）《堂吉诃德》塑造了典型的人物形象

在 1955 年对《堂吉诃德》的经典性阐释中，"典型"成了评价《堂吉诃德》中人物形象的关键词。"典型"是现实主义文学理论中的核心概念，曾多次出现在恩格斯对一些作品的经典性评述中，却从来没有被真正明晰地阐述过。20 世纪 30 年代，胡风和周扬因各自对"典型"的不同理解而产生过争论。周扬更注重"典型"的社会性、思想性内涵，胡风则追求"典型"的个性化。1953 年的第二次全国文代会上，确认了"以社会主义现实主义作为我们文艺界创作和批评的最高准则"⑤，源自苏联的社会主义现实主义

---

① 潘耀瑔：《"吉诃德先生传"出版三百五十周年》，载《新建设》1955 年第 6 期，第 54 页。
② 在冰夷的阐释下，堂吉诃德"是同封建贵族的走狗、横行霸道的贵族骑士誓不两立的穷骑士"；"桑科是一个失去了土地的贫农"，"这个人物身上真实地体现了普通人民的高度智慧和优美品质"。详见冰夷《纪念"堂·吉诃德"初版三百五十周年》，载《人民日报》1955 年 11 月 25 日，第 3 版。
③ 《文学概论》是苏联文艺理论家季摩菲耶夫《文学原理》三部中的第一部，1953 年由上海平明出版社出版。这本书一经出版就被很多高校当作教材使用，对中国文艺理论的建构产生了极大的影响。
④ ［苏］季摩菲耶夫著，查良铮译：《文学概论》，平明出版社 1953 年版，第 173 页。
⑤ 周恩来：《为总路线而奋斗的文艺工作者的任务》，见江曾培主编，冯牧卷主编《中国新文学大系 1949—1976》（第一集文学理论卷一），上海文艺出版社 1997 年版，第 3 页。

文学理论通过与政治权力话语结合的方式获得了中国文学理论唯一合法地位，此后的文学批评实质上变成了一种旨在确立无产阶级革命话语权威的批评话语规范化运动，文学批评者多从阶级的角度判断小说中的人物是否具有"典型"特征，并将此作为衡量小说人物塑造成功与否的一个重要标准。这种情况下，"典型"的个性内涵丧失，训谕功能被扩大，"典型"更趋近于"政治典范"。于是，在 1955 年对《堂吉诃德》的经典性阐释中，以政治化的"典型"概念来分析《堂吉诃德》中的人物形象就成为必然。

由于堂吉诃德有少量财产且颇有文化，属于知识分子，于是在 1955 年的《堂吉诃德》经典性阐释中，周扬将堂吉诃德阐释成了贴近小资产阶级知识分子的典型形象。毛泽东认为，小资产阶级知识分子虽然有一定的进步性，但也有不少缺点，缺点之一就是有主观主义的毛病，因此，他们是需要被教育改造的对象。① 周扬按照毛泽东对小资产阶级知识分子的评价观点，阐释出堂吉诃德的二重性。首先，他指出了堂吉诃德的诸多优点，称赞他有"高度的道德原则，无畏的精神，英雄的行为，对正义的坚信"，还特别从政治角度对堂吉诃德做出了判断："他对于被压迫者和弱小者寄以无限的同情心"，"以热情的语言歌颂自由，反对人压迫人，人奴役人"②。其次，他指出了堂吉诃德的缺点——"神智不清，疯狂可笑"③。最终周扬得出这样的结论："通过这个典型，塞万提斯告诉了大家，一个人依照幻觉行事是只会把好事办坏，把自己陷入绝境的"④。周扬评析堂吉诃德人物形象的政治性目的很清晰，即要为小资产阶级知识分子敲响警钟，提醒他们改变不务实的浪漫幻想，在踏踏实实的工作中为新中国的建设事业贡献力量。周扬对堂吉诃德人物形象典型性的阐释在"十七年"间非常具有代表性，这一时期的不少阐释者都注重论及堂吉诃德的"二重性"：在肯定他的学识智慧、人道主义精神、不屈不挠的斗争精神的同时，又批评他思想落伍、脱离现实、耽于幻想、迷信书本和教条等特点。

总之，在"十七年"间对《堂吉诃德》经典性的阐释中，堂吉诃德成了小资产阶级知识分子的典型形象。

---

① 参见寇鹏程《中国小资产阶级文艺的罪与罚》，上海三联书店 2012 年版，第 12 页。
② 周扬：《纪念"草叶集"和"堂·吉诃德"——在"草叶集"出版一百周年、"堂·吉诃德"出版三百五十周年纪念大会上的报告（摘要）》，载《人民日报》1955 年 11 月 25 日，第 3 版。
③ 周扬：《纪念"草叶集"和"堂·吉诃德"——在"草叶集"出版一百周年、"堂·吉诃德"出版三百五十周年纪念大会上的报告（摘要）》，载《人民日报》1955 年 11 月 25 日，第 3 版。
④ 周扬：《纪念"草叶集"和"堂·吉诃德"——在"草叶集"出版一百周年、"堂·吉诃德"出版三百五十周年纪念大会上的报告（摘要）》，载《人民日报》1955 年 11 月 25 日，第 3 版。

（三）《堂吉诃德》是一部具有社会政治意义的作品

1955 年的《堂吉诃德》经典性阐释注重挖掘小说的政治意义。潘耀瑔注意对《堂吉诃德》蕴藏的阶级矛盾进行阐释，他认为小说反映了"农民和封建贵族之间的矛盾"，讽刺了"中世纪遗留下来的封建主义的落后性"①；黄嘉德注意对小说革命性的阐释，他阐明了《堂吉诃德》"反封建反教会的强烈的倾向性"以及"人民对封建统治阶级的恨恶和人民爱好自由的愿望"②；冰夷指出《堂吉诃德》反映了西班牙人民"酷爱正义自由反抗奴役压迫的高贵精神"③，并进一步阐述了这部小说在 20 世纪 50 年代世界政治语境里的意义："它在我们的时代已经成了一种团结全世界进步人类和帮助他们对暴力、奴役、战争的黑暗势力进行斗争的强大力量了！"④ 诸如此类的阐释为小说着上了浓重的政治色彩，《堂吉诃德》由此具有了革命性内涵，成了一部具有政治斗争意义与价值的小说。

这种阐释的形成与"十七年"间新中国的文艺指导思想有关。毛泽东文艺思想是指导新中国文艺发展最重要的思想，而"革命功利主义是毛泽东文艺思想的中心价值观"⑤。毛泽东认为，文艺要为中国的无产阶级革命事业服务，这种思想早在 1942 年的《在延安文艺座谈会上的讲话》中就已经阐明。中华人民共和国成立初期，毛泽东亲自发动了三次文艺领域的思想批判运动——1951 年对电影《武训传》的批判、1954 年对《红楼梦》研究的批判、1955 年对胡风文艺思想的批判。通过这三次文艺领域内的思想批判运动，毛泽东欲进一步凸显文艺的革命功利性，使之成为配合中国共产党统一国内思想、巩固国家政权的有力工具。因此，中华人民共和国成立后"十七年"间，中国的文学批评一直重视对作品政治意义的分析，作品的政治属性是革命的、进步的，还是反动的、落后的，成了评价作品优劣的关键。在这种文化背景下，通过阐释凸显出作品的政治意义，挖掘出作品的革命功利性价值，就成为重新阐释《堂吉诃德》的经典性的重要任务之一。

---

① 潘耀瑔：《"吉诃德先生传"出版三百五十周年》，载《新建设》1955 年第 6 期，第 54 页。
② 黄嘉德：《"吉诃德先生传"简论——纪念"吉诃德先生传"出版 三百五十周年》，载《文史哲》1955 年第 7 期，第 35 页。
③ 冰夷：《纪念"堂·吉诃德"初版三百五十周年》，载《人民日报》1955 年 11 月 25 日，第 3 版。
④ 冰夷：《纪念"堂·吉诃德"初版三百五十周年》，载《人民日报》1955 年 11 月 25 日，第 3 版。
⑤ 高玉：《毛泽东文艺思想比较研究》，社会科学文献出版社 2019 年版，第 88 页。

(四)《堂吉诃德》是一部优秀的现实主义作品

在1955年对《堂吉诃德》的经典性阐释中,几乎所有评论者都认为《堂吉诃德》是一部优秀的现实主义作品。黄嘉德说:"塞万提斯在'吉诃德先生传'中,以卓越的现实主义手法来描绘一幅十六世纪西班牙社会的生动的图画。"① 潘耀瑔认为《堂吉诃德》具有"现实主义精神"②。周扬更详细地阐释了《堂吉诃德》的现实主义特点:"'堂·吉诃德'的伟大,还因为它是一部现实主义的作品,在这将近一百万言的作品中,出现了西班牙在十六世纪和十七世纪初的整个社会。主人公的游侠生活使他把西班牙的城市、村镇、河流、山脉都游历到了,在他的自传式的'俘虏的故事'等插曲中,还描写了勒班陀之战,摩尔人和阿尔及利亚的奴隶生活。塞万提斯用精确的笔描绘了形形色色的当时的时代。"③

阐释《堂吉诃德》的现实主义特征,是将其在新的政治文化语境中经典化的又一种努力。《堂吉诃德》的艺术特征非常复杂,除了具有现实主义的艺术特征之外,它还具备浪漫主义、后现代主义等多种流派的特点。然而,在1953年9月召开的第二次全国文代会上,周恩来代表中共中央提出"以社会主义现实主义作为我们文艺界创作和批评的最高准则"④,现实主义文学流派获得了优于其他诸种文学流派的地位。因此,若要使《堂吉诃德》在新的文化语境中获得经典地位,就必须强调它的现实主义艺术特征——强调《堂吉诃德》对西班牙广阔社会中的阶级矛盾,人民的反抗精神、斗争意志等内容的反映,只有如此,这部小说才能具有列于文学经典行列的资格。

二、1955年经典性阐释的评析

1955年,《堂吉诃德》的中国阐释者们遵循新中国的文艺指导方针,借鉴了苏联的文艺理论资源,使评论文章呈现出一种社会主义国家的文学审美

---

① 黄嘉德:《"吉诃德先生传"简论——纪念"吉诃德先生传"出版三百五十周年》,载《文史哲》1955年第7期,第33页。
② 潘耀瑔:《"吉诃德先生传"出版三百五十周年》,载《新建设》1955年第6期,第59页。
③ 周扬:《纪念"草叶集"和"堂·吉诃德"——在"草叶集"出版一百周年、"堂·吉诃德"出版三百五十周年纪念大会上的报告(摘要)》,载《人民日报》1955年11月25日,第3版。
④ 周恩来:《为总路线而奋斗的文艺工作者的任务》,见江曾培主编,冯牧卷主编《中国新文学大系1949—1976》(第一集文学理论卷一),上海文艺出版社1997年版,第3页。

新风尚；在《堂吉诃德》阐释者们的共同努力下，关于这部小说的全新文学评论话语模式被建构出来，它成功地体现了新中国的政治意识形态特点，《堂吉诃德》在这些文章中被阐释成了一部具有无产阶级文化特征的经典小说。这是我国文学评论者在中华人民共和国成立初期适应崭新政治语境且经典文学资源匮乏的情况下，积极转化外国经典文学资源、将之整合进新中国社会主义文化的一种努力。重新阐释《堂吉诃德》经典性的文章中，蕴含着阐释者们为新生无产阶级国家政权积极整合文化的热情与探索新型文学评论话语模式的勇气，饱含着他们对祖国的一片深情。这些评论文章在《堂吉诃德》中国接受史上的重要意义不应该被忽视，它们使《堂吉诃德》适应了新中国的政治文化语境，为《堂吉诃德》在新中国的传播奠定了理论基础。

然而，1955年《堂吉诃德》的经典性阐释也表现出了一些新型文学批评模式探索期的青涩之处。比如，在分析小说的主人公形象时，阐释者往往注意阐释主人公的阶级属性特征而对其个性化的心理、情感缺乏细致的分析，这就使得小说的人物形象分析成了对阶级性的图解附会，原本内蕴丰富的人物形象在政治性批评话语中失去了个性美，成了一种机械、枯燥的阶级符号；在分析小说的内容主旨时因过于凸显小说的政治功利性色彩而忽视了对小说内蕴哲理的分析。这些不足之处使得《堂吉诃德》的艺术性、审美性在1955年的经典性阐释中被忽视了。在这种阐释的引导下，读者对《堂吉诃德》的理解可能仅停留在被意识形态氧化了的坚硬外壳上，难以认识到《堂吉诃德》的美学意蕴。

三、孟复的经典性阐释

在1959年出版的傅东华《堂吉诃德》全译本正文前，附有时任北京外国语学院西班牙文系主任的孟复撰写的序言——《塞万提斯和他的〈堂吉诃德〉》。这篇序言详细地阐释了《堂吉诃德》的人民性。孟复认为人民性是《堂吉诃德》经典性的核心要义，他从四个角度论述了《堂吉诃德》的人民性，大大丰富了《堂吉诃德》人民性的含义。

（一）创作源泉的角度

孟复从创作源泉的角度论述了《堂吉诃德》的人民性。孟复认为，《旧约》、希腊罗马经典作家作品、文艺复兴时代的意大利作家作品、与塞万提斯同时代的西班牙作家作品都只是影响《堂吉诃德》创作的"流"而非

"源",《堂吉诃德》真正的创作之"源"在民间。"我们知道远在《堂吉诃德》出世以前,在民间传说中早已辛辣地讥讽那代表中世纪意识形态的游侠骑士;在广大人民的生活中,早在《堂吉诃德》这部书诞生以前就有一个堂吉诃德存在着,尽管他不一定是拉·曼却地方的年近五十岁瘦削的乡绅。我们可以说人民群众'创造'了堂吉诃德,而塞万提斯只是用他的笔把这一位堂吉诃德强烈集中具体地描绘出来,完成了艺术上的创造。"① 通过将堂吉诃德这一人物形象的"创造"之功归于"人民群众",孟复使《堂吉诃德》与"人民"之间具有了血缘之亲。

(二) 作家生平经历的角度

孟复从作家生平经历的角度论述了《堂吉诃德》的人民性。孟复认为塞万提斯是"人民"中的一员,他"在各色各样的人中间生活过"②,"获得了十分难得的倾听西班牙社会的'底层'人物一诉心曲的机会"③,"他亲身体会了笼罩着全国的中世纪的封建残余势力给西班牙带来的灾害,同时也深刻地认识了广大人民的痛苦和愿望"④,因此,他创作的《堂吉诃德》才能是"一部彻底反对中世纪封建残余的作品"⑤,"反映了当时西班牙人民的思想、感情和意愿,传出了他们内心的呼声,而它所表现的乐观向上、热爱自由和拥护真理的精神,以及对人民深切的爱和对伪善、压迫、暴力和奴役深切的恨,更代表了各时代所有进步人类的理想"⑥。

(三) 作品艺术手法与思想内容关系的角度

孟复从作品艺术手法与思想内容关系的角度论述了《堂吉诃德》的人民性。孟复指出了《堂吉诃德》的人物塑造手法与作品表现内容人民性之

---

① 孟复:《塞万提斯和他的〈堂吉诃德〉》,见[西]塞万提斯著,傅东华译《堂吉诃德》(第一部),人民文学出版社 1959 年版,第 18 页。
② 孟复:《塞万提斯和他的〈堂吉诃德〉》,见[西]塞万提斯著,傅东华译《堂吉诃德》(第一部),人民文学出版社 1959 年版,第 18 页。
③ 孟复:《塞万提斯和他的〈堂吉诃德〉》,见[西]塞万提斯著,傅东华译《堂吉诃德》(第一部),人民文学出版社 1959 年版,第 18 页。
④ 孟复:《塞万提斯和他的〈堂吉诃德〉》,见[西]塞万提斯著,傅东华译《堂吉诃德》(第一部),人民文学出版社 1959 年版,第 18~19 页。
⑤ 孟复:《塞万提斯和他的〈堂吉诃德〉》,见[西]塞万提斯著,傅东华译《堂吉诃德》(第一部),人民文学出版社 1959 年版,第 11 页。
⑥ 孟复:《塞万提斯和他的〈堂吉诃德〉》,见[西]塞万提斯著,傅东华译《堂吉诃德》(第一部),人民文学出版社 1959 年版,第 11 页。

间的关系,认为塞万提斯用"诗的夸张"手法塑造了堂吉诃德这一典型形象,"就是要使他的完全脱离实际的行动和当时社会的现实生活短兵相接,从而揭露早就应该退出历史舞台的中世纪的一切残余的荒谬和丑恶,并且指出拉回历史的巨轮的不可能"①。也就是说,孟复认为塞万提斯塑造堂吉诃德的"诗的夸张"手法有利于作品内容人民性的表现。

(四) 作品语言风格的角度

孟复从作品语言风格的角度论述了《堂吉诃德》的人民性。孟复赞同西班牙共产党机关报上《塞万提斯的现实主义》一文的观点,认为塞万提斯"所用的语言不是贵族和资产阶级客厅里矫揉造作的谈吐,而是人民的清楚有力的、准确的语言"②。《堂吉诃德》中运用的大量谚语和歌谣,就是这种"人民的"语言。

四、孟复经典性阐释的评析

《塞万提斯和他的〈堂吉诃德〉》一文的开篇就交代了此文写作的时代背景:"西班牙文艺复兴时代的巨著、世界文学瑰宝之一《堂吉诃德》全部汉译本在全国大跃进的高潮中和读者见面了。"③ "大跃进"是中国"左"倾思想泛滥的一段时期。1958年元旦,《人民日报》上发表了一篇名为《乘风破浪》的社论,声称中国"完全有信心""建成社会主义和共产主义,建成强大的现代工业、现代农业和先进的科学文化"④,全国性的"大跃进"运动随即展开。1958年3月5—12日国务院科学规划委员会召开的第五次会议上,时任国务院科学规划委员会副秘书长姜君辰提出"在哲学社会科学方面必须来一个大跃进","大跃进"运动由此扩张到了文化领域,"左"倾文艺思想在文化界泛滥开来。1958—1959年,孟复先后发表了《插上红旗,二十五天编成了西汉辞典》(1958)、《教学要跃进,必须用两条腿走

---

① 孟复:《塞万提斯和他的〈堂吉诃德〉》,见[西]塞万提斯著,傅东华译《堂吉诃德》(第一部),人民文学出版社1959年版,第20页。
② 孟复:《塞万提斯和他的〈堂吉诃德〉》,见[西]塞万提斯著,傅东华译《堂吉诃德》(第一部),人民文学出版社1959年版,第21页。
③ 孟复:《塞万提斯和他的〈堂吉诃德〉》,见[西]塞万提斯著,傅东华译《堂吉诃德》(第一部),人民文学出版社1959年版,第1页。
④ 《人民日报》社论员:《乘风破浪》,见中共中央文献研究室编《建国以来重要文献选编》(第十一册),中央文献出版社2011年版,第7页。

路》(1958)、《前进中的外语教学》(1959) 等文章。仅从这些文章的题目，我们就已能清晰感受到"大跃进"时期的"左"倾思想对孟复的影响。在孟复对《堂吉诃德》的经典性阐释中同样流露出了"左"倾文艺思想的色彩。这种"左"倾文艺思想主要表现在以下四个方面。

（一）重人民智慧轻作者智慧

孟复在论述《堂吉诃德》的人民性时，为凸显劳动人民的伟大智慧而削减了作者的创作功绩。孟复说，"人民群众'创造'了堂吉诃德，而塞万提斯只是用他的笔把这一位堂吉诃德强烈集中具体地描绘出来，完成了艺术上的创造"[①]，这实际上用混淆艺术源流与艺术创造概念的方式将《堂吉诃德》的创作殊荣归予了"人民"。这种勉力将艺术创造功绩归予"人民"的思维逻辑与文艺"大跃进"的内在思维逻辑是一致的。

"大跃进"时期，国家领导人提出了要在短时间内经济上赶英超美的目标，这必须要发动人民大众积极配合，文化领域内由此开始了对人民大众力量的"神化"运动，表现在文学领域里，就是新民歌运动的开展。这场运动颠覆了固有的文艺传统，让人民大众取代知识分子成为文艺的主人，它也显露出了文艺"大跃进"的内在思维逻辑：人民大众是无所不能的。这种神化"人民"的思维模式，导致了知识分子主观能动性在中国社会里的萎缩。用中国"大跃进"时期的文艺观念来观照，塞万提斯之所以能写出《堂吉诃德》这样的文学巨著，就是因为他能"吸取人民的乳汁来哺育自己"[②]，"劳动人民"是一切智慧之源，《堂吉诃德》的创造功绩要归予人民，塞万提斯"只是用他的笔把这一位堂吉诃德强烈集中具体地描绘出来"的工匠而已。在文艺"大跃进"思维逻辑的影响下，在孟复对大众智识和民间资源的膜拜中，塞万提斯的创作功绩被削弱了。

（二）以政治判断代替文学阐释

文艺批评本该有独立的标准，但孟复在阐释《堂吉诃德》经典性的过程中却几次以政治判断代替文艺阐释。在批驳国外将《堂吉诃德》归于非现实主义文学流派这一观点时，孟复说："如果用腐朽的资产阶级的自然主

[①] 孟复:《塞万提斯和他的〈堂吉诃德〉》，见 [西] 塞万提斯著，傅东华译《堂吉诃德》（第一部），人民文学出版社 1959 年版，第 18 页。

[②] 孟复:《塞万提斯和他的〈堂吉诃德〉》，见 [西] 塞万提斯著，傅东华译《堂吉诃德》（第一部），人民文学出版社 1959 年版，第 1 页。

义的眼光来看，自然《堂吉诃德》就可能不是现实主义的。"[1] 这一处论述表现了以政治判断代替文学阐释的荒谬性。《堂吉诃德》是不是应归属于现实主义文学流派，应从作品所具有的文学特征角度去探讨、论述，它与"腐朽的资产阶级"这样的政治概念之间本没有什么内在关联。另外，在提及《堂吉诃德》第二部仿作的作者时，孟复说："至于这个阿维拉尼达究竟是谁，虽然耗费了许多有考据癖的人士不少精力，但是至今还是一个谜。其实这种考据不会有什么结果，而且也是多余的。因为我们可以肯定，这位作者不是别人，他就是当时一切反人民的黑暗势力的代表——中世纪的封建残余本身。"[2]《堂吉诃德》第一部诞生后有其他作者续写第二部，这种文学史现象应从作品的接受情况角度去分析，而孟复再次用政治判断替代了文学阐释，认为阿维拉尼达续写《堂吉诃德》的原因是，他是"一切反人民的黑暗势力的代表——中世纪的封建残余本身"。这种无视文学系统内部因素，单纯从政治角度解析文学史现象的评论，是"大跃进"时期"左"倾文艺思想的表现。

（三）人物及主旨评价偏颇

《堂吉诃德》是一部内涵极丰富的作品，其主人公形象立体、丰满，颇耐人寻味。然而，孟复却只从"左"倾文化的角度理解作品，这就导致了他对作品人物形象和思想主旨的评论有失偏颇。孟复虽然承认堂吉诃德"是一个正直的好人"，但他却因为堂吉诃德思想、行为落伍于时代的特点，而在整体上否定了这一人物形象，认为"这位脱离实际要使僵尸复活的堂吉诃德所表现的一切，都变成另一个极端——智慧变为愚蠢，英雄变成小丑，崇高的变为可笑的，好意变为损害，善变为恶"[3]，最终得出的结论是，"对于一具到处散播灾害的僵尸我们只应该做一件事——把它深深地埋入土中"[4]。从"左"倾文化的视角来看，堂吉诃德想复兴没落的骑士制度是值得批判的"重罪"，因此项"重罪"而忽视堂吉诃德身上的其他优点，偏激

---

[1] 孟复：《塞万提斯和他的〈堂吉诃德〉》，见［西］塞万提斯著，傅东华译《堂吉诃德》（第一部），人民文学出版社1959年版，第19页。

[2] 孟复：《塞万提斯和他的〈堂吉诃德〉》，见［西］塞万提斯著，傅东华译《堂吉诃德》（第一部），人民文学出版社1959年版，第19页。

[3] 孟复：《塞万提斯和他的〈堂吉诃德〉》，见［西］塞万提斯著，傅东华译《堂吉诃德》（第一部），人民文学出版社1959年版，第14页。

[4] 孟复：《塞万提斯和他的〈堂吉诃德〉》，见［西］塞万提斯著，傅东华译《堂吉诃德》（第一部），人民文学出版社1959年版，第14～15页。

地在整体上否定堂吉诃德，是囿于意识形态的片面评价。

在阐释《堂吉诃德》的思想内容时，孟复的视野也同样难以突破"左"倾文化的局限。他说："《堂吉诃德》的全部主要内容就是向阻碍当时社会前进的中世纪的残余——封建主义的意识形态——展开无情的斗争。"① 从"左"倾文化的视角来看，文学作品的价值只在于其社会功用，具体来说，就是其批判性、斗争性、宣传鼓动性。从这种文化视角审视《堂吉诃德》的思想内容，自然会得出小说的"全部主要内容"就在于和封建主义进行斗争这样片面的结论，《堂吉诃德》思想内容的丰富性、深刻性由此消失。

（四）厚今薄古

孟复以厚今薄古的历史观来评价塞万提斯的思想。在引述了堂吉诃德关于黄金时代理想的那段话后，孟复评论说："这一段话，是塞万提斯看到了当时上升时期的资产阶级一般是凭劳动而得到生活资料的情况，就把这看作是公平的人类的理想。塞万提斯没有、当然也不可能指出达到象我们今天的社会主义社会和共产主义社会的这种理想的途径，但他这种理想，在当时毕竟还是进步的。而我们在马克思主义列宁主义光辉的照耀下，在无产阶级的先锋队伟大的共产党的领导下，社会主义社会和共产主义社会的理想已经不仅仅是一个理想，而是一个活生生的现实。"② 这段评论里透露出孟复对马克思主义思想的文化自信、对社会主义的制度自信，渗透着"厚今薄古"的历史观。这是在"大跃进"时期得到普遍认同的历史观。

1958年3月10日，陈伯达在国务院科学规划委员会召开的第五次会议上，做了《厚今薄古，边干边学》的报告，提出哲学社会科学跃进的方法之一就是"厚今薄古，边干边学"③。在这之后，范文澜发表文章《历史研究必须厚今薄古》。毛泽东在5月8日中共八大二次会议上赞扬此文说："范文澜同志最近写的一篇文章，《历史研究必须厚今薄古》，我看了高兴。这篇文章引用了很多事实证明厚今薄古是史学的传统。敢于站起来讲话，这

---

① 孟复：《塞万提斯和他的〈堂吉诃德〉》，见［西］塞万提斯著，傅东华译《堂吉诃德》（第一部），人民文学出版社1959年版，第15页。

② 孟复：《塞万提斯和他的〈堂吉诃德〉》，见［西］塞万提斯著，傅东华译《堂吉诃德》（第一部），人民文学出版社1959年版，第15页。

③ 陈伯达：《厚今薄古，边干边学》，见中共中央高级党校编《中国历史学习参考资料》，中共中央高级党校1961年版。

才像个样子。"① 自此,"厚今薄古"的思想在社会科学领域蔓延开来,这种思想中有中国人对马克思主义思想和社会主义制度优越性的信心。孟复此处的评论就是对"厚今薄古"思想的运用,然而,一味使用"厚今薄古"的思想来点评作家作品,也易使作家思想的深刻性被忽视,使文学批评流于浅薄。

第二节 第一个有影响力的《堂吉诃德》中文全译本

民国期间的温志达曾在其译本《唐吉诃德》的译序与《小引》中说到,他在1931—1932年间译完了《唐吉诃德》的第一部、第二部②,且没有删节③。如此说来,1937年由启明书局出版的温志达译《唐吉诃德》应该是《堂吉诃德》的第一个中文全译本。但这个译本并没引起多大的反响,至今只有第一部留存下来,第二部已经散佚。《堂吉诃德》第一个有影响力的中文译本是1959年3月由人民文学出版社出版的傅东华译《堂吉诃德》。这个译本从1907年牛津大学出版社版杰维斯(Jervas)英译本转译而来,更多中国读者借此译本得以一览《堂吉诃德》的全貌。

本节我们将介绍译者傅东华对《堂吉诃德》的理解情况以及傅东华在中华人民共和国成立后的尴尬身份,并在此基础上分析傅译《堂吉诃德》第一部与第二部的译文特点,进而观察时代文化语境对《堂吉诃德》译介的影响。

一、1949年以前傅东华对《堂吉诃德》的理解

傅东华在20世纪30年代翻译《吉诃德先生传》之前就已经开始向国人介绍《堂吉诃德》,从其阐释《堂吉诃德》的两篇原创文章与一篇译文中,我们能了解到傅东华在中华人民共和国成立前对《堂吉诃德》的理解情况。

---

① 毛泽东:《在中共八大二次会议上的讲话》,转引自赵晖《毛泽东史学思想》,南京师范大学出版社2002年版,第158页。

② 参见温志达《西万提斯与唐吉诃德(序)》,见[西]M. de. Cervantes 著,温志达译《唐吉诃德》,启明书局1937年版,第1页。

③ 参见温志达《小引》,见[西]M. de. Cervantes 著,温志达译《唐吉诃德》,启明书局1937年版,第1页。

(一)《西万提司评传》

《西万提司评传》是傅东华发表于1925年第16卷第1期的《小说月报》上的一篇文章。在此文中,傅东华指出:

> 西班牙当时的社会便是《魔侠传》(此所谓《魔侠传》即指《吉诃德先生》并非指译本而言,为取便也,后仿此)里的那个社会,而吉诃德先生便是真正骑士精神的代表。因为真正的骑士精神和当时的社会相去已经很远,所以吉诃德先生不得不被目为疯人。……《魔侠传》之所以伟大,在他能以现实的社会做背景,且以现实的社会为当然,而以理想的人物为例外,两相烘托,因成一种异常动人的文章。……人类的社会总是差不多的;三百年前西班牙的社会如此,现在我们社会以至无论何时无论何国的社会也总无非如此;吉诃德先生在当时是疯人,在现在以至将来也依然是疯人,所以现在以至将来读《魔侠传》的,必依然和亲见疯人一样,所以《魔侠传》是不朽的,西万提司是不朽的——除非到全社会都变疯人的时候。①

由这段评论可见,傅东华认为《堂吉诃德》之所以能具有超越时空的不朽魅力,是因为小说能在整体上反映现实社会,而主人公堂吉诃德又是一个有着理想主义特征的人物,现实社会里理想人物的故事让小说能够表现人类社会中理想与现实这对永恒的矛盾。他的阐释与周作人出版于1918年的《欧洲文学史》中的阐释有着相近的观点。周作人的表述是:"书中所记,以平庸实在之背景,演勇壮虚幻之行事。不啻示空想与实生活之抵触,亦即人间向上精进之心,与现实俗世之冲突也。"② 显然,此时的傅东华认同周作人"人的文学"的观念,他是站在文学研究会"为人生"文学观的立场上来阐释《堂吉诃德》的。

(二)《我怎样和吉诃德先生初次见面》

《我怎样和吉诃德先生初次见面》发表于1935年。从此文以下两段话中,我们能进一步看出傅东华对堂吉诃德这一人物形象的理解:

---

① 傅东华:《西万提司评传》,载《小说月报》1925年第16卷第1期,第7页。
② 周作人:《欧洲文学史》,东方出版社2007年版,第190页。

> 我觉得唯有用文言来译，方才可以传达他那种迂腐腾天的腔调。所以倘如说文言或古文到现在还能有用的话，那末据我的经验，只有用来翻译吉诃德先生是最相宜的……①
>
> 海涅先生也跟塞万提斯先生一般有趣，他说他自己也是一个吉诃德先生，不过吉诃德先生硬要把"过去"拉到"现在"来，他却要把"将来"去拉到"现在"，所拉的方面虽然不同，其被人认为傻子则一。②

傅东华认为堂吉诃德是一位要把"'过去'拉到'现在'"、有着迂腐腔调的人，然而，他却同要把"'将来'去拉到'现在'"的海涅一样，都有着"傻子"精神。这里，傅东华没有点明"傻子"精神的含义，但它其实就是指一种为了践行信仰而不惧嘲笑、不怕失败、坚持不懈的精神。正因为傅东华对堂吉诃德这一形象有着如此的解读，他才认为《堂吉诃德》是一部"聪明人做的讲傻子的书"。也就是说，他认为《堂吉诃德》的主旨在于提倡这种"傻子"精神，即提倡为了信仰勇敢无畏、坚持不懈的精神。傅东华对《堂吉诃德》的这种阐释呼应了郑振铎在《文学大纲》中阐释的两种"堂吉诃德精神"，即信仰坚定的"愚人"精神与不以失败自馁的前驱者精神。

（三）《吉诃德先生》

《吉诃德先生》是傅东华于1935年翻译的一篇文学评论，原作者是海涅，翻译后首次刊载在1935年第2卷和3期的《译文》上。1939年《吉诃德先生传》的单行本出版时，他又将海涅的这篇文章作为译本前序。可见傅东华一直赞同海涅对《堂吉诃德》的解读。海涅的这篇文章充满了革命斗争精神，文中说：

> 唉，这一班心想要用哲理来把我们化成一种驯良奴隶的人们，虽属我们所不能容忍，而比之那种连为独裁主义辩护的合理根据也以为无须有的败坏分子，倒还值得尊重些；在后一种人，因其娴熟于历史，他们就把独裁主义当作一种习惯的权利而为之奋斗，就因人们经过了相当的时间，已经习惯了这种主义，而这种主义也成为无可争辩地有效而合法

---

① 傅东华：《我怎样和吉诃德先生初次见面》，载《中学生》1935年第56期，第83～84页。
② 傅东华：《我怎样和吉诃德先生初次见面》，载《中学生》1935年第56期，第85页。

的了。①

海涅在此文中表现的对独裁主义的批判，刚好可以被傅东华借用来影射20世纪30年代对内独裁专制的国民政府。傅东华以此文作为《吉诃德先生传》单行本的序言，足以说明在他的心中，《堂吉诃德》是一本具有革命性、斗争性的小说。

总之，从中华人民共和国成立前傅东华对《堂吉诃德》所做的阐释工作来看，他对《堂吉诃德》的理解受中国现代革命文化的影响很深。他认为，《堂吉诃德》表现了人的理想与社会现实之间的矛盾，倡导一种为了信仰勇敢无畏、坚持不懈的精神，蕴藏着强烈的革命性、斗争性。傅东华对《堂吉诃德》的阐释与周作人、郑振铎等人的阐释有着相似性，他也是努力将《堂吉诃德》转变成建构中国现代革命文化元素的一名进步知识分子。

二、傅东华在1949年以后的尴尬身份

20世纪50年代，《吉诃德先生传》分别由老牌出版社商务印书馆和新成立的作家出版社出版。前者于1950年推出了《吉诃德先生传》的第五版，后者于1954年首次出版此译本，隐去了傅东华的名字，署名"伍实"。"伍实"是傅东华在民国期间发表一些较敏感的言论时使用的笔名，并不常用②；民国期间傅东华绝大多数的作品都署以真名③；商务印书馆出版《吉诃德先生传》时也一直署以傅东华的真名。作家出版社首次出版此译本不沿用译者颇具知名度的真名，而采用了"伍实"这个较为冷僻的笔名，实在让人费解。然而，如果我们从作者经历、时代政治文化背景等方面去考察，就会发现这其中或许潜藏着傅东华在中华人民共和国成立后遭遇的身份尴尬问题。

当时的作家出版社是人民文学出版社下属的分支机构，成立于1953年，它代表着新生社会主义中国的出版力量，是贯彻落实国家文艺方针政策、建构中华人民共和国社会主义新文化的重要机构。因此，该出版社较多从政治

---

① [德]海涅撰，傅东华译：《吉诃德先生》，载《译文》1935年第2卷第3期，第311～312页。
② 关于傅东华使用笔名"伍实"的情况参见耿庸《记傅东华》，见筱敏编选《人文随笔（1979—2001）》，中国工人出版社2002年版，第99页。
③ 笔者在"大成老旧刊全文数据库"中检索到民国时期署名"傅东华"的155篇期刊文章（包括译文），却检索不到署名"伍实"的文章；在"大成故纸堆"数据库中检索到民国时期署名"傅东华"的记录227条（包括译作、译文、原创文章），只检索到一篇署名"伍实"的文章。

角度去审核作品的思想内容，同时也会将作家的政治身份纳入出版审查的范围。在 1942 年以前，傅东华一直是中国进步文坛中的一员干将，但 1942 年，其全家意外被日军俘虏，傅东华迫于无奈为汪伪政权工作。这段经历就成了他在政治方面洗不去的污点，他从此背上了"汉奸""逆士""附逆文人"等骂名。在"政治属性统率一切"思想盛行的年代里，诞生于新中国红色文化背景下的作家出版社必然要顾虑出版傅东华的译作会不会给出版社带来不好的影响，但傅东华翻译的《吉诃德先生传》是民国期间读者认可度最高的《堂吉诃德》译本，要出版《堂吉诃德》的中译本，傅东华译本是首选。这种情况下，隐去傅东华的真名，用他较冷僻的笔名"伍实"出版《吉诃德先生传》就是一个权宜之策：既出版了优秀的译作，又不会让"问题作家"在广大读者中间扬名，保证了出版社的声誉不会受"附逆文人"影响。

傅东华在 1949 年后的尴尬身份，对 1959 年出版的傅译《堂吉诃德》第一部、第二部的译文特点都有影响。我们将在下文对此进行详细论述。

三、《堂吉诃德》（第一部）的译文特点及生成原因

（一）精雕细琢的傅译《堂吉诃德》（第一部）

1959 年版傅东华译《堂吉诃德》（第一部）是以其民国期间所译的《吉诃德先生传》为底稿修订而来的。对比《吉诃德先生传》，我们发现修订后的《堂吉诃德》（第一部）经过傅东华的精雕细琢，堪称用语严谨、得当。具体来说，傅东华对《吉诃德先生传》的修订主要包括以下四个方面。

1. 重译人名

（1）重译主人公的名字。傅东华在修订译稿时，重译了小说主人公的名字。将原来的"吉诃德先生"修改为"堂吉诃德"。关于"Don Quixote"究竟该如何译的问题，早在 1937 年，就引起了苏雪林的关注。她认为，将"Don Quixote"译成"吉诃德先生"并不恰当，因为"先生"一词不能包含"Don"的意义。① 这次修订时，傅东华采纳了苏雪林的意见，他将"Don Quixote"音译过来，再加注释解释"Don"。这样的译法将主人公名称的意义传达得更准确。另外，傅东华之所以不再用"先生"译"Don"，应该还受到时代语言文化变迁因素的影响。中华人民共和国成立初期，人与人之间

---

① 参见苏雪林《"吉诃德先生"的商榷》，载《文艺杂志》1937 年第 4 卷第 5 期，第 20～24 页。

的称呼相比民国时期发生了很大变化,"同志"成了人们之间最常用的称呼,而"先生""小姐"这些在民国时期表示尊敬的称呼,在新中国的时代文化语境下,变成了资产阶级文化"毒草",一概不再使用。因此,在新的时代语境中,"先生"二字就显得格外突兀,傅东华必须要改变从前的译法。总之,"堂吉诃德"比"吉诃德先生"的译法表意更准确,也更能顺应新中国的时代文化。

(2)重译小说中其他人物的名字。除了重译了小说主人公的名字外,傅东华还重译了小说中其他人物的名字,如他将"桑科·判扎"改译为"桑乔·潘萨",将"亚尔东查·罗稜索"改译为"亚尔东莎·罗伦佐",将"马利·姑底耶雷兹"改译为"马丽·古蒂埃雷斯"等。通过重译小说中其他人物的名字,傅东华替换掉《吉诃德先生传》中人名里的生僻字,让人名能体现出人物的性别,更有利于读者辨认和记忆小说中的人名。

2. 改动大量词语

(1)删掉在时代变迁中发生微妙词义变化的词语。中华人民共和国成立后,社会文化与民国时期相比发生了较大的变化,一些词语在新的文化语境中意义已经发生了变化,傅东华在修订译稿时删掉了这些意义发生改变的词语。前文提到的"先生"就是一例,而"乡绅"则是另一例。民国时期,"乡绅"只是一个表示人物身份的中性词语,中华人民共和国成立之后,"乡绅"一词成为与"地主"相关的称谓,带有贬义色彩。[①] 因此,在《堂吉诃德》(第一部)中,傅东华用"绅士"替换掉了"乡绅"。如第一章的题目原为"叙述著名乡绅拉曼却之吉诃德先生的性行和平居",修改后变为"叙述著名绅士堂吉诃德·台·拉·曼却的品性和平居"。

(2)替换使用不当的词语。在《吉诃德先生传》中,有相当一部分词语的使用是欠妥当的。此次修订中,傅东华用更得当的词语将它们替换了。如在《吉诃德先生传》中,有这样一句话:"他生得一副好体质,身段却是细细儿,面孔也消瘦。"[②] 傅东华将其修改为:"生得一副好体格,身段却是细细的,面孔也瘦削。"[③] 仅在这一句中,傅东华就修改了三处。按照汉语习惯,人们常说"一副好体格",而很少说"一副好体质";"细细儿"过于口语化,"细细的"则更符合此处描述堂吉诃德外貌特点的书面语语境;

[①] 参见孙剑艺等《20世纪中国社会变迁与社会称谓分期研究——社会语言学新探》,商务印书馆2013年版,第241页。

[②] [西] M. Cervantes 著,傅东华译:《吉诃德先生传》(上),商务印书馆1939年版,第1页。

[③] [西] 塞万提斯著,傅东华译:《堂吉诃德》(第一部),人民文学出版社1959年版,第10页。

"消瘦"是动词,而"瘦削"是形容词,在此处要形容堂吉诃德的面孔特点,而不是要讲他的面部变化,因此用"瘦削"这个形容词更得当。

(3)仔细斟酌代词的用法。①力求语言简洁,删去多余的代词。如《吉诃德先生传》中有这样一句话:"他到了美人台前,他就可以对她跪着。"① 修改后变为:"他到了美人面前,就可以对她跪着。"② ②力求语言表意准确,添加一些代词。如将"于是,不让一个人知道他的计划,也不让任何人看见他的行止"③,修改为"于是,他不让一个人知道他的计划,也不让任何人看见他的行止"④;将"不过我带回来旁的东西了,更重要更要值钱的"⑤,修改为"不过我带回来旁的东西了,这东西更要重要更要值钱"⑥。③选用更符合人物形象用语特征的代词。在《吉诃德先生传》中,有这样一段话:只见桑科·判扎正是泪流满面的在那里哭道:"啊,骑士之花,谁知道这么一下就断送了您的一生事业呢!啊,种族的光荣,拉·曼却的信用和名誉,不是的,是全世界的信用和名誉,世界上没有了您,就要受恶人的糟蹋,恶人都可以大胆作恶,毫无忌惮了啊!您是比所有的亚历山大还要慷慨的啊,我只服侍了您八个月,您就给了我海中最好的一座海岛了!啊,您见了傲慢的就会谦虚,见了谦虚的就会傲慢,您是危险的担当者,侮辱的忍受者,没有原因的恋爱者,善之模仿者,恶之惩罚者,卑怯人的仇敌,总而言之,是一位游侠骑士,就可以包括一切!"⑦ 在《堂吉诃德》(第一部)中,傅东华将这段话中所有的"您"都改成了"你",因为桑丘是一个大字不识的农民,文绉绉地使用敬称代词并不符合这一人物的形象特点。

(4)仔细斟酌虚词的用法。①删掉冗余或使用不当的虚词。如"于是,经过了许多名字想出了又去掉了,择定了又废弃了之后,他终于决定取名为

---

① [西] M. Cervantes 著,傅东华译:《吉诃德先生传》(上),商务印书馆 1939 年版,第 6 页。
② [西] 塞万提斯著,傅东华译:《堂吉诃德》(第一部),人民文学出版社 1959 年版,第 14 页。
③ [西] M. Cervantes 著,傅东华译:《吉诃德先生传》(上),商务印书馆 1939 年版,第 9 页。
④ [西] 塞万提斯著,傅东华译:《堂吉诃德》(第一部),人民文学出版社 1959 年版,第 16 页。
⑤ [西] M. Cervantes 著,傅东华译:《吉诃德先生传》(下),商务印书馆 1939 年版,第 588 页。
⑥ [西] 塞万提斯著,傅东华译:《堂吉诃德》(第一部),人民文学出版社 1959 年版,第 538 页。
⑦ [西] M. Cervantes 著,傅东华译:《吉诃德先生传》(下),商务印书馆 1939 年版,第 587 页。

洛稽喃提"①，在《堂吉诃德》（第一部）中，傅东华将此句改为"于是，许多名字想出了又丢掉了，择定了又废弃了，最后才决定取名为洛西南特"②，去掉"经过了……之后"，译文语言更简洁且表意更清晰了。②更改虚词，调整分句间的逻辑关系。如《吉诃德先生传》中有这样一段话：

> 为了要惩罚我的罪孽，或由于我的运道好，我要偶然碰着了什么巨人——那是游侠骑士寻常有的事——并且将他打倒了，或将他劈为两半，总之，要收伏了他，逼他投降我，那时不是总得要有个美人才好送他去做礼物吗？③

在《堂吉诃德》（第一部）中，傅东华将此段话修改为：

> 为了要惩罚我的罪孽，或由于我的运气好，偶然碰到了什么巨人——那是游侠骑士寻常有的事——将他打倒了，或是将他劈为两半，或是收伏了他，逼他投降我，那时不是总得有一个美人才好把他送去做礼物吗？④

"将他劈为两半"与"收伏了他"之间应为选择关系，而不是分总关系，《吉诃德先生传》中的句子里用"或"与"总之"这两个虚词是不恰当的，修改后用"或是……或是……"，就能清晰地将分句间的逻辑关系表达出来了。

（5）用普通话词汇替换吴方言词汇。由于傅东华是浙江金华人，吴方言是其母语，因此，在《吉诃德先生传》中，存在着不少吴方言词汇。而在此次修订中，傅东华将这些方言词汇用普通话词汇替换了。如"运道"⑤和"触霉头"⑥都是吴方言词汇，它们分别出现在《吉诃德先生传》的第

---

① ［西］M. Cervantes 著，傅东华译：《吉诃德先生传》（上），商务印书馆1939年版，第5页。
② ［西］塞万提斯著，傅东华译：《堂吉诃德》（第一部），人民文学出版社1959年版，第13～14页。
③ ［西］M. Cervantes 著，傅东华译：《吉诃德先生传》（上），商务印书馆1939年版，第6页。
④ ［西］塞万提斯著，傅东华译：《堂吉诃德》（第一部），人民文学出版社1959年版，第14页。
⑤ ［西］M. Cervantes 著，傅东华译：《吉诃德先生传》（上），商务印书馆1939年版，第6页。
⑥ ［西］M. Cervantes 著，傅东华译：《吉诃德先生传》（下），商务印书馆1939年版，第589页。

一章和第五十二章，而在《堂吉诃德》（第一部）中，傅东华分别用"运气"① 和"倒霉"② 这两个普通话词汇将其替换了。

（6）以常用词替换生僻词。傅东华幼时读过私塾，有不错的文言文功底。在译《吉诃德先生传》时，为表现堂吉诃德文绉绉又颇显迂腐可笑的语言特点，傅东华就驾轻就熟地使用了文言语体来翻译堂吉诃德的语言。这种译法是相当高明、相当有特色的。然而，此部分译文的有些用词较为生僻，一般读者难以理解。于是，在修订时，傅东华就用常用词替换了这些生僻词。如在《堂吉诃德》（第一部）第二十五章中，傅东华用易于理解的"至死忠心"③ 替换掉《吉诃德先生传》中的生僻词"之死靡它"④。

3. 改动句子

在《吉诃德先生传》中，有一些语句从杰维斯的英译本直译而来，显得较为生硬，在《堂吉诃德》（第一部）中，傅东华修改了这些语句，使其更符合中文表达习惯、更富修辞美感。如杰维斯英译本中有一句"as he said within himself"⑤，傅东华在《吉诃德先生传》中将之译为"因为他心中对自己说"⑥，而在《堂吉诃德》（第一部）中，傅东华将其改为"因为他心里想"⑦。显然，修改后的语句更符合中文的表达习惯。再如：

杰维斯英译本：

　　Now, these dispositions being made, he would no longer defer putting his design in execution, being the more strongly excited thereto by the mischief he thought his delay occasioned in the world; such and so many were the grievances he proposed to redress, the wrongs he intended to rectify, the

---

① ［西］塞万提斯著，傅东华译：《堂吉诃德》（第一部），人民文学出版社1959年版，第14页。

② ［西］塞万提斯著，傅东华译：《堂吉诃德》（第一部），人民文学出版社1959年版，第539页。

③ ［西］塞万提斯著，傅东华译：《堂吉诃德》（第一部），人民文学出版社1959年版，第236页。

④ ［西］M. Cervantes 著，傅东华译：《吉诃德先生传》（上），商务印书馆1939年版，第253页。

⑤ ［西］Miguel de Cervantes Saavedra. *Don Quixote* (Vol. I). Translated by Charles Jervas. London: Oxford University Press, 1907. p.14.

⑥ ［西］M. Cervantes 著，傅东华译：《吉诃德先生传》（上），商务印书馆1939年版，第5页。

⑦ ［西］塞万提斯著，傅东华译：《堂吉诃德》（第一部），人民文学出版社1959年版，第13页。

exorbitances to correct, the abuses to reform, and the debts to discharge.①

《吉诃德先生传》译文：

这一切的准备齐全了之后，他就不肯再耽搁他的计划实行了，及一想起世界上将因他的耽搁而受到种种损害，更觉得一刻不容再缓，因为有那么许多苦难他打算去解救，那么许多冤屈他愿意去伸雪，许多非法之事要矫正，许多弊窦要改良，许多债务要清理！②

《堂吉诃德》（第一部）译文：

这一切准备齐全之后，他就不再耽搁他那计划的实行了，一想到世界上将因他的延误而受到种种损害，更觉得一刻不容再缓。因为有那么许多苦难他要去解救，那么许多冤屈他要去申雪，还有许多非法行为等他去惩办，许多弊病等他去改良，许多债务等他去清理。③

很明显，《吉诃德先生传》中的译文是对杰维斯英译文的直译，傅东华用"他打算"去译"he thought"，用"他愿意"去译"he proposed to"，这样的语句很生硬。修订后的译文使用了反复和排比的修辞，语句更为整齐，且突出了堂吉诃德内心的使命感，不仅更具汉语修辞美感，表意效果也更出色。

4. 精简注释

傅译《吉诃德先生传》的注释几乎就是对牛津大学版杰维斯英译本和"人人文库"莫妥英译本注释的综合，内容庞杂烦琐。在修订时，傅东华对注释部分做了较大改动。他一方面针对 20 世纪 50 年代大众读者的文化水平、阅读期待等方面的特点，修改了注释内容；另一方面删去了一些对文意理解帮助不大，也不会引起读者阅读兴趣的注释。这样一来，《堂吉诃德》（第一部）的注释就显得精要得当，更适合当时的大众读者阅读。比如，傅东华在《吉诃德先生传里》中为"吉诃德先生"所做的注释为："Don Quixote。Don 为西班牙男性之尊称，初时只能用于贵族和绅士，现在对一切上等人都可通用。Quixote 义为护腿之甲。"④ 而在《堂吉诃德》（第一部）中，傅东华对"堂吉诃德"所做的注释为："'堂'（Don），是西班牙贵族

---

① Miguel de Cervantes Saavedra. *Don Quixote*（Ⅰ）. Translated by Charles Jervas. London：Oxford University Press, 1907. p.16.
② [西] M. Cervantes 著，傅东华译：《吉诃德先生传》（上），商务印书馆1939年版，第9页。
③ [西] 塞万提斯著，傅东华译：《堂吉诃德》（第一部），人民文学出版社 1959 年版，第 16 页。
④ [西] M. Cervantes 著，傅东华译：《吉诃德先生传》（上），商务印书馆1939年版，第8页。

的尊称；女的就称为'堂娜'（Dona）"①。修改之后的注释删去了对文意理解帮助不大，读者也不会感兴趣的信息，却凸显了有关西班牙语尊称的信息，简洁精到。再如，傅东华在《堂吉诃德》（第一部）中删去了其在《吉诃德先生传》中对拉·曼却地名所做的注释，因为这条注释对中国读者来说既无趣又对文意理解没有帮助，属于冗余信息。

（二）傅译《堂吉诃德》（第一部）精雕细琢的原因分析

傅东华对《吉诃德先生传》进行了极细致的修订工作，堪称字斟句酌。修订后的《堂吉诃德》（第一部）比《吉诃德先生传》的遣词造句更严谨、简洁、规范，整体上更通俗易懂，便于大众读者阅读。傅东华之所以会对《吉诃德先生传》进行如此细致的修订，有如下两个方面的原因。

1. 时代政治文化背景与傅东华尴尬的政治身份

毛泽东认为，知识分子属于小资产阶级，虽有进步性，但也有不少落后性，是需要被教育、改造的对象。于是，20世纪50年代，中国开展了一系列旨在教育、改造知识分子的运动，作家、翻译家们往往一边学习马列主义、毛泽东思想，一边不断自我反省、检讨自己过去的创作。

在"政治属性统率一切"思想盛行的年代里，傅东华背负着"问题作家"的尴尬身份，他的译作就更容易受到批评，他甚至还会因此受到政治性的攻击。1951年，晓云、艾然在《人民日报》上发表文章，批评傅东华以郭定一为笔名翻译的《夏伯阳》，认为其译文"不适合中国语言的构造"，"大大的浪费了字句"，并批评译者"对待翻译工作不够严肃，犯了粗枝大叶、草率了事的毛病"，"对读者不负责任"。② 如果说这种批评基本上还在文学批评的范围内，那么在1958年北京大学西语系法文专业57级全体同学编写的《中国翻译文学简史》中，编者对傅东华的批评就有明显的政治批判色彩了。编者写道，"《飘》是一本鼓吹种族歧视，宣扬极其腐朽的资产阶级人生观的反动小说"③，傅东华在其译作《飘》的序言中"宣扬了他的反动的文艺观点和翻译观点。表明傅东华的立场是站在反动的资产阶级一边的，是自觉地利用这部书来散布毒素的"④。诸如此类的批评，让傅东华不

---

① ［西］塞万提斯著，傅东华译：《堂吉诃德》（第一部），人民文学出版社1959年版，第14页。
② 晓云、艾然：《不纯洁不健康的译文举例》，载《人民日报》1951年8月6日第3版。
③ 北京大学西语系法文专业57级全体同学编著：《中国翻译文学简史》，1958年版，第166页。（该书铅印，未标明出版单位）
④ 北京大学西语系法文专业57级全体同学编著：《中国翻译文学简史》，1958年版，第168页。

得不小心翼翼地修改自己以往的译作，以免当时一些别有用心的文学批评者借傅译作品在文学方面的微瑕上纲上线，对其进行人身攻击。于是，傅东华把政治压力转化为对译作精益求精的动力，他在20世纪50年代修订了《失乐园》《珍妮姑娘》等中华人民共和国成立前就已出版的译作，而《堂吉诃德》（第一部）也是他在此阶段修订自己昔日译作的成果之一。

2. 新中国的语文建设运动与傅东华的积极参与

中华人民共和国成立初期，建立现代汉语使用规范成了适应社会建设和文化事业发展的迫切需求。1951年6月6日，《人民日报》上发表了由毛泽东亲自修改的重要社论《正确地使用祖国的语言，为语言的纯洁和健康而斗争》。这篇社论将语言表达问题提高到了政治问题的高度，号召全国人民"坚决地学好祖国的语言，为祖国语言的纯洁和健康而斗争"[①]。也正是在这一天，吕叔湘、朱德熙合写的《语法修辞讲话》开始在《人民日报》上连载，随后，全国范围内都掀起了学习语言、正确使用语言的热潮：1955年10月，"全国文字改革会议"和"现代汉语规范问题学术会议"这两次大型的语文工作会议先后召开，后一次会议明确提出了"汉语规范问题"，众多学者专家都为之建言献策；1956年2月6日，国务院下达了《关于推广普通话的指示》；1957年，"全国普通话推广工作汇报会议"召开。此段时期内，《人民日报》等各级媒体均对汉字改革、推广普通话、实现汉语规范化等语文建设工作进行大力宣传。在这种时代文化背景下，"去欧化"、通俗化、简约化成了此时期人们对现代汉语书面语风格的共同追求，巴金、老舍等作家都纷纷在20世纪50年代中期开始修改自己以往的作品，使之符合新中国的现代汉语规范。

傅东华素来对现代汉语相关问题持有极大的兴趣，在20世纪30年代的"大众语"论争中，他就表现活跃，多次撰写文章来阐述自己的观点。那时他就已认识到"大众语"的表现力与欧化结构、文言句式、方言词汇、文言词汇、口语词汇等因素之间的关系。1955年，傅东华应邀参加中国文字改革委员会的工作，由此成为新中国语文建设运动主力军中的重要一员，写了一系列语言学方面的书籍，如《北京音异读字的初步探讨》《汉字——汉字知识讲话》《现代汉语的演变》等。

傅东华积极投身于新中国的语文建设运动，除了个人兴趣方面的因素之外，也有政治方面的因素。徐铸成曾回忆过他在1959年与傅东华的一段私

[①] 《人民日报》社：《正确地使用祖国的语言，为语言的纯洁和健康而斗争》，载《人民日报》1951年6月6日，第1版。

人对话：

> 闲谈间，我问他是否还在业余搞一些文学作品。他微笑地说："文学理论和文艺创作，这是一个危险的领域，我久已洗手不干了。解放以后，我就一心一意搞语文的研究。"①

正是由于傅东华在中华人民共和国成立之后将主要精力都投入语文建设运动中，他才会对现代汉语书面语的规范使用问题有极高的敏感度，才会对《吉诃德先生传》译文的字、词、句进行极为细致的修订。

总之，身为"问题作家"的傅东华要通过修订译作来配合国家推行的语文建设运动，以此来表示自己对国家文化政策的拥护，从而缓解其在中华人民共和国成立初期的政治环境中感受到的压力。而对新中国语文建设运动的积极参与，又使傅东华能够对《吉诃德先生传》中的语言问题高度敏感。因此，傅译《堂吉诃德》（第一部）的遣词用语才会呈现出精雕细琢的特点，堪称现代汉语规范化使用的典范。

四、《堂吉诃德》（第二部）的翻译时间及译文特点

（一）《堂吉诃德》（第二部）的翻译时间推考

傅译《堂吉诃德》（第二部）译于中华人民共和国成立之后，由于缺少相关资料，我们很难得知《堂吉诃德》（第二部）的确切翻译时间。但我们可以推测，《堂吉诃德》（第二部）译于文学"大跃进"时期。

中华人民共和国成立之后，为加快新中国社会主义文化建设，避免出现重复翻译浪费人才资源的现象，1954 年，茅盾在全国文学翻译工作会议上的报告里提出要有组织、有计划地进行文学翻译工作。自此以后，译什么、由谁译都由组织统一安排，译者几乎失去了翻译的自主选择权。1956 年，"外国古典文学名著丛书编委会"想要译出完整的《堂吉诃德》，他们没有邀请傅东华，反而请杨绛来完成这项任务，这种做法是颇让人费解的。因为杨绛只懂英语和法语，并不懂西班牙语，"编委会"领导林默涵告诉她，可以随便由英文或法文译本转译《堂吉诃德》；而傅东华由英译本转译的《堂

---

① 徐铸成：《傅东华——一个被遗忘的人》，见《旧闻杂忆》，生活·读书·新知三联书店 2009 年版，第 299 页。

吉诃德》第一部——《吉诃德先生传》已颇具影响力，显然，如果从经济原则考虑，他们本该邀请傅东华继续译完《堂吉诃德》第二部。"外国古典文学名著丛书编委会"此番令人费解的安排，应与1954年作家出版社在出版《吉诃德先生传》时隐去傅东华真名的做法有着相同的原因，即对当时的政治环境与傅东华尴尬的政治身份有所顾虑。尤其是《堂吉诃德》在1955年被一批文学批评者阐释成了一部具有人民性的作品，这样一部"根正苗红"的文学经典，由背着"汉奸"骂名的傅东华来翻译显然不合适。但是，出版界"大跃进"运动的开展，客观上为傅东华补译《堂吉诃德》第二部创造了条件。1958年3月10日至15日，"全国出版工作跃进会议"召开，"大跃进"运动正式在出版界展开；1958年7月，人民文学出版社提出了"大跃进"的总目标："苦战三年，成为世界上最先进的文学书籍出版社之一。出版一批足以震动世界的巨著；装帧质量三年内超过日本，赶上德国"①；紧接着，人民文学出版社又在7月中旬提出了"苦战五昼夜，出书40种"的小目标，而这个看似不可能实现的小目标居然以五昼夜出书89种的数量超额完成了，而且出书数量超出原有目标一倍多！在这种追求"一天等于二十年""大跃进"速度的情势下，要想尽快出版《堂吉诃德》全译本，显然不能等待杨绛从头开始翻译《堂吉诃德》，指派傅东华补译《堂吉诃德》第二部就会成为相关组织必然的选择。从《堂吉诃德》（第一部）精雕细琢的情况来看，傅东华应该是"大跃进"运动开始前就已经反复斟酌修改《吉诃德先生传》了；而在那个全国上下一片疯狂"跃进"激情的年代里，资深翻译家傅东华完全有可能在短得让现在的我们难以想象的时间里译出《堂吉诃德》（第二部）。《堂吉诃德》（第二部）中存在着许多欠推敲的生硬直译，这应是傅东华仓促翻译赶工的痕迹，是"大跃进"的躁动在《堂吉诃德》（第二部）中的痕迹。

  傅东华翻译最显著的特征是他擅长用中国文化意境阐发异域文化的意境，这是他的译笔能驰名中国译坛的重要原因之一。这方面最典型的例子就是他曾将美国作家玛格丽特·米切尔（Margaret Mitchell）小说的名字"Gone with the Wind"译成了"飘"。这种特征在《堂吉诃德》（第一部）中也有所表现，如这段译文："至于起居闲适，处境佳胜，上有明朗的天空，旁有悦目的田野，潺潺的溪流，而又得心神安泰，那么，即使是最少生育的才情也会变多产。"② 这几句话译得颇具中国古典散文的味道，已臻于

---

① 方厚枢：《出版工作七十年》，商务印书馆2015年版，第98页。
② ［西］塞万提斯著，傅东华译：《堂吉诃德》（第一部），人民文学出版社1959年版，第1页。

翻译的"化境"。然而,《堂吉诃德》(第二部)的译文中却有相当多生硬、僵涩的语句,这一反傅东华以往的翻译特点,应该是"大跃进"时期仓促翻译、欠斟酌的结果。试看以下两例:

【例1】

  杰维斯译文:

  Welcome the flower and cream of knights-errant!①

  傅东华译文:

  欢迎游侠骑士的花朵和奶皮!②

【例2】

  杰维斯译文:

  If once you taste it, Sancho, quoth the duke, you will eat your fingers after it, so very sweet a thing is it to command, and be obeyed.③

  傅东华译文:

  你要尝过了那种味儿,包你连你的手指头都会吃掉,因为命令别人和叫别人服从你这桩事儿的味道好得很呢。④

  例1中,杰维斯的英译文用了暗喻的修辞,"flower and cream of knights-errant"意指"游侠骑士中的精英""游侠骑士的骄傲""最杰出的游侠骑士",傅东华的译文没有将这重意思传达出来,只对原句进行了直译,中国读者很难从"花朵和奶皮"这样的形象中体会到句子的真实含义。例2中,"If once you taste it, …you will eat your fingers after it"这句话用了夸张的修辞,意思是东西太好吃了,让人禁不住把拿着东西的手指都舔干净了。但是傅东华的译文既缺少汉语句子中必要表意成分的补充,又没有按照汉语的表达习惯对"eat your fingers"进行语意转换,所以译文分句之间的衔接显得突兀,整个句子僵硬、生涩,没能将英语原文中的意思清晰地表达出来。总

---

  ① Miguel de Cervantes Saavedra. *Don Quixote*(Vol. II). Translated by Charles Jervas. London: Oxford University Press, 1907. p.246.

  ② [西]塞万提斯著,傅东华译:《堂吉诃德》(第二部),人民文学出版社1959年版,第797页。

  ③ Miguel de Cervantes Saavedra. *Don Quixote*(Vol. II). Translated by Charles Jervas. London: Oxford University Press, 1907. p.331.

  ④ [西]塞万提斯著,傅东华译:《堂吉诃德》(第二部),人民文学出版社1959年版,第882页。

之，这两例句子都不符合汉语表达习惯，与傅东华一贯的译风相违。这种明显缺少斟酌思考的译文应该是由"大跃进"时期片面追求速度、效率，致使傅东华翻译《堂吉诃德》（第二部）的时间不足所造成的。

（二）《堂吉诃德》（第二部）的译文特点

傅译《堂吉诃德》（第二部）译文最显著的特点就是时代特征鲜明，它具体表现为译者对新中国主流意识形态的认同态度在译文中的流露。

傅东华对新中国主流意识形态的认同态度在《堂吉诃德》（第二部）中有两种表现，第一种为译者对文艺阶级性观念的认同态度在译文中的流露，第二种为译者对无产阶级爱憎情感的认同态度在译文中的流露。

1. 对文艺阶级性观念的认同态度

经典马克思主义的突出特点是阶级斗争理论和阶级分析方法，毛泽东将马克思主义的文艺阶级性观念发展成一整套文艺的阶级性理论："在阶级社会里，文学家、艺术家的思想感情不可能超脱在阶级和阶级斗争之上或游离其外，隶属于一定阶级的作家的创作必然具有一定的阶级性，阶级社会的文艺都属于一定的阶级。"[①] 傅东华将这种文艺观渗透于《堂吉诃德》（第二部）的译文当中。试看以下一例：

【例3】

杰维斯英译文：

And thus shalt thou comply with the duty of thy Christian profession, giving good advice to those who wish thee ill; and I shall rest satisfied, and proud to have been the first who enjoyed entire the fruits of his writings; for my only desire was to bring into public abhorrence the fabulous and absurd histories of knight-errantry, which, by means of that of my true and genuine Don Quixote, begin already to totter, and will doubtless fall, never to rise again.[②]

傅东华译文：

你要肯对那些想要污辱你的人进这样的忠告，就算你对你所担任的基督教职业已经尽了义务。我呢，既然做了能在写作上竟获全功的第一

---

① 高玉：《毛泽东文艺思想比较研究》，社会科学文献出版社2019年版，第79页。
② Miguel de Cervantes Saavedra. *Don Quixote* (Vol. II). Translated by Charles Jervas. London: Oxford University Press, 1907. p.582.

人，也就觉得满意而且可以自豪了，因为我惟一的愿望就是要使人们对那些荒谬绝伦的骑士小说感到憎恶，现在靠我这个真实地道的堂吉诃德的历史，那一类书的势力已经开始动摇，而且一定是要一蹶不可复振的。①

在翻译过程中，傅东华为从句"which…begin already to totter"补充了主语"那一类书的势力"。从这个补充的主语上，我们就能看出傅东华秉持的文艺阶级性观念。他认为，"荒谬绝伦的骑士小说"不仅仅是一种文学现象，更是一种文坛的反动"势力"，是要与之斗争的革命对象。这是毛泽东文艺阶级性理论的具体体现。傅东华在翻译时补充使用了具有20世纪50年代阶级斗争特色的语汇，译文流露出了傅东华对文艺阶级性观念的认同态度。

2. 对无产阶级爱憎情感的认同态度

傅东华在《堂吉诃德》（第二部）译文中刻意添加了一些富有感情色彩的词语，以此来表明自己与工农大众相同的情感判断，这反映了傅东华对无产阶级爱憎情感的认同态度。试看以下两例：

【例4】

杰维斯英译文：
The duke and duchess came to the hall-door to receive him, and with them a grave ecclesiastic, one of those who govern great men's houses;…②

傅东华译文：
公爵和公爵夫人走到客厅门口来迎接他，同着他们来的还有一个道貌岸然的教士；……③

"grave"作为形容词，有"严肃的""庄严的""表情沉重的"之意，并没有明显的贬义色彩，而"道貌岸然"却是一个具有明显贬义色彩的汉语词语，常用来形容外表神态庄重严肃，但内心险恶的人。傅东华之所以用

---

① [西]塞万提斯著，傅东华译：《堂吉诃德》（第二部），人民文学出版社1959年版，第1140页。

② Miguel de Cervantes Saavedra. *Don Quixote* (Vol. Ⅱ). Translated by Charles Jervas. London：Oxford University Press, 1907. p.249.

③ [西]塞万提斯著，傅东华译：《堂吉诃德》（第二部），人民文学出版社1959年版，第800页。

带有贬义色彩的"道貌岸然"去译中性词"grave",是因为以当时的阶级划分标准来看,"教士"是封建神权阶层的一分子,属于剥削阶级,而工农大众对剥削阶级有刻骨的仇恨。傅东华用贬义词去形容教士,能表现出他与工农大众相同的阶级情感,表现出他坚定的无产阶级革命立场。

【例5】

杰维斯英译文:

The duke and duchess were so satisfied with the happy and glorious success of the adventure of the Afflicted [One], that they resolved to carry the jest still further, seeing how fit a subject they had to pass it on for earnest:…①

傅东华译文:

这场苦老婆子的冒险干得这样有趣,这样成功,公爵和夫人都觉得非常满意,又因看见那两个老实人这样容易受骗,他们就决计把这种玩笑再开下去了。②

在杰维斯的英译文中,我们找不到与"老实人"相对应的词语,这是傅东华在翻译时增添上去的。公爵和夫人属于封建剥削阶级,他们无所事事,无聊地设计各种情境,以戏弄堂吉诃德与桑丘为乐,他们是可憎可恨的;而堂吉诃德与桑丘是被封建剥削阶级戏弄的对象,是值得同情的。傅东华在译文中添加了"老实人"这个词语来指称堂吉诃德和桑丘,就起到了引导读者情感判断的作用,读者会更同情堂吉诃德与桑丘,更憎恨剥削阶级的代表——公爵与夫人。

总之,从例4和例5中,我们能看到傅东华刻意渗透在译文中的阶级情感,他在小心谨慎地表明自己有着与无产阶级相同的立场、相同的爱憎情感。

---

① Miguel de Cervantes Saavedra. *Don Quixote* (Vol. II). Translated by Charles Jervas. London: Oxford University Press, 1907. p.330.
② [西]塞万提斯著,傅东华译:《堂吉诃德》(第二部),人民文学出版社1959年版,第881页。

小　结

　　本章分析了中国现代整合文化影响下《堂吉诃德》经典性新释的特点与傅东华《堂吉诃德》全译本的时代特点。

　　《堂吉诃德》的经典性新释以《堂吉诃德》图解马克思列宁主义、毛泽东思想，注重挖掘小说中蕴含的阶级矛盾与阶级斗争精神，强调作品的人民性特征，这种阐释均内蕴着"一元化"的政治思想，采用趋同化的批评话语，形成了高度规范化的批评范式，表现出中国现代整合文化的特征。在众多批评者的经典性新释中，着上了"十七年"间主流意识形态色彩的《堂吉诃德》被整合进新中国的文学经典序列。

　　1959年3月出版的傅东华译《堂吉诃德》是第一个有影响力的《堂吉诃德》中文全译本，此译本也带有鲜明的中国现代整合文化色彩。首先，《堂吉诃德》（第一部）表现出了中国现代整合文化的规范化特点。《堂吉诃德》（第一部）是傅东华对自己在民国期间翻译并出版的《吉诃德先生传》进行修订而产生的。此番修订严格根据新中国现代汉语规范化的标准进行，修订后的译文呈现出精雕细琢的特点，堪称现代汉语规范化使用的典范。其次，《堂吉诃德》（第二部）表现出中国现代整合文化的政治化特点，它应是傅东华在"大跃进"时期赶任务的仓促译作，译文中留有仓促成文的印记，其中蕴藏了译者对当时主流意识形态的认同态度。

　　总之，1949—1966年间的中国现代整合文化影响了《堂吉诃德》中文译介文本与阐释文本的样态特征，在此时期的译介与阐释下，《堂吉诃德》着上了新中国主流意识形态的色彩，被收编在新中国重新确定的经典文学之列。

第五章　现代自由文化影响下的
《堂吉诃德》译介与阐释

从"文化大革命"开始至中共十一届三中全会召开前（1966—1978），中国现代自由文化一直都在中国民间悄然生长并产生着影响。中国现代自由文化是与极左政治文化抗衡的民间文化，它有批判主流意识形态的独立精神、吁求个人权利的自由思想、表达真实情感的强烈诉求。这种文化抛弃了群体本位意识，表现出鲜明的个体本位意识，其憧憬的终极目标是人本身的现代性，即人作为生命个体的独立与自由。由于 20 世纪 60—70 年代中国政治环境的特殊性，中国现代自由文化还带有潜隐性、反思性、感伤性的特点。

由于文化发展具有延续性，文化事件的性质就不应机械地靠以标志性的历史事件为节点切分出来的文化分期来决定。文美惠 1978 年在《人民日报》与《光明日报》发表的两篇阐释《堂吉诃德》的文章与 20 世纪 50 年代《堂吉诃德》的经典性阐释一脉相承，更多地表现出中国现代整合文化的特征，因此，我们不将其作为本章研究的对象。杨绛的《堂吉诃德和〈堂吉诃德〉》尽管发表于 1964 年，但表现出中国现代自由文化的特征，因此，我们将其归入此章，放到中国现代自由文化影响下《堂吉诃德》的译介范畴里来研究。除此之外，杨绛主要译于"文革"期间的《堂吉诃德》译本也带有中国现代自由文化的色彩，本章也将对此译本做细致的分析。

第一节　中国当代《堂吉诃德》新型研究的开端

一、《堂吉诃德和〈堂吉诃德〉》的诞生背景

1962 年党的八届十中全会召开，"中国进入了阶级斗争要'年年讲、月月讲、天天讲'的年代"。1963—1964 年，毛泽东先后写下了两个关于文学

艺术的批示①，提倡"社会主义的艺术"②，要求文艺工作者要"执行党的政策"，"接近工农兵"，"去反映社会主义的革命和建设"③。"这两个批示成为极左派手中的圣旨，开始了对文艺界的清洗"④，中国文学批评从此滑入向极左方向前进的快车道。1964 年，"《文艺报》连续发表社论称'文学艺术是阶级斗争的武器，革命的文艺工作者应当努力充分地发挥这个武器的威力'……'文化大革命'中的文学观念实际上在'文化大革命'之前已经酝酿成熟了"⑤。

在这种政治环境与文学观念的影响下，呼应党中央制定的文化政策、贯彻"阶级分析法"、凸显作品阶级斗争意义的文学批评是最规范的批评模式，否则，文学批评者就可能会被扣上资本主义的帽子，受到严厉的批判。⑥ 而杨绛于 1964 年在《文学评论》上发表的《堂吉诃德和〈堂吉诃德〉》却风格独具。这篇文章完全没有套用当时文学批评常用的"阶级分析法"，几乎看不到任何政治色彩，是一篇学术功底扎实、信息容量广博的纯学术性论文。从杨绛此文的风格与时代文化背景的巨大反差中，我们能看到杨绛为打破"左"倾文化束缚、追求思想自由所做的努力。杨绛的这篇文章表现出中国现代自由文化的色彩。

二、《堂吉诃德和〈堂吉诃德〉》的超前性

杨绛在《堂吉诃德和〈堂吉诃德〉》一文中表现出敏锐的学术嗅觉和先进的研究思维，文中很多地方都闪现了西方当代文论先锋思想的火花。在这篇文章中，她牵引出许多有研究价值的问题头绪，中国新时期的《堂吉诃德》研究，很多都是从此文中的某一点伸展开去的。因此，此文在《堂吉

---

① 毛泽东的这两个批示一个写于 1963 年 12 月 12 日，一个写于 1964 年 6 月 27 日，通常将其合称为"两个批示"。
② 毛泽东：《关于文学艺术的两个批示》，见江曾培主编，冯牧卷主编《中国新文学大系 1949—1976》（第一集文学理论卷一），上海文艺出版社 1997 年版，第 70 页。
③ 毛泽东：《关于文学艺术的两个批示》，见江曾培主编，冯牧卷主编《中国新文学大系 1949—1976》（第一集文学理论卷一），上海文艺出版社 1997 年版，第 70 页。
④ 李扬：《中国当代文学思潮史》，上海社会科学院出版社 2005 年版，第 60 页。
⑤ 李扬：《中国当代文学思潮史》，上海社会科学院出版社 2005 年版，第 63 页。
⑥ 周谷城、邵荃麟的文艺观点与"文艺是阶级斗争武器"的主流观点相异，不少评论者就将"学术问题上升到反马克思主义的政治高度来进行批判"，认为周、邵二人要走"资产阶级的反社会主义的文艺路线"。参见李扬《中国当代文学思潮史》，上海社会科学院出版社 2005 年版，第 61～62 页。

诃德》的中国批评史上具有里程碑式的意义，它标志着中国当代《堂吉诃德》新型研究的开端。

具体而言，《堂吉诃德和〈堂吉诃德〉》一文的超前性体现在以下四个方面。

（一）开中国《堂吉诃德》接受研究的先河

《堂吉诃德和〈堂吉诃德〉》一文在中国开了《堂吉诃德》接受研究的先河。在杨绛之前，中国并未有人对《堂吉诃德》的西方接受状况做过系统的梳理。杨绛在《堂吉诃德和〈堂吉诃德〉》一文中追溯了17、18、19世纪西班牙、英国、法国、德国、俄国等欧洲国家的读者对堂吉诃德这一人物形象的接受历史，国人由此拓宽了视野，看到了堂吉诃德这一人物形象所具备的多种理解的可能性：不仅不同时代的读者会对这一人物有不同的理解，即便是同一个读者在不同的时间也会对这一人物有不同的理解。杨绛说："这些形形色色的见解往往因时代的局限而各有偏向，并且也不免掺进评论家主观上的思想和情感。于是堂吉诃德这个形象，一方面好似在放大镜底下，显得外形更明确，内容更丰富；一方面又好似遮上了一重厚厚的有色玻璃，把作者原来的形象模糊或歪曲了。"[①] 在文章的最后，杨绛又总结道："这许多改了样的堂吉诃德虽然都属于社会上脱离生产、脱离劳动人民的有闲阶层，他们的时代、阶级、境地等等都不相同，他们的主导思想也不一样，他们本质上仍然是《堂吉诃德》这部书里的堂吉诃德么？这是一个问题。因此堂吉诃德的性格不仅复杂，而且变得很混杂了。"[②] 杨绛将作者创造的堂吉诃德形象与读者接受的堂吉诃德形象这两个概念区分开来，这种观点在当时的中国乃至世界的《堂吉诃德》批评史上，都是极具价值的创见。西方接受美学出现于20世纪60年代末期，20世纪70年代到80年代前半期达到鼎盛。而杨绛却在1964年发表的这篇文章中就表现出朴素的接受美学思想，这是相当超前的。

（二）开中国《堂吉诃德》叙事研究的先河

《堂吉诃德和〈堂吉诃德〉》一文在中国开了《堂吉诃德》叙事研究的先河。"叙事学"这一学科名称是法国学者茨维坦·托多罗夫（Tzvetan Todorov）于1969年提出的。然而，杨绛却率先以一种朴素的叙事学研究意

---

① 杨绛：《堂吉诃德和〈堂吉诃德〉》，载《文学评论》1964年第3期，第63～64页。
② 杨绛：《堂吉诃德和〈堂吉诃德〉》，载《文学评论》1964年第3期，第84页。

识注意到《堂吉诃德》中的叙事问题:

> 塞万提斯对堂吉诃德的嘲笑既然带着深厚的同情,他自己的笑脸又躲闪在堂吉诃德的苦脸后面,小说中哪里是嘲笑、哪里是认真,有时候不易分辨,会使人得出矛盾的结论。堂吉诃德究竟是可笑的呢?可悲的呢?为这位可怜的英雄伤心落泪的,不止童年时代的海涅一人。塞万提斯究竟是讥刺堂吉诃德推行骑士道,还是借他来宣扬骑士道,也曾有相反的理解。塞万提斯在《堂吉诃德》里虽然常借书里的人物作自己喉舌,露面的作者却是熙德·阿默德·贝南黑利;这位阿拉伯作者对堂吉诃德只有歌颂和赞扬。是否为此种种原因,读者会把塞万提斯忘掉,甚至把堂吉诃德和作者本人等同起来呢?
>
> 譬如堂吉诃德释放一队囚犯的事,塞万提斯是写堂吉诃德疯狂可笑?还是借他来宣扬自己的人道主义?①
>
> 有时我们只看到堂吉诃德板着脸大发议论,作者究竟是在旁匿笑,还是借堂吉诃德来宣扬自己的主张,更不易分辨。②

杨绛实际上看到了小说作者与隐含作者之间的复杂关系,留意到塞万提斯采用的"不可靠叙述"这一高超的叙事技巧。尽管从堂吉诃德形象的复杂性这一问题切入,杨绛才注意到小说叙事层面的问题,但这种对小说叙事问题的学术敏感在当时已极为超前。

(三) 渗透了"文学即人学"的思想

在分析堂吉诃德的人物形象时,杨绛渗透了"文学即人学"的思想。

首先,她没有将堂吉诃德这一人物形象政治符号化,而从普遍人性的角度解读堂吉诃德。真实的人性是优缺点并存且无法断然分裂开来的,而中国20世纪50—60年代的文学批评者们往往简单套用"阶级分析法",将堂吉诃德身上的优点与缺点分属于不同的阶级特点,这样一来,堂吉诃德就成了一种政治符号化的形象,而非有血有肉、符合人性特点的人物形象。杨绛在分析堂吉诃德时,既提到了堂吉诃德的优点,也提到了他的缺点。尤为难得的是,她注意到堂吉诃德优点与缺点之间的内在关联性。杨绛说:"因为堂吉诃德是一个非常严肃认真的人,尤其一说到骑士道,他那股子热忱,使他

---

① 杨绛:《堂吉诃德和〈堂吉诃德〉》,载《文学评论》1964年第3期,第79页。
② 杨绛:《堂吉诃德和〈堂吉诃德〉》,载《文学评论》1964年第3期,第82页。

抹杀事实，失去理性，成为十足的疯子。"① 也就是说，堂吉诃德的优点源于他对理想、美德、爱情等美好事物的严肃认真，而他的缺点也同样源于此。这样优点与缺点紧密相连、难以截然分裂开来的人物形象是符合普遍人性特点的人物形象。这种从普遍人性的角度而非从政治理念的角度解读人物形象的批评范式在20世纪60年代的中国文学批评界独树一帜。

其次，杨绛注意从作家创作心理的角度分析堂吉诃德的人物形象，她认为，"塞万提斯在赋与堂吉诃德血、肉、生命的时候，把自己的品性、思想、情感分了些给他"②，"堂吉诃德不是作者的理想人物"，而"是一个理想化的人物"③，因此，塞万提斯对堂吉诃德的嘲笑"回味之中有些眼泪的咸涩"，"他嘲笑堂吉诃德，也仿佛在嘲笑自己"④。杨绛的分析能将堂吉诃德还原到其产生的历史场域当中，使人们看到堂吉诃德的形象特点与塞万提斯创作心理之间的关联。

总之，不管从普遍人性的角度还是从作家创作心理的角度分析堂吉诃德的人物形象，都与生硬、僵化的政治话语式文学批评模式截然不同，杨绛还文学以"人学"的况味，这种文学研究思想超越了她所处的时代。

（四）论及《堂吉诃德》中蕴含的哲学思想

杨绛是新中国第一个明确论及《堂吉诃德》中蕴含的哲学思想的学者。她注重分析堂吉诃德这一人物形象中蕴含的哲理。杨绛在文中引用了马克思对黑格尔哲学的转述："黑格尔在某处说过：一切巨大的世界历史的事变和人物，都是出现两次。他忘记添加道：第一次是以悲剧出现，第二次是以闹剧出现。"⑤ 杨绛接着评论道："堂吉诃德也正是要把历史上的故事重演，不知道自己变成了闹剧里的角色。"⑥ 同样是分析堂吉诃德的可笑性，杨绛却与同时期的其他评论者不同，她没有简单套用马克思主义的社会发展观来评价堂吉诃德落后于时代的思想和行为，而是把握住马克思主义历史观的内核，赋予堂吉诃德的可笑性以深刻的历史哲学意义。堂吉诃德在杨绛的评论中不再是一个单薄的个体形象，而是象征着某种历史群像。

不仅如此，杨绛还简单介绍了《堂吉诃德》中涉及的柏拉图恋爱观、

---

① 杨绛：《堂吉诃德和〈堂吉诃德〉》，载《文学评论》1964年第3期，第73页。
② 杨绛：《堂吉诃德和〈堂吉诃德〉》，载《文学评论》1964年第3期，第76页。
③ 杨绛：《堂吉诃德和〈堂吉诃德〉》，载《文学评论》1964年第3期，第83页。
④ 杨绛：《堂吉诃德和〈堂吉诃德〉》，载《文学评论》1964年第3期，第84页。
⑤ 杨绛：《堂吉诃德和〈堂吉诃德〉》，载《文学评论》1964年第3期，第74页。
⑥ 杨绛：《堂吉诃德和〈堂吉诃德〉》，载《文学评论》1964年第3期，第74页。

真理的相对性、人道主义等内容,她认为这些问题都值得进一步探讨。她说:"塞万提斯的哲学思想一定很值得研究,可惜目前我们还没有足够的资料。"① 在马克思主义哲学是主流意识形态的年代里,杨绛能留意到《堂吉诃德》中蕴含的其他哲学思想,并肯定其研究的价值,这是难能可贵的。

第二节　第一个有影响力的《堂吉诃德》中文西语直译本

第一个《堂吉诃德》中文西语直译本,应是戴望舒译于 20 世纪 30 年代的《吉诃德爷》。可惜该译本大部分内容都在战火中遗失了,目前仅有第 1 章到第 22 章的残稿留存下来,因此,该译本并不为国人熟知。杨绛依据 1952 年马德里出版的"西班牙古典丛书"(Clásicos Castellanos)中弗朗西斯戈·罗德利盖斯·马林(Francisco Rodríguez Marín)编注本第六版译出的《堂吉诃德》,才是中国第一个有影响力的《堂吉诃德》中文西语直译本。该译本不仅曾在国内获得"全国优秀外国文学图书奖一等奖",1986 年,西班牙国王还将"智慧国王阿方索十世十字勋章"颁发给译者杨绛,以表彰她因翻译《堂吉诃德》而对传播西班牙文化做出的贡献。杨绛译本自 1978 年首次出版发行至今,销量早已突破百万套。

本节将回溯《堂吉诃德》杨绛译本在特殊历史背景下曲折的问世过程,分析其译文特点,剖析杨绛对《堂吉诃德》所做的主体性重构,找出《堂吉诃德》杨绛译本畅销中国的原因,并以该译本为切入点,从微观视角考察中国现代自由文化的生成及传播过程。

一、杨绛译本问世的曲折过程

1956 年,"外国古典文学名著丛书编委会"委派杨绛翻译《堂吉诃德》,此时的杨绛只通晓英语和法语,并不懂西班牙语,因此,编委会随她从英语或法语译本转译。杨绛挑了两个法译本和三个英译本,仔细对比后,她发现"这许多译者讲同一个故事,说法不同,口气不同,有时对原文还会有相反的解释",她觉得"要忠于原作,只可以直接从原作翻译"②。于

---

① 杨绛:《堂吉诃德和〈堂吉诃德〉》,载《文学评论》1964 年第 3 期,第 83 页。
② 杨绛:《记我的翻译》,见《杨绛全集》(3)散文卷,人民文学出版社 2014 年版,第 271 页。

是，杨绛下决心学习西班牙语。1958年，文化界也开始了"大跃进"运动。这年的10月下旬，杨绛被派"下乡去受社会主义教育，改造自我"①。两个多月后回京，杨绛开始自学西班牙语。至1961年，她已能读懂比较艰深的西语文章，于是开始动笔翻译。

从1957年反右扩大化一直到1976年"文革"结束，这段时间内，中国各行各业都受到了"左"倾错误思想的影响，大多数行业内的工作都无法正常有序地进行。杨绛在追忆翻译《堂吉诃德》的那段日子时写道："即使没有'运动'的时候，也有无数的学习会、讨论会、报告会等等，占去不少时日，或把可工作的日子割裂得零零碎碎。如有什么较大的运动，工作往往全部停顿。我们哪一年没有或大或小的'运动'呢？"② 在这种情况下，杨绛攒下一点一滴的时间来进行翻译工作，"《堂吉诃德》的译稿，大部分由涓涓滴滴积聚而成"③。1966年"文化大革命"开始时，杨绛已译完第六册的一半。然而，此年8月，这部未完成的译稿却被冠以"黑稿子"之名被没收，直到1970年6月才发还。1972年，杨绛从干校回京，中断多年的《堂吉诃德》翻译工作终于得以继续，然而，译文已搁置多年，杨绛"觉得好像是一口气断了，接续不下，又从头译起"④。1976年，杨绛译完全书。1977年，她将全部译文校订之后交给人民文学出版社。1978年3月，中国首部《堂吉诃德》西语直译本正式出版发行。

二、杨绛翻译《堂吉诃德》的心理

在初接到翻译《堂吉诃德》的任务时，杨绛本可以从英文译本或法文译本转译来完成翻译《堂吉诃德》的任务，但是她却选择了从零开始学习西班牙语，待熟练掌握这门语言后，再开始翻译；"文革"期间，《堂吉诃德》译稿被定义为"黑稿子"而被没收，杨绛在几番波折中，在极为艰苦的环境下，只要时机允许，便抓紧自己的零散时间翻译《堂吉诃德》，终于在首次动笔翻

---

① 杨绛：《第一次下乡》，见《杨绛全集》（3）散文卷，人民文学出版社2014年版，第154页。
② 杨绛：《丙午丁未年纪事》，见《杨绛全集》（2）散文卷，人民文学出版社2014年版，第71页。
③ 杨绛：《丙午丁未年纪事》，见《杨绛全集》（2）散文卷，人民文学出版社2014年版，第72页。
④ 杨绛：《记我的翻译》，见《杨绛全集》（3）散文卷，人民文学出版社2014年版，第272页。

译《堂吉诃德》的 17 年后完成了这部小说的翻译任务。杨绛这种不计时间成本、排除万难的翻译，如果仅用"一丝不苟的工作态度"或"对翻译工作的热爱"来解释，恐怕会显得苍白无力。其实，杨绛排除万难、坚持翻译《堂吉诃德》的心理驱动力有两个：一是杨绛感到了《堂吉诃德》中的主人公身份与"文革"中知识分子身份的相似性，因此，她要借小说主人公排遣"文革"期间被视为"异类"的孤独感，要从小说主人公身上汲取直面"文革"期间自己被迫害境遇的精神力量；二是杨绛感到了堂吉诃德理想破灭的经历与自己在"文革"期间理想破灭状态的相似性，因此，她要借讲述堂吉诃德的人生悲剧来宣泄自己人生中的失望与悲伤。

从 1956 年杨绛接到翻译《堂吉诃德》的工作任务到 1977 年终于将校订好的译稿交给出版社，这 20 年间中国的"左"倾错误思想逐渐泛滥开来，中国知识分子的政治地位也随之每况愈下，他们被视为工人阶级的异己力量和斗争对象，不断遭到政治排挤和打击。在"文革"开始之后，许多中国知识分子都被批斗、被下放，在这种情况下，他们很容易感到深深的孤独和绝望。杨绛需要找到精神上的伙伴相偎取暖、排遣掉知识分子在"文革"期间感受到的孤独之寒。她后来这样表述《堂吉诃德》中人物形象的意义与价值："堂吉诃德确是个古怪的疯子，可是我们会看到许多人和他同样的疯，或自己觉得和他有相像之处；正如桑丘是个少见的傻子，而我们会看到许多人和他同样的傻，或自己承认和他有相像之处。"① 可见，《堂吉诃德》中的主人公带给杨绛一种同类相惜的温暖感：堂吉诃德古怪疯癫，桑丘一派痴傻，他们在其所处的社会中都是不正常的异类，这种身份与"文革"时期的知识分子有着很多相似之处，因而《堂吉诃德》中的人物形象对杨绛来说具有特殊的意义，他们能让杨绛找到精神上的依靠，能带给杨绛从容面对"文革"期间被迫害境遇的力量。在《丙午丁未年纪事》中，杨绛写下了这样一段回忆性文字：

> 有人递来一面铜锣和一个槌子，命我打锣。我正是火气冲天，没个发泄处；当下接过铜锣和槌子，下死劲大敲几下，聊以泄怒。这来可翻了天了。台下闹成一片，要驱我到学部大院去游街。一位中年老干部不知从哪里找来一块污水浸霉发黑的木板，络上绳子，叫我挂在颈上。木板是滑腻腻的，挂在脖子上很沉。我戴着高帽，举着铜锣，给群众押着

---

① 杨绛：《译者序》，见［西］塞万提斯著，杨绛译《堂吉诃德》（上），人民文学出版社 1987 年第 2 版（2018 年 9 月第 3 次印刷，杨绛的这篇《译者序》写于 1995 年），第 12 页。

先到稠人广众的食堂去绕一周，然后又在院内各条大道上"游街"。他们命我走几步就打两下锣，叫一声"我是资产阶级知识分子！"我想这有何难，就难倒了我？况且知识分子不都是"资产阶级知识分子"吗？叫又何妨。……有两人板起脸来训我：谁胆敢抗拒群众，叫他碰个头破血流。我很爽气大度，一口承认抗拒群众是我不好，可是我不能将无作有。他们倒还通情达理，并不再强调我承认默存那桩"莫须有"的罪名。我心想，你们能逼我"游街"，却不能叫我屈服。我忍不住要模仿桑丘·潘沙的腔吻说："我虽然'游街'出丑，我仍然是个有体面的人！"①

这段文字详细地记录了"文革"期间杨绛被批斗的一次经历。在遭受冤屈、迫害之时，正是《堂吉诃德》中的人物带给了她精神力量，杨绛才能够以一颗强大的内心坚守自己的价值取向，勇敢无畏地直面现实生活中的磨难。

"文革"期间，杨绛不仅经历了戴高帽、挂罪名牌、剃"怪头"、挨鞭打、下放干校等重重"洗礼"，1970年独生女儿钱瑗丈夫的被逼自杀又给杨绛以沉重的打击。在《干校六记》中，杨绛记下了自己"文革"时期的伤痛感受："我想到解放前夕，许多人惶惶然往国外跑，我们俩为什么有好几条路都不肯走呢？……我们只是舍不得祖国，撇不下'伊'……解放以来，经过九蒸九焙的改造，我只怕自己反不如当初了。……据说，希望的事，迟早会实现，但实现的希望，总是变了味的。"② 在这段文字中，杨绛毫不隐讳地写出了自己"文革"期间旧日理想破灭的失落感。中华人民共和国成立前夕钱钟书与杨绛夫妇有诸多条件不错的选择，他们之所以会毅然决定留在新中国，正是因为他们夫妇有一颗爱国心、一个强国梦。然而，中华人民共和国成立后，在"左"倾错误思想指导下开展的数次改造知识分子的运动以及在极左思想指导下开展的"文化大革命"，都无情地伤害了杨绛炽热的爱国心，残酷地击碎了她曾经的强国梦。面对这种理想与现实之间的巨大落差，杨绛的心中难免会有相当多的酸楚与痛苦。早在1964年，杨绛就曾写下这样一段话："塞万提斯或许觉得自己一生追求理想，原来只是堂吉诃

---

① 杨绛：《丙午丁未年纪事》，见《杨绛全集》（2）散文卷，人民文学出版社2014年版，第76页。
② 杨绛：《干校六记》，见《杨绛全集》（2）散文卷，人民文学出版社2014年版，第48～51页。

德式的幻想;他满腔热忱,原来只是堂吉诃德一般的疯狂。"① 与其说这段话是对塞万提斯创作心理的推测,不如说是杨绛自己带着极大的热情去阐释、翻译《堂吉诃德》的心理写照。正是因为杨绛在中华人民共和国成立后"左"倾错误思想泛滥的社会大环境中,尤其是"文革"中感到了被理想捉弄的悲哀,她才会带着同情心、同理心去翻译《堂吉诃德》,在讲述堂吉诃德"理想"变成"幻想"、"热忱"变成"疯狂"故事的同时,表达自己在此种政治环境中的种种无奈与悲哀。她由己及人、将自己翻译《堂吉诃德》时的心理投射到了塞万提斯身上,才会对塞万提斯的写作心理做这样的猜想。

美国学者罗鹏认为,杨绛的翻译"不仅是对政治动荡的策略性退却,还是对作品所处的政治环境的含蓄评论"②。"杨绛文学翻译的重要价值不仅在于它们忠实地抓住了源文本的意义(尽管这毫无疑问是她的目标之一),还在于它们如何携带着产生它们的政治气候的印记,和被那政治气候压制的创造性努力所发出的回声。"③ 这两段话正点出了《堂吉诃德》杨绛译本与中国政治环境之间的关系。杨绛之所以会在极艰难的政治环境中要坚持完成《堂吉诃德》的翻译工作,正是因为她在《堂吉诃德》的主人公身上看到了"文革"期间自己的影子,在堂吉诃德幻灭的理想中看到了自己被"文革"碾碎的旧梦。翻译《堂吉诃德》对于杨绛的意义远不止是一项文学翻译工作,它是杨绛在"左"倾错误思想泛滥、中国的知识分子被当作社会异端来排斥甚至批斗的年代里,一种寻求精神伙伴、获得精神力量的方式;是在中国极左政治文化取缔了个体文化存在的合法性、压抑着人们真实生命感受、剥夺了知识分子自我言说权利的年代里一种打破言论禁锢、充分咀嚼自身生命体验、宣泄内心难言之痛的方式。杨绛借翻译《堂吉诃德》直面自己"文革"期间的精神创伤,隐曲地诉说自己内心的伤痛,从而进行自我疗愈,获得自我慰藉。这就是杨绛在艰苦的条件下不计成本、排除万难地"一心想翻译"④《堂吉诃德》的心理驱动力所在。

---

① 杨绛:《堂吉诃德与〈堂吉诃德〉》,载《文学评论》1964年第3期,第78页。
② [美]罗鹏撰,许淑芳译:《如何以言行事:杨绛和她的翻译》,载《华文文学》2018年第5期,第39页。
③ [美]罗鹏撰,许淑芳译:《如何以言行事:杨绛和她的翻译》,载《华文文学》2018年第5期,第41页。
④ 杨绛曾说:"《堂吉诃德》是我一心想翻译的书,我得尽心尽力。"参见杨绛《记我的翻译》,见《杨绛全集》(3)散文卷,人民文学出版社2014年版,第271页。

三、杨绛译本与西语原本的差异

（一）杨绛译本与原本之间存在差异的必然性

杨绛是中国当代的翻译大家，她的翻译力求忠实于原作，译风严谨，译文洗练、流畅、明快，朱光潜、董衡巽、钱钟书、傅雷等人都曾盛赞过她的翻译。2002 年，曾任人民文学出版社编审的著名西班牙语翻译家胡真才先生撰写了一篇名为《众多〈堂吉诃德〉中译本，我仍然觉得杨绛译本好》的文章，他说："作为出版社编辑，我曾将译文和原文做过对照。杨绛的译笔虽然灵活，译文却非常忠实。她译文中的注释缜密而丰富，这显示了她广博的知识和严谨的治学精神。"也许正因人们对杨绛的敬佩和对其所译《堂吉诃德》的喜爱，学者们才不愿正视杨绛译本与西语原本在人物形象、主旨表现等方面的差异。至今，笔者尚未见到一篇系统探讨此类问题的文章。其实，译本与原本之间的差异必然存在。

勒菲弗尔认为，翻译"必定不能真确地反映原文的面貌"，但这并不是由于"世界上有一群奸险狡诈的'重写者'躲在那里，出卖、背叛每一篇原文……他们中的大部分人都是战战兢兢、诚诚恳恳的，他们都以为自己所做的是唯一的途径，背叛了原文也不知道"[①]。杨绛推崇忠实于原作的翻译，然而，实际上，她却在建构译本的过程中不可避免地按自己的理解重写了《堂吉诃德》。这是因为翻译过程是由译者对源语文本的解构和对译语文本的建构两个步骤组成的。在解构源语文本这一步中，译者需要充分调用自己的主观能动性，努力去把握源语作品的语言意义、揣测原文作者的创作意图、观照源语作品背后的社会文化，从而形成对源语作品的个人领悟。因为译者与原作者的知识构成与认知模式永远不可能完全相同，译者对原作意义的领悟也就永远不可能与原作者写作时的意图完全吻合。在建构译语文本这一步中，译者要再度充分调用其主观能动性，综合考虑源语文本意义与译语文化语境等多种因素，选用其认为最合适的词句来建构新文本。翻译过程中的每一个步骤都无法避开译者主观能动性的影响，因此，再忠实于原作的译作也只能是译者对原作的一种主体性重构，它与原作之间必然存在偏差。只有正视并研究杨绛译本与西语原作之间的差异，才能深入了解《堂吉诃德》杨绛译本，深度解析翻译史上的这一成功案例。

[①] 陈德鸿、张南峰：《西方翻译理论精选》，香港城市大学出版社 2002 年版，第 175 页。

《堂吉诃德》杨绛译本与西语原本之间最大的差异就体现在小说的隐性进程方面：西语原本中的隐性进程在杨绛译本中模糊化了。小说隐性进程中堂吉诃德人生的圆满性被消解，而与之伴生，第二重显性情节进程中堂吉诃德人生的悲剧性则得到进一步凸显。我们将在下文对此问题进行详细的探讨。

（二）《堂吉诃德》原本中的隐性进程

隐性进程（covert progression）是我国学者申丹提出的一个在国内外叙事学界颇具影响力的理论概念[①]，它"指涉一股自始至终在情节发展背后运行的强有力的叙事暗流"[②]，常由对情节发展无足轻重，看似琐碎离题，却在作品开头、中间和结尾部分暗暗呼应着的文本成分构成[③]。在小说的隐性进程中，存在着与显性情节发展进程不同的另一种主题意义和人物形象。申丹认为，"当一个作品引发了大相径庭的批评阐释时，我们需要探寻是否在批评思路上出现了与文本现实不相吻合的情况"[④]。她的意思是说，当一个作品有多种阐释的可能时，这部作品就很可能存在着多重叙事进程，因为具有多重叙事进程的文本特点超出了人们习惯的单一叙事进程批评视野，批评者们才会各自执着于他所看到的一重叙事进程，对作品做出大相径庭的解读。

《堂吉诃德》就是一部"引发了大相径庭批评阐释"的作品。哈罗德·布鲁姆（Harold Bloom）指出，"似乎没有两位读者读到过同样的《堂吉诃德》，而最杰出的批评家们对小说的一些基本方面也意见不一"[⑤]。以往人们对堂吉诃德人生的评价主要有三类：闹剧说、悲剧说、喜剧说。闹剧说认

[①] 2012年，申丹在国内首次提出了"隐性进程"的概念，参见申丹《叙事动力被忽略的另一面——以〈苍蝇〉中的"隐性进程"为例》，载《外国文学评论》2012年第2期，第119~137页；2013年，申丹在国外首次提出并界定了这一概念，参见 Shen Dan. "Covert Progression Behind Plot Development: Katherine Mansfield's 'The Fly'." *Poetics Today*, 2013 (1-3), pp.147-175；2014年，申丹阐释该理论的专著在国外出版，参见 Shen Dan. *Style and Rhetoric of Short Narrative Fiction: Covert Progressions Behind Overt Plots*. New York and London: Routledge, 2014。

[②] 申丹：《隐性进程》，载《外国文学》2019年第1期，第82页。

[③] 申丹：《隐性进程》，载《外国文学》2019年第1期，第91页。

[④] 申丹：《关于叙事"隐性进程"的思考》，载《中国外语》2013年第6期，第12页。

[⑤] ［美］哈罗德·布鲁姆著，江宁康译：《西方正典：伟大作家和不朽作品》，译林出版社2005年版，第48页。

为，堂吉诃德的一生是滑稽小丑频频逗笑的一出闹剧①；悲剧说认为，堂吉诃德的一生是崇高英雄理想幻灭的悲剧②；喜剧说认为，堂吉诃德是与基督相类似的人物③，其人生有宗教意义上的喜感；或者认为堂吉诃德是存在主义的英雄④，其人生有存在主义哲学意义上的喜感。在前人研究的基础上，我们可以确定《堂吉诃德》存在着两显一隐三重情节进程。第一重显性情节进程以讽刺骑士小说为主题，其情节可概括为：堂吉诃德痴迷骑士小说，模仿游侠骑士行为，临终前幡然悔悟、痛斥骑士小说。第二重显性情节进程以歌颂理想主义英雄为主题，其情节可概括为：堂吉诃德欲在世间推行崇高的骑士道，受尽挫折，最终惨败，郁郁而死。这两条情节进程中，堂吉诃德的人生故事分别为闹剧性的、悲剧性的；而在小说的隐性进程中，堂吉诃德的人生结局是喜剧性的。这条隐性进程可概括为：自我迷失的拉曼却老乡绅想找到生命的意义与价值，于是自命名为堂吉诃德、效仿游侠骑士去追求荣誉与爱情；然而，对荣誉与爱情的渴求让他陷入癫狂、再次迷失；临终前，老乡绅终于在一世的善心善行中找到了生命的意义与价值，圆满达成夙愿。《堂吉诃德》的隐性进程表达了这样的主题思想：执着追求爱情与荣誉不会为人生带来意义与价值，反而易使人陷于癫狂与痛苦；善良的心地与良好的品行才会赋予人的生命以真正的意义与价值。

《堂吉诃德》的隐性叙事进程由小说开头、中间、结尾处一些对情节发展无足轻重、看似琐碎离题、实则暗暗呼应着的叙事细节、诗歌与穿插故事构成。

1. 叙事细节

小说中一些对情节发展无足轻重的叙事细节往往是构成《堂吉诃德》隐性进程的重要文本成分。由于《堂吉诃德》是鸿篇巨制，限于篇幅，我们无法像研究短篇小说一样列举并分析每一处构成隐性进程的叙事细节，下面仅将关于堂吉诃德真实姓名问题的叙事细节摘取出来，以求窥斑见豹。

---

① 持这种观点的人多集中于17世纪，20世纪的P. E. 鲁塞尔（P. E. Russell）、安东尼·克鲁兹（Anthony Close）也持此种观点。参见陈众议《滑稽的堂吉诃德》，见《塞万提斯学术史研究》，译林出版社2011年版，第5～14页；P. E. Russell. "'Don Quixote' as a Funny Book." *The Modern Language Review*, 1969 (2), pp. 312 – 326；Anthony Close. *The Romantic Approach to Don Quixote: A Critical History of the Romantic Tradition in Quixote Criticism*. Cambrideg: Cambridge University Press, 1978.

② 19世纪浪漫派批评家多持这种观点。

③ Wystan Hugh Auden. "The Ironic Hero." *Horizon*, 1949 (8), pp. 86 – 94.

④ Mary A. Gervin. "Don Quixote as an Existential Hero." *CLA Journal*, 1987 (2), pp. 178 – 188.

《堂吉诃德》第一部首章首段有这样一句话:"据说他姓吉哈达,又一说是吉沙达,记载不一,推考起来,大概是吉哈那。"① 然而,后文又出现了另一种说法:"上文说起这部真实传记的作者断定他姓吉哈达,而不是别人主张的吉沙达。"② 堂吉诃德的真姓在不可靠叙述中模糊化了,它象征着拉·曼却老乡绅的自我迷失。正因如此,他才生出做游侠骑士的想法,希望建功立业、得到杜尔西内娅的青睐,在荣誉与爱情中收获生命的意义和价值。

　　堂吉诃德第一次出游被打得倒地不起时,老乡认出了他,称他为"吉哈那先生"。然而,叙述人仍用不确定的推测语气来讲述堂吉诃德的真实姓名问题:"他发疯变为游侠骑士之前,还安安闲闲当绅士的时候,想必③就叫这个名字"④。堂吉诃德沉浸于自己幻想的骑士世界,迷乱疯癫地诉说着自己要为杜尔西内娅建立功勋的决心,老乡提醒他:"您既不是巴尔多维诺斯,也不是阿宾德来,您是有体面的绅士吉哈那先生。"⑤ 堂吉诃德对自己的真实姓名问题不置一词,却说了一串自己"可以"成为的人:"我知道自己是谁,也知道自己不但可做刚才说的那两人,还可以做法兰西十二武士,甚至世界九大豪杰。他们的功绩,不论各归各或一股脑儿总在一起,都比不上我的伟大。"⑥ 显然,陷入癫狂状态的堂吉诃德并不知道自己是谁,真实的自我迷失在他对爱情与荣誉的极度渴求当中。堂吉诃德真实姓名的模糊化与理想自我的虚妄化都表明,作为游侠骑士的堂吉诃德依然自我迷失着,他注定无法在这一身份中找寻到真正有意义、有价值的自我。

　　小说第二部的最后一章,解开了堂吉诃德真实姓名之谜。堂吉诃德对众人说:"各位好先生,报告你们一个喜讯:我现在不是堂吉诃德·台·拉·曼却了,我是为人善良、号称'善人'的阿隆索·吉哈诺。"⑦ "阿隆索·吉哈诺"(Alonso Quijano)在此章中反复出现了四次,每次都与"善人"(bueno)相伴生,作者借此暗示堂吉诃德的真实姓名问题与其人生意义问题密切相关。堂吉诃德之所以把关于自己姓名"不是……是……"(no

---

　　① [西]塞万提斯著,杨绛译:《堂吉诃德》(上),人民文学出版社1978年版,第11～12页。
　　② [西]塞万提斯著,杨绛译:《堂吉诃德》(上),人民文学出版社1978年版,第15页
　　③ 西语原文中用了"debía"一词。
　　④ [西]塞万提斯著,杨绛译:《堂吉诃德》(上),人民文学出版社1978年版,第37页。
　　⑤ [西]塞万提斯著,杨绛译:《堂吉诃德》(上),人民文学出版社1978年版,第37页。
　　⑥ [西]塞万提斯著,杨绛译:《堂吉诃德》(上),人民文学出版社1978年版,第26～28页。
　　⑦ [西]塞万提斯著,杨绛译:《堂吉诃德》(下),人民文学出版社1978年版,第511页。

soy… sino…）这个信息称为"喜讯"（albricias）就是因为他终于不再迷失，在"善人"的身份中找到了真正有意义和价值的自我。

以上关于堂吉诃德真实姓名问题的叙事细节构建了小说隐性进程的大体脉络：拉曼却老乡绅在平淡无奇的生活里迷失了自我—渴望通过做游侠骑士求得荣誉与爱情以实现自我—最终在自己一世的善心善行中找到了自我生命的意义与价值。

2. 诗歌与穿插故事

小说中一些看似冗余的诗歌与穿插故事往往包含着小说隐性进程的部分主题思想，它们与隐性进程叙事主线中的相关叙事细节相呼应，从不同的角度辅助表现小说隐性进程的主题思想，也是构成小说隐性进程的重要文本成分。例如，《堂吉诃德》中有十首细致描摹了爱情之苦的诗歌①，尽管这十首诗歌的抒情主体不一，但是思想内容却高度一致，都表现了追求爱情而不得的人们痛不欲生的感受。小说第一部中还有一个穿插故事——《何必追根究底》（«Curioso impertinente»），它讲述了三个主人公因执迷于爱情而名誉扫地、最终殒命的故事。十首诗歌与故事《何必追根究底》看似离题冗余，实际上它们都与表现堂吉诃德在爱情中形容枯槁、疯癫痴傻的叙事细节相呼应，从不同的角度、以不同的方式展现了执着追求爱情的痛苦，共同凸显了小说隐性进程中"执着追求爱情不会为人生带来意义与价值，反而易使人陷于癫狂与痛苦"这部分主题思想。

（三）隐性进程在杨绛译本中的模糊化

《堂吉诃德》杨绛译本出色地传达了小说两重显性情节发展进程中的人物形象和主旨意义，但由于不少蕴藏在西语原文叙事细节和诗歌中的隐性进程意义在翻译中流失了，原作中的隐性进程就在杨绛译本中变得模糊了。

1. 叙事细节中隐性进程意义在杨绛译文中的流失

《堂吉诃德》西语原本的一些叙事细节往往遣词用语微妙，其中暗含小说的隐性进程意义，但这些意义却常在杨绛译文中模糊化甚至完全流失了。

（1）"发疯伊始"叙事细节中隐性进程意义的模糊化。《堂吉诃德》隐性进程的开端，主人公堂吉诃德是一个欲在功名中寻找生命意义与价值的人物形象，具有较强的功利心。小说开篇亮出这样一个持有错误人生价值观的

---

① 具体参见［西］塞万提斯著，杨绛译：《堂吉诃德》（上），人民文学出版社1978年版，第75～78、第93～99、第103、第182、第216～217、第225～227、第310、第393～394页；［西］塞万提斯著，杨绛译：《堂吉诃德》（下），人民文学出版社1978年版，第133、第480页。

主人公形象，才能有后来堂吉诃德自我寻找、自我反省、自我修正、自我实现等一系列的人生成长故事，隐性进程叙事才得以展开。塞万提斯在第一章叙述堂吉诃德"发疯伊始"的细节中，便突出了堂吉诃德有着较强功利心的形象特点：

> En efecto, rematado ya su juicio, vino a dar en el más extraño pensamiento que jamás dio loco, en el mundo, y fue que le pareció convenible y necesario, así para el aumento de su honra como para el servicio de su república, hacerse caballero andante y irse por todo el mundo con sus armas y caballo a buscar las aventuras y a ejercitarse en todo aquello que él había leído que los caballeros andantes se ejercitaban, deshaciendo todo género de agravio y poniéndose en ocasiones y peligros donde, acabándolos, cobrase eterno nombre y fama.①

这个冗长复句交代了堂吉诃德发疯的最根本原因——追求个人荣誉。作者在这个长复句中两次强调了追求个人荣誉这个因素：一次是"el aumento de su honra"（提高他的名誉度），这个分句在交代堂吉诃德疯狂想法内容的开头；另一次是"cobrase eterno nombre y fama"（赢得永恒的声誉和名望），这个分句在交代堂吉诃德疯狂想法内容的结尾。在这种语序结构中，读者可以明白，追求个人荣誉是堂吉诃德发疯的根本原因，做游侠骑士是他要实现个人荣誉追求的途径，效仿骑士行为、剪除强暴是他关于怎样做个游侠骑士的具体想法。我们将这些语义关系展示如下。（如图 5-1 所示）

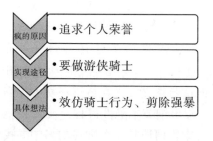

图 5-1　西语原文堂吉诃德"发疯伊始"细节中的隐性进程意义

---

① Miguel de Cervantes. *El Ingenioso Hidalgo Don Quijote De La Mancha*. Vol. 1. Ed. Francisco Rodríguez Marín. 8 vols. Clásicos Castellanos 4. Madrid: Espasa-Calpe, 1952. pp. 73-74.

杨绛在翻译这段话时，重新排列了冗长复句的分句，在此过程中重新建构了语义：

> 总之，他已经完全失去理性，天下疯子从没有像他那样想入非非的。他要去做个游侠骑士，披上盔甲，拿起兵器，骑马漫游世界，到各处去猎奇冒险，把书里那些游侠骑士的行事一一照办：他要消灭一切暴行，承当种种艰险，将来功成业就，就可以名传千古。他觉得一方面为自己扬名，一方面为国家效劳，这是美事，也是非做不可的事。①

在翻译中，杨绛将原本放在前面的含有"el aumento de su honra"语义的分句，调到了含有"cobrase eterno nombre y fama"语义分句的后面，并且让这两个句子紧密相联。这样一来，在这段话的西语原文中前后两处强调追求个人荣誉的那种表达效果就消失不见了，整段话的语义关系也发生了变化：堂吉诃德发疯的根本原因是他想要做游侠骑士，效仿骑士行为、剪除强暴是他要实现做游侠骑士这一目标的途径，取得个人荣誉是他在做游侠骑士的过程中会获得的益处。我们将这些语义关系展示如下。（如图5-2所示）

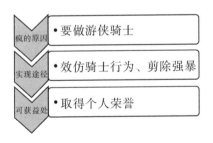

图5-2　杨绛译本堂吉诃德"发疯伊始"细节中的隐性进程意义

通过杨绛的翻译，西语原文中因强烈渴望个人荣誉而要去做游侠骑士的堂吉诃德，变成了痴迷于骑士小说、心怀崇高骑士理想的堂吉诃德，"取得个人荣誉"在杨绛译文中只不过是堂吉诃德去做游侠骑士可获得的一种无足轻重的附加好处。于是"发疯伊始"叙事细节中的隐性进程意义就在杨绛译文中模糊化了。

---

① ［西］塞万提斯著，杨绛译：《堂吉诃德》（上），人民文学出版社1978年版，第13～14页。

(2)"邂逅大板车"叙事细节中隐性进程意义的流失。《堂吉诃德》第二部第十一章中,堂吉诃德与一辆载满戏子的大板车相遇。塞万提斯较细致地描摹了大板车上的画面。这幅画面极富象征义,它其实是对当时堂吉诃德生命状态的一种映照,是当时堂吉诃德生命状态的一个镜像。[1] 这段叙事是《堂吉诃德》隐性进程的一个重要组成部分,它暗示着《堂吉诃德》隐性进程的部分主题意义,而杨绛译文中,这幅画面中的象征义却流失了。试比较西语原文与杨绛译文:

西语原文:

Responder quería don Quijote a Sancho Panza, pero estorbóselo una carreta que salió al través del camino cargada de los más diversos y extraños personajes y figuras que pudieron imaginarse. El que guiaba las mulas y servía de carretero era un feo demonio. Venía la carreta descubierta al cielo abierto, sin toldo ni zarzo. La primera figura que se ofreció á los ojos de don Quijote fué la de la misma Muerte, con rostro humano; junto á ella venía un ángel con unas grandes y pintadas alas; al un lado estaba un emperador con una corona, al parecer de oro, en la cabeza; á los pies de la Muerte estaba el dios que llaman Cupido, sin venda en los ojos, pero con su arco, carcax y saetas. Venía también un caballero armado de punta en blanco, excepto que no traía morrión, ni celada, sino un sombrero lleno de plumas de diversos colores; con éstas venían otras personas de diferentes trajes y rostros.[2]

杨绛译文:

堂吉诃德想要回答,还没有开口,忽见大路上穿过一辆板车,车上的人物奇形怪状,简直意想不到。车夫是个丑恶的魔鬼,领着驾车的几头骡子走在前面。车上没有顶篷,也没有围栏。堂吉诃德第一眼看见个死神,身子是骷髅,那张脸却是活人的。旁边一个天使戴着一对彩色的大翅膀。那边是个皇帝,戴一顶金色的皇冠。死神脚边是古比多神,他眼睛没蒙上,只带着他的弓、箭和箭袋。车上还有一个骑士,浑身武装只欠一顶头盔;他戴着一只宽沿儿帽,上面插满了五颜六色的羽毛。另

---

[1] John T. Cull. "Death as the Great Equalizer in Emblems and in Don Quixote." *Hispania*, 1992 (1), pp. 12–13.

[2] Miguel de Cervantes Saavedra. *El Ingenioso Hidalgo Don Quijote De La Mancha*, Vol. 5. Ed. Francisco Rodríguez Marín. 8 vols. Clásicos Castellanos 13. Madrid: Espasa-Calpe, 1957. pp. 204–205.

外还有些人物，装束和脸相都各式各样。①

西语原文的叙事细节中，作者调用微妙的词语，赋予板车上每一个形象以象征义。戴着"绚丽多彩大翅膀"（grandes y pintadas alas）的天使，是堂吉诃德理想人生状态的象征。"grande"作为形容词，既有"大的，巨大的"之意，可以用之形容天使的翅膀；也有"出色的、杰出的"之意，可以用之形容堂吉诃德理想的人生状态。正是因为堂吉诃德向往杰出的（grande）、多彩的（pindado）人生状态，他才会抛弃乡绅身份去做游侠骑士。皇帝象征堂吉诃德追求的至高荣誉，小说的许多章节中都表现过堂吉诃德的皇帝梦。② 板车上皇帝戴的王冠并非真金质地，只不过"像是黄金做的"（al parecer de oro），这就暗示了荣誉不过都是无价值的虚名。爱神古比多③，没有蒙上眼睛，"却"（pero）带齐了武器。这个爱神形象少了浪漫，多了冷酷，转折连词"pero"强调了这种特点。塞万提斯借这个独特的爱神形象警示人们，卸下浪漫轻纱的爱情会无情地伤人。骑士没有戴头盔面罩，"却"（sino）戴了一顶插满五颜六色羽毛的帽子。转折连词"sino"突出了骑士形象的古怪滑稽，而这恰恰也是堂吉诃德的特点，由此可见，车上的骑士就是堂吉诃德的镜像。天使、皇帝、古比多、骑士全都坐在死神坐镇的大板车上，他们整体的象征义是，荣誉不过是虚名，爱情也会冷酷地伤人，如果堂吉诃德一直都想通过做游侠骑士、追求荣誉和爱情来实现不凡、多彩的人生梦，那么他终将会沦为滑稽的笑料、死神的俘虏。在这处叙事细节里，塞万提斯巧妙地调用能激发人们联想的词句，暗示了隐性进程中"执着追求爱情与荣誉不会为人生带来意义与价值，反而易使人陷于癫狂与痛苦"的主题思想。

杨绛译文没能将此处叙事细节西语原文中的隐性进程意义保留下来。首先，"彩色的大翅膀"不具备"grandes y pintadas alas"中的潜在含义，读者无法从译文选用的形容词中联想到堂吉诃德所追求的不凡、多彩的人生状态；其次，"金色的"不具备"al parecer de oro"中的潜在含义，读者无法从译文联想到王冠的伪金质地，更无法进一步联想到荣誉的虚假性；最后，译文中删去了转折连词"pero""sino"，西语原文中通过分句间转折关系产

---

① ［西］塞万提斯著，杨绛译：《堂吉诃德》（下），人民文学出版社1978年版，第76页。
② 参见［西］塞万提斯著，杨绛译：《堂吉诃德》（上），人民文学出版社1978年版，第14、第108、第164、第221页；［西］塞万提斯著，杨绛译：《堂吉诃德》（下），人民文学出版社1978年版，第134页。
③ "古比多"现在的习惯译法是"丘比特"。

生的对比强调义在译文里消失了，译文读者便难以留意到爱神的冷酷性、骑士的滑稽性，也就无从去思考爱情与伤害、堂吉诃德与死神板车上的滑稽骑士之间的关系了。总之，此段杨绛译文中的词句不具备西语原文词句的象征义，西语原文中堂吉诃德的镜像在杨绛译文中被消解了，"邂逅大板车"叙事细节中的隐性进程义在杨绛译文中流失了。

（3）"堂吉诃德之死"叙事细节中隐性进程义的流失。堂吉诃德之死是小说隐性进程中堂吉诃德自我追寻故事的终点。堂吉诃德临终前对众人说自己不是"堂吉诃德·台·拉·曼却"而是"号称'善人'的阿隆索·吉哈诺"，这种对自己称谓的重新确认，实际上代表着他对自己人生意义与价值所在的重新确认。他明白生命的意义与价值与外在的功业成就无关，只与内在的修养操守有关。一个人取得外在的功业成就不仅要靠自身的努力，还要时运顺遂，因此，能否建功立业是自己无法完全掌控的事；而一个人内在的修养操守，则完全可以由自己控制，只要一心向善、恪守美德、与人为善，就可以成就精神生命的完满。虽然骑士道早已落伍于时代，堂吉诃德不可能复兴骑士道，他也因此一生吃尽苦头却功业无成，但是他一直"为人善良"①，"向来性情厚道，待人和气，不仅家里人，所有的相识全都喜欢他"②。所以，内心的善良和一直以来对美德的恪守，实际上已经让他获得了生命的意义和价值。临终前，堂吉诃德终于在自己一世的美德懿行中找到了自己人生的意义与价值，无愧此生，所以，他能无愧无憾地安然辞世。在小说的隐性进程中，堂吉诃德的自我追寻故事是有着圆满结局的。塞万提斯将小说隐性进程结局的圆满性蕴藏在他对堂吉诃德之死叙述的字里行间：

> Hallose el escribano presente y dijo que nunca había leído en ningún libro de caballerías que algún caballero andante hubiese muerto en su lecho tan sosegadamente y tan cristiano como don Quijote; el cual, entre compasiones y lágrimas de los que allí se hallaron, dio su espíritu, quiero decir que se murió. ③

在塞万提斯的叙述中，堂吉诃德死得"tan sosegadamente y tan cristiano"

---

① ［西］塞万提斯著，杨绛译：《堂吉诃德》（下），人民文学出版社1978年版，第511页。
② ［西］塞万提斯著，杨绛译：《堂吉诃德》（下），人民文学出版社1978年版，第512页。
③ Miguel de Cervantes Saavedra. *El Ingenioso Hidalgo Don Quijote De La Mancha*, Vol. 8. Ed. Francisco Rodríguez Marín. 8 vols. Clásicos Castellanos 22. Madrid：Espasa-Calpe, 1957. pp. 330–331.

（如此平静并且如此基督教式的），这表现了已找到生命意义与价值的堂吉诃德无愧无憾的辞世状态。塞万提斯又刻意用两种说法来交代堂吉诃德的死，一种是基督教的说法"dio su espíritu"（交出了他的灵魂），一种是口语化说法"se murió"（他死了），而两者之间，塞万提斯更喜欢后者的说法（quiero decir se murió）。这也就意味着塞万提斯认为，对于生前已找到自己生命意义和价值的堂吉诃德来说，此生已获圆满，无须再靠宗教的彼岸世界来为其赋值，死亡是可以坦然面对、无须避讳的自然规律。在叙述堂吉诃德之死的字里行间，隐藏着小说的隐性进程意义，塞万提斯于其间表达了一种积极、乐观、豁达的人生态度。

杨绛将叙述堂吉诃德之死的这段话翻译为：

> 公证人恰在场，据他说，骑士小说里，从没见过哪个游侠骑士像堂吉诃德这样安详虔诚、卧床而死的。堂吉诃德就在亲友悲悼声中解脱了，就是说，咽气死了。①

表面上看，译文似乎与西语原文句义相差不大，但西语原句中的隐性进程意义却已流失了不少。杨绛将"dio su espíritu"译为"解脱了"，这是在用佛教对死亡的说法代替基督教的说法，佛教认为人生实苦，死亡能让人从人生之苦中解脱。用"解脱"来指代堂吉诃德的死亡，是因为杨绛的翻译关注的是小说的显性进程意义。前文提到，在第二重显性进程中，堂吉诃德是一个理想破灭的悲剧性英雄，因此，杨绛认为，死亡能让堂吉诃德从理想破灭的痛苦中解脱出来。她又将"quiero decir"译为"就是说"，于是，"解脱了"和"咽气死了"这两种对死亡的说法就等值化了，这表示堂吉诃德的生理上的死亡就是他精神痛苦的解脱。如此一来，西语原文中隐藏的那种源于对堂吉诃德人生圆满性认可而产生的积极、乐观、豁达的人生态度，在杨绛译文中就不见踪影了。杨绛对"堂吉诃德之死"叙事细节的翻译强化了小说第二重显性进程中的主旨意，凸显了堂吉诃德人生的悲剧性，却丢失了小说的隐性进程意义。

2. 诗歌中的隐性进程意义在杨绛译本中的流失

《堂吉诃德》西语原本的诗歌往往能提示小说隐性进程的存在或蕴藏着小说隐性进程的部分主旨义，是构成小说隐性进程的重要文本成分。由于杨绛对这些诗歌做了删除和改动，其中的隐性进程意义便在杨绛译本中流失了。

---

① ［西］塞万提斯著，杨绛译：《堂吉诃德》（下），人民文学出版社1978年版，第514页。

（1）开篇诗的删除与隐性进程提示义的流失。在塞万提斯的时代，作家在出版著作之前，往往会请显达权贵为自己的著作题诗。塞万提斯一改当时的习俗，自己为《堂吉诃德》创作了11首开篇诗。这11首开篇诗应属于《堂吉诃德》艺术整体的一部分，它们对提示《堂吉诃德》的隐性进程意义有重要作用。

《堂吉诃德》的第一首开篇诗名为《神秘客乌尔甘妲》(«Urganda la Desconocida»)，乌尔甘妲是骑士小说《阿马迪斯·德·高卢》中一位可用魔法随时变换外貌的女人，塞万提斯实际上是在用乌尔甘妲类比《堂吉诃德》：乌尔甘妲变幻莫测，《堂吉诃德》也是千人千读。可见，《堂吉诃德》理解的多元性是塞万提斯有意追求的一种艺术效果。这其实是作者对小说存在多重叙事进程的一种提示。

11首开篇诗中有四首诗假托的作者都是骑士小说里的人物①，诗的内容均为赞颂堂吉诃德实际上并没有取得的功业成就。由虚构的作者赞颂堂吉诃德并未取得的功业成就，隐喻着荣誉不过是一种虚假的言说。这四首含有隐喻意义的诗歌均为表现"追求荣誉不会为人生带来意义与价值"这部分隐性进程主题思想服务，是构成小说隐性进程的文本成分。

杨绛在翻译时将《堂吉诃德》西语原本中的11首开篇诗全部删除了，读者也就无法从其译本中看到开篇诗对小说隐性进程的种种提示了。

（2）第一部结尾悼诗的修改与隐性进程主旨义的流失。《堂吉诃德》第一部结尾处的第四首悼诗《阿加玛西利亚城的台尔·布尔拉多院士吊桑丘·潘沙十四行诗》(«Del Burlador, Académico Argamasillesco, A Sancho Panza, Soneto»)中，有这样几句：

　　　　¡Oh vanas esperanzas de la gente,
　　　　cómo pasáis con prometer descanso

---

① 这四首诗分别为《阿马迪斯·德·高卢致堂吉诃德·德·拉曼恰》(«Amadís de Gaula a Don Quijote de la Mancha»)、《堂贝利亚尼斯·德·希腊致堂吉诃德·德·拉曼恰》(«Don Belianís de Grecia a Don Quijote de la Mancha»)、《狂狭奥尔兰多致堂吉诃德·德·拉曼恰》(«Orlando Furioso a Don Quijote de la Mancha»)、《太阳骑士致堂吉诃德·德·拉曼恰》(«El Caballero del Febo a Don Quijote de la Mancha»)。这四首诗的假托作者分别为阿马迪斯·德·高卢［骑士小说《阿马迪斯·德·高卢》(«Amadís de Gaula»)里的人物］、堂贝利亚尼斯·德·希腊［骑士小说《堂贝利亚尼斯·德·希腊传》(«Historia de Belianís de Grecia»)里的人物］、狂狭奥尔兰多［骑士小说《疯狂的奥尔兰多》(«Orlando Furioso»)中的人物］、太阳骑士［骑士小说《王子和骑士之楷模》(«Espejo de príncipes y caballeros»)中的人物］。

y al fin paráis en sombra, en humo, en sueño!①

诗中的"vanas esperanzas de la gente"是"人们虚荣的希望"之意,具体来说,它指的是堂吉诃德欲通过做游侠骑士建功立业的希望与桑丘欲通过做骑士侍从做海岛总督的希望。诗中说"人们虚荣的希望"不过都是影、烟、梦,这实际上就概括了《堂吉诃德》第一部隐性进程的情节:堂吉诃德欲通过做游侠骑士建功立业的希望与桑丘欲通过做骑士侍从做海岛总督的希望最终都破灭了。这其中也蕴藏着作者对小说第一部主旨的总结:追求世俗功名利禄无法让人实现生命的意义和价值。

杨绛将这几句诗译为:

哎,人世的希望全都虚假!
满以为从此可以坐享安乐,
原来这不过是影、是烟、是梦!②

杨绛的译文中,西语原文主语中的修饰成分"vanas"变成了译文句子中的谓语"虚假",译文中的主语省去了"vanas"(虚荣)的修饰变成了"人世的希望",这样,变成影、烟、梦的,就由西语原文中的"vanas esperanzas de la gente"(人们虚荣的希望)变成了"人世的希望"。杨绛在翻译中修改了句子成分,诗句的语义随之发生了相当大的变化。"追求世俗功名利禄无法让人实现生命的意义和价值"这种隐性进程主旨意义在杨绛译文中已无迹可循,译文生成了一种关乎小说主旨的崭新意义——对人生如梦、万事终将成空的感慨和悲哀。

(3)第二部结尾墓志铭的修改与隐性进程主旨义的流失。《堂吉诃德》第二部最后一章的墓志铭对表现小说隐性进程的主旨有着重要作用,杨绛译文对这段墓志铭做了修改,译文中新生成的意义便替换了西语原文中的隐性进程意义。试比较西语原文与杨绛译文:

西语原文:

Yace aquí el hidalgo fuerte

---

① Miguel de Cervantes Saavedra. *El Ingenioso Hidalgo Don Quijote De La Mancha*, Vol. 4. Ed. Francisco Rodríguez Marín. 8 vols. Clásicos Castellanos 10. Madrid: Espasa-Calpe, 1956. p. 331.

② [西]塞万提斯著,杨绛译:《堂吉诃德》(上),人民文学出版社 1978 年版,第 472 页。

que a tanto estremo llegó

de valiente, que se advierte

que la muerte no triunfó
･････････････････････
de su vida con su muerte.
･････････････････････
Tuvo a todo el mundo en poco;

fue el espantajo y el coco

del mundo, en tal coyuntura,

que acreditó su ventura
･････････････････
morir cuerdo y vivir loco.①
･･･････････････････

杨绛译文：

邈兮斯人，

勇毅绝伦，

不畏强暴，

不恤丧身，

谁畏痴愚，

震世立勋，

慷慨豪侠，

超凡绝尘，

一生惑幻，

临殁见真。②

　　墓志铭西语原文中有两个句子评价了小说隐性进程中堂吉诃德的人生：一句是"que la muerte no triunfó / de su vida con su muerte"，一句是"que acreditó su ventura / morir cuerdo y vivir loco"。第一句可直译为"死神没能用死亡战胜他的生命"，没能用死亡战胜的生命是指获得了意义与价值的生命。第二句可直译为"这证明了他的好运，死时清醒、活时疯癫"③，堪称"好运"的一生是指达成了心愿的一生。堂吉诃德一生都在寻找有价值的自

---

　　① Miguel de Cervantes Saavedra. *El Ingenioso Hidalgo Don Quijote De La Mancha*, Vol. 8. Ed. Francisco Rodríguez Marín. 8 vols. Clásicos Castellanos 22. Madrid: Espasa-Calpe, 1957. p.333.

　　② ［西］塞万提斯著，杨绛译：《堂吉诃德》（下），人民文学出版社1978年版，第515页。

　　③ 如何理解多义词"ventura"是翻译此句的关键。弗朗西斯科·利可（Francisco Rico）为"que acreditó su ventura"做了这样的注释："fue prueba de su buena suerte"（参见 Miguel de Cervantes Saavedra. *Don Quijote De La Mancha*. Edición y notas de Francisco Rico. Barcelona: Penguin Random House Grupo Editorial, 2015. p.1105）。根据这一注释，"ventura"应译成"好运"。

我，他曾想通过做游侠骑士求得荣誉和爱情来获取生命的意义与价值，为此他疯疯癫癫，却只求来了失败的耻辱和失落的伤痛。临终前，他终于清醒地在自己一世的善心善行中找到了真正有意义和价值的自我——善人阿隆索·吉哈诺，了却了此生的心愿。正因如此，堂吉诃德才会"那么安详虔诚"（tan sosegadamente y tan cristiano）地辞世。墓志铭中的这两句诗指出了隐性进程中堂吉诃德人生结局的圆满性、喜剧性，辅助表现了"人生的意义与价值存在于善良的心地与良好的品行中"这部分隐性进程主题思想。

杨绛将"que la muerte no triunfó / de su vida con su muerte"改译为"不恤丧身"，原文中对堂吉诃德生命意义的强调就变成了译文中对堂吉诃德勇敢精神的强调；她又删去"que acreditó su ventura"不译，将"que acreditó su ventura / morir cuerdo y vivir loco"改译成"一生惑幻，临殁见真"，原文中对堂吉诃德疯癫追求一世、临终前终于在善心善行中找到生命意义与价值的喜赞就变成了译文中浮生若梦、空寂是真的悲叹。虽然这首墓志铭在杨绛译本中保留下来了，然而，经过杨绛的删改，墓志铭的译文已失去了原文中自我价值追寻者终于找到生命意义与价值的喜剧色彩，却多了勇敢无畏的英雄理想落空的悲剧色彩。也就是说，西语原文诗句中蕴藏的"人生的意义与价值存在于善良的心地与良好的品行中"这重隐性进程主旨义，被译文诗句中建构起的"浮生若梦、空寂是真"这重意义替换了。

（四）杨绛译本中隐性进程模糊化的原因分析

从前文《堂吉诃德》西语原文与杨绛译文的对比情况来看，杨绛译本中小说隐性进程的模糊化与小说第二重显性进程的凸显化现象相伴生：《堂吉诃德》西语原作中讲述堂吉诃德寻找自我终至找到人生意义与价值、圆满达成夙愿的那条隐性进程在杨绛译本中模糊化了，而《堂吉诃德》第二重显性进程中堂吉诃德作为理想主义英雄的形象特点和其人生理想破灭的悲剧性，却被进一步凸显。译文较之原文的这种变化究竟是出于杨绛的有心还是无意，值得我们进一步探讨。

杨绛没有对《堂吉诃德》译本中的叙事细节问题做过任何说明，却对译本中的诗歌问题做过一些解释。杨绛曾说，《堂吉诃德》里夹杂的诗"多半只是所谓'押韵而已'"，算不上内涵丰富的好诗[①]；她还曾解释自己为什么不译《堂吉诃德》第一部的11首开篇诗，因为她觉得"这一组诗，原属

---

① 杨绛：《翻译的技巧》，见《杨绛全集》（2）散文卷，人民文学出版社2014年版，第290页。

《前言》为没有必要的点缀品,不属本文,略去也无损本文的完整"①。如此看来,杨绛译本中《堂吉诃德》隐性进程的模糊化,很可能是出于杨绛的"无意"。但杨绛的文学理解能力非常好,她准确把握了《堂吉诃德》两重情节发展进程中的人物形象和主题意义,并将之传达得非常到位。虽然在杨绛翻译《堂吉诃德》的年代里,"隐性进程"理论还未曾出现,但杨绛也应该会有对《堂吉诃德》隐性进程中的人物形象和主题意义朴素觉知的能力。之所以杨绛会在译本中"无意"模糊化了《堂吉诃德》原本中的隐性进程,与她翻译《堂吉诃德》的心理驱动力有着很大的关系。在"文革"时期独特的政治文化语境中,杨绛要借《堂吉诃德》主人公排遣"文革"期间被视为"异类"的孤独感,要借讲述堂吉诃德的人生悲剧来宣泄自己人生中的失望与悲伤,她就必然会对小说第二条显性情节进程中堂吉诃德作为理想主义者的人生悲剧故事特别敏感,而忽略小说隐性进程中那个不断追寻自我、终于确认了自我意义与价值、实现生命大圆满的堂吉诃德形象。杨绛在"文革"时期的伤痛心理状态会阻碍她对《堂吉诃德》隐性进程的觉知。

总之,杨绛译本对《堂吉诃德》隐性进程的模糊化虽可能不是杨绛有心为之,但隐性进程模糊化过程中对堂吉诃德人生圆满性的消解与对堂吉诃德人生悲剧性的凸显,却是受杨绛在"文革"时期伤痛心理影响的结果。因此,这种对原作的重构虽然出于译者的"无意",却也仍然是译者主体性在《堂吉诃德》翻译中的一种表现。

四、《堂吉诃德》杨绛译本热销的原因

1978 年,《堂吉诃德》杨绛译本一问世便产生轰动效应,读者在书店门口排长队等待购买此译本,1978 年 3 月首次印刷的十万套很快抢购一空,1979 年 10 月第二次印刷的十万套也迅速售空。② 韦努蒂(Lawrence Venuti)曾指出:"译作的生存是由译作与译作所产生和被阅读的文化和社会条件之间的关系建立起来的。"③ 探索《堂吉诃德》杨绛译本在 20 世纪 70 年代末 80 年代初的中国热销的原因,也应从《堂吉诃德》杨绛译本的文本特点与该译本所产生和被阅读的文化和社会条件之间的关系这两个方面去考察。从译作文本特点方面来看,《堂吉诃德》杨绛译本的译文风格迎合了中国读者

---

① 杨绛:《杨绛致李景端的信(摘录)》,载《出版史料》2004 年第 2 期,第 29 页。
② 参见吴学昭《听杨绛谈往事》,生活·读书·新知三联书店 2008 年版,第 315 页。
③ 郭建中编著:《当代美国翻译理论》,湖北教育出版社 2000 年版,第 190~191 页。

的审美品位;从译作产生和被阅读的文化和社会条件之间的关系方面来看,《堂吉诃德》杨绛译本满足了刚刚经过"文革"浩劫的中国读者的阅读期待。下面我们对这两方面的原因做详细阐述。

(一)迎合中国读者审美品位的译文风格

1. 晓畅

《堂吉诃德》西语原文中,有大量的熟语,包括谚语、成语等,这些是翻译中的难点,如果处理不好,就很容易使译文生涩难读或是完全失掉原文的异域风味,从而使读者失去阅读兴趣。杨绛在翻译《堂吉诃德》时,将异化与归化①策略运用得恰到好处,其译文在不失原文风味的前提下呈现出一种晓畅的风格特点。试看以下两例:

【例1】

西语原文:

¿Quién, señor? -respondió Sancho-. Yo me meto, que puedo meterme, como escudero que ha aprendido los términos de la cortesía en la escuela de vuesa merced, que es el más cortés y bien criado caballero que hay en toda la cortesanía; y en estas cosas, según he oído decir a vuesa merced, tanto se pierde por carta de más como por carta de menos, y al buen entendedor, pocas palabras.②

杨绛译文:

桑丘答道:"谁吗?先生,我还不配多嘴?您是全世界最有礼貌、最懂规矩的骑士,我是您一手栽培的侍从呀!我听您说过,关于这种事,'同样是输,少一张牌不如多一张牌','对聪明人不用多话'。"(页下注释2:两句西班牙谚语。)③

---

① "异化是指译文忠实保留原作文化特色(异国情调),归化是指译文把原作文化特色替换成译语文化特色,不保留原文异国情调。"参见王平《文化比较与文学翻译研究》,电子科技大学出版社2018年版,第23页。

② Miguel de Cervantes Saavedra. *El Ingenioso Hidalgo Don Quijote De La Mancha*, Vol. 7. Ed. Francisco Rodríguez Marín. 8 vols. Clásicos Castellanos 19. Madrid:Espasa-Calpe, 1956. pp.25 – 26.

③ [西]塞万提斯著,杨绛译:《堂吉诃德》(下),人民文学出版社1978年版,第268页。

【例2】
西语原文：
No se le cocía el pan a don Quijote, como suele decirse, hasta oír y saber las maravillas prometidas del hombre conductor de las armas.①

杨绛译文：
堂吉诃德就像热锅上的蚂蚁一样，要听运送兵器的人讲新闻。②

在例1和例2中，杨绛分别运用了异化与归化两种策略来翻译《堂吉诃德》中的熟语。在例1中，杨绛采用了异化译法。因为桑丘的一个显著特点就是说话时常使用成串的民间谚语。如果采用归化译法，人物的语言特点将无法凸显出来。杨绛一方面直译谚语，保留其中的异域风味；一方面恰当使用引号和注释，引导读者理解引号中译句的特殊性，帮助其了解桑丘的语言特色。所以尽管杨绛采用了异化译法，译文仍然晓畅易懂。在例2中，杨绛采用了归化译法。每一种语言文化中都有自己颇具特色的比喻性表达，但这类特殊表达很难被异语文化者理解。"No se le cocía el pan a don Quijote"，可直译为"堂吉诃德没有给自己烤个面包"，这句话旨在形容堂吉诃德非常心急的状态。句中的比喻义为西班牙语文化圈内的人所熟知，然而对中国读者来说却相当陌生。于是杨绛在翻译时，使用了归化策略，用中国读者熟知的比喻性表达替换了西语原文中会让中国读者感到陌生的比喻性表达，将之译为"堂吉诃德就像热锅上的蚂蚁一样"。这种译法一方面很好地保留了西语原文中的核心句意，一方面又使得译文晓畅，非常便于中国读者理解。总之，杨绛对异化与归化这两种译法运用得出神入化，她的译文既保留了西语中的异域风情，又便于读者理解接受，呈现出一种晓畅的风格特点。

2. 洗练

"洗练在文学中，主要表现为语言的准确、精练，以很少的语言表现出丰富的内容或深远的意境。"③ 洗练的文风为许多中国古代文论家所推崇，比如刘勰曾在《文心雕龙》里倡导"体约而不芜""风清而不杂"的文风，司空图曾在《二十四诗品》中专门设一节论述"洗练"。杨绛也欣赏这种中国古典美学风格，她曾在《翻译的技巧》一文中阐释"点烦"的概念："简

---

① Miguel de Cervantes Saavedra. *El Ingenioso Hidalgo Don Quijote De La Mancha*, Vol.6. Ed. Francisco Rodríguez Marín. 8 vols. Clásicos Castellanos 16. Madrid：Espasa-Calpe, 1957. pp.133 – 134.
② ［西］塞万提斯著，杨绛译：《堂吉诃德》（下），人民文学出版社1978年版，第180页。
③ 朱立元主编：《艺术美学辞典》，上海辞书出版社2012年版，第238页。

掉可简的字,就是唐代刘知几《史通》《外篇》所谓'点烦'。芟芜去杂,可减掉大批'废字',把译文洗练得明快流畅。"① 《堂吉诃德》的初译稿原本 80 多万字,但杨绛将之点烦后,剩下 70 多万字时,才交给人民文学出版社出版发行。可见,洗练的文风是杨绛在翻译《堂吉诃德》时刻意追求的艺术风格。以下两例我们在列举西语原文与杨绛译文之后,还添加了董燕生与崔维本两位《堂吉诃德》西语直译者的译文。比较三位译者对同一处西语原文的翻译,能让我们更好地观察到杨绛译文洗练的风格特点。

【例3】
西语原文:
Ninguna fuerza fuera bastante a torcer mi voluntad; y, así, con la más libre que tengo te doy la mano de legítima esposa y recibo la tuya, si es que me la das de tu libre albedrío, sin que la turbe ni contraste la calamidad en que tu discurso acelerado te ha puesto.②

杨绛译文:
我的心是百折不回的;只要你没有被自己冒失的行为搅乱了神志,我毫无勉强,愿意和你结婚。③

董燕生译文:
什么样的外力也改变不了我的心愿。我接受你的请求、答应做你的合法妻子完全出于自愿。希望你的抉择也是发自内心的,而不是你鲁莽自戕后的昏聩呓语!④

崔维本译文:
世上没有任何力量能改变我的意志,我答应成为你合法的妻子完全出于自愿。如果你也是自愿向我求婚,你轻举妄动所招致的灾祸没有让你失去理智,那我就接受你的请求。⑤

---

① 杨绛:《翻译的技巧》,见《杨绛全集》(2) 散文卷,人民文学出版社 2014 年版,第 284~285 页。
② Miguel de Cervantes Saavedra. *El Ingenioso Hidalgo Don Quijote De La Mancha*, Vol. 6. Ed. Francisco Rodríguez Marín. 8 vols. Clásicos Castellanos 16. Madrid: Espasa-Calpe, 1957. p.62.
③ [西] 塞万提斯著,杨绛译:《堂吉诃德》(下),人民文学出版社 1978 年版,第 154 页。
④ [西] 塞万提斯著,董燕生译:《堂吉诃德》(下),漓江出版社 2014 年版,第 520 页。
⑤ [西] 塞万提斯著,崔维本译:《堂吉诃德》(下),中国少年儿童出版社 2007 年版,第 188 页。

【例4】

西语原文：

Teneos, señores, teneos, que no es razón toméis venganza de loa agravios que el amor nos hace, y advertid que el amor y la guerra son una misma cosa, y así como en la guerra es cosa lícita y acostumbrada usar de ardides y estratagemas para vencer al enemigo así en las contiendas y competencias amorosas se tienen por buenos los embustes y marañas que se hacen para conseguir el fin que se desea, como no sean en menoscabo y deshonra de la cosa amada.①

杨绛译文：

各位请住手！情场失意，不行得报复。该知道恋爱和打仗同是争夺：兵不厌诈；恋爱也可以出奇制胜，只要不损害情人的体面。②

董燕生译文：

住手，各位请住手！情场无论得失，都是动不得武的。须知，恋爱就跟打仗一样；既然战争中设计克敌是理所当然的常规，那么在争夺情人的较量中，玩弄一点骗人的花招来达到目的，也没什么不好，只要不玷污和损害爱人就行了。③

崔维本译文：

住手，先生们，请住手。因爱情而受到屈辱，没有理由进行报复。各位须知，情场如同战场。在战争中，用计谋来战胜敌人的事完全合法，司空见惯。在情场的争夺中，为了实现愿望而使用欺骗手段也是正当的，只要不给所爱的人造成损害，不玷污其清白。④

董燕生与崔维本都是我国当代的西班牙语专家、《堂吉诃德》的优秀译者，他们的译文各有所长。然若从文风洗练这一点上去考察，恐怕这两位译者的译文都要对杨绛译文甘拜下风。杨绛善于用最少的文字准确地传达原文的意思，以上两例中，杨绛译文的每一字句都精练传神，她还将"百折不

---

① Miguel de Cervantes Saavedra. *El Ingenioso Hidalgo Don Quijote De La Mancha*, Vol. 6. Ed. Francisco Rodríguez Marín. 8 vols. Clásicos Castellanos 16. Madrid：Espasa-Calpe, 1957. p.65.
② ［西］塞万提斯著，杨绛译：《堂吉诃德》（下），人民文学出版社1978年版，第155页。
③ ［西］塞万提斯著，董燕生译：《堂吉诃德》（下），桂林：漓江出版社2014年版，第521～522页。
④ ［西］塞万提斯著，崔维本译：《堂吉诃德》（下），中国少年儿童出版社2007年版，第189页。

回""兵不厌诈""出奇制胜"这些意义高度浓缩的汉语四字词语运用得恰到好处、出神入化,这使杨绛译文于洗练之中更添了斐然的文采。

3. 雅正

"雅正"是中国古代美学中的一个概念。它"指合乎儒家典雅纯正、中正和平的文艺作品……要求作品合乎礼、义,乐而不淫,有利于兴发、陶冶人的性情"①。杨绛的《堂吉诃德》译文就追求"雅正"的文风,当《堂吉诃德》西语原文中出现有违"雅正"文风的语言时,杨绛在翻译中就对其进行巧妙的处理,于是,《堂吉诃德》杨绛译文在整体上仍能呈现出一种典雅纯正的语言风格特点。这方面最具代表性的例子,是杨绛对《堂吉诃德》中两处与性有关句子的翻译。

【例5】

西语原文:

Aun ahí sería el diablo-dijo don Quijote-, si ya no estuviese Melisendra con su esposo por lo menos en la raya de Francia, porque el caballo en que iban a mí me pareció que antes volaba que corría; y, así, no hay para qué venderme a mí el gato por liebre, presentándome aquí a Melisendra desnarigada, estando la otra, si viene a mano, <u>ahora holgándose en Francia con su esposo a pierna tendida</u>....②

杨绛译文:

堂吉诃德说:"梅丽珊德拉和她的丈夫这会儿早已进了法兰西国境。不然的话,准有魔鬼作祟了。我看他们骑的马不仅是奔驰,简直飞也似的。梅丽珊德拉如果一路顺利,<u>已经和她丈夫在法兰西安安逸逸地享福了</u>,你别挂羊头卖狗肉,拿个烂掉鼻子的女人冒充梅丽珊德拉。……"③

例5的西语原文中有较露骨的性爱内容。"ahora holgándose en Francia con su esposo a pierna tendida"可直译为"现在她会在法国,叉开腿和她丈夫一起消遣"。《堂吉诃德》的另一位译者董燕生对此句的翻译较贴近西语

---

① 朱立元主编:《艺术美学辞典》,上海辞书出版社2012年版,第579页。
② Miguel de Cervantes Saavedra. *El Ingenioso Hidalgo Don Quijote De La Mancha*, Vol. 6. Ed. Francisco Rodríguez Marín. 8 vols. Clásicos Castellanos 16. Madrid: Espasa-Calpe, 1957. p.173.
③ [西]塞万提斯著,杨绛译:《堂吉诃德》(下),人民文学出版社1978年版,第195~196页。

原文，没有隐讳句中的性爱内容："她的真身早就到了法国，正叉开两腿跟她丈夫在一起，好不快活！"① 而杨绛将此句译为"已经和她丈夫在法兰西安安逸逸地享福了"，在杨绛的译文中，西语原文中的性爱内容完全不见了踪影。

【例6】

西语原文：

¡Y cómo que no mienten! -dijo a esta sazón doña Radríguez la dueña, que era una de las escuchantes-, que un romance hay que dice que metieron al rey Rodrigo vivo vivo en una tumba llena de sapos, culebras y lagartos, y que de allí a dos días dijo el rey desde dentro de la tumba, con voz doliente y baja：

Ya me comen, ya me comen
Por do más pecado había；

y según esto mucha razón tiene este señor en decir que quiere más ser labrador que rey, si le han de comer sabandijas. ②

杨绛译文：

傅姆堂娜罗德利盖斯在旁，忍不住插嘴道："哪会信口开河呀！歌谣里说，罗德利果国王活活地给扔在坑里，里面尽是癞蛤蟆、长虫和四脚蛇；过了两天，他在坑里有气无力地哼呢，说是：

我身上哪一部分罪孽最重，
它们在那里咬嚼得我最痛。
要是做了国王得喂爬虫，这位先生宁愿做庄稼汉是很有道理的。"③

例6中"Ya me comen, ya me comen / Por do más pecado había"可直译为"终将会吃了我，终将会吃了我，通过那个造孽最多的地方"。董燕生将此句润色为"它们要把我活活撕碎吃光，专门咬那个作孽最多的地方"④。西语原文与董燕生译文中与性相关的内容虽较隐晦，但读者也很容易就能明白指涉男性的生殖器官。而杨绛将此句译为"我身上哪一部分罪孽最重，

---

① ［西］塞万提斯著，董燕生译：《堂吉诃德》（下），漓江出版社2014年版，第557页。
② Miguel de Cervantes Saavedra. *El Ingenioso Hidalgo Don Quijote De La Mancha*, Vol. 6. Ed. Francisco Rodríguez Marín. 8 vols. Clásicos Castellanos 16. Madrid：Espasa-Calpe, 1957. p.295.
③ ［西］塞万提斯著，杨绛译：《堂吉诃德》（下），人民文学出版社1978年版，第242页。
④ ［西］塞万提斯著，董燕生译：《堂吉诃德》（下），漓江出版社2014年版，第595页。

它们在那里咬嚼得我最痛",很难让人联想到与性相关的内容。

以上两例中,《堂吉诃德》西语原文都用与性相关的内容营造出了一种谐谑文风。然而,在 20 世纪 60—70 年代的中国,性是一个相当忌讳的话题,如果杨绛将《堂吉诃德》原文中与性有关的意味传达出来,谈性色变的中国人不但不会感觉到幽默、诙谐,恐怕反而会觉得小说的语言低俗、下流。于是,杨绛在翻译时采用了归化译法,去掉了西语原句中的性意味,让译文"中正无邪"、不违礼教,符合中国传统"雅正"的审美准则。

总之,杨绛的译文呈现出一种晓畅、洗练、雅正的风格,迎合了中国读者的审美品位,便于中国读者理解接受,从而易得到中国读者的认可和喜爱。

(二) 满足了中国读者阅读期待的译本内容

1. 杨绛译本问世时中国读者的阅读期待分析

《堂吉诃德》杨绛译本首次出版于 1978 年,它在 20 世纪 70 年代末创下了中国翻译小说的热销纪录,轰动一时。而在同一时期,中国当代文坛中以刘心武的《班主任》、卢新华的《伤痕》为代表的"伤痕文学"也引发了巨大的社会共振。《堂吉诃德》杨绛译本与"伤痕文学"在中国同一历史时期产生巨大影响并非偶然,这是因为两者都满足了 20 世纪 70 年代末中国读者的阅读期待。由于"伤痕文学"是中国的原创文学,能更清晰地反映出这一时期中国民众的公共关注焦点、情感体验、思想特点与精神面貌,因此,从"伤痕文学"入手来分析《堂吉诃德》杨绛译本问世时中国读者的阅读期待会更为便利。

"伤痕文学"有三个特点:其一,内容方面,多讲述"文革"中害人害己的社会灾难和人生悲剧①;其二,情感方面,多表现深刻的精神创伤——理想失落的痛苦与被时代欺骗的幻灭感②;其三,语言方面,多有大面积的议论性语言,呈现一种"思想井喷"的景观③。一直到 20 世纪 80 年代初期,"伤痕文学"思潮都在中国当代文坛独领风骚。将引发社会共振的"伤痕文学"的特点与中国的社会历史状况相结合,我们便可以推知 20 世纪 70 年代末中国读者的阅读期待情况。

---

① 刘复生:《"伤痕文学":被压抑的可能性》,载《文艺争鸣》2016 年第 3 期,第 38 页。
② 刘复生:《"伤痕文学":被压抑的可能性》,载《文艺争鸣》2016 年第 3 期,第 38 页。
③ 何雨维、何言宏:《"工具文体"的突破与"精英文体"的确立——"伤痕"、"反思"小说新论》,载《南京师范大学文学院学报》2014 年第 2 期,第 90 页。

从"伤痕文学"的第一个特点中,我们能看出 20 世纪 70 年代末的中国读者需要一种个体苦难叙事。十年"文革"毁弃了人伦,个体生命的感受被历史暴力碾压,人们只能将原本丰富的情感冰封于"文革"的酷寒中,在噤若寒蝉的肃杀政治环境里小心翼翼地艰难求存,每个从"文革"走过的人都难免会留下一时难以愈合的精神创伤。在"文革"宣告结束后,人们需要直视"文革"期间隐藏起来的伤口,关注私人情感世界,需要在对个体苦难故事的阅读中清理自己的伤口,在对悲剧英雄的哀悯中关怀伤痕累累的自己。

从"伤痕文学"的第二个特点中,我们能看出 20 世纪 70 年代末的中国读者需要一种人生反省叙事。不管是在中国现代革命文化还是在中国现代整合文化的语境中,都有让理想主义肆意泼洒浓墨重彩的空间:现代革命文化语境中,人们为了一个独立、民主、富强的现代中国梦而不惜抛头颅洒热血;现代整合文化语境中,人们为了一个经济发达、能屹立于世界强国之林的现代中国梦而不惜挥汗如雨。然而,现代性的发展超出了人们的想象预期,无数中国人的热切理想被卷进"文革"期间失控的现代国家政治机器,被割绞得血肉模糊。人们在"文革"结束后回首过往,看到了异化的现代政治狰狞的面孔,人们不得不直面破碎的理想,在巨大的创痛中反省自己的人生,重新思索旧日理想的价值、曾经拼搏的意义以及生命的本质和历史的实相等诸多问题。因此,此阶段的人们需要一种人生反省叙事,需要通过阅读他人的人生反省故事来整理自己理想激情冷却后的混乱思绪。

从伤痕文学的第三个特点中,我们能看出 20 世纪 70 年代末的中国读者需要一种思想引导叙事。"文革"期间,"革命"话语被无限制地放大,似乎一切传统的东西都是反动的、有罪的、需要被打砸得粉碎的。中国社会的正常秩序被非理性的革命激情冲毁,传统的价值体系被颠倒扭曲,整个社会呈现出一种疯狂、荒诞的乱象。在荒诞的社会中,人们很难找到衡量是非对错的公正标尺,很难找到建立生命意义的稳固基石,即便在"文革"结束后,大多数中国人也还处在一种"晕轮"状态中迷惘无措。这种情况下,人们需要一种思想引导叙事,通过阅读含有思想引导作用的故事,重新认识自己曾经历过的现实社会的荒诞性,进而校正自己的价值判断系,摆脱迷惘无措感。

总之,20 世纪 70 年代末的中国读者期待着一种个体苦难叙事、人生反省叙事以及思想引导叙事,渴望在阅读中关怀自身情感世界,认识自己的意义与价值,治愈迷惘无措的时代眩晕,告别伤痛历史,走向崭新希望。

2. 杨绛译本对20世纪70年代末读者阅读期待的满足

尽管杨绛在翻译《堂吉诃德》时并没有刻意迎合取巧之心，但在客观上，《堂吉诃德》杨绛译本却满足了20世纪70年代末中国读者的阅读期待。

首先，《堂吉诃德》杨绛译本满足了读者对个体苦难叙事的期待。杨绛的翻译消解了《堂吉诃德》西语原本隐性进程中堂吉诃德人生的圆满性，凸显了小说第二条显性情节进程中堂吉诃德人生的悲剧性。正如杨绛曾概述的那样，《堂吉诃德》讲述的是一个理想主义英雄"受尽挫折，浑身是伤，还是一事无成……就失意回家，郁郁而死"①的悲剧性故事，堂吉诃德是"主观上的悲剧主角"②。在"文革"中遭受了精神创伤的中国读者会在对堂吉诃德人生悲剧的阅读中释放自己内心深处压抑已久的痛苦，同情堂吉诃德的同时也悲悯自己，与小说中的人物形成强烈的情感共鸣。

其次，《堂吉诃德》杨绛译本满足了读者对人生反省叙事的阅读期待。在《堂吉诃德》杨绛译本着意凸显的第二条显性情节进程中，堂吉诃德为了理想吃尽苦头，奉献了一生，临终时却发现自己曾经做的一切都是无意义的，他痛斥骑士小说，否定了自己曾经做游侠骑士的行为。这种理想破灭后自我反省的伤感故事如同一面镜子，会让在"文革"中感到自己昔日强国梦破灭的一大批知识分子以及"文革"迷梦惊醒后的"红卫兵"在其中看到自己的影子，促使他们对自己的人生做出深刻、透彻的反省。

最后，《堂吉诃德》杨绛译本满足了读者对思想引导叙事的期待。《堂吉诃德》是一部处处彰显着荒诞性的小说：若以堂吉诃德周遭的社会群体为"正常"的标准，那么堂吉诃德的理想与行动是疯狂得荒诞的；然而，若以堂吉诃德的理想与行动为"正常"的标准，那么堂吉诃德周围的社会群体是庸俗得荒诞的。在小说中的一团荒诞当中，暗藏着塞万提斯对读者的思想引导。塞万提斯将堂吉诃德塑造成了一个时而疯狂时而清醒的古怪人物。当堂吉诃德清醒时，他俨然一位颇具思考力的智者，常常发表大段大段的议论来品评现实，所以在《堂吉诃德》中也存在着相当大篇幅的议论性语言。这其实就是塞万提斯对读者一种巧妙的思想引导：当一位被社会群体视作疯子的人说出的都是发散着真、善、美光辉的话语时，到底是社会群体疯了还是堂吉诃德疯了？读者自然会在小说的一团荒诞当中做出自己的判断。《堂吉诃德》中个体与社会群体之间互相排斥的荒诞感对于刚刚从"文

---

① 杨绛：《堂吉诃德和〈堂吉诃德〉》，载《文学评论》1964年第3期，第72页。
② 杨绛：《堂吉诃德和〈堂吉诃德〉》，载《文学评论》1964年第3期，第83页。

革"中走出来的中国读者来说并不陌生,《堂吉诃德》好似一个浓缩了中国"文革"社会荒诞性的寓言,中国读者在品读这则寓言的过程中能够与"文革"时期的荒诞性拉开审美距离。在塞万提斯对读者做思想引导的基础上,杨绛又用凸显堂吉诃德人生悲剧性、消解小说隐性进程中堂吉诃德人生圆满性的方式进一步对中国读者做思想引导。杨绛对读者进行这样的思想引导,实际上就是在帮助中国读者摆脱革命集体主义的思想钳制,帮助中国读者重新确认个体感受、个体思考存在的合理性,从而使人们摆脱"文革"遗留下来的"晕轮"效应,重新建构一种尊重生命个体性的意识形态。

总之,《堂吉诃德》杨绛译本满足了20世纪70年代末中国读者对个体苦难叙事、人生反省叙事以及思想引导叙事的阅读期待。

小　　结

本章仔细研究了中国现代自由文化影响下杨绛的评论文章《堂吉诃德和〈堂吉诃德〉》以及她的《堂吉诃德》西语直译全译本。

杨绛的《堂吉诃德和〈堂吉诃德〉》堪称中国当代《堂吉诃德》新型研究的开山之作,它开中国《堂吉诃德》接受研究、叙事研究之先河,渗透了"文学即人学"的思想,论及了小说中蕴含的哲学思想,中国新时期《堂吉诃德》研究的许多问题都发端于此文。在中国文艺思想迅速滑向极左方向的年代里,杨绛的《堂吉诃德和〈堂吉诃德〉》不染政治色彩,纯粹从学术角度对《堂吉诃德》进行研究,风格独具,其中暗藏着杨绛与"左"倾文艺思想的抗争以及她对学术思想自由的追求,因此,这篇文学评论带有中国现代自由文化的特征。

杨绛于1956年接受了《堂吉诃德》的翻译任务,至1978年,《堂吉诃德》杨绛译本才出版问世,共历时22年。通过对《堂吉诃德》杨绛译本的翻译过程、文本特点与热销状况的考察,我们能从微观角度了解到中国现代自由文化的生成与传播特点。

从杨绛译本问世的曲折过程来看,《堂吉诃德》杨绛译本应该算是"半地下"翻译的产物:前期杨绛因接受了组织委派的任务而决定翻译《堂吉诃德》,这属于《堂吉诃德》翻译工作的公开阶段;"文革"中"红卫兵"将《堂吉诃德》译稿当成"黑稿子"没收,杨绛失去了公开翻译《堂吉诃德》的合法性,几经波折才完成了《堂吉诃德》的翻译,这属于《堂吉诃德》翻译工作的"地下"阶段;杨绛译完《堂吉诃德》时刚好是中国"文革"结束的 1976 年，待她校订好《堂吉诃德》全稿时已是 1977 年，此时，中国的政治环境与文艺政策都较"文革"时期发生了较大的变化，于是在 1978 年，《堂吉诃德》杨绛译本才得以公开出版。

杨绛在艰苦环境中排除万难翻译《堂吉诃德》，并没有启蒙教化他者的意图，翻译只是杨绛在知识分子被"四人帮"当作社会异类排斥、迫害的情况下秘密私语的一种方式，是她表达自我反思、宣泄个人情感的一种方式。受此种翻译心理驱动力影响，杨绛在"无意"中重构了《堂吉诃德》：西语原本中讲述堂吉诃德寻找自身意义与价值、终于圆满达成人生夙愿的喜剧性隐性进程在杨绛译本中模糊化了，而与此同时，堂吉诃德作为理想主义者最终理想破灭的人生悲剧性得到了强化凸显。杨绛在翻译中对《堂吉诃德》的重构，是她用人道主义对抗"文革"时期异化了的革命集体主义的表现。她尊重生命个体的情绪与感受，在译文中流露出了对堂吉诃德的悲悯与同情，这也是她关怀与慰藉苦难际遇里自我生命的方式。中国现代自由文化独立的批判精神、吁求个人权利的自由思想、表达真实情感的强烈诉求，以及潜隐性、反思性、感伤性的特点，都在《堂吉诃德》杨绛译本中有所表现。

《堂吉诃德》杨绛译本之所以会在 20 世纪 70 年代末热销，一方面是因为该译本具有晓畅、洗练、雅正的译文风格，另一方面是因为该译本满足了 70 年代末中国读者对个体苦难叙事、人生反省叙事、思想引导叙事的阅读期待。《堂吉诃德》杨绛译本与"伤痕文学"几乎同时风靡中国，是因为两者具有文化同质性。虽然它们一个是翻译文学，一个是原创文学，但其轰动效应都是因"文革"期间涌动于"地下"的中国现代自由文化终于得以在新的政治环境里喷薄而出产生的。从创作者的主观意愿来看，《堂吉诃德》杨绛译本与"伤痕文学"都旨在讲述个体生命的悲剧故事、表达个体理想失落的痛苦以及经历"文革"浩劫的生命个体对时代与人生的深切感悟；从作品取得的客观效果来看，它们都代大众言说了"文革"时期的公共情感体验，并取得了社会共振效应。

总之，从《堂吉诃德》杨绛译本的酝酿、生成直至热销的过程，我们能看到中国现代自由文化的发展缩影。这种文化的产生源于人们对极左政治文化的抗拒心理以及人们在极左政治环境里表达个体思想情感的需求。"文革"期间"四人帮"的倒行逆施，加剧了当时主流意识形态的合法性危机，这就使异于官方主流文化的现代自由文化在民间迅速发展。待"文革"宣告结束，旧有的极左文化完全失去了对民众思想的钳制力，中国现代自由文化便获得了公开生长发展的空间，得到了新时期主流意识形态的认可。

第六章　研究反思：文本意义与社会文化

"文学经典是一个多面体，经典性是其内核，经典化是其呈现。"[①]《堂吉诃德》的文本意义与其经典性密切相关，形态各异的文化语境与《堂吉诃德》的经典化密切相关。在考察了1904—1978年间中国《堂吉诃德》的译介与阐释情况之后，我们有必要从文本意义与社会文化两个角度对其进行反思，一方面加深对《堂吉诃德》经典性与其在中国经典化现象的认知，另一方面以对《堂吉诃德》具象性问题的认知促进对文学经典与现代文化特点抽象性问题认识的深化。

第一节　文本意义之维的反思

一、《堂吉诃德》中国阐释意义归纳

纵观1904—1978年间中国四种现代文化语境中《堂吉诃德》的译介与阐释情况，我们发现，在中国译介者与阐释者的阐发下，《堂吉诃德》呈现出了四种类型的意义样态。

1. 讽刺类意义

《堂吉诃德》中文译介文本与阐释文本中呈现出的讽刺类意义主要有以下三种。

（1）讽刺存有私心的革命者。林纾和鲁迅都将堂吉诃德看成了存有私心的革命者：前者站在中国现代改良文化的立场上表现出对堂吉诃德为了一己功名利禄扰乱社会秩序的憎恶情感，后者则站在中国现代革命文化的立场上表现出对因有着"糊涂的思想"而引出"错误的打法""不能打尽不平"

[①] 吴迪总主编：《外国文学经典生成与传播研究》第一卷"总论卷"，北京大学出版社2019年版，第25页。

的堂吉诃德的惋惜之情①。

（2）讽刺思想落伍者。周作人和鲁迅都阐释了小说对思想落伍者的讽刺意义：前者在新文化运动前夕、资产阶级革命文化与中国封建传统文化交锋之际，告诫人们"旧思想之难行于新时代"②；后者在革命文学迅速发展、无产阶级革命文化即将压倒资产阶级革命文化跃居为社会主流文化之际，警示人们落伍于时代非但会"被人哗笑"，"执迷不悟"下去还会导致"困苦而死"的结局③。

（3）讽刺冷漠庸俗的旁观者。在中国文坛出现了自诩超脱于阶级斗争之外、实则缺乏社会责任感的"第三种人"时，鲁迅阐释了《堂吉诃德》中旁观者形象里蕴含的讽刺意义。他批评这种人内心冷酷，只会对别人品头论足，自己却没有任何实际行动④，以此来表达他对当时中国文坛无用、无耻的"第三种人"的义愤。

2. 激励类意义

《堂吉诃德》的激励类意义主要表现在中文阐释文本中，中国阐释者按时代需求阐释出了堂吉诃德身上蕴藏的精神激励意义：新文化运动起始期的周作人在中国新、旧文化交锋之际，阐释了堂吉诃德敢于打破常规、不怕失败的时代先行者精神；在新文化运动衰落期、新村计划夭折后，周作人又阐释了堂吉诃德能战胜自我、虽败犹荣的可贵精神；在弥漫着苦闷彷徨之风的20世纪20年代，郑振铎阐释出堂吉诃德信仰坚定的"愚人"精神与不以失败自馁的前驱者精神；在20世纪30年代外有强敌、内有反动政府的情况下，唐弢等人又阐释了堂吉诃德勇敢无畏、坚定执着地追求理想的精神。

3. 斗争类意义

《堂吉诃德》的斗争类意义主要表现在中华人民共和国成立后的中文阐释文本中。在中华人民共和国成立初期，新中国作为新生的现代民族国家，需要对社会文化进行整合，构建起具有无产阶级文化特色的文学话语体系，一批文学评论者开始撰写文章重新阐释《堂吉诃德》的经典性，小说中的阶级斗争意义被凸显出来。1955年重新阐释《堂吉诃德》经典性的文学批

---

① 参见鲁迅《〈解放了的堂·吉诃德〉后记》，见李新宇、周海婴主编《鲁迅大全集》（7），长江文艺出版社2011年版，第149页。

② 周作人：《欧洲文学史》，东方出版社2007年版，第189页。

③ 参见鲁迅《〈解放了的堂·吉诃德〉后记》，见李新宇、周海婴主编《鲁迅大全集》（7），长江文艺出版社2011年版，第149页。

④ 参见鲁迅《〈解放了的堂·吉诃德〉后记》，见李新宇、周海婴主编《鲁迅大全集》（7），长江文艺出版社2011年版，第149页。

评者们将堂吉诃德阐释成代表被压迫阶级向封建统治阶级挑战的斗士。1959年,孟复在傅东华《堂吉诃德》全译本前附的序言中指出,"《堂吉诃德》的全部主要内容就是向阻碍当时社会前进的中世纪的残余——封建主义的意识形态——展开无情的斗争",他将小说定义为"一部彻底反对中世纪封建残余的作品"①。

4. 感伤类意义

《堂吉诃德》的感伤类意义出现于杨绛的阐释文本与译介文本中。杨绛因为受特殊时期政治环境里个人遭遇的影响,在阐释、翻译《堂吉诃德》时都注意表现小说中蕴含的感伤性。在发表于1964年的《堂吉诃德与〈堂吉诃德〉》一文中,杨绛指出堂吉诃德是"主观上的悲剧主角"②,尽管"堂吉诃德能逗人放怀大笑,但我们笑后回味,会尝到眼泪的酸辛"③。在杨绛的《堂吉诃德》译本中,她凸显了堂吉诃德理想破灭后的失望和伤感,增强了小说的感伤性。

二、《堂吉诃德》中、欧阐释意义对比分析

在本书第一章第一节,我们曾概述了17—20世纪上半期欧洲《堂吉诃德》的批评情况。将1904—1978年间《堂吉诃德》中文译介文本与阐释文本中呈现出来的意义样态与17—20世纪上半期欧洲《堂吉诃德》批评中呈现出来的意义样态做对比,我们发现两者异中有同,同中有异。相同之处在于,17—20世纪上半期,欧洲《堂吉诃德》批评中呈现出来的意义样态都可归入讽刺、激励、斗争、感伤四类;不同之处在于,中国与欧洲《堂吉诃德》同类意义的具体阐释不同,而这种不同是由中、欧不同的文化传统、历史背景、社会主流意识形态、具体国情等因素造成的。

(一) 对中、欧讽刺意义与激励意义阐释差异的分析

20世纪前半期的中国对《堂吉诃德》讽刺、激励意义的阐释与17—18世纪的西欧差异较大,与19世纪的俄国较接近。西欧的阐释更关注个人,

---

① 孟复:《塞万提斯和他的〈堂吉诃德〉》,见[西]塞万提斯著,傅东华译《堂吉诃德》(第一部),人民文学出版社1959年版,第15页。

② 孟复:《塞万提斯和他的〈堂吉诃德〉》,见[西]塞万提斯著,傅东华译《堂吉诃德》(第一部),人民文学出版社1959年版,第83页。

③ 杨绛:《堂吉诃德与〈堂吉诃德〉》,载《文学评论》1964年第3期,第78页。

而中、俄的阐释更关注社会。17—18世纪西欧的《堂吉诃德》阐释或借堂吉诃德讽刺某种缺陷型人格——不切实际、不自量力、缺乏理性等，为人们敲响自我反省的警钟；或借堂吉诃德赞颂某种美好品德——忠贞、勇敢、坚毅、纯洁等，激励人们去效仿道德楷模。19世纪俄国评论者与20世纪前半期中国评论者则或者联系社会情况阐释《堂吉诃德》的讽刺意义，或者高度赞颂堂吉诃德追求社会理想的可贵精神。比如俄国评论者认为《堂吉诃德》讽刺了社会中因认不清现实而无法发挥才智的一类人，不顾历史环境变迁、固执去从事冒险事业的一类人；中国的评论者认为《堂吉诃德》讽刺了存有私心的革命者、思想落伍的守旧者、冷酷庸俗的旁观者。俄国评论者激励人们要有像堂吉诃德一样为了理想全然无私的自我牺牲精神，中国评论者激励人们在追逐理想的路上要有堂吉诃德一样不怕失败、信仰坚定、永不灰心的精神。

　　中国与俄国阐释的相近性以及与西欧阐释的相异性，都可从中国、俄国以及西欧的文化传统、历史背景当中找到解释的原因。首先，从文化传统方面来看，中国与俄国具有相近性，而与西欧差异较大。在中国，几千年来占据主流文化地位的儒家文化重视社会群体伦理关系，而俄国长期以来的农村村社制与东正教信仰也使其形成了一种群体性文化传统①，因此，两国的知识分子都对社会群体问题有极高的关注热情。而西欧自古以来就形成了关注生命个体的文化传统，不管是张扬原欲的古希腊文化、文艺复兴时期要求解放人性的人文主义思潮，还是启蒙运动时期以科学精神探究人的天性、道德等问题的"人的科学"，都是关注生命个体的文化，西欧知识分子对生命个体问题有极浓的探索兴趣。其次，从历史背景方面来看，20世纪上半期的中国与19世纪的俄国具有相似性，而与17—18世纪的西欧差异较大。俄国与中国的现代性都是外源型的，19世纪的俄国与20世纪上半期的中国均处于外来现代性突兀植入后社会矛盾激增的阶段，因此，19世纪俄国的知识分子与20世纪前半期的中国知识分子都对现代化进程中面临内忧外患的本

---

① 程正民认为，俄国的群体性文化传统与俄国的村社组织与东正教信仰有关。首先，"俄国村社是俄国农村的社会组织形式，是俄国社会价值观体系的根本土壤"，"俄国村社是一种经济和生活的联合体，是一种向国家和地主负责的集体，是一种同甘共苦的集体，这种集体在长久的发展中培养了俄国农民轻个性重集体的精神个性和价值观"。其次，"俄国文化中的集体精神也同俄国农民对东正教的信仰有关，东正教教育俄国农民要与有组织的集体和谐一致，要服从它的制度和秩序。东正教有一个核心理念就是'聚合性'，它强调人与人之间的精神交流，它的落脚点就是集体性，集体性是绝对的，个人是相对的，是从属于集体的；俄国农民应当在对上帝的信仰中获得精神的和谐和集体的拯救"。参见程正民《俄罗斯文学批评史研究》，中国社会科学出版社2017年版，第248～249页。

土社会存有更多焦虑。西欧的现代性是内源型的,其现代性随西欧社会内部资本主义经济的发展而发展,17—18 世纪的西欧社会并没有产生让人惊异的突变,因此,17—18 世纪的西欧知识分子能更多去关注现代化进程中社会个体的状态变化。正是出于以上两个原因,在阐释《堂吉诃德》的讽刺意义和激励意义时,19 世纪俄国与 20 世纪前半期的中国《堂吉诃德》阐释者才会更多从社会角度着眼,而 17—18 世纪的西欧《堂吉诃德》阐释者才会更多从个人角度着眼。

尽管 20 世纪前半期的中国与 19 世纪的俄国对《堂吉诃德》讽刺意义和激励意义的阐释都从社会角度着眼,有颇多相似性,但两者还是有所差异。首先,中国阐释出的《堂吉诃德》讽刺意义比俄国更具激进色彩,这是由中、俄两国不同的历史情况决定的。中国在 20 世纪前半期面临的形势比俄国在 19 世纪面临的形势更险恶,亡国灭种的危险如悬在中国知识分子头上的一把利剑,让他们具有更强烈的危机感。中国知识分子在阐释《堂吉诃德》的讽刺意义时有更清晰的斗争针对性,其阐释出的《堂吉诃德》讽刺意义就会因蕴藏着阐释者的社会焦虑感和对讽刺对象的强烈厌憎感而表现出一定的激进色彩。其次,中国阐释出的《堂吉诃德》激励意义比俄国更具现实色彩,这是由中、俄两国不同的文化传统决定的。中国传统的儒家文化是一种积极入世文化,中国知识分子在阐释《堂吉诃德》的激励意义时,实际上都将堂吉诃德精神阐释成了一种积极追求现世理想的儒家英雄精神。俄国深受东正教文化影响,俄国知识分子在阐释《堂吉诃德》的激励意义时,多强调堂吉诃德全然无私的自我牺牲精神,这实际上是将堂吉诃德精神阐释成了一种崇高、纯洁、虔诚的宗教英雄精神。

(二) 对中、欧斗争意义阐释差异的分析

中、苏与西欧对《堂吉诃德》斗争意义的阐释差异较大。西欧重在对《堂吉诃德》与不公正现实斗争意义的阐释,中、苏则重在对《堂吉诃德》阶级斗争意义的阐释。

西欧对《堂吉诃德》斗争类意义的阐释并没有形成规模,它散见于浪漫派对《堂吉诃德》的批评当中。海涅曾对《堂吉诃德》中蕴藏的斗争意义做出阐释,借《堂吉诃德》表达了自己要与专制国家斗争到底的决心。海涅认为,自己与堂吉诃德都具有与现实社会斗争的意愿,不同之处在于堂吉诃德斗争的目的是要将过去拉到现在,而自己斗争的目的是要将未来拉到

现在。① 西班牙的何塞·玛利亚·斯巴尔比（José María Sbarbi）也阐释了《堂吉诃德》的斗争意义。他认为，塞万提斯借《堂吉诃德》表现了其对社会上不公平与不公正现象的斗争精神②。由于缺少马克思主义理论的指导，这些对《堂吉诃德》斗争意义的阐释都只停留在与不公正的社会现实做斗争的层面，没有挖掘到阶级斗争的深度。而20世纪上半期的苏联与20世纪50年代的中国都是以马克思主义思想为主流意识形态的国家，"阶级斗争理论和阶级分析方法是经典马克思主义的一个突出特点"③，于是20世纪上半期的苏联与20世纪50年代的中国在阐释《堂吉诃德》的斗争意义时，都将着眼点放在了阶级斗争问题上。

虽然20世纪上半期的苏联评论者与20世纪50年代的中国评论者都注重阐发《堂吉诃德》文本中的阶级斗争意义，但两者阐释出的斗争对象并不相同。苏联的批评强调《堂吉诃德》对资本主义社会的批判性，而中国的批评强调《堂吉诃德》对封建主义意识形态的批判性。中、苏两国对《堂吉诃德》文本斗争意义的阐释之所以会有这样的不同，是受两国不同国情影响的结果。苏联成立前，俄罗斯的资本主义经济虽然仍远落后于西欧，但也已经发展到了一定水平，国内资产阶级的力量不容小觑。因此，苏联成立后，官方主流文化就要加强对资本主义的批判，以防范和警惕国内资产阶级势力篡夺政权。中国的民族资本主义在国内战争频繁的年代里、在本国封建势力、官僚集团与外国资本主义势力的几重压迫下发展艰难，力量始终薄弱。但中国社会中封建主义意识形态的力量相当强大，封建习俗、封建观念始终在中国民间存在着很大的影响力。因此，在中华人民共和国成立后，官方主流文化就要加强对封建主义意识形态的批判，以防止无产阶级革命政权被民间强大的封建主义意识形态腐蚀。

总之，中、苏与西欧社会主流意识形态的不同，使中、苏与西欧对《堂吉诃德》斗争类意义的阐释有所不同。西欧社会没有普遍接受马克思主义思想，个别知识分子对《堂吉诃德》斗争意义的阐释只停留在与不公正的现实社会做斗争的层面上。中、苏两国知识分子在马克思主义思想的影响下，重在对《堂吉诃德》中蕴含的阶级斗争意义的阐释。但由于中、苏两国具体国情不同，两国知识分子对《堂吉诃德》中蕴含的阶级斗争意义的

---

① 详见［德］海涅撰，傅东华译：《吉诃德先生》，载《译文》1935年第2卷第3期，第311～318页。
② 陈众议：《塞万提斯学术史研究》，译林出版社2011年版，第67页。
③ 高玉：《毛泽东文艺思想比较研究》，社会科学文献出版社2019年版，第79页。

阐释也有差别。在资产阶级残余力量不容小觑的苏联，评论者阐释出《堂吉诃德》对资本主义的斗争意义；在封建残余力量强大的中国，评论者阐释出《堂吉诃德》对封建主义的斗争意义。

（三）对中、欧感伤意义阐释差异的分析

"文化大革命"的中国与法国大革命后的欧洲都处于社会理想破灭期：中国人民关于富强、民主新社会的美好理想在"文革"期间四人帮的倒行逆施中失落；法国人民关于平等、自由新社会的理想，在随之而来的"民主的暴力、无序的血腥以及无奇不有的道德败坏"① 中失落。"文革"期间的杨绛与19世纪欧洲的浪漫派都经历了社会理想破灭的痛楚，因此，两者都将堂吉诃德看成一位悲剧性的理想主义英雄，阐释出了《堂吉诃德》文本中的感伤意义，但杨绛与19世纪浪漫派阐释出的感伤意义内涵并不相同。

19世纪浪漫派将《堂吉诃德》看成对浪漫主义思想的形象化阐释，将堂吉诃德看成一个追逐诗意人生的人物。浪漫派认为堂吉诃德骑士理想的本质是要建立一个自由的、诗意的国度，堂吉诃德在追求骑士道理想的过程中无视现实、全情投入自己幻想的瑰丽世界，这本身就是一种灵性、诗意、情感充沛、自由自在的审美化存在状态——一种摆脱了世俗束缚的理想存在状态。《堂吉诃德》的感伤意义不仅在于堂吉诃德个人理想的破灭，还在于诗性国度的遥远难及与人类诗性存在状态的最终幻灭。② 也就是说，《堂吉诃德》的感伤意义是同时存在于主人公的主观层面与主人公以外的客观层面的。而处于"左"倾错误思想泛滥政治环境里的杨绛则从堂吉诃德的"主观出发，说他是个'悲剧的主角'，但主观上的悲剧主角，客观上仍然可以是滑稽的闹剧角色"③。也就是说，杨绛认为，《堂吉诃德》的感伤意义仅存在于主人公的主观层面，即堂吉诃德"受尽挫折，一事无成，回乡郁郁而死"④ 的人生痛苦。这样看来，19世纪西欧浪漫派与杨绛对《堂吉诃德》感伤意义解读的不同，就在于19世纪西欧浪漫派认为，《堂吉诃德》的感伤意义有主观与客观两重，即主观上主人公个人骑士道理想的破灭与客观上人类诗意理想的失落；而杨绛认为，《堂吉诃德》的感伤意义仅在于主

---

① 刘小枫：《诗化哲学》，华东师范大学出版社2007年版，第14页。

② Daniel Eisenberg. Appendix: The Influence of Don Quixote on the Romantic Movement. *A Study of Don Quixote*. Newark: Juan de la Cuesta, 1987. pp. 205 – 223.

③ 参见杨绛《堂吉诃德和〈堂吉诃德〉》，载《文学评论》1964年第3期，第83页。

④ 杨绛：《译者序》，见［西］塞万提斯著，杨绛译《堂吉诃德》（上），人民文学出版社1987年第2版（2018年9月第3次印刷，杨绛的这篇《译者序》写于1995年），第7页。

人公个人理想破灭的痛苦。

西欧浪漫派与杨绛之所以会阐释出《堂吉诃德》感伤意义的不同内涵，是由中国与西欧相异的文化传统决定的。西欧有着历史悠久的基督教文化传统，基督教文化将人看成是灵、肉二元的结合体，人的灵性生命高于肉身生命。这种文化欲引导人的灵性生命从世俗中超拔出来、皈依于纯洁美好的彼岸世界。虽然17世纪以来西欧的工业文明迅速发展，高扬的理性精神解构了很多人对基督教的虔诚信仰，但基督教文化中的灵、肉二元生命本质论以及在彼岸世界中寻求精神皈依的人生价值观却沉淀在了人们的深层意识中。因此，面对法国大革命后社会理想的幻灭，19世纪的浪漫派苦苦思索现代人的精神皈依问题。他们认为，人是世界的中心，人诗意化了，世界才能审美化①。浪漫派实际上是要在重视肉身生命的现代社会中用诗意存在的方式复活人们的灵性生命，要在重视此岸生活的现代社会中用自由诗的国度替代基督教的天国理想，重新勾起人们对纯洁美好彼岸世界的向往。然而，浪漫派是脆弱的，他们辛苦构建出来的诗意彼岸既无法与有着悠久历史的基督教天国理想相比拟，也无法抗衡工业文明的迅猛发展之势，人的诗意存在与自由诗的理想国度只能是浪漫派在现实世界里一个缥缈的梦境，他们注定是伤感的。正因如此，19世纪的浪漫派才在堂吉诃德个人理想破灭的感伤意义之外，又阐释出人类诗意理想失落的感伤意义。

在中国影响深远的儒家文化，是一种认同现实、积极入世的文化，它倡导人们要"用自己的理想去引领社会，用自己的思想去影响社会，用自己的作为去改进社会"②。中国古代有不少理想破灭的儒家英雄，比如经历了"三十功名尘与土，八千里路云和月"后"空悲切"的岳飞、许下"了却君王天下事，赢得生前身后名"宏愿却"可怜白发生"的辛弃疾、哀叹"此生谁料，心在天山，身老沧州"的陆游等。杨绛在理解堂吉诃德这一人物形象时，不自觉地受到了传统儒家文化的影响，她实际上将堂吉诃德看成了与岳飞、辛弃疾、陆游相似的儒家理想主义者。他们的理想都在现实世界，都想通过努力让现实世界变得更美好，然而，由于时运的种种不济，他们终于无法于此生达成夙愿，形成了铭心刻骨的人生之悲。受儒家文化"未知生，焉知死"的世俗性、功利性人生观影响，杨绛在阐释《堂吉诃德》的感伤意义时必然会聚焦于主人公此生的成败，因此，她才将《堂吉诃德》的感伤意义阐释成单纯的个人理想破灭之痛，而不会再阐释出彼岸世界失落之悲。

---

① 参见刘小枫《诗化哲学》，华东师范大学出版社2007年版，第49～51页。
② 邵汉明：《传统的反思与超越》，新星出版社2018年版，第192页。

三、文学文本解读多样化原因分析

"一千个读者眼中就有一千个哈姆莱特",经典文学作品的一个重要特征就是作品意义具有跨时空解读的多样性。① 这种文学文本解读多样化现象产生的原因值得我们去深入思考。

在本书第一章第一节,我们分析过《堂吉诃德》中蕴藏的文艺复兴时期的现代意识:平等意识、个性意识、个体生命价值意识、社会批判意识。这四种现代意识是后来人们从《堂吉诃德》文本中解读出的四类意义之源。正因为小说中蕴藏了平等意识——《堂吉诃德》中表达了塞万提斯对当时社会中不公正现象的朴素觉知,后来的人们才能阐释出小说的斗争类意义;正因为小说中蕴藏了个性意识,塞万提斯浓墨重彩地描绘了堂吉诃德特立独行的个体生命画卷,后来的人们才会关注到小说主人公细腻的主观感受,阐发出小说的感伤类意义;正因为小说中蕴藏了个体生命价值意识,塞万提斯在《堂吉诃德》中表现出对普通人追求生命意义和价值行为的赞许,后来的人们才会阐释出小说的激励类意义;正因为小说中蕴藏了社会批判意识,《堂吉诃德》中寄寓了塞万提斯对庸俗人性与社会陋习的批判,后来的人们才会阐释出小说的讽刺类意义。

《堂吉诃德》中蕴藏的这四种现代意识,其实就是小说文本中蕴藏的四种社会能量。"社会能量"(social energy)是格林布拉特用来说明文学的存在方式、建立文学与社会历史之间新型关联的一个概念,他没有为"社会能量"做出清晰的定义,他认为,"这个术语包含可测量的东西,但无法提供一个便捷可靠的公式来离析出单一固定的量化指标。人们只能从社会能量的效果中间接地识别出它:它出现在词语的、听觉的和视觉的特定踪迹之力量中,能够产生、塑造和组织集体的身心经验"②。社会能量"与快乐和趣味的可重复的形式相联系,与引起忧虑、痛苦、恐惧、心跳、怜悯、欢笑、紧张、慰藉和惊叹的力量相关联",它是"是一些分散在踪迹之中的流动的情感能量或力量碎片"③。文学文本是使社会能量跨时空流通的一种载体,作家将社会能量通过编码(encode)储存进文学作品。而当这种社会能量具

---

① 我国学者陈静认为,文学经典具有典范性、原创性、时空的跨越性、意义阐释的开放性四个本质特征。参见陈静《文学经典的构成和特征》,载《湖北社会科学》2010年第12期,第129~131页。
② 张进:《新历史主义文艺思潮通论》,暨南大学出版社2013年版,第43页。
③ 张进:《新历史主义文艺思潮通论》,暨南大学出版社2013年版,第44页。

有一定程度的可预见性,社会能量的美学形式又具有一定程度的适应性时,文学作品就能够突破时空局限,经由阐释释放能量,对后代读者产生影响。但任何一种语境下的阐释都不可能完整再现当初被编码的社会能量,因为阐释是"以某一特定阐释主符码对既定文本的改写过程"①,具体的历史文化语境决定了文学作品的阐释方向,也即决定作品中的哪些社会能量被释放、以何种意义样态释放。《堂吉诃德》之所以会具有跨时空文本意义解读的多样性,根本原因就在于其中蕴藏了文艺复兴晚期现代性萌生之初的四种社会能量。这四种社会能量在后来世界现代化进程中不同的文化语境里得到了不同程度的释放与延展,《堂吉诃德》就有了样态各异的意义阐释。

对《堂吉诃德》跨时空文本意义解读多样化现象的认知,可以启发我们对文学文本意义解读多样化现象形成新的认知。以往的接受美学也曾对文学文本意义解读多样化做出解释。这种理论认为文学文本具有未定性,它"不是决定性的或自足性的存在,而是一个多层面的未完成的图式结构","它的存在本身并不能产生独立的意义",读者要用自己的"感觉和知觉经验将作品中的空白处填充起来,使作品中的未定性得以确定",由此才能生成文学作品的意义。② 也就是说,接受美学理论"将文学作品划分为未定性的本文和读者具体化这两部分……读者的具体化是第一性的,未定性的本文是第二性的"③。这种理论把文本意义生成的基础放在了多变的读者环节,又将文学本文看作一个"多层面开放式图式结构"④,如此一来,文本意义就完全丧失了稳定性。接受美学这种"无论哪一种解释都是有意义的,也是合理的"⑤观点,实质上会让文学阐释活动的意义淹没在浩瀚无尽的随意性解读中,文学文本意义终会在繁杂难辨的一片嘈杂声中走向虚无。

而文化诗学中的"社会能量"说则可以让文学文本意义在多样化阐释与必要文本约束之间找到一个平衡点。文学文本并非"未定",而是"已定",这些"已定"的成分就是蕴藏于其中的社会能量。这些社会能量不会同时活跃,它们总是会在具体的社会历史文化语境里处于一部分活跃、一部

---

① Fredric Jameson: *The Political Unconscious*, London: Methuen, 1981. pp. X - XI.
② 《出版者前言》,见[德]H. R. 姚斯、[美]R. C. 霍拉勃著,周宁等译《接受美学与接受理论》,辽宁文学出版社 1987 年版,第 4 页。
③ 《出版者前言》,见[德]H. R. 姚斯、[美]R. C. 霍拉勃著,周宁等译《接受美学与接受理论》,辽宁文学出版社 1987 年版,第 6 页。
④ 《出版者前言》,见[德]H. R. 姚斯、[美]R. C. 霍拉勃著,周宁等译《接受美学与接受理论》,辽宁文学出版社 1987 年版,第 5 页。
⑤ 《出版者前言》,见[德]H. R. 姚斯、[美]R. C. 霍拉勃著,周宁等译《接受美学与接受理论》,辽宁文学出版社 1987 年版,第 5 页。

分休眠的状态。活跃起来的社会能量不会一成不变，它们会在具体的历史文化与阐释者思想的映照下表现出不同的形态。也就是说，文学文本中蕴藏的社会能量是文本意义生成的基础，历史文化语境和阐释主体是文本意义生成的变量，在三者的共同作用下形成了文学文本的具体意义样态。这样一来，文学作品的文本意义就会处在动态生成的过程中，由此产生了文学文本意义解读多样化的现象。

第二节　社会文化之维的反思

一、从堂吉诃德形象的变化看中国现代文化的发展

《堂吉诃德》是一部携带着现代文化基因的经典文学作品，它在中国人对现代性的召唤中开始了中国之旅。1904—1978年间《堂吉诃德》的译介与阐释情况同中国的现代化进程密切相关，从堂吉诃德这一人物形象在中国现代化进程不同阶段里的演变情况，能看出中国现代文化的发展轨迹。

《魔侠传》中，译者通过改写使堂吉诃德变成了"党人化"的奎沙达，这是一个拉帮结派、利欲熏心、卑鄙无耻、祸国殃民的令人憎恶的形象。堂吉诃德之所以会在林纾与陈家麟的译笔下呈现为此种面貌，是由两方面的因素决定的。首先，译者站在中国儒家传统文化的角度对这一人物形象做出了伦理道德判断。中国传统儒家文化"强调个人道德追求与共同体内在价值的交汇融合"，"'仁'作为人的内在根据，也作为共同体的善之理想，与个人的意志选择和行为实践紧密相关，人在当下生存空间的自我实现是通过与自身存在相关的道德实践与价值追求来促进个人与群体共同善之价值的统一"[①]。从儒家"仁"学的视角看，个性鲜明、特立独行、置现实世界规则于不顾的堂吉诃德显然不"仁"。其次，译者的社会批判意识已然觉醒，林纾和陈家麟看到了中国社会中种种不合理的现象，也读出了堂吉诃德这一人物形象身上蕴藏的社会批判性，因此他们将堂吉诃德身上的社会批判性中国化，将塞万提斯对16世纪末、17世纪初西班牙社会上痴迷于骑士小说那类人的讽刺，变成了对20世纪初中国社会上祸国殃民的投机政客的讽刺。总

[①] 洪晓丽：《儒家视阈内群己关系之考察——以"仁"为中心的展开》，载《道德与文明》2018年第5期，第65页。

之,堂吉诃德之所以会演变为奎沙达这一可憎恶的形象,是受传统儒家"仁"学观念和现代社会批判意识共同影响的结果。这种形象的变化集中表现出中国现代改良文化的保守性特点:虽然积极吸收西方先进思想文化,却仍不改中国传统文化的价值信念。

在周作人、郑振铎等人的阐释下,堂吉诃德变成了一个勇敢坚毅、不怕失败的英雄形象。① 之所以堂吉诃德会在他们的阐释下呈现出此种形象,是因为周作人、郑振铎等人都持有革命式的文化观,他们认为必须在彻底否定中国封建文化的基础上学习西方文化,才能建构起中国的现代文化。而这种文化革命需要勇敢坚毅、不怕失败的英雄来引领,堂吉诃德在这种情况下便成了一位与庸众不同的英雄。与周作人、郑振铎等人阐释出的形象不同,堂吉诃德在鲁迅的阐释下变为了有优点也有缺点的普通"人"的形象。鲁迅虽然肯定了堂吉诃德想要与社会上的不平作战的想法,却也批评了他"胡涂的思想""错误的打法",并委婉地指出堂吉诃德"胡涂"与"错误"的根源在于其私心私欲。② 鲁迅对堂吉诃德人物形象的阐释之所以会与周作人、郑振铎不同,是因为鲁迅的文化观念不像周作人与郑振铎的文化观念那般天真烂漫、激情似火,冷静与深刻是鲁迅思想一贯的特点。鲁迅既不盲从资产阶级文化观,也不盲从无产阶级文化观,他在吸取两家之长的基础上结合自己对中国社会情况与文化特点的分析,形成了独特的文化观。虽然周作人、郑振铎、鲁迅的文化观念存在着一些差别,但从整体上看,他们都没有对堂吉诃德的个性意识与个体生命价值意识表现出反感,都认可堂吉诃德的斗争精神。这说明他们都不再被中国传统文化中的群体伦理观念束缚,都认可西方文化中的先进价值理念。因此,关于堂吉诃德形象的这些阐释表现出了中国现代革命文化的激进性特点:突破中国传统伦理价值观念的束缚,积极学习西方先进的思想文化。

在20世纪50年代,新中国的文学批评者有的将堂吉诃德阐释成"封建统治阶级的死对头""同封建贵族的走狗、横行霸道的贵族骑士誓不两立的穷骑士"③,有的将堂吉诃德阐释成有进步性也有落后性的接近小资产阶级知识分子的形象④。译者傅东华在此时期翻译《堂吉诃德》第二部时,也欲

---

① 具体参见本书第三章第一节、第二节的论述。
② 参见鲁迅《〈解放了的堂·吉诃德〉后记》,见李新宇、周海婴主编《鲁迅大全集》(7),长江文艺出版社2011年版,第149页。
③ 冰夷:《纪念"堂·吉诃德"初版三百五十周年》,载《人民日报》1955年11月25日,第3版。
④ 参见本书第四章第一节第一部分的论述。

凸显堂吉诃德被剥削阶级戏弄的"老实人"形象。① 尽管堂吉诃德在这些文本中呈现出的形象并不相同，但这些形象都有鲜明的阶级特征，它们都是在当时中国"文艺工具论"的规范下形成的，都表现出了强烈的政治色彩，反映了中国官方的文化整合意图。因此，堂吉诃德在这些阐释文本与译介文本中的形象反映出了中国现代整合文化政治化、规范化的特征。

在20世纪60—70年代杨绛对《堂吉诃德》的译介与阐释中，堂吉诃德呈现为一个可爱可敬，却又可怜可叹的理想主义者形象。堂吉诃德之所以会呈现为此种形象，与在特殊政治环境里"半地下"状态的翻译工作中，杨绛抛开了"文艺工具论"观念的束缚，放下了救亡图存、启蒙大众的重担有关。她纯粹要借堂吉诃德表达个人的思想与情感，这是极左文化重压之下中国民间文化立场的显现，是在异化的集体主义体系中对鲜活生命个体的关怀，是在严酷的阶级斗争环境里对温暖的人道主义的呼唤。堂吉诃德可爱可敬，却又可怜可叹的理想主义者形象中，蕴藏着中国知识分子独立的精神品格与温暖的人性关怀，闪现着中国现代自由文化的独特光彩。

总之，1904—1978年间《堂吉诃德》中文译介文本与阐释文本里的堂吉诃德形象，具象化地呈现了不同历史时期中国现代文化的特点。从其形象的演变过程中，我们能看到中国现代文化的发展轨迹：中国现代改良文化是一种保守的现代文化，其中残存着大量的中国传统文化元素；中国现代革命文化是一种激进的现代文化，它表现出中国人破旧立新、奔向现代性的坚定决心；中国现代整合文化是一种官方的现代文化，它承担着统一社会意识形态、维系社会安定团结的重要政治使命；中国现代自由文化是一种非官方的民间文化，它传达着民间知识分子的独立精神、自由思想与真实情感。由此可见，在1904—1978年间的任何一段历史时期里，中国文化都在一刻未停地向现代性方向迈进。虽然"文革"时期中国经济、政治领域内的现代化一度出现了停滞甚至倒退的情况，但文化的民间立场却于此时悄然出现，独立于国家意志的公众意志渐渐形成，此时期的中国现代自由文化与以往中国的三种现代文化相比，具有了更突出的现代性特征。②

---

① 参见本书第四章第二节第四部分的论述。

② 黑格尔认为"现代世界的原则就是主体性的自由"，哈贝马斯把"主体性的自我确认"作为现代性的重要标志，也就是说，现代性是从自身中创立规范、不从时代模式中寻求自己的定位标准（参见张旭春《政治的审美化与审美的政治化》，人民出版社2004年版，第25页）。由此看来，"主体性"是西方现代文化的一个根本特征。中国现代自由文化是异于官方文化的民间文化，它表现了知识分子对主体性自由的追求，因此，我们认为中国现代自由文化较之于中国现代改良文化、中国现代革命文化、中国现代整合文化，现代性特征更为显明。

二、从堂吉诃德的呼唤看中国现代文化的总体特点

纵观 1904—1978 年间中国的《堂吉诃德》译介与阐释情况，我们发现四种中国现代文化里的堂吉诃德形象中都蕴藏着对某种现代性的呼唤。

民国前期政坛里出现的政党乱象是中国封建社会里党争现象的翻版①，林纾与陈家麟担心如此的政治会让中国走上亡国灭种之路。于是带着强烈的社会责任感，他们将《堂吉诃德》译成政治小说《魔侠传》。奎沙达这一令人厌憎的形象里，蕴含着受中国现代改良文化影响的译者对民国里封建政治怪胎的厌恶以及对真正的政治现代性的呼唤。

随着时间的推移，对外软弱妥协、对内封建独裁的国民政府的反动性表现得愈加明显。于是堂吉诃德以崇高、伟大的英雄形象出现在周作人、郑振铎的笔下，他成了一面引领人们打破旧社会、旧制度，奔向新社会、创立新制度的精神旗帜；鲁迅阐释出的那个有斗争精神也有糊涂思想的堂吉诃德形象为许多革命者提供了一面自我观省的镜子，鲁迅借此形象提醒人们应该破除私欲，激励人们要全身心投入创立真正的现代民族国家的事业中。周作人、郑振铎与鲁迅阐释出的堂吉诃德形象虽然存在差异，但这些形象中都蕴藏着受中国现代革命文化影响的阐释者内心的强烈呼唤：中国人民应该推翻国民政府的反动统治、建立起真正的现代民族国家。

中华人民共和国成立后，新生国家政权尚待进一步巩固，为防止国内强大的封建主义势力卷土重来，堂吉诃德成了阶级特征鲜明的形象。无论新中国文艺工作者将堂吉诃德阐释成与封建势力斗争的战士形象，还是将其阐释成需要改进的小资产阶级知识分子形象，受中国整合文化影响的阐释者都在借堂吉诃德形象表达自己对国家主流意识形态的认同，都在借堂吉诃德形象呼唤现代民族国家强大的社会凝聚力。

极左思想泛滥期间，现代公民本该拥有的诸多权利或者被剥夺，或者被

---

① 民国前期的许多政党都不是真正现代意义上的政党。谢彬曾指出民国前期政党与中国封建社会党派的相似性："自民国初元迄今，政党之产生，举其著者，亦以十数。其真能以国家为前提，不藐法令若弁髦，不汲汲图扩私人权利者，能有几何？而聚徒党，广声气，恃党援，行倾轧排挤之惯技，以国家为孤注者，所在多有。且争之不胜，倒行逆施，调和无人，致愈激烈而愈偏宕。即持有良好政见者，亦为意气所蔽，而怪象迭出，莫知所从。盖吾人对于政党之观念，极为薄弱。当政党之结合，初不以政见也。或臭味相投，或意气相孚，质言之，感情的结合而已。然此犹其上焉者也，其下焉者权势的结合而已，金钱的结合而已。前者似历史上之君子党、清流党，后者似历史上之小人党、浊流党，要皆无当于政党也。"参见谢彬《增补订正民国政党史》，上海学术研究会总会1925 年版，第 3 页。

侵犯。在这种情况下，中国现代自由文化在民间悄然生长。受此种文化影响的杨绛将堂吉诃德阐释成可敬可爱、可怜可叹的理想主义者形象，这一形象中暗藏着杨绛表达生命个体情感的强烈诉求以及她对现代人文精神的真诚呼唤。

从以上分析可知，中国不同现代文化语境中的译者与阐释者，都在借堂吉诃德形象表达他们对某种现代性的渴望，他们的不同渴望表现出了中国不同现代文化对不同种现代性元素的呼唤：中国现代改良文化呼唤着真正的现代性政治，中国现代革命文化呼唤着真正的现代民族国家，中国现代整合文化中呼唤着现代民族国家强大的社会凝聚力，中国现代自由文化呼唤着现代人文精神。中国现代改良文化与中国现代革命文化呼唤的现代性，在中华人民共和国成立后变成了现实；中国现代整合文化与中国现代自由文化呼唤的现代性，在中国走上解放思想、改革开放之路后变成了现实。由此可见，在中国的现代化进程中，中国现代文化一直都表现出了对现代社会存在的先导性，它是将中国社会逐渐牵引进现代文明的强大力量。

三、中国与西方现代文化特点对比分析

高名潞曾注意到西方现代性与中国现代性的不同。他认为，西方表现出的是"二元现代性"——审美现代性与物质主义现代性之间的冲突、对抗，而中国表现出的是"整一现代性"——时间、空间、价值三位一体的现代性。[①] 以西方"二元现代性"的观点来看，西方现代文化具有对现代社会存在的批判性[②]，以中国"整一现代性"的观点来看，中国现代文化具有对现代社会存在的附和性[③]。高名潞对西方现代性具有"二元性"特点的概括与西方现代性理论家卡利奈斯库（Matei Calinescu）、鲍曼（Zygmunt Bau-

---

[①] 参见高名潞《整一现代性——中国现代性的逻辑》，见乐正维、张颐武主编《反思二十世纪中国：文化与艺术》，岭南美术出版社2009年版，第80～87页。

[②] 周宪认为，在西方现代性诞生之际，"在强烈的乐观主义冲动的同时，也伴随着各种对现代性的反思和批判"，在其撰写的《现代性的张力：现代主义的一种解读》一文中，周宪概要追述了卢梭、黑格尔、马克思、尼采、韦伯、奥尔特加、霍克海姆、阿多诺等人的现代性批判思想。可见，西方现代文化对现代社会存在的批判是一种传统。参见周宪《现代性的张力：现代主义的一种解读》，见《从文学规训到文化批判》，译林出版社2014年版，第188～201页。

[③] 高名潞虽然没有明确提出中国现代文化具有"附和性"这一说法，但是他在论述中已经表达了这种观点。他说中国的"整一现代性"是"一种缺失的现代性"，"并不理想"，会带来"集权艺术的后果和媚俗艺术等诸种弊端"。参见高名潞《整一现代性——中国现代性的逻辑》，见乐正维、张颐武主编《反思二十世纪中国：文化与艺术》，岭南美术出版社2009年版，第87页。

man)、魏尔默（Albrecht Wellmer）等人的观点大体一致①，较为准确；但他对中国现代性具有"整一性"特点的概括却值得商榷。

从1904—1978年间《堂吉诃德》的译介与阐释情况同中国社会发展之间的关系来看，中国现代性并不存在"时间、空间、价值三位一体"的特点。中国现代文化总是比现代社会存在先行一步，两者之间存在着时间与空间上的错位，中国现代文化与现代社会存在之间只存在着价值标准方面的和谐一致性，所以"和谐性"应能比"整一性"更准确地概括中国现代性的特点。中、西方现代性具有"整一性"与"二元性"区别的观点不成立，中国现代文化与西方现代文化之间的区别性特征自然也就不在于附和性与批判性的不同上。从中、西方现代性存在"和谐性"与"二元性"的不同这一点来看，中国现代文化与西方现代文化的重要区别应该在于先导性与批判性的不同上。

本节的第二部分我们已详细论述过中国现代文化对现代社会存在具有先导性这一观点，高名潞、卡利奈斯库、鲍曼等学者也详细论述过西方现代文化对现代社会存在具有批判性这一特点，这里我们不再赘述。只要我们能证明"现代文化对现代社会存在的先导性"并不是西方现代文化的典型特征，"现代文化对现代社会存在的批判性"并不是中国现代文化的典型特征，那么我们就可以认为先导性与批判性的不同是中、西现代文化的区别性差异。

由于西方的现代性是内源型的，在其现代化进程中并没有可资借鉴的发展案例，因此，相对于外源型现代性国家来说，西方现代化的发展并没有良好的规划性，西方国家必须要在反复的摸索、试错中探索适合自己的现代性道路。在其摸索、试错的过程中，现代文化会对现代社会存在的发展产生影

---

① 卡利奈斯库将西方现代性划为"资产阶级的现代性"与"审美的现代性"两种，前者主要表现在社会存在领域，后者则主要表现在文化领域。"审美的现代性"常对"资产阶级的现代性"表现出强烈的否定情绪。魏尔默认为现代世界由两种因素构成：一个是启蒙的规划，此规划到了韦伯的时代只剩下合理化、官僚化的过程和科学侵入社会存在的过程；另一个是对作为合理化过程的启蒙形式的反抗力量。他将这两种构成现代世界的冲突、对抗着的因素分别称为"启蒙的现代性"与"浪漫的现代性"。鲍曼认为，现代存在与现代文化的紧张关系贯穿了现代性发展的整个历史。（参见 Matei Calinescu. *Five Faces of Modernity*. Durham：Duke University，1987. pp. 41 – 42；Albrecht Wellmer. The Persistence of Modernity，Cambridge：MIT Press，1991. pp. 86 – 88；Zygmunt Bauman. Modernity and Ambivalence. Cambridge：Polity Press，1991. p. 10）

响，但它往往无法为现代社会存在的发展画出具有较强可行性的理想蓝图。① 比如，启蒙主义者借堂吉诃德这一人物形象绘制的理想人格蓝图是具有勇敢、正义等美德，浪漫主义者借堂吉诃德这一人物形象绘制的理想人类生存状态蓝图是诗意的存在。② 然而，这两幅蓝图都只是空泛的理想，缺乏明确的现实指导性，它们都只是西方现代性进程中的一种缥缈的文化想象。由此可见，"现代文化对现代社会存在的先导性"并不是西方现代文化的典型特征。

虽然中国现代文化也存在批判性，但其批判的对象不是社会存在中的现代性因素而是非现代性因素③，而西方现代文化批判的对象才是社会存在中的现代性因素④。比如，中国现代自由文化影响下的《堂吉诃德》译介与阐释同西方浪漫主义流派对《堂吉诃德》的解读都表现出对社会存在的批判意识，流露出了感伤色彩。但杨绛隐曲批判的是使中国社会中封建残余沉渣泛起的极左思想，她为"文革"时期中国社会远离现代性的野蛮而感伤；西方浪漫派批判的是现代机械时代的冰冷无情，他们为现代社会中人类诗意存在理想的失落而感伤。

由此可见，对现代社会存在具有先导性的中国现代文化，对现代社会存在的批判性并不突出；对现代社会存在具有批判性的西方现代文化，对现代社会存在的先导性并不突出。"对现代社会存在具有先导性"与"对现代社会存在具有批判性"的不同的确是中国现代文化与西方现代文化的区别性差异。

---

① 施缪尔·艾森斯塔德认为，西方的现代计划"意味着对人类机构、人的自主性及其在时间长河中所处的地位的看法产生了某些激烈的转向"，"意味着对未来的一种构想，即通过自律自主的人类组合或历史进程可以实现无限的可能性"。然而，这些西方"现代计划"描绘的只是"某些乌托邦式的来世图景"。（参见［以］施缪尔·艾森斯塔德：《对多元现代性的几点看法》，见［德］多明尼克·萨赫森迈尔、［德］任斯·理德尔、［以］S. N. 艾森斯塔德编著，郭少棠、王为理译《多元现代性的反思：欧洲、中国及其他的阐释》，香港中文大学出版社2009年版，第30～33页）因此，我们认为这些"现代计划"无法为社会存在的发展画出可行性强的理想蓝图。

② 参见本书第一章第二节的具体论述。

③ 从1904—1978年间《堂吉诃德》的译介与阐释情况可知，在每一个历史阶段，中国现代文化都表现出了对当时社会存在中非现代性因素的批判性：中国现代改良文化主要表现出了对中国政治体制中非现代性因素的批判；中国现代革命文化对政治体制、思想文化等领域内的非现代性因素都做了批判；中国现代整合文化对可能会威胁到新生无产阶级政权的社会因素——资产阶级、小资产阶级、封建势力、封建文化及习俗等都做了批判，批判的对象既有现代性因素，也有非现代性因素；中国现代自由文化的批判性虽然囿于特殊的政治环境不得不以潜隐的方式存在，但其潜藏的批判锋芒依然指向了"文革"期间使个人迷信、文化专制等封建性因素沉渣泛起的极左思想。

④ 参见周宪《现代性的张力：现代主义的一种解读》，见《从文学规训到文化批判》，译林出版社2014年版，第188～201页。

中国现代文化与西方现代文化的这种差异主要是由中国与西方现代化道路的不同决定的。西方内源型的现代性决定了其现代性发展缺少规划性，在发展过程中会出现许多问题。因此，西方现代文化更多时候起着规训社会存在中已经生成的现代因素的作用，较少表现出对现代社会存在的先导性。中国外源型的现代性决定了中国现代文化先于现代社会存在发展的特点，这使得中国现代文化更多时候起着呼唤社会存在中尚未生成的现代因素的作用，较少表现出对现代社会存在的批判性。中国对现代社会存在有先导性的现代文化与西方对现代社会存在有批判性的现代文化分别产生于各自的历史条件下，都适应了各自现代化进程中的文化需求，都在一定时空中发挥着独特作用，都参与着各自社会的现代化进程。由此可见，中国现代文化与西方现代文化并不存在先进与落后之分。

多元现代性的观点认为，"现代性的西方模式并非唯一真正的现代性"①，"现代性并不等于西方性"②。作为外源型现代化国家，中国完全没有必要把自己的现代文化定位在"落后于西方"的地位上，完全没有必要时时处处以西方性为标准来衡量自己的现代文化。中国现代文化有自己鲜明的特点与积极的作用，我们应该对中国的本土现代文化充满自信。

小　　结

本章从文本意义与社会文化两个维度反思了1904—1978年间《堂吉诃德》的中国译介与阐释情况。

在文本意义之维的反思中，我们发现1904—1978年间的中国与17世纪至20世纪上半叶的欧洲都阐释了《堂吉诃德》的四类意义：讽刺类意义、激励类意义、斗争类意义、感伤类意义。在每一个意义类别中，中国与欧洲的阐释都存在着差异，这些差异是在中国与欧洲不同的历史文化背景、社会意识形态等因素的影响下形成的。《堂吉诃德》的中、欧阐释之所以都有讽刺、激励、斗争、感伤这四种意义类别，是由《堂吉诃德》诞生之时蕴藏于文本中的四种现代性意识——社会批判意识、个体生命价值意识、平等意

---

① ［以］施缪尔·艾森斯塔德：《对多元现代性的几点看法》，见［德］多明尼克·萨赫森迈尔、［德］任斯·理德尔、［以］S. N. 艾森斯塔德编著，郭少棠、王为理译《多元现代性的反思：欧洲、中国及其他的阐释》，香港中文大学出版社2009年版，第29页。
② 王一川：《探索中国现代性的特征》，见乐正维、张颐武主编《反思二十世纪中国：文化与艺术》，岭南美术出版社2009年版，第69页。

识、个性意识决定的，它们是流入文本中的四种社会能量。这些社会能量经不同文化棱镜折射、不同阐释者思想映照，最终形成了《堂吉诃德》跨时空文本意义解读多样化的现象。

对《堂吉诃德》文本意义解读多样化现象的具体认知，启发我们对文学文本意义解读多样化现象的成因这个抽象问题形成新的认知。文学文本中蕴藏的社会能量是经典文本意义生成的基础，社会历史文化语境和阐释主体是文学文本意义生成的变量，在三者共同作用下生成了文学文本具体的意义样态。

在社会文化之维的反思中，我们发现，1904—1978 年间《堂吉诃德》中文译介文本与阐释文本里的堂吉诃德形象具象化地呈现了不同历史时期中国现代文化的特点。从其形象的演变过程中，我们能看到中国文化不断向现代性方向运动的轨迹。在中国的现代化进程中，中国现代文化一直都表现出了对现代社会存在的先导性，它是将中国社会逐渐牵引进现代文明的强大力量。

以中国与欧洲的《堂吉诃德》阐释为观察点，我们看到了中国现代文化与西方现代文化的一个显著差异：中国现代文化具有对现代社会存在的先导性，对现代社会存在的批判性并不突出；西方现代文化具有对现代社会存在的批判性，对现代社会存在的先导性并不突出。这种差异主要是由中国与西方外源型与内源型的不同现代性决定的。中国对现代社会存在有先导性的现代文化与西方对现代社会存在有批判性的现代文化没有落后与先进的差别，它们都是世界多元现代性的具体呈现形式。

结　语

吴迪曾说："外国文学经典研究，应结合中华民族的现代化进程、中华民族文化的振兴与发展，……将外国文学译介与传播看成是中华民族思想解放和发展历程的折射。"[①] 这段话大体表述出本书的研究思路。小弗里德里克·魏克曼（Frederic Evans Wakeman Jr.）曾将中国的文化现代化进程分为两个阶段：第一波"现代化的肇始阶段是 20 世纪上半叶，主要集中在沿海大都市上海"；"第二波的文化现代化在'文化大革命'结束后席卷全国"。[②] 魏克曼对中国文化现代化进程的阶段划分基本合理，但中国文化现代化进程第一、第二阶段的具体分界点应是 1978 年召开的中共十一届三中全会。[③] 1904 年《堂吉诃德》的第一个中文转译改译本《谷间莺》摆在上海各大书店的售架上时，这部西班牙小说在中国还鲜有人知，中国文化的现代化进程也才刚刚起步；1978 年《堂吉诃德》的西语直译全译本首次出版时，塞万提斯的这部杰作在中国已颇负盛名，中国文化现代化进程的第一阶段也即将结束。由此可见，《堂吉诃德》在中国实现了从鲜有人知到颇负盛名这一转变的传播关键期，恰好与中国文化现代化进程的第一阶段相重合。梳理《堂吉诃德》在 1904—1978 年间的中国译介与阐释史，恰好可以为中国文化现代化进程第一阶段提供一个完整的纵切面，从而清晰展现此阶段中国现代文化的具体特点及演进过程。因此，本书不仅将 1904—1978 年间的《堂吉诃德》中文译介文本与阐释文本视为中国现代文学史中需要描述的文学现象，也将其视为中国现代文化史中需要解释的文化现象，同时从文学史与文化史两个层面展开对 1904—1978 年间《堂吉诃德》中文译介与阐释情况的研究。

---

① 吴迪：《总序》，见吴迪总主编《外国文学经典生成与传播研究》第一卷"总论卷"，北京大学出版社 2019 年版，第 10 页。

② [美] 小弗里德里克·魏克曼：《中国的现代性》，见 [德] 多明尼克·萨赫森迈尔、[德] 任斯·理德尔、[以] S. N. 艾森斯塔德编著，郭少棠、王为理译《多元现代性的反思：欧洲、中国及其他的阐释》，香港中文大学出版社 2009 年版，第 159 页。

③ 1976 年"文化大革命"结束至 1978 年十一届三中全会召开前，"文化大革命"的思想余毒仍对中国文化界有着较大影响。具体论述详见本书第一章第一节第二部分。

一、文学史意义小结

在文学史方面，本书对 1904—1978 年间的《堂吉诃德》中文译介文本与阐释文本进行了文献搜集与历史性梳理工作，对其中有重要意义和较大影响力的文本进行了史料考证、文本对比细读等工作，试图大体呈现出 1904—1978 年间《堂吉诃德》中文译介与阐释史的情况。

经过一系列史料考证，本书有如下发现：

（1）考证出 1904 年出版的《谷间莺》为《堂吉诃德》第一个中文改译本。译者"逸民"的真实身份应为有过日本留学经历、后来参加过辛亥革命的黄中垲。

（2）发现被褐（马一浮）是中国第一个目标明确地要将西班牙塞万提斯的名著《堂吉诃德》译介到中国的译者。他于 1905 年开始翻译《堂吉诃德》，将书名译为《稽先生传》。虽然他未能将《堂吉诃德》全部译完，《稽先生传》目前也只能见到 1913 年发表于《独立周报》上的两章译文，但马一浮与《稽先生传》在《堂吉诃德》中国译介史上的地位不应被忽视。

（3）对中国第一个有影响力的《堂吉诃德》中文译本《魔侠传》做了两项考证工作：考证出其所依据的翻译底本是收入"人人文库"的莫妥英译本；考证出其具体翻译时间应在 1915 年 7 月 18 日至 8 月 31 日之间。

（4）发现中国第一个《堂吉诃德》中文全译本是 1937 年由启明书局出版的温志达译《唐吉诃德》。

（5）发现中国第一个《堂吉诃德》西语直译本是戴望舒译于 20 世纪 30 年代的《吉诃德爷》。

经过一系列文本对比细读，本书有如下发现：

（1）《稽先生传》的译文中流露出诸多"以中化西"的思维模式。

（2）《魔侠传》的译者对堂吉诃德与桑丘的形象进行了"党人化"改写；以往关于《魔侠传》存在大幅删减现象的批评并不恰当，《魔侠传》篇幅字数之所以会远少于原作，不是因为大幅删减了文本，而是因为林纾使用了简洁精练的文言语体进行翻译。

（3）周作人在《魔侠传》一文中介绍屠格涅夫的《哈姆莱特与堂吉诃德》时，对原文中阐释的堂吉诃德与哈姆莱特的代表意义、堂吉诃德与桑丘的象征意义都做了变形。

（4）郑振铎《文学大纲》中关于《堂吉诃德》的阐释内容主要来源于其对德林瓦特《文学大纲》中相关内容的翻译，然而郑振铎在翻译过程中通过对德林瓦特原文的增、删、改，阐释出了中国化的堂吉诃德精神。

（5）《堂吉诃德》（第一部）傅东华译文具有精雕细琢的特点，堪称现代汉语规范化使用的典范；《堂吉诃德》（第二部）傅东华译文中蕴含了译者对主流意识形态的认同态度。

（6）杨绛的《堂吉诃德》译本与西语原本之间存在着差异：西语原本中讲述堂吉诃德寻找自身意义与价值、终于圆满达成人生夙愿的喜剧性隐性进程在杨绛译本中模糊化了，西语原本第二重显性进程中堂吉诃德作为理想主义英雄的特点和其人生理想破灭的悲剧性在杨绛译本中被进一步凸显。

二、文化史意义小结

在文化史方面，本书试图通过对1904—1978年间《堂吉诃德》中文译介文本与阐释文本同中国具体历史语境的互文性诠释，具象化地呈现中国现代改良文化、中国现代革命文化、中国现代整合文化、中国现代自由文化的特点，勾画出中国现代文化的发展轨迹，归纳出中国现代文化的总体特点。

经过一系列文本—历史互文性诠释，本书有如下发现：

（1）《魔侠传》具象化地呈现了中国现代改良文化的特点。首先，林纾与陈家麟之所以会将《堂吉诃德》译成政治小说《魔侠传》，是因为他们的翻译观念与梁启超提倡多译政治小说、进行"小说革命"的文学思想一脉相承。其次，中华民国成立后党派斗争激烈，政治局面混乱，林纾与陈家麟对此种现象忧心忡忡，于是他们对《堂吉诃德》主人公形象进行了"党人化"改写，欲借此讽刺民国政坛上利欲熏心、卑鄙无耻的投机政客。最后，林纾与陈家麟将堂吉诃德处理成令人厌憎的奎沙达形象的一个重要原因，是他们认同中国儒家群体本位的伦理价值观念，无法认同堂吉诃德个性鲜明、特立独行、置现实世界规则于不顾的行为。总之，《魔侠传》表现了译者向西方学习的热情、对现代性政治的渴望与对中国传统伦理价值观念的坚持，这些都是林纾与陈家麟受中国现代改良文化影响的表现。

（2）周作人、郑振铎、鲁迅对《堂吉诃德》的阐释具象化地呈现了中国现代革命文化的特点。周作人在《欧洲文学史》中对《堂吉诃德》的阐释与新文化运动的时代精神密切相关，周作人在其中渗透了进步发展观念、"人的文学"思想、对不怕失败的英雄精神的赞美；周作人在《魔侠传》一文中对《堂吉诃德》的阐释与五四运动后无产阶级革命文化在中国广泛传播、中国知识分子的新村理想破灭、新文化运动阵营内部的分化论战有关，其中既表现出周作人对以往"居高临下"式启蒙的反思，也表现出他在新村理想破灭后对精神胜利意义的寻求。郑振铎在《文学大纲》中对堂吉诃德精神的阐释与五四新文化运动落潮后北洋政府加强文化管控、中国社会弥漫着苦闷与彷徨的时代风气有关。郑振铎用信仰坚定的"愚人"精神与不以失败自馁的前驱者精神替换掉德林瓦特《文学大纲》原文中具有西方文明色彩的多项堂吉诃德精神，欲借此鼓舞新文化战线的知识分子们不要因残酷的现实而悲观消沉，要继续以饱满的热情坚持革命理想与信仰。鲁迅在《〈解放了的董·吉诃德〉后记》中对《堂吉诃德》的阐释与中国文坛力量的分化有关。借对《堂吉诃德》的阐释，鲁迅既提醒了左翼阵营中一部分怀着私心私欲、高喊革命口号的投机文人应该摒除私心、全身心投入革命事业中，又讽刺了中国文坛中一面指责左翼文人、一面包庇政府暴行的"第三种人"。总之，周作人、郑振铎、鲁迅对《堂吉诃德》的阐释均紧密联系当时中国社会的情况，表现出一种破旧立新、锐意进取的文化革命精神，也表现出中国现代革命文化的特点。另外，20世纪30—40年代中国《堂吉诃德》译介与阐释总体情况的变化也与此段时期中国社会诸多历史事件的影响有关，从中我们能看到无产阶级革命文化逐渐在与资产阶级革命文化的博弈中胜出，终于在40年代占据了中国社会主流文化地位的情况。

（3）20世纪50年代，新中国文学批评者对《堂吉诃德》经典性的重新解释与1959年版的傅东华《堂吉诃德》全译本，都具象化地呈现了中国现代整合文化的特征。中华人民共和国成立后，毛泽东发动三次文艺领域的思想批判运动，对中国社会进行文化整合，毛泽东文艺思想成为指导新中国文艺发展最重要的思想。毛泽东认为，文艺要为中国的无产阶级革命事业服务。因此，20世纪50年代的《堂吉诃德》经典性新释实际上都是在以《堂吉诃德》图解国家的主流意识形态。这些阐释采用了趋同化的批评话语，形成了高度规范化的批评范式，表现出中国现代整合文化的特征。傅东华译《堂吉诃德》（第一部）译文精雕细琢，堪称现代汉语规范化使用的典范。这是傅东华严格根据新中国现代汉语规范化的标准修订《吉诃德先生传》的结果，表现出中国现代整合文化的规范化特点。傅东华译的《堂吉诃德》（第二部）蕴藏了译者对当时主流意识形态的认同态度，表现出中国现代整合文化的政治化特点。

（4）杨绛的《堂吉诃德和〈堂吉诃德〉》与她的《堂吉诃德》西语直译本，都具象化地呈现出中国现代自由文化的特点。1964年是中国文学批评滑入向极左方向前进快车道的关键性年份，《文艺报》连续发表社论表达文学艺术是阶级斗争的武器的观点。然而这一年，杨绛却发表了完全不带有政治色彩、表现出纯粹的学术研究风格的文学评论文章《堂吉诃德和〈堂吉诃德〉》。这是杨绛抗拒极左文艺思想、追求学术思想自由的隐曲表现。《堂吉诃德》杨绛译本是"半地下"翻译文学[①]，杨绛之所以会在"无意"中重构《堂吉诃德》——消解西语原本隐性进程中堂吉诃德生命的圆满性、凸显第二条显性情节进程中堂吉诃德人生的悲剧性，是因为杨绛要借翻译《堂吉诃德》宣泄自己在"文革"苦难际遇里压抑的痛苦，要通过对堂吉诃德的悲悯与同情来表达自己对生命个体的尊重与关怀，要用译本中的人道主义精神对抗"文革"时期无视生命个体感受的极左思想。中国现代自由文化独立的批判精神、吁求个人权利的自由思想、表达真实情感的强烈诉求以及潜隐性、反思性、感伤性的特点，都在《堂吉诃德》杨绛译本中有所表现。另外，《堂吉诃德》杨绛译本的热销现象与"伤痕文学"在中国风靡一时的现象同时出现在20世纪70年代末，这都是中国现代自由文化由"地下"文化转变成为被社会主流意识形态接纳的显性文化的表现。这种文化代大众言说了"文革"时期被压抑的公共情感体验，因此在"文革"结束后迅速形成了社会共振效应。

三、两个维度的反思

在具体梳理分析了1904—1978年间中国的《堂吉诃德》中文译介与阐释情况之后，我们从文本意义与社会文化两个维度对其进行了反思。

文本意义之维的反思主要是对本书文学史层面研究的总结与升华。我们发现，1904—1978年间《堂吉诃德》的中国译介与阐释与17—20世纪上半叶欧洲的《堂吉诃德》批评中都呈现出了四类意义：讽刺类意义、激励类意义、斗争类意义、感伤类意义。这四类意义是由《堂吉诃德》诞生之时蕴藏于文本中的四种现代性意识——社会批判意识、个体生命价值意识、平等意识、个性意识决定的。这四种现代性意识是四种流入文本的社会能量，它们经不同文化棱镜折射、不同阐释者思想映照，生成了《堂吉诃德》不同的文本意义。对《堂吉诃德》文本意义解读多样化现象的具体分析，启发我们对文学文本意义解读多样化现象形成了抽象化的认知。文学文本中蕴藏的社会能量是文本意义生成的基础，文本所处的历史文化语境和文本阐释主体的思想状况是其意义生成的变量，三者共同决定了文学文本呈现出来的具体意义样态。

---

① 关于杨绛译本"半地下"性质的界定参见本书第五章的小结部分。

社会文化之维的反思主要是对本书文化史层面研究的总结与升华。我们发现，1904—1978年间中国译介与阐释中的堂吉诃德形象具象化地呈现了中国四种现代文化的特点，从中我们可以清晰地看到中国文化不断向现代性方向运动的轨迹。从中国不同文化语境下堂吉诃德形象中蕴藏的现代性呼唤与中国不同历史时期的社会存在对其做出的应答现象里，我们发现了中国现代文化对现代社会存在的先导性。我们还以《堂吉诃德》的中、欧阐释为观察点，比较了中国现代文化与西方现代文化的不同，发现中国现代文化与西方现代文化的显著差异在于：中国现代文化具有对现代社会存在的先导性，对现代社会存在的批判性并不突出；西方现代文化具有对现代社会存在的批判性，对现代社会存在的先导性并不突出。这种文化差异主要是由外源型现代性社会与内源型现代性社会发展特点和文化需求的不同决定的。中国与西方的现代文化都是世界多元现代性的具体呈现形式。

四、广袤田野，一隅之耕

综上所述，本书从文学史与文化史两个层面展开了对1904—1978年间《堂吉诃德》中国译介与阐释情况的研究。这两个层面并不是封闭独立的，而是在历史语境中相互联系的。因此，笔者既没有致力于提供一份详尽的《堂吉诃德》译介与阐释史料汇总报告，也没有致力于提供一份空泛的中国现代文化论稿，而是将《堂吉诃德》的译介文本与阐释文本置于中国现代化的历史进程中，观察文学与文化在具体历史语境中的交融互渗情况。正如童庆炳所说，"无论文学问题的提出，还是文学问题的解答，都与历史语境相关"[①]，"只有揭示作家和作品所产生的具体的历史契机、文化变化、情境转换、遭遇突变、心理状态等，才能具体地深入地了解这个作家为何成为具有这种特色的作家，这部作品为何成为具有如此思想和艺术风貌的作品"[②]。1904—1978年间的《堂吉诃德》的中国译介与阐释是中国现代历史语境深层文化需求的文学显现。只有把《堂吉诃德》的中文译介文本与阐释文本放入具体的历史语境中，我们才能理解其译介者与阐释者的创作动机，才能

[①] 童庆炳：《文学研究如何深入历史语境——对当下文艺理论困局的反思》，载《探索与争鸣》2012年第10期，第25页。

[②] 童庆炳：《文学研究如何深入历史语境——对当下文艺理论困局的反思》，载《探索与争鸣》2012年第10期，第27页。

从译介文本与阐释文本的具体特点中读出文化的况味。

　　《堂吉诃德》在中国的传播与接受情况是一片尚待国内学者开垦的广袤田野，本书对1904—1978年间《堂吉诃德》中国译介与阐释情况的研究只不过是在耕其一隅。希望本书的研究能对未来中国《堂吉诃德》传播与接受研究有所助益，也能对外国文学经典的中国传播与接受研究有所启发。

参考文献

一、著作类

1. 中文文献

［1］阿伦·布洛克. 西方人文主义传统［M］. 董乐山，译. 北京：三联书店，1997.

［2］阿里夫·德里克. 中国革命中的无政府主义［M］. 孙宜学，译. 桂林：广西师范大学出版社，2006.

［3］安东尼·吉登斯. 现代性的后果［M］. 田禾，译. 南京：译林出版社，2000.

［4］安东尼·吉登斯. 现代性与自我认同［M］. 赵旭东，等译. 北京：生活·读书·新知三联书店，1998.

［5］安东尼·帕戈登. 启蒙运动：为什么依然重要［M］. 王丽慧，等译. 上海：上海交通大学出版社，2017.

［6］安德烈亚斯·威默. 国家建构：聚合与崩溃［M］. 叶江，译. 上海：格致出版社，上海人民出版社，2019.

［7］彼得·伯克. 文艺复兴［M］. 梁赤民，译. 北京：北京大学出版社，2013.

［8］彼得·盖伊. 启蒙时代（下）：自由的科学［M］. 上海：上海世纪出版股份有限公司，2016.

［9］北京大学西语系法文专业57级全体同学. 中国翻译文学简史［M］.［出版地不详］：［出版者不详］，1958.

［10］保罗·奥斯卡·克利斯特勒. 意大利文艺复兴时期八个哲学家［M］. 姚鹏，等译. 上海：上海译文出版社，1987.

［11］陈其光. 中国当代文学史［M］. 广州：暨南大学出版社，1998.

［12］陈福康. 郑振铎［M］. 北京：中国华侨出版社，1996.

［13］陈福康. 中国译学理论史稿［M］. 上海：上海外语教育出版

社，2000．

［14］陈晓兰．诗与思［M］．上海：学林出版社，2007．

［15］陈晓明．中国当代文学主潮［M］．北京：北京大学出版社，2009．

［16］陈独秀．独秀文存［M］．合肥：安徽人民出版社，1987．

［17］陈德鸿，张南峰．西方翻译理论精选［M］．香港：香港城市大学出版社，2002．

［18］陈凯先．塞万提斯［M］．北京：华夏出版社，2001．

［19］陈众议．塞万提斯学术史研究［M］．南京：译林出版社，2011．

［20］陈众议．塞万提斯研究文集［M］．南京：译林出版社，2014．

［21］陈众议．西班牙文学：黄金世纪［M］．南京：译林出版社，2017．

［22］陈建功，吴义勤．中国现代翻译文学初版本图典［Z］．南昌：百花洲文艺出版社，2015．

［23］陈建功．百年中文文学期刊图典：上［Z］．北京：文化艺术出版社，2009．

［24］陈漱渝．世纪之交的文化选择：鲁迅藏书研究［M］．长沙：湖南文艺出版社，1995．

［25］陈勋武．现代性与时代意识论［M］．北京：中国社会科学出版社，2019．

［26］陈祥勤．当代国外社会思潮［M］．上海：学林出版社，2018．

［27］程正民．创作心理与文化诗学［M］．沈阳：辽宁人民出版社，2001．

［28］程正民．俄罗斯文学批评史研究［M］．北京：中国社会科学出版社，2017．

［29］多明尼克·萨赫森迈尔，任斯·理德尔，S. N. 艾森斯塔德．多元现代性的反思：欧洲、中国及其他的阐释［M］．郭少棠，王为理，译．香港：香港中文大学出版社，2009．

［30］达照．超越生死：佛教的临终关怀与生死解脱［M］．台北：有鹿文化事业有限公司，2013．

［31］丁晓强，徐梓．五四与现代中国［M］．太原：山西人民出版社，1989．

［32］丁守和．中国近代思潮论［M］．广州：广东人民出版社，2003．

［33］段峰．文化视野下文学翻译主体性研究［M］．成都：四川大学出

版社，2008.

[34] 复旦大学中文系 1956 级中国近代文学史编写小组. 中国近代文学史稿［M］. 北京：中华书局，1960.

[35] 傅守祥. 比较文学视野中的经典阐释与文化沟通［M］. 上海：上海人民出版社，2011.

[36] 傅长禄. 中国现代文化史略［M］. 长春：吉林大学出版社，1991.

[37] 范丽娟. 影响与接受：中英浪漫主义诗学的发生与比较［M］. 北京：中国社会科学出版社，2017.

[38] 方厚枢. 出版工作七十年［M］. 北京：商务印书馆，2015.

[39] 方兢. 中国当代文学理论潮流三十年 1949—1978［M］. 北京：中国文联出版社，2004.

[40] 费伦茨·费赫尔. 法国大革命与现代性的诞生［C］. 罗跃军，等译. 哈尔滨：黑龙江大学出版社，2010.

[41] 高玉. 毛泽东文艺思想比较研究［M］. 北京：社会科学文献出版社，2019.

[42] 顾艳. 译界奇人：林纾传［M］. 北京：作家出版社，2016.

[43] 葛兰西. 狱中札记［M］. 曹雷雨，姜丽，译. 北京：中国社会科学出版社，2000.

[44] 郭延礼. 中国近代翻译文学概论［M］. 武汉：湖北教育出版社，2005.

[45] 郭建中. 当代美国翻译理论［M］. 武汉：湖北教育出版社，2000.

[46] 郭汉民. 中国近代思想与思潮［M］. 长沙：岳麓书社，2004.

[47] 郭世佑，邱巍. 突破重围：中国早期现代化研究［M］. 开封：河南大学出版社，2010.

[48] 龚翰熊. 欧洲小说史［M］. 成都：四川大学出版社，1997.

[49] 公刘. 公刘文存·序跋评论卷（一）［M］. 合肥：时代出版传媒股份有限公司，安徽文艺出版社，2018.

[50] ＨＲ姚斯，ＲＣ霍拉勃. 接受美学与接受理论［M］. 周宁，等译. 沈阳：辽宁文学出版社，1987.

[51] 哈罗德·布鲁姆. 西方正典：伟大作家和不朽作品［M］. 江宁康，译. 南京：译林出版社，2005.

[52] 哈罗德·布鲁姆. 误读图示［M］. 朱立元，陈克明，译. 天津：

天津人民出版社，2008.

［53］寒光. 林琴南［M］. 上海：中华书局，1935.

［54］韩晗. 新文学档案 1978—2008［M］. 北京：电子工业出版社，2011.

［55］何川芳. 中外文化交流史：下［M］. 北京：国际文化出版公司，2008.

［56］黄怀军，赵炎秋. 比较文学教程［M］. 长沙：湖南师范大学出版社，2018.

［57］黄健. 民国文化与民国文论［M］. 济南：山东文艺出版社，2015.

［58］黄键. 文化保守主义思潮与中国现代文艺批评［M］. 北京：中国社会科学出版社，2017.

［59］黄曼君，毛正天. 经典话语的现代性观照［M］. 北京：中国文联出版社，2004.

［60］黄浩. 文化繁荣的逻辑［M］. 贵阳：孔学堂书局，2017.

［61］洪峻峰. 思想启蒙与文化复兴：五四思想史论［M］. 北京：人民出版社，2006.

［62］洪子诚. 问题与方法：中国当代文学史研究讲稿［M］. 增订版. 北京：生活·读书·新知三联书店，2015.

［63］湖北省江陵县县志编纂委员会. 江陵县志［G］. 武汉：湖北人民出版社，1990.

［64］湖北省图书馆辑. 辛亥革命武昌首义史料辑录［G］. 北京：书目文献出版社，1981.

［65］胡伯项，等. 我国现代化进程中意识形态安全问题研究［M］. 北京：人民出版社，2017.

［66］侯惠勤，姜迎春，吴波. 新中国意识形态史论［M］. 合肥：安徽人民出版社，2011.

［67］金耀基. 从传统到现代［M］. 北京：法律出版社，2010.

［68］吉明学，孙露茜. 三十年代"文艺自由论辩"资料［G］. 上海：上海文艺出版社，1990.

［69］季摩菲耶夫. 文学概论［M］. 查良铮，译. 上海：平明出版社，1953.

［70］贾植芳，等. 中国文学史资料全编·现代卷：中国现代文学总书目·翻译文学卷［G］. 北京：知识产权出版社，2010.

［71］冯牧. 中国新文学大系 1949—1976：文学理论卷一［G］. 上海：上海文艺出版社，1997.

［72］寇鹏程. 中国小资产阶级文艺的罪与罚［M］. 上海：上海三联书店，2012.

［73］柯汉琳. 文化生态与 20 世纪中国文学理论批评的发展演变［M］. 北京：中国社会科学出版社，2012.

［74］李赋宁. 欧洲文学史：第 1 卷［M］. 北京：商务印书馆，1999.

［75］李健，周计武. 艺术理论基本文献·中国近现代卷［G］. 北京：生活·读书·新知三联书店，2014.

［76］李剑农. 中国近百年政治史［M］. 长沙：湖南师范大学出版社，2018.

［77］李骞. 中国现代文学讲稿［M］. 昆明：云南人民出版社，2013.

［78］李杨. 抗争宿命之路："社会主义现实主义"（1942—1976）研究［M］. 长春：时代文艺出版社，1993.

［79］李扬. 中国当代文学思潮史［M］. 上海：上海社会科学院出版社，2005.

［80］李强. 自由主义［M］. 北京：东方出版社，2015.

［81］李松. 十七年文学批评史论［M］. 北京：中国社会科学出版社，2017.

［82］李盛平. 中国近现代人名大辞典［Z］. 北京：中国国际广播出版社，1989.

［83］李世涛. 知识分子立场：激进与保守之间的动荡［C］. 长春：时代文艺出版社，2002.

［84］李世涛. 知识分子立场：自由主义之争与中国思想界的分化［M］. 长春：时代文艺出版社，2002.

［85］李艳丽. 晚清日语小说译介研究（1898—1911）［M］. 上海：上海社会科学院出版社，2014.

［86］李美玲. 中国共产党意识形态观研究［M］. 长沙：湖南人民出版社，2015.

［87］林建华. 1940 年代的中国自由主义思潮［M］. 北京：中国社会科学出版社，2012.

［88］林薇. 百年沉浮：林纾研究综述［M］. 天津：天津教育出版社，1990.

［89］林煌天. 中国翻译词典［Z］. 武汉：湖北教育出版社，1997.

[90] 钱谷融. 林琴南书话[M]. 吴俊, 标校. 杭州: 浙江人民出版社, 1999.

[91] 林朝霞. 现代性与中国启蒙主义文学思潮[M]. 厦门: 厦门大学出版社, 2015.

[92] 梁启超. 梁启超全集: 第1册[M]. 北京: 北京出版社, 1999.

[93] 梁启超. 梁启超全集: 第2册[M]. 北京: 北京出版社, 1999.

[94] 梁启超. 梁启超全集: 第5册[M]. 北京: 北京出版社, 1999.

[95] 梁平波. 马一浮书法集: 第3卷[M]. 杭州: 浙江古籍出版社, 2012.

[96] 鲁迅. 鲁迅选集·杂感: 1[M]. 林贤治, 评注. 桂林: 广西师范大学出版社, 2018.

[97] 李新宇, 周海婴. 鲁迅大全集: 7[M]. 武汉: 长江文艺出版社, 2011.

[98] 陆国飞. 清末民初翻译小说目录: 1840—1919[M]. 上海: 上海交通大学出版社, 2018.

[99] 罗嗣亮. 现代中国文艺的价值转向: 毛泽东文艺思想与实践新探[M]. 北京: 社会科学文献出版社, 2015.

[100] 罗选民. 翻译与中国现代性[M]. 北京: 清华大学出版社, 2017.

[101] 罗文敏. 我是小丑: 塞万提斯《堂吉诃德》研究[M]. 兰州: 甘肃人民美术出版社, 2007.

[102] 罗荣渠. 现代化新论: 世界与中国的现代化进程[M]. 增订版. 北京: 商务印书馆, 2004.

[103] 罗德里克·麦克法夸尔. 文化大革命的起源: 第1卷[M]. 文化大革命的起源翻译组, 译. 石家庄: 河北人民出版社, 1990.

[104] 罗德里克·麦克法夸尔. 文化大革命的起源: 第2卷[M]. 文化大革命的起源翻译组, 译. 石家庄: 河北人民出版社, 1990.

[105] 刘小枫. 诗化哲学[M]. 上海: 华东师范大学出版社, 2007.

[106] 刘小枫. 拯救与逍遥[M]. 上海: 上海三联书店, 2001.

[107] 刘立善. 武者小路实笃与周作人[M]. 沈阳: 辽宁大学出版社, 1995.

[108] 刘国胜. 中国现代性建构与马克思主义哲学中国化[M]. 北京: 中国社会科学出版社, 2015.

[109] 刘明翰. 欧洲文艺复兴史: 总论卷[M]. 北京: 人民出版

社，2010.

［110］刘武和. 堂吉诃德形象的接受与重构［M］. 昆明：云南民族出版社，1998.

［111］刘志则，邢桂平. 有梦不觉人生寒：杨绛传［M］. 天津：天津人民出版社，2018.

［112］刘笑盈. 推动历史进程的工业革命［M］. 北京：中国青年出版社，1999.

［113］卢那察尔斯基. 解放了的董吉诃德［M］. 瞿秋白，译. 北京：人民文学出版社，1954.

［114］M. de. Cervantes. 唐吉诃德［M］. 温志达，译. 上海：启明书局，1937.

［115］M. Cervantes. 董吉诃德［M］. 张慎伯，译. 上海：中华书局，1936.

［116］M. Cervantes. 吉诃德先生传：上［M］. 傅东华，译. 上海：商务印书馆，1939.

［117］M. Cervantes. 吉诃德先生传：下［M］. 傅东华，译. 上海：商务印书馆，1939.

［118］米歇尔·福柯. 疯癫与文明［M］. 刘北成，等译. 北京：生活·读书·新知三联书店，2012.

［119］米歇尔·沃维尔. 死亡文化史［M］. 高凌瀚，等译. 北京：中国人民大学出版社，2004.

［120］马镜泉，赵士华. 马一浮评传［M］. 南昌：百花洲文艺出版社，2015.

［121］马克斯·舍勒. 价值的颠覆［M］. 罗悌伦，等译. 北京：生活·读书·新知三联书店，1997.

［122］马立诚. 最近四十年中国社会思潮［M］. 北京：东方出版社，2015.

［123］毛泽东. 毛泽东文艺论集［C］. 北京：中央文献出版社，2002.

［124］欧金尼奥·加林. 中世纪与文艺复兴［M］. 李玉成，等译. 北京：商务印书馆，2012.

［125］欧文·白璧德. 卢梭与浪漫主义［M］. 孙宜学，译. 北京：商务印书馆，2016.

［126］潘树林. 神人之间：激荡的文艺复兴［M］. 成都：四川人民出版社，2002.

[127] 邱岚. 中国当代文学史略［M］. 北京：高等教育出版社，1988.

[128] 钱理群. 丰富的痛苦：堂吉诃德与哈姆雷特的东移［M］. 北京：北京大学出版社，2007.

[129] 钱理群. 周作人［M］. 北京：中国华侨出版社，1997.

[130] 钱理群. 周作人研究二十一讲［M］. 北京：中华书局，2004.

[131] 钱理群. 中国现代文学三十年［M］. 修订本. 北京：北京大学出版社，1998.

[132] 钱钟书，等. 林纾的翻译［C］. 北京：商务印书馆，1981.

[133] 钱乘旦. 世界现代化历程：俄罗斯东欧卷［M］. 南京：江苏人民出版社，2014.

[134] 阙国虬. 中国文学与现代性［M］. 北京：人民出版社，2017.

[135] 塞万提斯. 吉诃德先生［M］. 贺玉波，译. 上海：开明书店，1931.

[136] 塞万提斯. 堂吉诃德：第1部［M］. 傅东华，译. 北京：人民文学出版社，1959.

[137] 塞万提斯. 堂吉诃德：第2部［M］. 傅东华，译. 北京：人民文学出版社，1959.

[138] 塞万提斯. 堂吉诃德：上［M］. 杨绛，译. 北京：人民文学出版社，1978.

[139] 塞万提斯. 堂吉诃德：下［M］. 杨绛，译. 北京：人民文学出版社，1978.

[140] 塞万提斯. 堂吉诃德：上［M］. 杨绛，译. 北京：人民文学出版社，1987.

[141] 塞万提斯. 堂吉诃德：下［M］. 杨绛，译. 北京：人民文学出版社，1987.

[142] 塞万提斯. 堂吉诃德：上［M］. 董燕生，译. 桂林：漓江出版社，2014.

[143] 塞万提斯. 堂吉诃德：下［M］. 董燕生，译. 桂林：漓江出版社，2014.

[144] 塞万提斯. 堂吉诃德：上［M］. 崔维本，译. 北京：中国少年儿童出版社，2007.

[145] 塞万提斯. 堂吉诃德：下［M］. 崔维本，译. 北京：中国少年儿童出版社，2007.

[146] 塞万提斯. 奇想联翩的绅士堂吉诃德·德·拉曼恰：上卷［M］.

孙家孟，译. 北京：北京十月文艺出版社，2001.

[147] 塞万提斯. 奇想联翩的绅士堂吉诃德·德·拉曼恰：下卷 [M]. 孙家孟，译. 北京：北京十月文艺出版社，2001.

[148] 塞万提斯. 堂吉诃德 [M]. 张广森，译. 上海：上海译文出版社，2002.

[149] 孙剑艺，等. 20 世纪中国社会变迁与社会称谓分期研究：社会语言学新 [M]. 北京：商务印书馆，2013.

[150] 孟庆鹏. 孙中山文集：上 [M]. 北京：团结出版社，2016.

[151] 宋原放. 中国出版史料·近代部分：第 2 卷 [G]. 武汉：湖北教育出版社，2004.

[152] 时世平. 救亡·启蒙·复兴：现代性焦虑与清末民初文学语言转型论 [M]. 天津：天津社会科学院出版社，2015.

[153] 史全生. 中华民国文化 [M]. 南京：南京出版社，2005.

[154] 邵汉明. 传统的反思与超越 [M]. 北京：新星出版社，2018.

[155] 尚九玉. 宗教人生哲学思想研究 [M]. 北京：北京师范大学出版社，2000.

[156] 沈石岩. 西班牙文学史 [M]. 北京：北京大学出版社，2006.

[157] 沈之兴. 西方文化史 [M]. 4 版. 广州：中山大学出版社，2019.

[158] 申迎丽. 理解与接受中意义的构建：文学翻译中"误读"现象研究 [M]. 上海：上海译文出版社，2008.

[159] 舒也. 中西文化与审美价值诠释 [M]. 上海：上海三联书店，2008.

[160] 首作帝，李蓉. 新中国文学的开端：十七年文学史 [M]. 杭州：浙江工商大学出版社，2020.

[161] 圣经 [M]. 上海：中国基督教三自爱国运动委员会，中国基督教协会，2009.

[162] 率望（塞万提斯）. 稽先生传（第一章）[J]. 被褐（马一浮），译. 独立周报，中华民国二年（1913）第二年第七号（原第念一期）：61 - 63.

[163] 率望（塞万提斯）. 稽先生传（第二章）[J]. 被褐（马一浮），译. 独立周报，中华民国二年（1913）第二年第八号（原第念二期）：77 - 78.

[164] Ｔ Ｃ 格奥尔吉耶娃. 俄罗斯文化史：历史与现代 [M]. 修订版. 焦东建，董茉莉，译. 北京：商务印书馆，2006.

[165] 田蕙兰, 等. 钱钟书、杨绛研究资料 [G]. 北京: 知识产权出版社, 2010.

[166] 陶东风, 和磊. 中国新时期文学 30 年 (1978—2008) [M]. 北京: 中国社会科学出版社, 2008.

[167] 唐纳德·P 麦克罗里. 不寻常的男人: 塞万提斯的时代和人生 [M]. 王爱松, 译. 哈尔滨: 黑龙江教育出版社, 2015.

[168] 托克维尔. 影响欧洲近代社会的史诗性变革: 旧制度与大革命 [M]. 胡勇, 译. 长春: 吉林出版集团股份有限公司, 2019.

[169] 滕复. 马一浮和他的大时代 [M]. 厦门: 鹭江出版社, 2015.

[170] 瓦尔特·L 伯尔奈克. 西班牙史: 从十五世纪至今 [M]. 陈曦, 译. 上海: 上海文化出版社, 2019.

[171] 万良濬, 朱曼华. 西班牙文学 [M]. 上海: 商务印书馆, 1934.

[172] 威廉·曼彻斯特. 黎明破晓的世界: 中世纪思潮与文艺复兴 [M]. 张晓璐, 等译. 北京: 化学工业出版社, 2017.

[173] 魏绍昌. 中国近代文学大系: 第 12 集第 30 卷史料索引集二 [M]. 上海: 上海书店, 1996.

[174] 吴迪, 等. 浙江翻译文学史 [M]. 杭州: 杭州出版社, 2008.

[175] 吴迪. 外国文学经典生成与传播研究: 第 1 卷 总论卷 [M]. 北京: 北京大学出版社, 2019.

[176] 吴迪. 外国文学经典生成与传播研究: 第 3 卷 古代卷 (下) [M]. 北京: 北京大学出版社, 2019.

[177] 吴兴勇. 论死生 [M]. 武汉: 湖北人民出版社, 2006.

[178] 吴学昭. 听杨绛谈往事 [M]. 上海: 三联书店, 2017.

[179] 王冰冰, 徐勇. 转折与新变: 新时期文学史论 [M]. 杭州: 浙江工商大学出版社, 2020.

[180] 王纯菲, 宋伟. 中国现代性: 理论视域与文学书写 [M]. 北京: 文化艺术出版社, 2013.

[181] 王进. 新历史主义文化诗学: 格林布拉特批评理论研究 [M]. 广州: 暨南大学出版社, 2012.

[182] 王宁. 比较文学: 理论思考与文学阐释 [M]. 上海: 复旦大学出版社, 2011.

[183] 王平. 文化比较与文学翻译研究 [M]. 成都: 电子科技大学出版社, 2018.

[184] 王寿南. 中国历代思想家: 二十一 [M]. 台北: 台湾商务印书

馆，1999.

［185］王桧林. 中国现代史：上册［M］. 4 版. 北京：高等教育出版社，2015.

［186］王思鸿. 马克思异化理论的历史生成与当代价值［M］. 北京：中国社会科学出版社，2016.

［187］汪倜然. 吉诃德先生［M］. 上海：新生命书局，1934.

［188］汪晖. 现代中国思想的兴起：下卷第 2 部　科学话语共同体［M］. 北京：生活·读书·新知三联书店，2015.

［189］文美惠. 塞万提斯和《堂吉诃德》［M］. 北京：北京出版社，1981.

［190］西里尔·E. 布莱克. 比较现代化［M］. 杨豫，陈祖洲，译. 上海：上海译文出版社，1996.

［191］西万提斯. 魔侠传［M］. 林纾，陈家麟，译. 上海：商务印书馆，1933.

［192］西万提斯. 吉诃德先生［M］. 蒋瑞青，译. 上海：世界书局，1933.

［193］谢天振. 译介学［M］. 南京：译林出版社，2013.

［194］谢六逸. 西洋小说发达史［M］. 上海：商务印书馆，1923.

［195］谢彬. 增补订正民国政党史［M］. 上海：上海学术研究会总会，1925.

［196］夏征农. 辞海［Z］. 缩印本. 上海：上海辞书出版社，1999.

［197］徐弢. 基督教哲学中的灵肉问题研究［M］. 北京：中国社会科学出版社，2017.

［198］徐卫翔，韩潮. 文艺复兴思想评论：第 1 卷［C］. 北京：商务印书馆，2017.

［199］徐中约. 中国近代史［M］. 计秋枫，等译. 北京：世界图书出版公司北京分公司，2013.

［200］徐长安. 中国传统文化与现代化［M］. 北京：海潮出版社，1997.

［201］徐为民. 中国近现代人物别名词典［Z］. 沈阳：沈阳出版社，1993.

［202］许寿裳. 鲁迅传［M］. 北京：东方出版社，2009.

［203］伊夫·瓦岱. 文学与现代性［M］. 田庆生，译. 北京：北京大学出版社，2001.

[204] 伊拉斯谟. 愚人颂 [M]. 许崇信, 等译. 南京: 译林出版社, 2010.

[205] 殷海光. 中国文化的展望 [M]. 北京: 商务印书馆, 2017.

[206] 叶青, 马怀忠. 中国现代文化史 [M]. 长春: 吉林大学出版社, 1990.

[207] 叶南客, 等. 文化中国: 先进文化的建设与创新 [M]. 南京大学出版社, 2004.

[208] 雅各布·布克哈特. 意大利文艺复兴时期的文化 [M]. 何新, 译. 北京: 商务印书馆, 2010.

[209] 姚代亮. 中国当代文学史 [M]. 桂林: 广西师范大学出版社, 2004.

[210] 姚建军. 主流意识形态建设与社会整合研究 [M]. 北京: 光明日报出版社, 2016.

[211] 闫润鱼. 自由主义与近代中国 [M]. 北京: 新星出版社, 2007.

[212] 杨春时. 现代性与中国文学思潮 [M]. 北京: 生活·读书·新知三联书店, 2009.

[213] 杨春时, 俞兆平. 现代性与20世纪中国文学思潮 [M]. 桂林: 广西师范大学出版社, 2005.

[214] 杨绪盟. 移植与异化: 民国初年中国政党政治研究 [M]. 北京: 人民出版社, 2009.

[215] 杨丽华. 林纾翻译研究: 基于费尔克拉夫话语分析框架的视角 [M]. 北京: 中国社会科学出版社, 2015.

[216] 杨大春. 现代性与主体的命运 [M]. 北京: 中国人民大学出版社, 2019.

[217] 杨露. 革命路上: 翻译现代性、阅读运动与主体性重建 (1949—1979) [M]. 北京: 中央编译出版社, 2015.

[218] 杨绛. 杨绛全集: 2 [M]. 北京: 人民文学出版社, 2014.

[219] 杨绛. 杨绛全集: 3 [M]. 北京: 人民文学出版社, 2014.

[220] 杨义. 二十世纪中国翻译文学史: 近代卷 [M]. 天津: 百花文艺出版社, 2009.

[221] 杨士焯. 西方翻译理论: 导读·选读·解读: 下册 [M]. 厦门: 厦门大学出版社, 2018.

[222] 杨健. 1966—1976的地下文学 [M]. 北京: 中共党史出版社, 2013.

［223］杨鼎川. 1967：狂乱的文学年代［M］. 济南：山东教育出版社，2002.

［224］约翰·梅里曼. 欧洲现代史：从文艺复兴到现在：上册［M］. 焦阳，赖晨希，等译. 上海：上海人民出版社，2016.

［225］约翰·B. 科布. 超越对话：走向佛教：基督教的相互转化［M］. 黄铭，译. 杭州：浙江大学出版社，2008.

［226］乐正维，张颐武. 反思二十世纪中国：文化与艺术［C］. 广州：岭南美术出版社，2009.

［227］乐黛云，勒·比雄. 独角兽与龙：在寻找中西文化普遍性中的误读［M］. 北京：北京大学出版社，1995.

［228］余芳，冯玫. 中国当代文学史［M］. 北京：中国工商出版社，2013.

［229］余岱宗. 被规训的激情：论1950、1960年代的红色小说［M］. 上海：上海三联书店，2004.

［230］余虹. 革命·审美·解构：20世纪中国文学理论的现代性和后现代性［M］. 桂林：广西师范大学出版社，2001.

［231］俞祖华. 民族主义与中华民族精神的现代转型［M］. 北京：社会科学文献出版社，2012.

［232］虞和平. 中国现代化历程：第1卷［M］. 南京：江苏人民出版社，2001.

［233］樽本照雄. 新编增补清末民初小说目录［M］. 贺伟，译. 济南：齐鲁书社，2002.

［234］樽本照雄. 林纾冤案事件簿［M］. 李艳丽，译. 北京：商务印书馆，2018.

［235］左凤荣，沈志华. 俄国现代化的曲折历程：上［M］. 北京：社会科学文献出版社，2012.

［236］张宝明. 《新青年》百年典藏：哲学思潮卷［G］. 郑州：河南文艺出版社，2019.

［237］张宝明. 《新青年》百年典藏：语言文学卷［G］. 郑州：河南文艺出版社，2019.

［238］张宝明. 《新青年》百年典藏：社会教育卷［G］. 郑州：河南文艺出版社，2019.

［239］张德旺. 道路与选择［M］. 成都：天地出版社，2019.

［240］张德旺. 在向新民主主义革命转变的历史起点：五四及其政派研

究［M］．哈尔滨：哈尔滨工业大学出版社，2009．

［241］张凤阳．现代性的谱系［M］．南京：江苏人民出版社，2012．

［242］张进．新历史主义文艺思潮论［M］．广州：暨南大学出版社，2013．

［243］张京媛．新历史主义与文学批评［M］．北京：北京大学出版社，1993．

［244］张旭，车树昇．林纾年谱长编［M］．福州：福建教育出版社，2014．

［245］张俊才，王勇．顽固非尽守旧也：晚年林纾的困惑与坚守［M］．太原：山西人民出版社，2012．

［246］张治．中西因缘：近现代文学视野中的西方"经典"［M］．上海：上海社会科学院出版社，2012．

［247］张世华．意大利文艺复兴研究［M］．上海：上海外语教育出版社，2003．

［248］张光芒．中国近现代启蒙文学思潮论［M］．济南：山东文艺出版社，2002．

［249］张南峰．多元系统翻译研究：理论、实践与回应［M］．长沙：湖南人民出版社，2012．

［250］张旭春．政治的审美化与审美的政治化［M］．北京：人民出版社，2004．

［251］章清．"胡适派学人群"与现代中国自由主义［M］．全新修订本．上海：上海三联书店，2015．

［252］詹姆逊．詹姆逊文集：第4卷［M］．王逢振，译．北京：中国人民大学出版社，2004．

［253］赵林．西方宗教文化［M］．武汉：武汉大学出版社，2005．

［254］赵晖．毛泽东史学思想［M］．南京：南京师范大学出版社，2002．

［255］赵稀方．翻译现代性：晚清到五四的翻译研究［M］．天津：南开大学出版社，2012．

［256］赵雁风．多重视角下的近代中日文学比较研究［M］．长春：东北师范大学出版社，2018．

［257］赵振江，滕威．中外文学交流史：中国—西班牙语国家卷［M］．济南：山东教育出版社，2015．

［258］朱立元．艺术美学辞典［Z］．上海：上海辞书出版社，2012．

[259] 朱立元. 接受美学导论 [M]. 合肥: 安徽教育出版社, 2004.

[260] 朱晓慧, 庄恒恺. 林纾: 近代中国译界泰斗 [M]. 福州: 福建人民出版社, 2016.

[261] 朱景冬. 塞万提斯评传 [M]. 天津: 百花文艺出版社, 2009.

[262] 中国社会科学院文学研究所现代文学研究室. "革命文学"论争资料选编: 上 [G]. 北京: 知识产权出版社, 2010.

[263] 中共中央文献研究室. 建国以来重要文献选编: 第6册 [G]. 北京: 中央文献出版社, 2011.

[264] 中共中央文献研究室. 建国以来重要文献选编: 第11册 [G]. 北京: 中央文献出版社, 2011.

[265] 周策纵. 五四运动史 [M]. 长沙: 岳麓书社, 1999.

[266] 钟叔河. 周作人文类编: 本色 [G]. 长沙: 湖南文艺出版社, 1998.

[267] 钟叔河. 周作人文类编: 花煞 [G]. 长沙: 湖南文艺出版社, 1998.

[268] 周作人. 自己的园地 [M]. 北京: 晨报社出版部, 1923.

[269] 周作人. 欧洲文学史 [M]. 上海: 东方出版社, 2007.

[270] 周宪. 文化现代性精粹读本 [M]. 北京: 中国人民大学出版社, 2010.

[271] 周宪. 从文学规训到文化批判 [M]. 南京: 译林出版社, 2014.

[272] 周强. "审美"之变: 新时期文化语境中的审美问题研究 [M]. 北京: 中国社会科学出版社, 2015.

[273] 周建超. 近代中国"人的现代化思想"研究 [M]. 北京: 社会科学文献出版社, 2010.

[274] 郑振铎. 郑振铎全集: 第3卷 [M]. 石家庄: 花山文艺出版社, 1998.

[275] 郑晓江. 生命与死亡: 中国生死智慧 [M]. 北京: 北京大学出版社, 2011.

[276] 郑志明. 佛教生死学 [M]. 北京: 中央编译出版社, 2008.

[277] 郑焕钊. "诗教"传统的历史中介: 梁启超与中国现代文学启蒙话语的发生 [M]. 北京: 社会科学文献出版社, 2017.

2. 外文文献

[1] ARDILA J A G. The Cervantean heritage: reception and influence of Cervantes in Britain [C]. London: Modern Humanities Research Association and

Maney Publishing, 2009.

[2] WELLMER A. The persistence of modernity [M]. Cambridge, MS: MIT Press, 1991.

[3] de Cervantes Saavedra, M. Don Quijote De La Mancha [M]. Edición y notas de Francisco Rico. Barcelona: Penguin Random House Grupo Editorial, 2015.

[4] de Cervantes Saavedra, M. El Ingenioso Hidalgo Don Quijote De La Mancha [M]. Vol. 1. Ed. Marín F R. 8 vols. Clásicos Castellanos 4. Madrid: Espasa–Calpe, 1952.

[5] de Cervantes Saavedra, M. El Ingenioso Hidalgo Don Quijote De La Mancha [M]. Vol. 2. Ed. Marín F R. 8 vols. Clásicos Castellanos 6. Madrid: Espasa–Calpe, 1956.

[6] de Cervantes Saavedra, M. El Ingenioso Hidalgo Don Quijote De La Mancha [M]. Vol. 3. Ed. Marín F R. 8 vols. Clásicos Castellanos 8. Madrid: Espasa–Calpe, 1956.

[7] de Cervantes Saavedra, M. El Ingenioso Hidalgo Don Quijote De La Mancha [M]. Vol. 4. Ed. Marín F R. 8 vols. Clásicos Castellanos 10. Madrid: Espasa–Calpe, 1956.

[8] de Cervantes Saavedra, M. El Ingenioso Hidalgo Don Quijote De La Mancha [M]. Vol. 5. Ed. Marín F R. 8 vols. Clásicos Castellanos 13. Madrid: Espasa–Calpe, 1957.

[9] de Cervantes Saavedra, M. El Ingenioso Hidalgo Don Quijote De La Mancha [M]. Vol. 6. Ed. Marín F R. 8 vols. Clásicos Castellanos 16. Madrid: Espasa–Calpe, 1957.

[10] de Cervantes Saavedra, M. El Ingenioso Hidalgo Don Quijote De La Mancha [M]. Vol. 7. Ed. Marín F R. 8 vols. Clásicos Castellanos 19. Madrid: Espasa–Calpe, 1956.

[11] de Cervantes Saavedra, M. El Ingenioso Hidalgo Don Quijote De La Mancha [M]. Vol. 8. Ed. Marín F R. 8 vols. Clásicos Castellanos 22. Madrid: Espasa–Calpe, 1957.

[12] de Cervantes Saavedra, M. The history of Don Quixote De La Mancha [M]. Vol. 1. Pierre Antoine Motteux translated. Everyman's Library 385. London: J. M. DENT & SOMS, LTD. New York: E. P. DUTTON & CO, 1906.

[13] de Cervantes Saavedra, M. The Delightful History of the Most Ingen-

ious Knight Don Quixote of the Mancha [M]. Vol. 1. Thomas Shelton, translated. The Harvard Classics 14. New York: P. F. Collier & Son Corporation, 1909.

[14] de Cervantes Saavedra, M. Don Quixote [M]. Vol. I. Charles Jervas translated. London: Oxford University Press, 1907.

[15] de Cervantes Saavedra, M. Don Quixote [M]. Vol. II. Translated by Charles Jervas, London: Oxford University Press, 1907.

[16] CLOSE A. The romantic approach to "Don Quixote": a Critical History of the romanctic tradition in "Quixote" criticism [M]. Cambridge: Cambridge University Press, 2010.

[17] DRAKE D B, FINELLO D L. An analytical and bibliographical guide to criticism on Don Quijote (1790 – 1893) [M]. Newark: Juan de la Cuesta, 1987.

[18] DRINKWATER J. The outline of literature [M]. New York and London: G. P. PUTNAM'S SONS, 1923.

[19] EISENBERG D. A study of Don Quixote [M]. Newark: Juan de la Cuesta, 1987.

[20] GREENBLATT S. Renaissance self-fashioning [M]. Chicago: The University of Chicago Press, 1980.

[21] GREENBLATT S. Shakespearean negotiations [M]. Berkeley: University of California Press, 1988.

[22] GREENBLATT S. Learning to curse: essays in modern English culture [M]. London: Routledge, 1990.

[23] JAMESON F. The political unconscious [M]. London: Methuen, 1981.

[24] CALINESEU M. Five faces of modernity [M]. Durham: Duke University, 1987.

[25] PALMER R., et al. A history of the modern world [M]. Vol. 1. Peking: Peking University Press, 2009.

[26] PIETERS J. Critical self-fashioning [C]. Frankfurt am Main: Peter Lang, 1999.

[27] SCHWARZ D R. Reading the European novel to 1900: a critical study of major fiction from Cervantes' Don Quixote to Zola's Germinal [M]. Malden and Oxford: Wiley Blackwell, 2014.

[28] SHEN D. Style and rhetoric of short narrative fiction: covert progressions behind overt plots [M]. New York and London: Routledge, 2014.

[29] SWINGEWOOD A. Cultural theory and the problem of modernity [M]. New York: St Matin's Press, 1998.

[30] SCHWARZ D R. Reading the European novel to 1900: a critical study of major fiction from Cervantes' Don Quixote to Zola's Germinal [M]. Malden and Oxford: Wiley Blackwell, 2014.

[31] WELSH A. Reflections on the hero as quixote [M]. Princeton: Princeton University Press, 1981.

[32] ZYGMUNT B. Modernity and ambivalence [M]. Cambridge: Polity Press, 1991.

[33] セルバント氏. 谷間之鶯 [M]. 齋藤良恭, 译. 共隆社, 明治二十年 (1887).

二、 论文类

1. 中文文献

[1] 艾伦·斯温伍德. 现代性与文化 [M] // 吴志杰, 译. 周宪. 文化现代性精粹读本. 北京: 中国人民大学出版社, 2010: 54 - 73.

[2] 安鲜红. 林译《欧史遗闻》: 一部被封存的《科里奥兰纳斯》译本 [J]. 中国翻译, 2019 (1): 141 - 149.

[3] 冰夷. 纪念"堂·吉诃德"初版三百五十周年 [N]. 人民日报, 1955 - 11 - 25 (3).

[4] 彼得·伯格尔. 文学体制与现代化 [M] // 周宪译. 周宪文化现代性精粹读本. 北京: 中国人民大学出版社, 2010: 163 - 175.

[5] 巴格诺. 屠格涅夫的演讲《哈姆雷特与堂吉诃德》与俄罗斯的堂吉诃德精神 [J]. 夏忠宪, 译. 俄罗斯文艺, 2018 (2): 4 - 11.

[6] 柏林斯基, 果戈理, 卢那卡尔斯基, 等. 论《堂·吉珂德》[J]. 徐激, 译. 现代文艺, 1941 (3): 208 - 245.

[7] 不堂 (鲁迅). 中华民国的新"堂吉诃德"们 [J]. 北斗, 1932 (1): 258 - 259.

[8] 曹霞, 李刚. 论十七年文学批评的外来资源与本土经验 [J]. 内蒙古社会科学 (汉文版), 2011 (1): 153 - 158.

[9] 曹霞. 王实味事件与"十七年"文学批评的政治化 [J]. 学术界,

2010（5）：189-198.

　　[10] 曹瑞霞.《魔侠传之堂吉可德》的精神之美 [J]. 文学教育（下），2011（7）：105.

　　[11] 蔡洞峰."革命文学论争"中的鲁迅 [J]. 鲁迅研究月刊，2016（11）：15-23.

　　[12] 蔡潇洁. 文学经典的现代审美接受 [N]. 中国社会科学报，2016-12-19（5）.

　　[13] 蔡子民（蔡元培）. 以美育代宗教说 [M] // 张宝明.《新青年》百年典藏：社会教育卷 [G]. 郑州：河南文艺出版社，2019：266-269.

　　[14] 陈伯达. 厚今薄古，边干边学 [G] // 中共中央高级党校. 中国历史学习参考资料. 北京：中共中央高级党校，1961：17-24.

　　[15] 陈独秀.《新青年》罪案之答辩书 [M] // 陈独秀. 独秀文存. 合肥：安徽人民出版社，1987：242-243.

　　[16] 陈独秀. 敬告青年 [M] // 陈独秀. 独秀文存. 合肥：安徽人民出版社，1987：3-9.

　　[17] 陈独秀. 文学革命论 [M] // 陈独秀. 独秀文存. 合肥：安徽人民出版社，1987：95-98.

　　[18] 陈静. 文学经典的构成和特征 [J]. 湖北社会科学，2010（12）：129-131.

　　[19] 陈秀. 论译者介入 [J]. 中国翻译，2002（1）：19-22.

　　[20] 陈众议. 评《莫把错译当经典》：与林一安先生商榷 [J]. 外国文学，2004（3）：103-104.

　　[21] 陈众议. 永远的堂吉诃德 [J]. 中国图书评论，2005（4）：23-26，1.

　　[22] 陈众议.《堂吉诃德》四百年 [N]. 人民日报，2005-03-01（16）.

　　[23] 陈众议.《堂吉诃德》与中国 [N]. 人民日报，2005-12-13（16）.

　　[24] 陈众议.《堂吉诃德》，一个时代的"精神画饼" [N]. 解放日报，2016-04-16（6）.

　　[25] 陈众议. 永远的骑士 [N]. 光明日报，2016-08-05（13）.

　　[26] 陈国恩.《堂·吉诃德》与 20 世纪中国文学 [J]. 外国文学研究，2002（3）：123-129.

　　[27] 陈国恩. 20 世纪中国文学接受外来影响及其经验 [J]. 福建论坛

（人文社会科学版），2007（5）：80-85.

[28] 陈光军. 借鉴与突破：阿Q与堂吉诃德之比较[J]. 山东教育学院学报，1994（3）：57-61.

[29] 陈建华，田全金. 俄苏文论在中国[J]. 文艺理论研究，2008（5）：2-9.

[30] 陈思和. 共名和无名[M]//王蒙. 新中国六十年文学大系：文学评论精选. 武汉：长江文艺出版社，2009：251-262.

[31] 邓金明. 现代中国青年文化的诞生：以《新青年》杂志为中心的考察[J]. 上海大学学报（社会科学版），2011（3）：47-56.

[32] 丁敬涵. 马一浮先生艺术诗文年表[M]//梁平波. 马一浮书法集：第3卷. 杭州：浙江古籍出版社，2012：295-304.

[33] 樊星. 在理想主义与虚无主义之间[J]. 当代作家评论，2005（3）：138-145.

[34] 方长安. 民族国家立场与建国后17年毛泽东文艺思想[M]//黄曼君，毛正天. 经典话语的现代性观照. 北京：中国文联出版社，2004：8-24.

[35] 范晔. 从鹿特丹到拉曼却：《堂吉诃德》中的伊拉斯谟"幽灵"[J]. 外国文学评论，2018（2）：125-142.

[36] 冯乃超. 人道主义者怎样地防卫着自己[G]//中国社会科学院文学研究所现代文学研究室编. "革命文学"论争资料选编：上. 北京：知识产权出版社，2010：222-225.

[37] 傅东华. 西万提司评传[J]. 小说月报，1925，16（1）：1-8.

[38] 傅东华. 我怎样和吉诃德先生初次见面[J]. 中学生，1935（56）：81-85.

[39] 郭汉民. 中国近代国民性改造思潮简论[M]//郭汉民. 中国近代思想与思潮. 长沙：岳麓书社，2004：94-101.

[40] 高楠. 20世纪前20年的中国现代性文论建构[J]. 海南大学学报（人文社会科学版），2013（4）：49-55.

[41] 高名潞. 整一现代性：中国现代性的逻辑[C]//乐正维，张颐武. 反思二十世纪中国：文化与艺术. 广州：岭南美术出版社，2009：75-91.

[42] 关秀娟，朱珊珊. 抗战时期俄苏文学汉译语境适应机制论[J]. 解放军外国语学院学报，2020（1）：135-142.

[43] 耿传明，李金龙. 由"人的生活"到"生活之艺术"：论周作人"五四"前后理想生活观的建构及其转变[J]. 文艺争鸣，2009（11）：12-21.

[44] 耿庸. 记傅东华 [M] //筱敏. 人文随笔（1979—2001）. 北京：中国工人出版社，2002：95-104.

[45] 公刘. 诗的异化与复归 [M] //刘粹. 公刘文存·序跋评论卷：1. 合肥：时代出版传媒股份有限公司，安徽文艺出版社，2018：265-272.

[46] 汉斯·罗伯特·尧斯. 现代性与文学传统 [M] //周宪. 文化现代性精粹读本. 吴志杰，译. 北京：中国人民大学出版社，2010：147-162.

[47] 海涅. 吉诃德先生 [J]. 傅东华，译. 译文，1935（3）：307-337.

[48] 海涅. 精印本《堂吉诃德》引言 [M] //张玉书. 海涅选集. 钱钟书，译. 北京：人民文学出版社，1983：407-428.

[49] 海涅. 论《堂吉诃德》：为该书德译本作的序 [J]. 温健，译. 文艺理论研究，1980（3）：149-157.

[50] 韩庆祥，王勤. 从文艺复兴"人的发现"到现代"人文精神的反思"：近现代西方人的问题研究的清理与总结 [J]. 北京大学学报（哲学社会科学版），1999（6）：13-24.

[51] 荷影. 关于《董·吉诃德》和《阿Q》：并介绍《解放了的董·吉诃德》[G] //1913—1983鲁迅研究学术论著资料汇编：第3卷（1940—1945）. 北京：中国文联出版公司，1987：661-662.

[52] 何雨维，何言宏. "工具文体"的突破与"精英文体"的确立："伤痕"、"反思"小说新论 [J]. 南京师范大学文学院学报，2014（2）：90.

[53] 何云峰，胡建. 西方"个体主义"文化价值观的演变、历史意义与局限 [J]. 上海师范大学学报（哲学社会科学版），2009（6）：12-23，38.

[54] 贺仲明. 智者的写作：杨绛文化心态论 [J]. 首都师范大学学报（社会科学版），2001（6）：86-91.

[55] 贺玉波. 译者的话 [M] //塞万提斯. 吉诃德先生. 贺玉波，译. 上海：开明书店，1931：i-iv.

[56] 胡适. 文学改良刍议 [G] //张宝明. 《新青年》百年典藏：语言文学卷. 郑州：河南文艺出版社，2019：192-199.

[57] 胡秋原. 阿狗论文艺：民族文艺理论之谬误 [G] //吉明学，孙露茜. 三十年代"文艺自由论辩"资料. 上海：上海文艺出版社，1990：6-17.

[58] 胡梅仙. 在革命与不革命之间的鲁迅（1927—1936）[J]. 中国现代文学研究丛刊，2013（11）：51-63.

[59] 胡真才. 杨绛翻译《堂吉诃德》的前前后后 [J]. 全国新书目，

2017（5）：38.

［60］胡逢祥. 试论中国近代史上的文化保守主义［J］. 华东师范大学学报（哲学社会科学版），2000（1）：78-86.

［61］厚生（成仿吾）. 知识阶级的革命份子团结起来［G］//中国社会科学院文学研究所现代文学研究室. "革命文学"论争资料选编：上. 北京：知识产权出版社，2010：211-212.

［62］洪晓丽. 儒家视阈内群己关系之考察：以"仁"为中心的展开［J］. 道德与文明，2018（5）：65-70.

［63］黄嘉德. "吉诃德先生传"简论：纪念"吉诃德先生传"出版三百五十周年［J］. 文史哲，1955（7）：33-39.

［64］黄发有. 论"十七年"文学的审美主流［J］. 南京社会科学，2009（6）：68-74.

［65］黄汉平. 文学翻译"删节"和"增补"原作现象的文化透视：兼论钱钟书《林纾的翻译》［J］. 中国翻译，2003（4）：26-29.

［66］黄科安. 启蒙·革命·规训："文艺大众化"考论［J］. 文史哲，2012（3）：102-116.

［67］黄苏芬，周家华. 对我国大跃进时期出版工作的回顾与思考［J］. 编辑之友，2011（5）：124-125.

［68］I. Turgenjew. Hamlet 和 Don Quichotte［J］. 奔流，1928，1（1）：1-40.

［69］Ignacy Matuszewski. 论唐吉诃德精神［J］. 芳菲，译. 国是月刊，1944（2）：50-51.

［70］Ignacy Matuszewski. 吉诃德的精神［J］. 未央，译. 世界与中国，1946，1（3）：42.

［71］金麦穗. 批评介绍《解放了的董·吉诃德》［J］. 学习，1941（23）：143-144.

［72］金胜昔，林正军. 译者主体性建构的概念整合机制［J］. 外语与外语教学，2016（1）：116-121.

［73］金耀基. 五四与中国的现代化［M］//郝斌，欧阳哲生. 五四运动与二十世纪的中国. 北京：社会科学文献出版社，2001：62-68.

［74］蒋承勇，李安斌. "人"的母题与西方现代价值观：人文主义文学新论［J］. 文艺研究，2005（12）：23-29.

［75］姜涛. "社会改造"与"五四"新文学：作为一个整体的研究视域［J］. 文学评论，2016（4）：16-25.

［76］姜振昌. "大众"文化视野中的异体同质和异质同构：鲁迅与左翼文学［J］. 文学评论，2003（3）：20-30.

［77］寇鹏程. "十七年"时期的笔名发表与当代文学批评生态［J］. 文艺理论研究，2017（3）：17-28.

［78］旷新年. 20 世纪文艺与政治的关系［J］. 文艺理论与批评，2013（3）：49-64.

［79］李初梨. 请看我们中国的 Don Quixote 的乱舞：答鲁迅《"醉眼"中的朦胧》［G］//中国社会科学院文学研究所现代文学研究室. "革命文学"论争资料选编：上. 北京：知识产权出版社，2010：213-221.

［80］李德恩. 塞万提斯在中国［J］. 译林，2003（3）：194-197.

［81］李景端. 当前译坛论争的几个话题［J］. 中国翻译，2004（3）：67-68.

［82］李景端. 从"胸上长毛"看翻译之美［J］. 出版广角，2004（2）：62.

［83］李景端. 话说我国首部从西班牙文翻译的《堂吉诃德》［J］. 出版史料，2004（2）：28-29.

［84］李景端. 杨绛与《堂吉诃德》［M］//翻译编辑谈翻译. 武汉：湖北教育出版社，2009：26-30.

［85］李乐平. 鲁迅对于"革命文学"态度的转变［J］. 清华大学学报（哲学社会科学版），2003（2）：45-49.

［86］李培艳. "新村主义"与周作人的新文学观［J］. 中国现代文学研究丛刊，2014（11）：118-126.

［87］李扬. 跋："反现代"的"现代"意义［M］//抗争宿命之路："社会主义现实主义"（1942—1976）研究. 长春：时代文艺出版社，1993：314-327.

［88］李志斌. 堂吉诃德和阿 Q 形象之比较［J］. 郑州大学学报（哲学社会科学版），1999（1）：125-129.

［89］林春田. 阿 Q：堂·吉诃德的陷阱：中国文化视野中的吉诃德及其反思［J］. 社会科学论坛，2000（12）：55-57.

［90］林一安. 莫把错译当经典［N］. 中华读书报，2003-08-06（18）.

［91］林一安. "胸毛"与"瘸腿"：试谈译文与原文的牴牾［J］. 外国文学，2004（3）：100-102.

［92］林一安. 大势所趋话复译：从西葡语文学翻译谈到新译《堂吉诃

德》[J]. 出版广角, 1996 (5): 52-55.

[93] 林一安. 深刻理解, 精确翻译 [M]//塞万提斯. 堂吉诃德: 上. 董燕生, 译. 桂林: 漓江出版社, 2014: 1-11.

[94] 林纾. 《爱国二童子传》达旨 [M]//钱谷融. 林琴南书话. 杭州: 浙江人民出版社, 1999: 67-70.

[95] 林纾. 《不如归》序 [M]//钱谷融. 林琴南书话. 杭州: 浙江人民出版社, 1999: 93-94.

[96] 林纾. 《残蝉曳声录》序 [M]//钱谷融. 林琴南书话. 杭州: 浙江人民出版社, 1999: 105.

[97] 林纾. 《滑稽外史》短评 [M]//钱谷融. 林琴南书话. 杭州: 浙江人民出版社, 1999: 71-73.

[98] 廖述毅. 略论"十七年文学"批评主流 [J]. 齐鲁学刊, 2000 (6): 115-118.

[99] 柳晓辉, 夏千惠. 理想的英雄与现实的疯子: 杨绛研究《堂·吉诃德》瞥观 [J]. 湖北社会科学, 2015 (9): 142-145.

[100] 梁小娟. 政治·心态·人格: 论干校经验与"文革"记忆 [J]. 江汉论坛, 2012 (8): 140-144.

[101] 梁琳. 从《堂吉诃德》六个汉译版本的对比看我国高校西班牙语专业的翻译教学发展 [M]//张龙海. 漫漫求索: 外国语言文学教学与研究. 厦门: 厦门大学出版社, 2017: 250-268.

[102] 梁启超. 变法通议·论译书 [M].//梁启超全集: 第1册. 北京: 北京出版社, 1999: 44-50.

[103] 梁启超. 新民说 [J]. 新民丛报: 第一号, 光绪二十八年 (1902) 元月一日: 1-10.

[104] 梁启超. 本报告白 [J]. 新民丛报: 第一号, 光绪二十八年 (1902) 元月一日: 1-4.

[105] 梁启超. 译印政治小说序 [M]// 梁启超全集: 第1册. 北京: 北京出版社, 1999: 172.

[106] 梁启超. 论小说与群治的关系 [M]//梁启超全集: 第2册. 北京: 北京出版社, 1999: 884-886.

[107] 梁启超. 敬告政党及政党员 [M]//梁启超全集: 第5册. 北京: 北京出版社, 1999: 2635-2641.

[108] 刘松燕, 杨冬. 社会能量·权力·流通: 新历史主义批评中的几个问题 [J]. 学习与探索, 2019 (11): 178-182.

[109] 刘建军. 阿Q与桑丘形象内涵的比照与剖析: 兼论比较文学批评的一个视点[J]. 中国比较文学, 2011 (1): 123-132.

[110] 刘佳林. 纳博科夫与堂吉诃德[J]. 外国文学评论, 2001 (4): 23-31.

[111] 刘复生. "伤痕文学": 被压抑的可能性[J]. 文艺争鸣, 2016 (3): 36-41.

[112] 刘洪一. 文化诗学的理念和追求[J]. 学术研究, 2003 (12): 129-131.

[113] 刘念兹. 《唐吉诃德》简说[J]. 山东师院学报 (人文社会科学版), 1980 (4): 74-78.

[114] 刘武和. 堂吉诃德的中国接受[J]. 云南师范大学学报, 2002 (2): 44-47.

[115] 刘武和. 《堂吉诃德》与读者的阅读期待[J]. 昆明师专学报 (哲学社会科学版), 1995 (2): 61-68.

[116] 刘武和. "堂吉诃德现象"与接受美学理论[J]. 蒙自师专学报 (社会科学版), 1995 (1): 23-29.

[117] 刘武和. 堂吉诃德形象多义接受现象探究[J]. 云南师范大学学报, 2003 (2): 102-105.

[118] 刘志华. 民族形式: 有意味的形式: "十七年文学批评"关键词研究[J]. 兰州学刊, 2008 (10): 166-168.

[119] 刘志华. 建国初三次大的文艺论争新论[J]. 学术界, 2010 (5): 183-188.

[120] 卢那察尔斯基. 论堂·吉诃德[J]. 阿南, 译. 野草, 1942, 3 (1): 33-35, 16.

[121] 鲁迅. 《解放了的堂·吉诃德》后记[M]//李新宇, 周海婴. 鲁迅大全集: 7. 武汉: 长江文艺出版社, 2011: 149-153.

[122] 鲁迅. 《自选集》自序[M]//鲁迅选集·杂感: 1. 林贤治, 评注. 桂林: 广西师范大学出版社, 2018: 357-359.

[123] 鲁迅. 通信[G]//中国社会科学院文学研究所现代文学研究室编. "革命文学"论争资料选编. 北京: 知识产权出版社, 2010: 255-260.

[124] 鲁迅. "醉眼"中的朦胧[G]//中国社会科学院文学研究所现代文学研究室. "革命文学"论争资料选编. 北京: 知识产权出版社, 2010: 153-157.

[125] 鲁迅. 对于左翼作家联盟的意见: 三月二日在左翼作家联盟成立

大会讲［M］//鲁迅选集·杂感：1. 林贤治，评注. 桂林：广西师范大学出版社，2018：238-244.

［126］鲁迅. 论"第三种人"［G］. //吉明学，孙露茜. 三十年代"文艺自由论辩"资料. 上海：上海文艺出版社，1990：208-211.

［127］洛文（鲁迅）. 真假堂吉诃德［J］. 申报月刊，1933，2（6）：112.

［128］洛扬（冯雪峰）. 致《文艺新闻》的一封信［G］. //吉明学，孙露茜. 三十年代"文艺自由论辩"资料. 上海：上海文艺出版社，1990：78-81.

［129］罗鹏：如何以言行事：杨绛和她的翻译［J］. 许淑芳，译. 华文文学，2018（5）：37-46.

［130］罗文敏. 不确定性的诱惑：《堂吉诃德》距离叙事［J］. 外国文学评论，2009（4）：205-215.

［131］龙永干."左联"时期鲁迅启蒙思想的新变与值阈［J］. 求索，2017（7）：117-123.

［132］玛妥司宙斯基. 吉诃德的精神［J］. 宜闲，选译. 世界文学，1934（1）：151-183.

［133］玛妥司宙斯基. 吉诃德式的精神［J］. 唐旭之，译. 青年界，1934，6（3）：84-86.

［134］马泰来. 林纾翻译作品全目［M］// 钱钟书，等. 林纾的翻译. 北京：商务印书馆，1981：60-103.

［135］马洪林. 略谈戊戌变法"保守"与"激进"［J］. 文史哲，1998（5）：8-10.

［136］马镜泉，赵士华. 附录：马一浮先生年谱［M］//马一浮评传. 南昌：百花洲文艺出版社，2015：132-146.

［137］毛泽东. 在延安文艺座谈会上的讲话［M］//中共中央文献研究室. 毛泽东文艺论集. 北京：中央文献出版社，2002：48-85.

［138］毛泽东. 毛主席关于文学艺术的两个批示［M］//冯牧. 中国新文学大系1949—1976：文学理论卷一. 上海：上海文艺出版社，1997：70.

［139］毛泽东. 新民主主义的文化［M］//中共中央文献研究室. 毛泽东文艺论集. 北京：中央文献出版社，2002：27-47.

［140］毛泽东. 歌颂什么、反对什么［M］// 中共中央文献研究室. 毛泽东文艺论集. 北京：中央文献出版社，2002：136-137.

［141］茅盾. 吉诃德先生［J］. 中学生，1935（51）：33-56.

[142] 茅盾. 吉诃德先生（续）[J]. 中学生, 1935 (52): 57-72.

[143] 孟复. 塞万提斯和他的《堂吉诃德》[M] // 塞万提斯. 堂吉诃德: 第1部. 傅东华, 译, 北京: 人民文学出版社, 1959: 1-26.

[144] 孟复. 插上红旗, 二十五天编成了西汉辞典! [J]. 西方语文, 1958, 2 (4): 418-419.

[145] 孟复. 教学要跃进, 必须用两条腿走路 [J]. 西方语文, 1959, 3 (1): 31-32.

[146] 孟复. 前进中的外语教学 [J]. 外语教学与研究, 1959 (5): 270.

[147] 欧阳灿灿. 再论跨文化变异与误读: 以20世纪中上叶中国接受俄苏文论为例 [J]. 广西社会科学, 2012 (1): 145-148.

[148] 潘耀瑔. "吉诃德先生传"出版三百五十周年 [J]. 新建设, 1955 (6): 53-60.

[149] 彭康. "除掉"鲁迅的"除掉"[G] // 中国社会科学院文学研究所现代文学研究室. "革命文学"论争资料选编: 上. 北京: 知识产权出版社, 2010: 226-231.

[150] 秦芬. 解放了的董·吉诃德 [J]. 青年生活, 1943, 4 (3): 52-54.

[151] 秦家琪, 陆协新. 阿Q和堂吉诃德形象的比较研究 [J]. 文学评论, 1982 (4): 55-67.

[152] 钱钟书. 林纾的翻译 [M] // 钱钟书, 等. 林纾的翻译. 北京: 商务印书馆, 1981: 18-52.

[153] 钱中丽. 他者观照下的自我: 厄尔·迈纳《比较诗学》中的跨文化研究视野 [J]. 华南师范大学学报（社会科学版）, 2013 (3): 91-95.

[154] 钱理群. "五四"新村运动和知识分子的堂吉诃德气 [J]. 天津社会科学, 1993 (1): 76-83.

[155] 钱理群. 屠格涅夫对俄国堂吉诃德和哈姆雷特的艺术发现: 上 [J]. 荆州师专学报, 1992 (6): 54-58.

[156] 钱理群. 屠格涅夫对俄国堂吉诃德和哈姆雷特的艺术发现: 下 [J]. 荆州师专学报, 1993 (1): 5-10.

[157] 钱理群. 中国现代堂·吉诃德的"归来": 《莫须有先生传》、《莫须有先生坐飞机以后》简论 [J]. 云梦学刊, 1991 (1): 55-58.

[158] 邱景源. 晚清"政治小说"误读现象研究 [J]. 兰州学刊, 2008 (2): 192-194.

[159] 邱雪松. 制造"新青年": "五四"前后的郑振铎 [J]. 中国现

代文学研究丛刊, 2019 (2): 143-157, 173.

[160] 饶道庆. 意义的重建: 从过去到未来:《堂吉诃德》新论 [J]. 外国文学评论, 1992 (4): 90-95.

[161]《人民日报》评论员. 正确地使用祖国的语言, 为语言的纯洁和健康而斗争 [N]. 人民日报, 1951-06-06 (1).

[162]《人民日报》社论员. 乘风破浪 [G] // 中共中央文献研究室. 建国以来重要文献选编: 第 11 册. 中央文献出版社, 2011: 1-7.

[163]《人民日报》评论员. 一个地地道道的极右派口号 [N]. 人民日报, 1977-11-25 (1).

[164] 任一鸣. 李初黎、冯乃超、成仿吾与革命文学倡导 [J]. 鲁迅研究月刊, 2012 (8): 61-69.

[165] 荣洉.《堂吉诃德》与中国 [N]. 人民日报, 1978-06-20 (6).

[166] 斯蒂芬·葛林伯雷. 通向一种文化诗学 [C] // 张京媛. 新历史主义与文学批评. 盛宁, 译. 北京: 北京大学出版社, 1993: 1-16.

[167] 孙民乐. "伤痕小说" 三题 [J]. 文艺争鸣, 2016 (3): 42-48.

[168] 孙霞, 陈国恩. 40 年代左翼期刊译介俄苏文学文论的时代特色 [J]. 湘潭大学学报 (哲学社会科学版), 2011 (6): 84-87, 103.

[169] 孙郁. 鲁迅对马克思主义批评观的另一种理解 [J]. 当代作家评论, 2012 (3): 16-24.

[170] 孙中山. 民生主义是使大多数人享大幸福: 在北京共和党本部欢迎会的演说 [M] // 孙中山文集: 上. 北京: 团结出版社, 2016: 12-13.

[171] 孙晓彤. 试对比《堂吉诃德》的几个中译本 [J]. 文学教育: 中, 2013 (1): 61.

[172] 孙惠柱. 看音乐剧《我, 堂吉诃德》, 又想起了孔乙己 [N]. 文汇报, 2016-06-21 (11).

[173] 苏雪林. "吉诃德先生" 的商榷 [J]. 文艺, 1937, 4 (5): 20-24.

[174] 苏汶. 关于《文新》与胡秋原的文艺论辩 [G] // 吉明学, 孙露茜. 三十年代 "文艺自由论辩" 资料. 上海: 上海文艺出版社, 1990: 92-101.

[175] 苏汶. "第三种人" 的出路 [G] // 吉明学, 孙露茜. 三十年代 "文艺自由论辩" 资料. 上海: 上海文艺出版社, 1990: 150-165.

[176] 苏平. 论外来文化对中国近代文学的影响 [J]. 文艺理论与批评, 1998 (6): 108-114.

[177] 宋炳辉. 跨文化语境中的文学经典 [M] // 陈晓. 诗与思. 上海：学林出版社，2007：321-337.

[178] 施缪尔·艾森斯塔德. 对多元现代性的几点看法 [M] // 多明尼克·萨赫森迈尔，任斯·理德尔，S. N. 艾森斯塔德. 多元现代性的反思：欧洲、中国及其他的阐释. 郭少棠，王为理，译. 香港：香港中文大学出版社，2009：29-42.

[179] 侍桁. 杂谈：又是个 Don Quixote 的乱舞 [J]. 北新，1928，2 (15)：91-96.

[180] 石厚生. 毕竟是"醉眼陶然"罢了 [G] // 中国社会科学院文学研究所现代文学研究室. "革命文学"论争资料选编：上. 北京：知识产权出版社，2010：273-277.

[181] 邵涛. 从意识形态视角探析杨绛翻译《堂吉诃德》之历程 [J]. 文教资料，2006 (11)：96-97.

[182] 舒晋瑜. 董燕生：再说说《堂吉诃德》、"反面教材"和"胸口长毛" [N]. 中华读书报，2017-05-24 (17).

[183] 申丹. 叙事动力被忽略的另一面：以《苍蝇》中的"隐性进程"为例 [J]. 外国文学评论，2012 (2)：119-137.

[184] 申丹. 关于叙事'隐性进程'的思考 [J]. 中国外语，2013 (6)：1，12.

[185] 申丹. 隐性进程 [J]. 外国文学，2019 (1)：81-96.

[186] 陶东风. 内外有别："文革"书写的两种类型：上 [J]. 上海文化，2018 (4)：96-105，110，126-127.

[187] 陶东风. 内外有别："文革"书写的两种类型：下 [J]. 上海文化，2018 (6)：101-113.

[188] 童庆炳. 文学研究如何深入历史语境：对当下文艺理论困局的反思 [J]. 探索与争鸣，2012 (10)：24-27.

[189] 唐弢. 吉诃德颂 [M] // 刘纳. 唐弢散文选集. 天津：百花文艺出版社，2009：272-274.

[190] 田洁. 塞万提斯的文化遗产：浅析欧洲各个时期对《堂吉诃德》的不同诠释 [J]. 东华大学学报（社会科学版），2006 (2)：12-14.

[191] 屠格涅夫. 哈姆莱特与堂吉诃德 [M] // 陈众议. 塞万提斯研究文集. 尹锡康，译. 南京：译林出版社，2014：18-33.

[192] 吴迪. 总序 [M] // 吴迪. 外国文学经典生成与传播研究：第1卷 总论卷. 北京：北京大学出版社，2019：1-12.

[193] 吴非, 张文英. 从互文性看翻译过程中译者的社会心理趋向 [J]. 外语学刊, 2016 (4): 130-133.

[194] 吴予林. "现代性"、"现代性体验"与"文革文学" [J]. 天津社会科学, 2005 (5): 101-105.

[195] 伍英姿. 冷战思维与"十七年"文艺运动 [J]. 湖北社会科学, 2013 (2): 121-124.

[196] 温志达. 小引 [M] // M. de. Cervantes. 唐吉诃德. 温志达, 译. 上海: 启明书局, 1937: 1.

[197] 温志达. 西万提斯与唐吉诃德（序）[M] //M. de. Cervantes. 唐吉诃德. 温志达, 译. 上海: 启明书局, 1937: 1-16.

[198] 文艺新闻社（瞿秋白）. "自由人"的文化运动: 答复胡秋原和《文化评论》[G] //吉明学, 孙露茜. 三十年代"文艺自由论辩"资料. 上海: 上海文艺出版社, 1990: 73-77.

[199] 文贵良. "为人生"与"为艺术"的关系论争 [J]. 文艺理论研究, 2008 (6): 135-140.

[200] 汪倜然. 前言 [M] //汪倜然. 吉诃德先生. 上海: 新生命书局, 1934: 1-2.

[201] 汪晖. 当代中国的思想状况与现代性问题 [M] // 李世涛. 知识分子立场: 自由主义之争与中国思想界的分化. 长春: 时代文艺出版社, 2002: 83-123.

[202] 王春. 介绍"解放了的董·吉诃德" [N]. 人民日报, 1947-09-14 (4).

[203] 王彩萍. 谈杨绛"文革"记忆的情感处理 [J]. 当代文坛, 2005 (2): 27-28.

[204] 王东风. 论翻译过程中的文化介入 [J]. 中国翻译, 1998 (5): 6-9.

[205] 王军. 新中国60年塞万提斯小说研究之考察与分析 [J]. 国外文学, 2012 (4): 72-81.

[206] 王健. 认识堂吉诃德: 作为读者的欲望之路 [J]. 内蒙古民族大学学报, 2007 (4): 57-59.

[207] 王宁. 走向世界人文主义: 中国新文化运动的世界意义 [M] //叶祝弟, 杜运泉. 现代化与化现代: 新文化运动百年价值重估: 上. 上海: 上海三联书店, 2019: 20-31.

[208] 王若水. 文艺与人的异化问题 [M] // 程代熙. 马克思《手

稿》中的美学思想讨论集. 西安：陕西人民出版社，1983：517 – 525.

［209］王姝. 徘徊在"人学"与"文学"之间：周作人文学观及其研究的反思［J］. 中国文学批评，2018（4）：109 – 118.

［210］王一川. 百年中国现代文论的反思与建构［J］. 文艺理论研究 2013（1）：62 – 67，75.

［211］王一川. 探索中国现代性的特征［M］// 乐正维，张颐武. 反思二十世纪中国：文化与艺术. 广州：岭南美术出版社，2009：66 – 74.

［212］王银辉. 关于文艺人民性的四维度理论构建［J］. 兰州学刊，2018（6）：124 – 135.

［213］王央乐. 《堂吉诃德》的传统与西班牙当代小说［J］. 外国文学评论，1988（3）：78 – 83.

［214］王富仁. 论"五四"新文化运动［M］// 丁晓强，徐梓. 五四与现代中国：五四新论. 太原：山西人民出版社，1989：62 – 100.

［215］卫公. 鲁迅与创造社关于"革命文学"论争始末［J］. 鲁迅研究月刊，2000（2）：51 – 58.

［216］晓云，艾然. 不纯洁不健康的译文举例［N］. 人民日报，1951 – 08 – 06（3）.

［217］小弗里德里克·魏克曼. 中国的现代性［M］// 多明尼克·萨赫森迈尔，任斯·理德尔，S. N. 艾森斯塔德. 多元现代性的反思：欧洲、中国及其他的阐释. 郭少棠，王为理，译. 香港：香港中文大学出版社，2009：159 – 174.

［218］徐铸成. 傅东华——一个被遗忘的人［M］// 徐铸成. 旧闻杂忆. 北京：生活·读书·新知三联书店，2009：298 – 300.

［219］徐岩. 从《堂吉诃德》的中文译本看"复译"现象［J］. 中国科教创新导刊，2013（10）：62.

［220］许永宁. 从文学革命到革命文学：20 世纪 20 年代中国文学观念的嬗变［J］. 江西社会科学，2018（5）：113 – 119.

［221］许嘉俊. 杨绛译《堂吉诃德》被当"反面教材"，众译家据理驳斥译坛歪风［N］. 文汇读书周报，2005 – 08 – 26（1）.

［222］许慎. 革命文化出场、演进和生命力的内在逻辑［J］. 贵州社会科学，2018（4）：37 – 43.

［223］项菲. 堂吉诃德与阿尔东扎艺术形象及其塑造：音乐剧《我，堂吉诃德》评析［J］. 戏剧文学，2017（12）：98 – 101.

［224］伊·泼拉斯. 西万提斯的文艺背景与《唐·吉珂德》的创作历

程：为纪念西万提斯逝世六百二十五周年作［J］．纪乘之，译．文艺月刊，1941（11）：22-29．

［225］逸民．辛壬闻见录［G］//湖北省图书馆．辛亥革命武昌首义史料辑录．北京：书目文献出版社，1981：1-48．

［226］尹承东．前言［M］//塞万提斯．奇想联翩的绅士堂吉诃德·德·拉曼恰：上卷．孙家孟，译．北京：北京十月文艺出版社，2001：9-12．

［227］余英时．中国近代思想史上的激进与保守［M］//李世涛．知识分子立场：激进与保守之间的动荡．长春：时代文艺出版社，2002：1-29．

［228］俞兆平．古典主义思潮的排斥与中国现代文学史的欠缺［J］．文艺争鸣，2010（7）：68-74．

［229］俞建章．论当代文学创作中人道主义潮流：对三年文学创作的回顾与思考［J］，文学评论，1981（1）：22-33．

［230］于春洋，郭文雅．论民族复兴战略下的中国现代民族国家建构［J］．贵州民族研究，2017（8）：9-14．

［231］禹权衡．"堂吉诃德在中国"与"中国的堂吉诃德"［J］．鲁迅研究月刊，2016（5）：29-34．

［232］乐黛云．文化差异与文化误读［M］//乐黛云，勒·比雄．独角兽与龙：在寻找中西文化普遍性中的误读．北京：北京大学出版社，1995：108-112．

［233］姚锡佩．周氏兄弟的堂吉诃德观：源流与变异：关于理想和人道的思考之一［G］//鲁迅研究资料：22．北京：中国文联出版公司，1989：324-343．

［234］杨绛．堂吉诃德和《堂吉诃德》［J］．文学评论，1964（3）：63-84．

［235］杨绛．译者序［M］//塞万提斯．堂吉诃德．杨绛，译．人民文学出版社，1987：1-14．（此版本中的《译者序》写于1995年）

［236］杨绛．《堂吉诃德》译余琐掇［M］//杨绛全集：3 散文卷．北京：人民文学出版社，2014：259-263．

［237］杨绛．干校六记［M］//杨绛全集：2 散文卷．北京：人民文学出版社，2014：3-54．

［238］杨绛．丙午丁未年纪事［M］//杨绛全集：2 散文卷．北京：人民文学出版社，2014：55-86．

［239］杨绛．翻译的技巧［M］//杨绛全集：2 散文卷．北京：人民文学出版社，2014：274-291．

［240］杨绛．记我的翻译［M］．杨绛全集：3 散文卷．北京：人民文

学出版社,2014:267-274.

[241] 杨绛. 第一次下乡[M]//杨绛全集:3 散文卷. 北京:人民文学出版社,2014:154-180.

[242] 杨绛. 杨绛致李景端的信(摘录)[J]. 出版史料,2004(2):27-29.

[243] 杨春时. 新时期文论的变革与反思[J]. 云南师范大学学报(哲学社会科学版),2018(1):95-99.

[244] 杨春时. 现代民族国家与中国新古典主义[J]. 文艺理论研究,2004(3):36-42.

[245] 杨春时. 现代性与三十年来中国的文学思潮[J]. 中国社会科学,2009(1):150-160.

[246] 杨武能,汤习敏. 知识分子对时代的批判与反思:论海涅缘何创作《论浪漫派》[J]. 江淮论坛,2016(6):166-171.

[247] 羊南. 解放了的董·吉诃德[N]. 前线日报,1946-12-06(8).

[248] 查良铮. 译者的话[M]//季摩菲耶夫. 文学概论. 查良铮,译. 上海:平明出版社,1953:1-3.

[249] 詹姆斯·奥康内尔. 现代化的概念[M]//西里尔·E. 布莱克. 比较现代化. 杨豫,陈祖洲,译. 上海:上海译文出版社,1996:19-36.

[250] 詹福瑞. "经典"的属性及价值[J]. 文艺研究,2012(8):40-49.

[251] 朱国华. 文学"经典化"的可能性[J]. 文艺理论研究,2006(2):44-51.

[252] 章太炎. 与副总统论政党[M]//姜德铭. 中国现代名家经典文库:章太炎卷. 北京:中国戏剧出版社,2001:205.

[253] 章清. 1920年代:思想界的分裂与中国社会的重组:对《新青年》同人"后五四时期"思想分化的追踪[J]. 近代史研究,2004(6):122-160.

[254] 张弛. 后殖民视域下的布鲁姆经典观与经典建构[J]. 东吴学术,2017(6):139-144.

[255] 张德旺. 新民主主义文化观形成过程探析[C]//张德旺. 在向新民主主义革命转变的历史起点:五四及其政派研究. 哈尔滨:哈尔滨工业大学出版社,2009:133-140.

[256] 张光芒. 五四文学观念的现代化转型新论[J]. 苏州大学学报(哲学社会科学版),1999(3):55-60.

[257] 张绪华. 试论"九八年一代"的《堂吉诃德》研究 [J]. 外国语, 1986（6）：69-72.

[258] 张秀娟. 郑振铎文艺思想探析 [J]. 晋阳学刊, 2019（2）：141-142.

[259] 张师伟. 西学东渐背景下中国传统"自由"思想的现代转换及其影响 [J]. 文史哲, 2018（3）：143-154.

[260] 张申府. 革命文化是什么？[M] //张燕妮. 我相信中国. 桂林：广西师范大学出版社, 2017：146-150.

[261] 张一江. 西班牙文学作品在中国的翻译和出版（1915—2011年）：基于书目的统计与分析 [J]. 出版广角, 2018（6）：75-78.

[262] 张钊贻.《辱骂和恐吓决不是战斗》背后的几个问题："左联"的矛盾、"第三种人"论争与鲁迅"同路人"立场 [J]. 文史哲, 2018（1）：60-69.

[263] 张广森. 译者前言 [M] //塞万提斯. 堂吉诃德. 张广森, 译. 上海：上海译文出版社, 2002：1-4.

[264] 周冰. 大跃进文艺发生论 [J]. 东北大学学报, 2010（3）：178-182.

[265] 周恩来. 为总路线而奋斗的文艺工作者的任务 [M] //中国新文学大系 1949—1976：第1集 文学理论卷一. 上海：上海文艺出版社, 1997：3-8.

[266] 周扬. 纪念"草叶集"和"堂·吉诃德"：在"草叶集"出版一百周年、"堂·吉诃德"出版三百五十周年纪念大会上的报告（摘要）[N]. 人民日报, 1955-11-27（3）.

[267] 周扬. 新的人民的文艺 [M] //中华全国文学艺术工作者代表大会纪念文集. 北京：新华书店, 1950：69-98.

[268] 周作人. 日本的新村 [M] //张宝明.《新青年》百年典藏：哲学思潮卷. 郑州：河南文艺出版社, 2019：336-343.

[269] 周作人. 人的文学 [M]. //张宝明.《新青年》百年典藏：语言文学卷 []. 郑州：河南文艺出版社, 2019：335-340.

[270] 周作人. 文艺的讨论 [M] //钟叔河. 周作人文类编：本色. 长沙：湖南文艺出版社, 1998：65-66.

[271] 周作人. "破脚骨" [G] //钟叔河. 周作人文类编：花煞. 长沙：湖南文艺出版社, 1998：6-8.

[272] 周作人. 魔侠传 [M] //周作人. 自己的园地. 北京：晨报社出

版部，1923：92-98.

[273] 周作人. 自己的园地 [M] //周作人. 自己的园地. 北京：晨报社出版部，1923：1-4.

[274] 周宪. 现代性的张力：现代主义的一种解读 [M] //从文学规训到文化批判. 南京：译林出版社，2014：188-201.

[275] 郑大华. 中国文化保守主义思潮的历史考察 [J]. 求索，2005 (1)：172-176.

[276] 郑振铎. 文学大纲·第十七章：文艺复兴时代的文学 [J]. 小说月报，1925 (3)：1-28.

[277] 郑振铎. 文学与革命 [M] //郑铎全集：第3卷. 石家庄：花山文艺出版社，1998：418-422.

[278] 郑振铎. 文学大纲·叙言 [J]. 小说月报，1925 (1)：1-2.

[279] 郑振铎. 文学的危机 [M] //郑振铎全集：第3卷. 石家庄：花山文艺出版社，1998：395-396.

[280] 郑振铎. 文学的使命 [M] //郑振铎全集：第3卷. 石家庄：花山文艺出版社，1998：400-403.

[281] 郑振铎. 光明运动的开始 [M] //郑振铎全集：第3卷. 石家庄：花山文艺出版社，1998：404-412.

[282] 郑振铎.《文学旬刊》宣言 [M] //郑振铎全集：第3卷. 石家庄：花山文艺出版社，1998：388-389.

[283] 郑振铎. 林琴南先生 [J]. 小说月报，1924 (11)：1-12.

[284] 郑振伟. 郑振铎前期的文学观 [J]. 中国现代文学研究丛刊，1998 (4)：154-172.

[285] 赵振江，蔡华伟. 掩卷长思《堂吉诃德》[N]. 人民日报，2016-04-24 (7).

[286] 赵振江. 永恒的《堂吉诃德》及其在中国的传播 [M] //塞万提斯. 堂吉诃德. 董燕生，译. 桂林：漓江出版社，2014：1-11.

[287] 赵艳花. 从《堂吉诃德》到《魔侠传之唐吉可德》[J]. 电影文学，2013 (9)：27-28.

[288] 钟敏珺. 中国化的堂吉诃德：《魔侠传之唐吉可德》中草根的宏大叙事 [J]. 中国研究生，2012 (5)：48-50.

[289] 中共中央. 中共中央关于宣传唯物主义思想批判资产阶级唯心主义思想的指示 [G] //建国以来重要文献选编：第6册. 北京：中央文献出版社，2011：53-63.

［290］庄启东. 西万提斯传［J］. 华安，1934，2（9）：24-25.

2. 外文文献

［1］ARIILA J A G. Henry fielding: from quixotic satire to the Cervantean novel［C］// ARIILA J A G. The Cervantean heritage: reception and influence of Cervantes in Britain. London: Modern Humanities Research Association and Maney Publishing, 2009: 124-141.

［2］ARIILA J A G. Tobias smollett, Don Quixote and the emergence of the English novel［C］// ARIILA J A G. The Cervantean heritage: reception and influence of Cervantes in Britain. London: Modern Humanities Research Association and Maney Publishing, 2009: 151-165.

［3］WYSTAN H A. The ironic hero［J］. Horizon, 1949（8）: 86-94.

［4］Álvarez-Recio L. Translations of Spanish chivalry works in the Jacobean book trade: Shelton's Don Quixote in the light of Anthony Munday's publications［J］. Renaissance studies, 2018, 33（5）: 691-711.

［5］BROUN J A. Russia's Don Quixote［J］. New blackfriars, 1974, 55（649）: 272-279.

［6］CULL J T. Death as the great equalizer in emblems and in Don Quixote［J］. Hispania, 1992（1）: 10-19.

［7］CHEN G E, ZHAO H Y. The spread and reception of Don Quixote in China［J］. Advances in literary study, 2014（2）: 66-73.

［8］CRO S. The American sources in Cervantes and Defoe［C］// ARIILA J A G. The Cervantean heritage: reception and influence of Cervantes in Britain. London: Modern Humanities Research Association and Maney Publishing, 2009: 117-123.

［9］CLARK C. Shelton and the farcical perception of Don Quixote in seventeenth-century Britain［C］// ARIILA J A G. The Cervantean heritage: reception and influence of Cervantes in Britain. London: Modern Humanities Research Association and Maney Publishing, 2009: 61-65.

［10］DARCY D. Cervantes as romantic hero and author: Mary Shelley's life of Cervantes［C］// ARIILA J A G. The Cervantean heritage: reception and influence of Cervantes in Britain. London: Modern Humanities Research Association and Maney Publishing, 2009: 181-189.

［11］DANIEL E. Appendix: the influence of Don Quixote on the romantic movement［M］//A study of Don Quixote. Newark: Juan de la Cuesta, 1987:

205 – 223.

[12] DANIEL E. The text of Don Quixote as seen by its modern English translators [J]. Cervantes: bulletin of the Cervantes society of America, 2006, 26 (1): 103 – 126.

[13] EDWARD H F. Robin Chapman's the Duchess's diary and the other side of imitation [C] // ARIILA J A G. The Cervantean heritage: reception and influence of Cervantes in Britain. London: Modern Humanities Research Association and Maney Publishing, 2009: 196 – 204.

[14] MARY A G. Don Quixote as an existential hero [J]. CLA journal, 1987 (2): 178 – 188.

[15] GRATCHEN S N. Don Quixote in Russia in the eighteenth and nineteenth century: the problem of perception and interpretation [J]. South Atlanticreview, 2016, 81 (4): 107 – 126.

[16] GRATCHEN S N. Don Quixote in Russia in the early twentieth century: the problem of perception and interpretation [J]. South Atlanticreview, 2018, 83 (2): 145 – 158.

[17] BREAN H. The Cervantic legacy in the eighteenth-century novel [C] // ARIILA J A G. The Cervantean heritage: reception and influence of Cervantes in Britain. London: Modern Humanities Research Association and Maney Publishing, 2009: 96 – 103.

[18] Habermas, Jürgen. Modernity—an incomplete project [M] //RABINOW P, SULLIVAN W M. Interpretive social science: a second look. Oakland: University of California Press, 1979: 141 – 156.

[19] JULIE C H. eighteenth-century English translations of Don Quixote [C] // ARIILA J A G. The Cervantean heritage: reception and influence of Cervantes in Britain. London: Modern Humanities Research Association and Maney Publishing, 2009: 66 – 75.

[20] TOM L. Edith Grossman's translation of Don Quixote [J]. Cervantes: bulletin of the Cervantes society of America, 2006, 26 (1): 237 – 255.

[21] JOHN G L. Introduction [A] // Miguel de Cervantes. The history of Don Quixote De La Mancha. Vol. 1. Pierre Antoine Motteux, translated. London: J. M. DENT & SOMS, LTD. New York: E. P. DUTTON & CO, 1906: vii – xxx.

[22] PAMELA H L. Dickens, Cervantes and the pick-pocketing of an image [C] // ARIILA J A G. The Cervantean heritage: reception and influence of

Cervantes in Britain. London: Modern Humanities Research Association and Maney Publishing, 2009: 190 - 195.

［23］GIUSEPPE M. Modern and ancient Italy in "Don Quijote" [J]. Poetica, 2006 (1/2): 91 - 106.

［24］OSCAR M. The function of the norm in Don Quixote [J]. Modern philology, 1958 (3): 154 - 163.

［25］HOWARD M. The quixotic novel in British fiction of the nineteenth and twentieth centuries [C] // ARIILA J A G. The Cervantean heritage: reception and influence of Cervantes in Britain. London: Modern Humanities Research Association and Maney Publishing, 2009: 104 - 116.

［26］MCGRATH M J. The modern translations of Don Quixote in Britain [C] // ARIILA J A G. The Cervantean heritage: reception and influence of Cervantes in Britain. London: Modern Humanities Research Association and Maney Publishing, 2009: 76 - 83.

［27］CHESTER M. Eliot's Casaubon: the quixotic in middlemarch [C] // ARIILA J A G. The Cervantean heritage: reception and influence of Cervantes in Britain. London: Modern Humanities Research Association and Maney Publishing, 2009: 176 - 180.

［28］CHRISTOPHER N, de Armas Wilson, Diana. Heroic failure: novelistic impotence in Don Quixote and Tristram Shandy [C] // ARIILA J A G. The Cervantean heritage: reception and influence of Cervantes in Britain. London: Modern Humanities Research Association and Maney Publishing, 2009: 142 - 150.

［29］AMY J P. Feminine transformations of the quixote in eighteenth-century England: Lennox's female quixote and her sisters [C] // ARIILA J A G. The Cervantean heritage: reception and influence of Cervantes in Britain. London: Modern Humanities Research Association and Maney Publishing, 2009: 166 - 175.

［30］RUSSELL P E. "Don Quixote" as a funny book [J]. The modern language review, 1969 (2): 312 - 326.

［31］SUSAN S. Don Quixote in eighteenth-century England [J]. Comparative literature, 1972 (3): 193 - 215.

［32］SHEN D. Covert progression behind plot development: Katherine Mansfield's "The Fly" [J]. Poeticstoday, 2013 (1 - 2): 147 - 175.

［33］JOHN S. Don Quixote in 18th-century England: a study in reader response [J]. Cervantes: bulletin of the Cervantes society of America, 1987, 7 (1): 45 - 57.

［34］藏本邦夫. 移入史初期の『ドン・キホーテ』をめぐって［J］. 関西大学外国語教育フォーラム12 巻. 2013 (3): 31 - 46.

［35］樽本照雄. 最初の漢訳『ドン・キホーテ』［J］. 清末小説から. 2008, 88 (1): 1 - 6.

三、学位论文类

1. 中文学位论文

［1］桂琳. 论堂吉诃德在西方与中国的影响与接受［D］. 上海：复旦大学，2003.

［2］林旭文. 林译小说改写现象研究［D］. 杭州：浙江大学，2011.

［3］陆颖. 社会文化语境下的文学重译：傅东华重译《珍妮姑娘》研究［D］. 上海：华东师范大学，2014.

［4］路全华. 阿Q：变通到中国的堂吉诃德［D］. 天津：天津师范大学，2004.

［5］吕俊. 悲剧性的喜剧与喜剧性的悲剧：《堂吉诃德》与《阿Q正传》之比较［D］. 武汉：华中师范大学，2002.

［6］梁月倩. "堂吉诃德"在18、19世纪的英国［D］. 哈尔滨：黑龙江大学，2012.

［7］麦思克. "迂狂文士"与"疯癫骑士"：《莫须有先生传》和《堂吉诃德》比较［D］. 重庆：西南大学，2012.

［8］吴曼思. 理查·施特劳斯交响诗《堂吉诃德》艺术特征之初探［D］. 福州：福建师范大学，2013.

［9］张健. 整合与变迁：1957—1958 年整风运动的政治文化研究［D］. 天津：南开大学，2006.

［10］张玮. 小说到电影：《堂吉诃德》电影版本之比较［D］. 太原：山西大学，2012.

［11］张云舒. 晚清时期日文小说汉译研究［D］. 上海：上海师范大学，2014.

［12］周世露. 西方启蒙时期荣誉观的转变研究［D］. 南京：东南大学，2018.

2. 外文学位论文

[1] GREGORY L B. "Mine, though abortive": reading and writing Don Quixote in seventeenth-century England [D]. Chicago: The University of Chicago, 2013.

[2] Bothwell del Toro, FRANCES M. The quixotic and the shandean: a study of the influence of Cervantes' "Don Quixote" on Sterne's "Tristram Shandy" [D]. Tallahassee: The Florida State University, 1980.

[3] BEUTELL G, CANDACE M. Infinite optimism: Friedrich J. Bertuch's pioneering translation (1775-1777) of "Don Quixote" [D]. Detroit: Wayne State University, 2006.

[4] ROBERT W C. A study of the translations of Lin Shu, 1852-1924 [D]. Palo Alto: Stanford University, 1971.

[5] ARTHUR E. Satire denied: a critical history of English and American "Don Quixote" criticism [D]. Seattle: University of Washington, 1964.

[6] NETANYA D E. Don Quixote, academia and the streets [D]. Madison: University of Wisconsin-Madison, 2006.

[7] KAREN F E. The integration of symbol, text, and sound in the evolution of three Spanish archetypes, El Cid, Don Juan, and Don Quixote, from original text to opera [D]. Arlington: The University of Texas at Arlington, 1998.

[8] SUSAN J F. The presence of "Don Quixote" in music [D]. Knoxville: The University of Tennessee, 1984.

[9] TATEVIK G. Homecoming festivals: the re-accentuated image of Don Quixote in western novel [D]. West Lafayette: Purdue University, 2015.

[10] SANDRA F G. Dynamism in the English translations of "Don Quixote": a stylistic analysis and evaluation [D]. Washington: The Catholic University of America, 1978.

[11] SERENA R H. A victorian Don Quixote: Cervantes in England [D]. Albuquerque: The University of New Mexico, 1999.

[12] JOSEPH H H. "Don Quixote" and American fiction through Mark Twain [D]. Knoxiville: The University of Tennessee, 1967.

[13] JOHN R H. The influence of "Don Quixote" on "Modern Chivalry" [D]. Tallahassee: The Florida State University, 1959.

[14] BRUCE T H. "Don Quixote" and the Russian novel: a comparative

analysis [D]. Madison: The University of Wisconsin-Madison, 1992.

[15] SCOTT C H. Enchantment and coincidence: a comparative study of "Don Quixote" and "Pale Fire" [D]. New York: City University of New York, 2011.

[16] WEI J. Traducción y difusión de la novela española en China (1975 – 2010) [D]. Nanjing: Universidad de Nanjing, 2012.

[17] RONA I K. The anti-hero: Don Quijote and the twentieth century [D]. Los Angeles: University of Southern California, 1975.

[18] LIN L. Mil traductores, Mil Don Quijotes: Comparación de diversas traducciones chinas de Don Qjijote y reflexiones sobre curos universitarios de la traducción en China [D]. Shanghai: Universidad de Estudios Internacionales de Shanghai, 2012.

[19] JACK T M. The use of quixote figures and allusions to "Don Quixote" in the novels of Tobias Smollett [D]. Muncie: Ball State University, 1974.

[20] JOSE N M. The myth of Don Quixote: Galdos' depiction of the Isabeline Era, 1833 – 1868 [D]. Toronto: University of Toronto, 1998.

[21] MARK D McGraw. The universal quixote: appropriations of a literary icon [D]. San Antonio: Texas A & M University, 2013.

[22] ROBERT L M. A phenomenological-existential analysis of Don Quixote [D]. State College: The Pennsylvania State University, 1971.

[23] MICHAEL T N. Variations on a theme: "Don Quixote" in eighteenth-century English literature [D]. Atlanta: Georgia State University, 1996.

[24] CHARLES D P. Adventures in paradox: a study of paradoxy in Cervantes' "Don Quixote" and the Spanish Golden Age [D]. Cambridge: Harvard University, 1994.

[25] KAREN P P. On both sides of the Atlantic: re-Visioning Don Juan and Don Quixote in modern literature and film [D]. [s. l.] University of California, 2013.

[26] ALLEN R P. Fielding and Cervantes: the contribution of "Don Quixote" to "Joseph Andrews" and "Tom Jones" [D]. Boulder: University of Colorado at Boulder, 1965.

[27] GABRIEL D P. Curiosity and the idle reader: self-consciousness in Renaissance epic (Dante, Lodovico Ariosto, Italy, Miguel de Cervantes Saavedra, Spain) [D]. Chicago: The University of Chicago, 2003.

[28] MARY J P. The voices of Don Quixote: a study of style through translation [D]. Madison: The University of Wisconsin-Madison, 1967.

[29] OLEH S R. Re – creation of the Don Quixote theme in Ukrainian literature [D]. Toronto: University of Toronto, 1980.

[30] DANIELLE V S. The denaturalization of Miguel de Cervantes Saavedra's El Igenioso Hidalgo Don Quijote de la Mancha in children's entertainment in the United States [D]. Morgantown: West Virginia University, 2014.

[31] VICTORIA T. Between life and literature: the influence of "Don Quixote" and "Madame Bovary" on twentieth-century women's fiction [D]. New York: City University of New York, 2016.

[32] SHEN T. Análisis sobre la lealtad, fluidez y precisión estética de la traducción comparando distintas versions chinas de Don Quijote [D]. Changchun: Universidad de Jilin, 2012.

[33] KARUNA W. A recreation of Don Quixote: rrom comics to popular culture [D]. Montreal: McGill University, 2018.

[34] XU Y. A case study on retranslation aased on three Chinese versions of Don Quixote [D]. Shenyang: Liaoning University, 2013.

[35] ZAN X X. La traducción del humor verbal en El ingenioso hidalgo don Quijote de la Mancha [D]. Beijing: Universidad de Estudios Internacionales de Beijing, 2018.

[36] ZHANG N. Pretender la legibilidad en la traducción literaria Análisis de las versiones de Don Quijote en chino [D]. Xi'an: Universidad de Estudios Internacionales de Xi'an, 2018.

附　　录

附表1　1904—1978年间《堂吉诃德》中文译介信息汇编

（整体按年份顺序排列，同年份按译者姓氏拼音首字母顺序排列）

译者	译本名称	首版信息	译本类别	依据底本
逸民	《谷间莺》	1904年，东京：翔鸾社	改写本 转译本 文言译本	斋藤良恭译《谷间之莺》共隆社，明治二十年（1887）
被褐（马一浮）	《稽先生传》	1913年，《独立周报》第21、第22期	未完成译本 转译本 文言译本	1905年7月出版的英译《塞万提斯全集》中的《堂吉诃德》（其余信息不详）
林纾 陈家麟	《魔侠传》	1922年，上海：商务印书馆	第一部的译本 转译本 文言译本	Miguel de Cervantes Saavedra. *The History of Don Quixote De La Mancha* (Vol. 1). Translated by Pierre Antoine Motteux. Everyman's Library 385. London：J. M. DENT&SOMS, LTD. New York：E. P. DUTTON & CO, 1906.
贺玉波	《吉诃德先生》	1931年，上海：开明书店	第一部的译本 转译本 节略译本 白话译本	英国卡林顿（N.L. Carrington）的节略本（其余信息不详）

续附表 1

译者	译本名称	首版信息	译本类别	依据底本
蒋瑞青	《吉诃德先生》	1933 年，上海：世界书局	第一部的译本 转译本 节略译本 白话译本	信息不详
马宗融	《董·吉诃德传》	1934 年，《华美月刊》，其余信息不详	信息不详	信息不详
汪倜然	《吉诃德先生》	1934 年，上海：新生命书局	第一部的译本 转译本 节略译本 白话译本	信息不详
傅东华	《吉诃德先生传》	译稿曾在 1935 年 5 月首刊的《世界文库》上发表过三分之二；1939 年由上海的商务印书馆出版了单行本	第一部的译本 转译本 白话译本	牛津大学出版社版的杰维斯（Jervas）英译本（其他信息不详）
张慎伯	《董吉诃德》	1936 年，上海：中华书局	第一、第二部的译本 缩略本 中英对照本 白话译本	信息不详
温志达	《唐吉诃德》	1937 年，上海：启明书局	第一、第二部的全译本（现仅存第一部的译本） 转译本 白话译本	杰维斯（Jervas）的英译本（其他信息不详）

续附表1

译者	译本名称	首版信息	译本类别	依据底本
戴望舒	《吉诃德爷》	译于20世纪30年代，战火中译稿大部分遗失。施蛰存保留了从第1章到第22章的残稿，《香港文学》1990年7月第67期上登载过第4章	直译本 白话译本 （其他信息不详）	信息不详
刘云	《吉诃德先生传》	1956年，北京：中国青年出版社	改写本 转译本 白话译本	根据1935年上海中华书局英译改写本译出，英译者为沙克莱（W. M. Thackeray）
常枫	《吉诃德先生传》	1959年，香港：香港侨益书局	改写本 转译本 白话译本	根据沙克莱改写本
傅东华	《堂吉诃德》	1959年，北京：人民文学出版社	转译本 全译本 白话译本	Miguel de Cervantes Saavedra: *Don Quixote*. 2 vols. Translated by Charles Jervas, London: Oxford University Press, 1907.
杨绛	《堂吉诃德》	1978年，北京：人民文学出版社	直译本 全译本 白话译本	Miguel de Cervantes Saavedra. *El Ingenioso Hidalgo Don Quijote De La Mancha*. Ed. Francisco Rodríguez Marín. 8 vols. Clásicos Castellanos. Madrid: Espasa-Calpe, 1952.

附表 2　1904—1978 年间《堂吉诃德》中文阐释信息[①]汇编

（整体按年份顺序排列，同年份按阐释者姓氏拼音首字母顺序排列）

阐释者	文章/书籍名称	刊物/书籍首版信息
周作人	《欧洲文学史》（该书在第三卷第一篇的第六章有部分文字对《堂吉诃德》做了阐释）	1918 年，上海：商务印书馆
周作人	《魔侠传》（该文有部分文字对《堂吉诃德》做了阐释）	1922 年，《晨报副刊》的《自己的园地》栏目，9 月 4 日
谢六逸	《西洋小说发达史》（该书第二章中有部分文字对《堂吉诃德》做了阐释）	1923 年，上海：商务印书馆
陆祖鼎	《西班牙守文德的〈唐克孝传〉》	1924 年，《学灯》，6 月 6 日
郑振铎	《文学大纲》（《小说月报》刊载的《文学大纲》第十七章中有部分文字对《堂吉诃德》做了阐释，《文学大纲》汇编成册出版时，原十七章的内容被编在了第二十章）	刊物：1925 年，《小说月报》第 3 期 书籍：1927 年，上海：商务印书馆
郁达夫译 [俄] 屠格涅夫著	《Hamlet 和 Don Quichotte》	1928 年，《奔流》第 1 卷第 1 期
梦光译 Christian F. Knox 著	《〈吉诃德先生〉及其作者西万提司》	1929 年，《晨钟汇刊》第 249 期
贺玉波	《译者的话》（这是贺玉波译本《吉诃德先生》的前序，其中有部分文字对《堂吉诃德做了阐释》）	1931 年，上海：开明书店

---

① 包含中国本土阐释与外来译介阐释两部分信息。

续附表2

阐释者	文章/书籍名称	刊物/书籍首版信息
鲁迅	《〈解放了的董·吉诃德〉后记》（这是《解放了的董·吉诃德》译本的后记，其中部分文字对塞万提斯的《堂吉诃德》做了阐释）	1934年，上海：联华书局
唐旭之译 [波兰]玛妥司宙斯基著	《吉诃德式的精神》	1934年，《青年界》第6卷第3期
宜闲（胡仲持）译 [波兰]玛妥司宙斯基著	《吉诃德的精神》	1934年，《世界文学》第1卷第1期
万良濬、朱曼华	《西班牙文学》（第五章有部分文字对《堂吉诃德》做了阐释）	1934年，上海：商务印书馆
傅东华译 [德]海涅著	《吉诃德先生》	1935年，《译文》第2卷第3期
傅东华	《我怎样和吉诃德先生初次见面》（文章中有部分文字对《堂吉诃德》做了阐释）	1935年，《中学生》第56期
茅盾	《吉诃德先生》	1935年，《中学生》第51、第52期
温志达	《西万提斯与唐吉诃德（序）》（该文是温志达译本《唐吉诃德》的前序）	1937年，上海：启明书局
唐弢	《吉诃德颂》	1938年，《文汇报》2月21日
纪乘之译 [西]伊·波拉斯著	《西万提斯的文艺背景与〈唐·吉诃德〉的创作历程——为纪念西万提斯逝世六百二十五周年作》	1941年，《文艺月刊》第11卷第11期
徐激译，柏林斯基、果戈理、卢那卡尔斯基、杜思退夫斯基、高尔基等著	《论〈堂·吉诃德〉》	1941年，《现代文艺》第3卷

续附表2

阐释者	文章/书籍名称	刊物/书籍首版信息
芳菲译 [波兰]玛妥司宙斯基著	《论唐吉诃德精神》	1944年,《国是月刊》第2期
未央译 [波兰]玛妥司宙斯基著	《吉诃德的精神》	1946年,《世界与中国》第1卷第3期
巴金	《永远属于人民的巨著》	1955年,《解放日报》12月4日
曹未风	《纪念〈堂吉诃德〉出版350周年》	1955年,《文汇报》11月26日
戴镏龄	《伟大人文主义和现实小说〈堂吉诃德〉》	1955年,《南方日报》5月30日
方游	《纪念〈堂吉诃德〉出版350周年》	1955年,《中国青年报》10月20日
付正谷	《略谈〈堂吉诃德〉》	1955年,《西南文艺》第12期
黄嘉德	《"吉诃德先生传"简论——纪念"吉诃德先生传"》出版三百五十周年	1955年,《文史哲》第7期
莫菲译 [苏]石秦著	《不朽的书——纪念塞万提斯的小说〈堂吉诃德〉出版三百五十年》	1955年,《文艺学习》第18期
潘耀琨	《"吉诃德先生传"出版三百五十年》	1955年,《新建设》第6期
冰夷	《纪念"堂·吉诃德"初版三百五十周年》	1955年,《人民日报》11月25日
王淡芳	《塞万提斯和他的杰作〈堂·吉诃德〉》	1955年,《人民文学》第72期

续附表2

阐释者	文章/书籍名称	刊物/书籍首版信息
译者不详 ［西］何塞·希拉尔著	《塞万提斯的为人和作品——在"草叶集"出版一百周年、"堂·吉诃德"出版三百五十周年纪念大会上的讲话（摘要）》	1955年，《人民日报》11月27日
叶君健	《塞万提斯的〈堂·吉诃德〉》	1955年，《解放军文艺》第50期
周扬	《纪念"草叶集"和"堂·吉诃德"——在"草叶集"出版一百周年、"堂·吉诃德"出版三百五十周年纪念大会上的报告（摘要）》	1955年，《人民日报》11月27日
周扬	《纪念"草叶集"和"堂·吉诃德"——周扬在世界名著"草叶集"出版一百周年，〈堂·吉诃德〉出版三百五十周年纪念大会上的报告》	1955年，《文艺报》第145期
赵隆襄	《伟大的现实主义小说〈堂吉诃德〉》	1955年，《工人日报》11月25日
孟复	《塞万提斯和他的〈堂吉诃德〉》（《堂吉诃德》傅东华译本前序）	1959年，人民文学出版社
杨绛	《堂吉诃德和〈堂吉诃德〉》	1964年，《文学评论》第3期
文美惠	《塞万提斯和他的名著〈堂吉诃德〉》	1978年，《人民日报》6月16日
文美惠	《文学：塞万提斯的〈堂吉诃德〉》	1978年，《光明日报》8月22日

附表 3　英语世界《堂吉诃德》接受研究资料汇编

（整体按年份顺序排列，同年份按作者姓氏拼音首字母顺序排列）

年份	资料信息
1959	Hendrickson, John R. *The Influence of "Don Quixote" on "Modern Chivalry"* [D]. The Florida State University, 1959.
1964	Efron, Arthur. *Satire Denied: A Critical History of English and American "Don Quixote" Criticism* [D]. University of Washington, 1964.
1965	Penner, Allen Richard. *Fielding and Cervantes: The Contribution of "Don Quixote" to "Joseph Andrews" and "Tom Jones"* [D]. University of Colorado at Boulder, 1965.
1967	Harkey, Joseph Harry. *"Don Quixote" and American Fiction Through Mark Twain* [D]. The University of Tennessee, 1967. Power, Mary Jane. *The Voices of Don Quixote: A Study of Style Through Translation* [D]. The University of Wisconsin-Madison, 1967.
1969	Russell, P E. "Don Quixote" as a Funny Book [J]. *The Modern Language Review*, 1969 (2): 312 – 326.
1972	Staves, Susan. Don Quixote in Eighteenth-Century England [J]. *Comparative Literature*, 1972 (3): 193 – 215.
1974	Mays, Jack Thurston. *The Use of Quixote Figures and Allusions to "Don Quixote" in the Novels of Tobias Smollett* [D]. Ball State University, 1974.
1975	King, Rona Iva. *The Anti-hero: Don Quijote and the Twentieth Century* [D]. University of Southern California, 1975.
1978	Gerhard, Sandra Forbes. *Dynamism in the English Translations of "Don Quixote": A Stylistic Analysis and Evaluation* [D]. The Catholic University of America, 1978. Close, Anthony. *The Romantic Approach to "Don Quixote": A Critical History of the Romanctic Tradition in "Quixote" Criticism* [M]. Cambridge: Cambridge University Press, 1978.

续附表3

年份	资料信息
1980	Bothwell del Toro, Frances Margaret. *The Quixotic and the Shandean: A Study of the Influence of Cervantes' "Don Quixote" on Sterne's "Tristram Shandy"* [D]. The Florida State University, 1980. Perez, Karen Patricia. *On Both Sides of the Atlantic: Re-Visioning Don Juan and Don Quixote in Modern Literature and Film* [D]. University of California, 2013. Romanyschyn, Oleh Swiatoslau. *Re-Creation of the Don Quixote Theme in Ukrainian Literature* [D]. University of Toronto, 1980.
1981	Welsh, Alexander. *Reflections on the Hero as Quixote* [M]. Princeton: Princeton University Press, 1981.
1984	Flynn, Susan Jane. *The Presence of "Don Quixote" in Music* [D]. The University of Tennessee, 1984.
1987	Drake, Dana B and Finello, Dominick L. *An Analytical and Bibliographical Guide to Criticism on Don Quijote (1790 – 1893)* [M]. Newark: Juan de la Cuesta, 1987. Eisenberg, Daniel. Appendix: *The Influence of Don Quixote on the Romantic Movement* [A]. *A Study of Don Quixote* [M]. Newark: Juan de la Cuesta, 1987: 205 – 223. Skinner, John. Don Quixote in 18th-Century England: A Study in Reader Response [J]. *Cervantes: Bulletin of the Cervantes Society of America*, 1987, 7 (1): 45 – 57.
1994	Presberg, Charles David. *Adventures in Paradox: A Study of Paradoxy in Cervantes' "Don Quixote" and the Spanish Golden Age* [D]. Harvard University, 1994.
1996	Newman, Michael Thomas. *Variations on a Theme: "Don Quixote" in Eighteenth-Century English Literature* [D]. Georgia State University, 1996.
1998	Earnest, Karen Fontenot. *The Integration of Symbol, Text, and Sound in the Evolution of Three Spanish Archetypes, El Cid, Don Juan, and Don Quixote, from Original Text to Opera* [D]. The University of Texas at Arlington, 1998. Martinez, Jose Nemesio. *The Myth of Don Quixote: Galdos' Depiction of the Isabeline Era, 1833 – 1868* [D]. University of Toronto, 1998.
1999	Huffman, Serena Roybal. *A Victorian Don Quixote: Cervantes in England* [D]. The University of New Mexico, 1999.

续附表3

年份	资料信息
2006	Beutell Gardner, Candace Mary. *Infinite Optimism*: *Friedrich J. Bertuch's Pioneering Translation* (1775 – 1777) *of* "*Don Quixote*" [D]. Wayne State University, 2006. Eisenberg, Daniel. The Text of Don Quixote as Seen by Its Modern English Translators [J]. *Cervantes*: *Bulletin of the Cervantes Society of America*, 2006, 26 (1): 103 – 126. Even, Netanya D. Don Quixote, *Academia and the Streets* [D]. University of Wisconsin-Madison, 2006. Lathrop, Tom. Edith Grossman's Translation of Don Quixote [J]. *Cervantes*: *Bulletin of the Cervantes Society of America*, 2006, 26 (1): 237 – 255.
2009	Ardila, J A G. (Ed.). The Cervantean Heritage: Reception and Influence of Cervantes in Britain [C]. London: Modern Humanities Research Association and Maney Publishing, 2009. 该论文集中的以下文章属于《堂吉诃德》的接受情况研究: Ardila, J A G. Tobias Smollett, Don Quixote and the Emergence of the English Novel Ardila, J A G. Henry Fielding: from Quixotic Satire to the Cervantean Novel Cro, Stelio. The American Sources in Cervantes and Defoe Colahan, Clark. Shelton and the Farcical Perception of Don Quixote in Seventeenth-Century Britain Donahue, Darcy. Cervantes as Romantic Hero and Author: Mary Shelley's Life of Cervantes Friedman, Edward H. Robin Chapman's the Duchess's Diary and the Other Side of Imitation Hayes, Julie Candler. Eighteenth-Century English Translations of Don Quixote Hammond, Brean. The Cervantic Legacy in the Eighteenth-Century Novel Long, Pamela H. Dickens, Cervantes and the Pick-Pocketing of an Image Mancing, Howard. The Quixotic Novel in British Fiction of the Nineteenth and Twentieth Centuries Mills, Chester. Eliot's Casaubon: the Quixotic in Middlemarch Michael J McGrath. The Modern Translations of Don Quixote in Britain Narozny, Christopher and Armas Wilson, Diana de. Heroic Failure: Novelistic Impotence in Don Quixote and Tristram Shandy Pawl, Amy J. Feminine Transformations of the Quixote in Eighteenth-Century England: Lennox's Female Quixote and Her Sisters

续附表 3

年份	资料信息
2011	Hurley, Scott Crawford. *Enchantment and Coincidence*: *A Comparative Study of "Don Quixote" and "Pale Fire"* [D]. City University of New York, 2011.
2013	Baum, Gregory Le. *"Mine, Though Abortive"*: *Reading and Writing Don Quixote in Seventeenth-century England* [D]. The University of Chicago, 2013. McGraw, Mark David. *The Universal Quixote*: *Appropriations of a Literary Icon* [D]. Texas A & M University, 2013.
2014	Daniel R Schwarz (Ed.). *Reading the European Novel to 1900*: *A Critical Study of Major Fiction from Cervantes' Don Quixote to Zola's Germinal* [M]. Malden and Oxford: Wiley Blackwell, 2014. South, Danielle Vincenza. *The Denaturalization of Miguel de Cervantes Saavedra's El Igenioso Hidalgo Don Quijote de la Mancha in Children's Entertainment in the United States* [D]. West Virginia University, 2014.
2015	Gyulamiryan, Tatevik. *Homecoming Festivals*: *The Re-accentuated Image of Don Quixote in Western Novel* [D]. Purdue University, 2015.
2016	Gratchev, Slave N. Don Quixote in Russia in the Eighteenth and Nineteenth Century: The Problem of Perception and Interpretation [J]. *South Atlantic Review*, 2016, 81 (4): 107 – 126. Tomasulo, Victoria. *Between Life and Literature*: *The Influence of "Don Quixote" and "Madame Bovary" on Twentieth-Century Women's Fiction* [D]. City University of New York, 2016.
2018	Álvarez-Recio, Leticia. Translations of Spanish Chivalry Works in the Jacobean Book Trade: Shelton's Don Quixote in the Light of Anthony Munday's Publications [J]. *Renaissance Studies*, 2018, 33 (5): 691 – 711. Gratchev, Slave N. Don Quixote in Russia in the Early Twentieth Century: The Problem of Perception and Interpretation [J]. *South Atlantic Review*, 2018, 83 (2): 145 – 158. Warrier, Karuna. *A Recreation of Don Quixote*: *From Comics to Popular Culture* [D]. McGill University, 2018.

附表 4　国内《堂吉诃德》接受研究资料汇编

（整体按年份顺序排列，同年份按作者姓氏拼音首字母顺序排列）

年份	资料信息
1964	杨绛. 堂吉诃德和《堂吉诃德》[J]. 文学评论，1964（3），63-84.
1978	荣浢.《堂吉诃德》与中国 [N]. 人民日报，1978-06-20（6）.
1982	秦家琪，陆协新. 阿 Q 和堂吉诃德形象的比较研究 [J]. 文学评论，1982（4）：55-67.
1986	张绪华. 试论"九八年一代"的《堂吉诃德》研究 [J]. 外国语，1986（6）：69-72.
1988	王央乐.《堂吉诃德》的传统与西班牙当代小说 [J]. 外国文学评论，1988（3）：78-83.
1989	姚锡佩. 周氏兄弟的堂吉诃德观：源流与变异：关于理想和人道的思考之一 [M]. //鲁迅研究资料：22. 北京：中国文联出版公司，1989：324-343.
1991	钱理群. 中国现代堂·吉诃德的"归来"：《莫须有先生传》、《莫须有先生坐飞机以后》简论 [J]. 云梦学刊，1991（1）：55-58.
1992	钱理群. 屠格涅夫对俄国堂吉诃德和哈姆雷特的艺术发现（上）[J]. 荆州师专学报，1992（6）：54-58.
1993	钱理群. 屠格涅夫对俄国堂吉诃德和哈姆雷特的艺术发现（下）[J]. 荆州师专学报，1993（1）：5-10. 钱理群. 中国现代的堂吉诃德和哈姆雷特 [J]. 文艺争鸣，1993（1）：24-32. 钱理群. "五四"新村运动和知识分子的堂吉诃德气 [J]. 天津社会科学，1993（1）：76-83. 钱理群. 丰富的痛苦：堂吉诃德与哈姆雷特的东移 [M]. 长春：时代文艺出版社，1993.
1994	陈光军. 借鉴与突破：阿 Q 与堂吉诃德之比较 [J]. 山东教育学院学报，1994（3）：57-61.

续附表 4

年份	资料信息
1995	刘武和. "堂吉诃德现象"与接受美学理论［J］. 蒙自师专学报（社会科学版），1995（1）：23 – 29. 杨绛. 译者序［M］. //塞万提斯. 堂吉诃德. 杨绛，译. 北京：人民文学出版社，1987.（2018 年 9 月第 3 次印刷，文章写于 1995 年）
1996	林一安. 大势所趋话复译：从西葡语文学翻译谈到新译《堂吉诃德》［J］. 出版广角，1996（5）：52 – 55.
1997	林煌天. 中国翻译词典［M］. 武汉：湖北教育出版社，1997.（书中"塞万提斯作品在中国"一部分简单介绍了《堂吉诃德》的中文译本情况）
1998	刘武和《堂吉诃德形象的接受与重构》［M］. 昆明：云南民族出版社，1998. 刘武和. 堂吉诃德形象多义接受现象探究［J］. 云南师范大学学报，2003（2）：102 – 105.
1999	李志斌. 堂吉诃德和阿 Q 形象之比较［J］. 郑州大学学报（哲学社会科学版），1999（1）：125 – 129.
2000	林春田. 阿 Q：堂·吉诃德的陷阱：中国文化视野中的吉诃德及其反思［J］. 社会科学论坛，2000（12）：55 – 57. 张广森. 译者前言［M］//塞万提斯. 堂吉诃德. 张广森，译. 上海：上海译文出版社，2002：1 – 4.（文章写于 2000 年 8 月 1 日）
2001	陈凯先. 塞万提斯［M］. 北京：华夏出版社，2001.（该书中的第五、第六章都有关于《堂吉诃德》接受情况的介绍） 刘佳林. 纳博科夫与堂吉诃德［J］. 外国文学评论，2001（4）：23 – 31.
2002	陈国恩.《堂·吉诃德》与 20 世纪中国文学［J］. 外国文学研究，2002（3）：123 – 129. 胡真才. 我仍然觉得杨绛译本好［N］. 中华读书报，2002 – 08 – 14. 刘武和. 堂吉诃德的中国接受［J］. 云南师范大学学报，2002（2）：44 – 47. 吕俊. 悲剧性的喜剧与喜剧性的悲剧：《堂吉诃德》与《阿 Q 正传》之比较［D］. 武汉：华中师范大学，2002.
2003	桂琳. 论堂吉诃德在西方与中国的影响与接受［D］. 上海：复旦大学，2003. 林一安. 莫把错译当经典［N］. 中华读书报，2003 – 08 – 06（18）. 刘武和. 堂吉诃德形象多义接受现象探究［J］. 云南师范大学学报，2003（2）：102 – 105.

续附表4

年份	资料信息
2004	陈众议. 评《莫把错译当经典》：与林一安先生商榷 [J]. 外国文学, 2004 (3)：103-104. 李景端. 从"胸上长毛"看翻译之美 [J]. 出版广角, 2004 (2)：62. 李景端. 话说我国首部从西班牙文翻译的《堂吉诃德》[J]. 出版史料, 2004 (2)：28-29. 李景端. 杨绛与《堂吉诃德》[M]//李景端. 翻译编辑谈翻译. 武汉：湖北教育出版社, 2009：26-30. （原载2004年9月9日《光明日报》） 路全华. 阿Q：变通到中国的堂吉诃德 [D]. 天津：天津师范大学, 2004. 林一安. "胸毛"与"瘸腿"：试谈译文与原文的牴牾 [J]. 外国文学, 2004 (3)：100-102.
2005	陈众议. 永远的堂吉诃德 [J]. 中国图书评论, 2005 (4)：23-26, 1. 陈众议. 《堂吉诃德》四百年 [N]. 人民日报, 2005-03-01 (16). 陈众议. 《堂吉诃德》与中国 [N]. 人民日报, 2005-12-13 (16). 林逸. 关于杨绛"点烦"《堂吉诃德》的争议 [N]. 文艺报, 2005-08-30 (2).
2006	林一安. 深刻理解，精确翻译 [M]//塞万提斯. 堂吉诃德：上. 董燕生, 译. 桂林：漓江出版社, 2014：1-11. （文章写于2006年） 邵涛. 从意识形态视角探析杨绛翻译《堂吉诃德》之历程 [J]. 文教资料, 2006 (11)：96-97. 田洁. 塞万提斯的文化遗产：浅析欧洲各个时期对《堂吉诃德》的不同诠释 [J]. 东华大学学报（社会科学版）, 2006 (2)：12-14. 赵振江. 永恒的《堂吉诃德》及其在中国的传播 [M]//塞万提斯. 堂吉诃德. 董燕生, 译. 桂林：漓江出版社, 2014：1-11. （文章写于2006年）
2007	王健. 认识堂吉诃德：作为读者的欲望之路 [J]. 内蒙古民族大学学报（社会科学版）, 2007 (4)：57-59.
2008	何川芳. 中外文化交流史：下 [M]. 北京：国际文化出版公司, 2008. （其中，第十九章"西班牙文学在中国"一节中，有对《堂吉诃德》中国接受情况的介绍）
2009	朱景冬. 塞万提斯评传 [M]. 天津：百花文艺出版社, 2009. （书中的附录一为《塞万提斯在中国纪事》）

续附表4

年份	资料信息
2011	陈众议. 塞万提斯学术史研究 [M]. 南京：译林出版社，2011. （该书第四章第十节"中国接受"中有对《堂吉诃德》中国接受情况的介绍） 曹瑞霞. 《魔侠传之堂吉可德》的精神之美 [J]. 文学教育（下），2011（7）：105.
2012	Jin Wei. Traducción y difusión de la novela española en China（1975 – 2010）[D]. Universidad de Nanjing, 2012. （金薇. 西班牙小说在中国的译介与接受（1975—2010）[D]. 南京：南京大学，2012） 梁月倩. "堂吉诃德"在18、19世纪的英国 [D]. 哈尔滨：黑龙江大学，2012. Liang Lin. Mil traductores, Mil Don Quijotes: Comparación de diversas traducciones chinas de Don Qjijote y reflexiones sobre curos universitarios de la traducción en China [D]. Universidad de Estudios Internacionales de Shanghai, 2012. （梁琳. 每个人都有自己的堂吉诃德：从《堂吉诃德》几个汉译版本的比较看我国高校西班牙语专业的翻译教学 [D]. 上海：上海外国语大学，2012） 麦思克. "迁狂文士"与"疯癫骑士"：《莫须有先生传》和《堂吉诃德》比较 [D]. 重庆：西南大学，2012. Tian Shen. Análisis sobre la lealtad, fluidez y precisión estética de la traducción comparando distintas versions chinas de Don Quijote [D]. Universidad de Jilin, 2012. （田申. 比较《唐吉诃德》不同汉译本论翻译之信、达、雅 [D]. 长春：吉林大学，2012） 王军. 新中国60年塞万提斯小说研究之考察与分析 [J]. 国外文学，2012（4）：72 – 81. 张玮. 小说到电影：《堂吉诃德》电影版本之比较 [D]. 太原：山西大学，2012. 钟敏珺. 中国化的堂吉诃德：《魔侠传之唐吉可德》中草根的宏大叙事 [J]. 中国研究生，2012（5）：48 – 50.

续附表 4

年份	资料信息
2013	孙晓彤. 试对比《堂吉诃德》的几个中译本 [J]. 文学教育（中），2013（1）：61. 徐岩. 从《堂吉诃德》的中文译本看"复译"现象 [J]. 中国科教创新导刊，2013（10）：62. 吴曼思. 理查·施特劳斯交响诗《堂吉诃德》艺术特征之初探 [D]. 福州：福建师范大学，2013. Xu Yan. A Case Study on Retranslation Based on Three Chinese Versions of Don Quixote [D]. Liaoning University, 2013. （徐岩. 基于《堂吉诃德》三个中文译本的复译研究报告 [D]. 沈阳：辽宁大学，2013） 赵艳花. 从《堂吉诃德》到《魔侠传之唐吉可德》 [J]. 电影文学，2013（9）：27 – 28.
2015	柳晓辉、夏千惠. 理想的英雄与现实的疯子：杨绛研究《堂·吉诃德》瞥观 [J]. 湖北社会科学，2015（9）：142 – 145.
2016	蔡潇洁. 文学经典的现代审美接受 [N]. 中国社会科学报，2016 – 12 – 19（5）. 陈众议.《堂吉诃德》，一个时代的"精神画饼" [N]. 解放日报，2016 – 04 – 16（6）. 陈众议. 永远的骑士 [N]. 光明日报，2016 – 08 – 05（13）. 孙惠柱. 看音乐剧《我，堂吉诃德》，又想起了孔乙己 [N]. 《文汇报》，2016 – 06 – 21（11）. 禹权恒. "堂吉诃德在中国"与"中国的堂吉诃德" [J]. 鲁迅研究月刊，2016（5）：29 – 34.
2017	胡真才. 杨绛翻译《堂吉诃德》的前前后后 [J]. 全国新书目，2017（5）：38. 梁琳. 从《堂吉诃德》六个汉译版本的对比看我国高校西班牙语专业的翻译教学发展 [C] //张龙海. 漫漫求索：外国语言文学教学与研究. 厦门：厦门大学出版社，2017：250 – 268. 舒晋瑜，董燕生. 再说说《堂吉诃德》、"反面教材"和"胸口长毛" [N]. 中华读书报，2017 – 05 – 24（17）. 项菲. 堂吉诃德与阿尔东扎艺术形象及其塑造：音乐剧《我，堂吉诃德》评析 [J]. 戏剧文学，2017（12）：98 – 101.

续附表 4

年份	资料信息
2018	Zan Xiaoxue. La traducción del humor verbal en El ingenioso hidalgo don Quijote de la Mancha［D］. Universidad de Estudios Internacionales de Beijing, 2018.（昝晓雪. 论《堂吉诃德》中言语幽默的中译［D］. 北京：北京外国语大学，2018） Zhang Nu. Pretender la legibilidad en la traducción literaria Análisis de las versiones de Don Quijote en chino［D］. Universidad de Estudios Internacionales de Xi'an, 2018.（张弩. 从"读者反映论"角度看文学翻译可读性问题：以《堂吉诃德》汉译本为例［D］. 西安：西安外国语大学，2018）
2019	吴迪. 外国文学经典生成与传播研究：第 3 卷　古代卷（下）［M］. 北京：北京大学出版社，2019.（该书第七章《〈堂吉诃德〉的生成与传播》中有对《堂吉诃德》中国接受情况的介绍）

后　　记

　　2017年，我从广州市一所排名前十的重点中学辞去有编制的教职、下定决心准备去考博时，就像一个堂吉诃德。跨一匹瘦马，握一支长枪，攻克重重难关后，2018年，我以专业科笔试成绩第一名、英语科笔试第一名、面试第一名的成绩，重新回到了暨南园。

　　永远记得那一天的欧美文学课，在导师黄汉平饱含热情地讲述堂吉诃德的理想主义精神时，我忽然热泪盈眶！孤独的精神朝圣之旅中，忽然发现书中那位勇往直前的骑士早就帮我蹚开了一条人生求索之路，早就帮我找到了开启人生价值之门的密钥，那种感觉如他乡遇故知，我埋藏心底的悲喜被堂吉诃德在书中酣畅淋漓地演绎着；如久旱逢甘霖，我内心深处的渴望被堂吉诃德在书中痛快非常地呼唤着！那种灵魂与堂吉诃德偶然碰撞、迅速契合的感觉让我终生难忘！

　　博士学位论文选题时，黄老师建议我继续做《堂吉诃德》中国接受方面的研究，出于对《堂吉诃德》发自内心的喜爱，我欣然接受了这个建议。然而，《堂吉诃德》是西班牙语文学的典范之作，要想将《堂吉诃德》中国接受方面的研究做好，不能完全不懂西班牙语，可那时已经35岁的我对西班牙语一窍不通。黄老师说："杨绛为了译好《堂吉诃德》，48岁才从零开始学习西班牙语。你还年轻，要对学好西班牙语有决心、有信心。"研究的过程中，我常感到困难重重，一次次陷入近于恐慌的焦虑中。黄老师一次次耐心地开导我，告诉我要专注于做事本身，不要因为焦虑而将自己的精力内耗掉。在黄老师的鼓励下，我摒除杂念、专心做事：自学西班牙语、阅读有关《堂吉诃德》的西方评论、搜集整理《堂吉诃德》的中国译本及评论资料……一路磕磕绊绊艰难地走下来，我的博士学位论文竟成为暨南大学2021年比较文学专业盲审成绩最好的论文！回首博士阶段的学习历程，我必须要说我有幸遇到了一位好导师。师恩深深，我将永远感念于心！

　　专心致志地梳理了三年《堂吉诃德》的中国译介与阐释资料，我发现每个时代的译介者和阐释者其实都在借《堂吉诃德》言说自己的时代感悟。如果有人问起《堂吉诃德》带给了我怎样的感受，我会告诉他，《堂吉诃德》让我破解了人生幸福的密码！

也许不少人都认为堂吉诃德的人生是一出悲剧，但我并不认同。我认为小说第二部结尾墓志铭里的那两句话就是在肯定堂吉诃德人生结局的喜剧性："Que la muerte no triunfó/ De su vida con su muerte"（死神没能用死亡战胜他的生命），"Que acreditó su ventura/ Morir cuerdo y vivir loco"（这证明了他的好运，死时清醒、活时疯癫）。堂吉诃德的一生都活在追求理想的忘我癫狂中，他活得那么热烈、那么痛快，临终前又能无愧无悔地直面道德与良知，死得那么坦然、那么安详。热烈地生、安详地死，连死神都无法抹去堂吉诃德的生命痕迹，我们又怎能将他称为一个悲剧人物？堂吉诃德的人生是以圆满的喜剧作结的，他是一个获得了精神生命大圆满的人！而人生幸福的秘密也恰在于此：只要能于道德无亏，于良心无愧，自始至终都带着饱满的热情、不顾一切地去为理想奋斗，这样的人生就是幸福的！

当然，我知道自己对堂吉诃德这一人物形象的解读不可能绝对正确，任何一种文学解读，都只能是时代之光的一种心灵折射。正因如此，我才真诚地感恩我所生活的这个时代，感恩这个安定、富足、文明、进步的大时代让我能从堂吉诃德身上解读出人生的幸福密码。

如今，从中学教坛出走的我，又回到了中学的讲台上。一些朋友并不理解我的人生选择：折腾了几年，少赚了好多钱，最后还是做和读博前性质相同的工作，读博的意义在哪里？我想借用《堂吉诃德》中桑丘在最后一次返乡时的话回答这些朋友：战胜了自己才是人生最大的胜利！读博让我打赢了人生的一场硬仗！当年出走，是因为生活中尚有迷惘；如今归来，是因为生命的方向已清晰了然。折腾的这几年，认知水平的飞升让我逃离了那个二维平面里混乱、痛苦、不知出路在何方的迷宫。如今，飞上了一个更高精神境界的我在回首俯看曾经的自己时，终于可以笑得洒脱释然。我的出走与归来演绎的并不是一个简单往返的故事，而是一个在原点螺旋上升的故事。如今的我，陶醉在每一天忙碌而有价值感的工作中，享受在每一天平凡而有幸福感的生活里。虽然我清楚地知道，人生不可能一片坦途，生活不可能无波无澜，但我坚定不移地相信，我生命里出现的所有人、所有事、所有悲喜，最终都将转化为滋养我生命的养料！

懂得以从容之态去迎接风雨，懂得以感恩之心去拥抱朝阳，这就是我读博的意义所在，这也应该是读书、求知的根本价值所在！

　　长路漫漫，我愿跨上瘦马、拿起长矛，在追求精神生命大圆满的征程上，紧随堂吉诃德的脚步！

李智

2022 年 4 月 16 日